文心 / 雪中银狐 著

外科医生的爱情故事

WAIKE YISHENG DE AIQING GUSHI

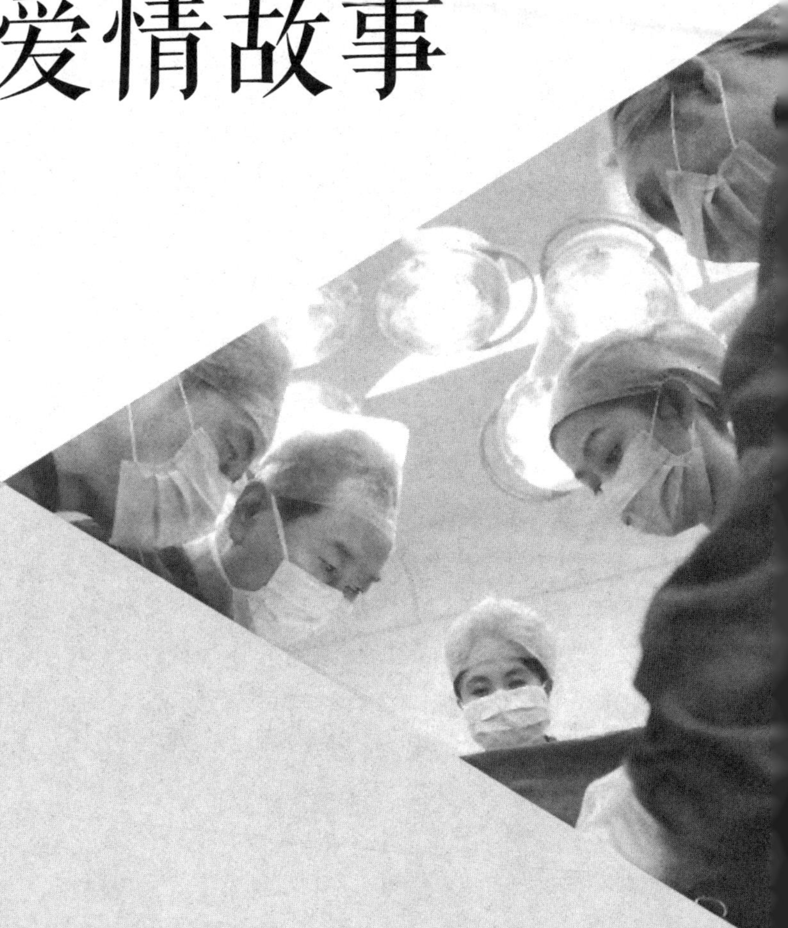

中国文史出版社

1

阳光普照，蓝天白云，地处中国南方的四水市即便是冬日，也是温暖如春。

海滨度假村，一对年轻男女在沙滩上奔跑着，海风中飘荡着欢声笑语。

男孩叫王浪，四水市天马医院外科医生，高大帅气；女孩叫邱倩，和男孩在同一家医院做护士。她光滑的额头上渗出细密的汗珠，在阳光下溢满青春可爱的气息。

王浪跑在前面，眼看邱倩要追上来了，他故意放慢脚步，两人的距离越来越近，邱倩伸手去拉王浪。王浪又快步奔跑起来，邱倩再次落在后面。

“哎哟……”邱倩突然倒在地上，大声呻吟着。

王浪听见邱倩的喊声，连忙折身回到她的身边。

“摔疼了吧。”王浪关心地问道，“伤哪了？”

“哎哟，哎哟!”邱倩指着自己的脚，表情痛苦。

“痛吗？”王浪抚摸着邱倩的脚踝问道。

“好像是，又好像不是。”邱倩不太正经地回答道，言语中饱含浓情蜜意，“我们回房间好吗？”

王浪心花怒放，明白过来邱倩在和他闹着玩，是假摔假痛。

“当然好，今天是十二月三十一号，你的生日，我听你的。”

王浪伸手抱起邱倩，走向他们的摩托车。

天空是蓝蓝的，云——只有一丝儿云飘浮在空中，纯净蓝中几点白，那是流动的纯真，是相得益彰的美丽。

邱倩搂着王浪的腰，坐在摩托车后座，她的心在飘荡飞扬。

激情过后，两人沉沉睡去。

下午五点，王浪的手机响了，他看了一下显示屏，是科里值班医生打来的。

“王老师，你在医院吗？”值班医生问道。

“什么事情，你说。”

“科里刚进来一个车祸的病人，伤势很重，需要手术治疗。”值班医生是一个进修的医生，尽管资历比王浪高，但因为来自县城小医院，所以任何一个本院医生都称呼老师。

“密切观察病人血压、脉搏、呼吸，我立即过来。”病情就是命令，王浪决定立即返回医院。

“邱倩，好想多陪你些时间。可是，现在科里来了危重病人，我们必须回去，对不起。”王浪抱紧了邱倩说道。

“没关系的，能与你一起度过生日，我很开心。”

王浪驾驶着摩托和邱倩风驰电掣回到他们所供职的天马医院。这是四水市最顶尖的医院，坐落在美丽的环岛路上，拥有一流水平的建筑、设备与人才，完完全全一所标准的现代化医院。

幽静整洁的手术室，全身严重受伤的女子正等待着接受急诊手术，值班医生做好了术前准备工作。

二十四岁的王浪半年前从北方一所知名医科大学毕业，通过双向选择进入四水天马医院。此刻，他站在洗手池边，用消毒药液洗手，白大褂罩住他挺拔的身材，俊朗的脸孔戴着口罩，露在外面的双眸显示着他的精明强干。

王浪与助手进入手术室，病人躺在手术台上，昏迷着，对外界没有反应。她的脸色惨白，呼吸微弱，有呼吸机在帮助吸气呼气，三根管子同时向她的身体里输送着药液，还有一根管子滴着红色的血液——病情非常危重。两个麻醉师在密切关注着病情，调整着用药及麻醉方案。护士正用酒精进行消毒处理。消毒完毕，护士把一块大布单摊开，将受伤女子完全罩住。很快，王浪上台，开始对受伤女子进行手术。他的动作是那么娴熟，举手投足间洋溢着精湛技艺的美感。

手术做完，已是深夜。虽然很累，但能够为病人解除病苦，挽救生命，王浪觉得这种付出很有意义。他希望这个叫作龙芳瑜的女孩能够顺利康复。

龙芳瑜的手术很成功，受伤的龙芳瑜在住院两周后，按照王浪的安排，这天可以办理出院手续，回家休息。龙芳瑜已经换下病号服，身穿白色连衣裙，头发齐肩，梳理得整整齐齐，发梢微翘，身材高挑，明眸皓齿。她来到医生办公室与王浪告别。

“王大夫，非常感谢您！”龙芳瑜甜甜地对王浪说道。

“不用客气，这是我们应该做的。”王浪回答道，接着向坐在对面的万如海汇报道：“万博士，龙芳瑜今天出院。”

“龙芳瑜？”万如海对这个名字有些陌生，“我看过吗？”

“看过，手术后第三天您有查房。”王浪说道，“她恢复得很好。”

万如海是王浪的上级医师，博士、主治医师，也是一位开明的领导，对于王浪超强的临床诊治能力给予足够信任，经常放手让王浪独当一面。

万如海早王浪一年进入四水市天马医院，他毕业于北京某大学医学院肝胆外科，获博士学位。目前，他正承担国家重点课题“原发性肝癌的基因诊断与早期治疗”，按照万博士预定的规划，课题成果出来后，原发性肝癌的诊断时间将提前四个月，将大大延长患者的生存时间。

“王大夫，我这次真是命大，听我的同事说，要不是您这个快刀手给我动手术，我就没这么幸运，不死也得残废。”龙芳瑜由衷地说着感谢的话。

王浪听着高兴，谁不喜欢听表扬话呀，但他没有一个人独享成绩。王浪接过龙芳瑜的话说道：“是呀，你真是恢复得不错，是一个奇迹，离不开万博士的英明指导。”

王浪说话间用眼神给了龙芳瑜暗示。她心领神会，用真诚的语气对万如海说道：“万博士，谢谢你，要不是你们医术高明，我就麻烦了。”

“回家后好好休息，先把身体养好，一定要等你头部的伤完全恢复才能开始工作。对了，你在哪高就？”

“我是律师。”

“律师是高强度的脑力劳动，最好一个月内不要接案子。”万如海强调道。

“我一定坚决执行。”龙芳瑜答应道。

“那你就干脆好好休整一个月吧。”陪同龙芳瑜的男子对她说道，样子似乎比较亲密，不过，明眼人不难看出，这种亲密不会是情人，也不是恋人，应该是要好的男女同事。

“万博士，这是我的名片。王大夫，我的名片。”龙芳瑜把名片递给万如海和王浪，“这次非常感谢你们，以后有什么法律方面的问题，给我打个电话就是。这位是我的同事董云贵，我们愿意为你们效劳。”

董云贵见状，也赶紧从西装口袋里掏出名片，递给王浪和万如海。

“春风律师事务所——”万如海看了名片，轻轻地念道，同时对王浪说，“这是四水最知名的一家律师事务所，打过很多经济大案官司。”

“万博士所知甚多，我们正是在这家律师事务所工作，虽然办了一些案子，但是比起你们天马医院来，还是差距不小。”董云贵好像等到了发挥口才的机会，忍不住说上几句。

“彼此彼此，谢谢你们对我们医院的信任。”万如海胸怀大志，言语间不觉上升到整个医院的高度。

龙芳瑜跟两位医生告辞，临出门时与王浪行注目礼两秒钟，这两秒钟非常短暂，以后却影响了他们很久很久，挥之不去。

这天，王浪与邱倩在牡丹温泉俱乐部游泳。没有衣服的束缚，轻松潇洒，像欢快的鱼儿在水中畅游。

游了差不多两个小时，两人累了，就说回家吧，于是从泳池里爬出来，分头走向男女更衣室。

王浪走到物品保管柜时，里面的手机狂响着。他快速打开柜子，响声戛然而止。

王浪想，不管它，穿好衣服再看是谁刚刚打电话来了。他拿出衣服正要往脖子上套，手机再次响起。看来情况紧急，于是王浪放下衣服，来电显示是他的上级医师万如海打来的电话，赶紧按接听键。

“万博士，有急诊手术吗？”王浪与万如海的上下级工作关系不错，但私下里没有太多交往，王浪想当然地以为是有手术。

“王浪，不是手术的事情。这……那个，你……是一个人吗？”万如海问道。

“嗯，是的，我一个人。”王浪对万如海的问话感觉意外，这是从来没有的对话，他猜测万如海可能有事情需要对他说，并且不想让别人知道。

“王浪，是这样的，我，我……在派出所。”万如海似乎很难为情地对下属说道。

原来，万如海与朋友吃过晚饭后，独自去夜总会，轻车熟路地嫖宿小姐，不料被警察抓了现形，带回派出所接受处理。

万如海态度诚恳，虚心接受警察的教导，表示愿意接受经济制裁处罚。警察见状说道："行，打电话叫你家人送一万元钱过来。"

"好！好！好！我这就打电话。"万如海一看警察让他自己打电话，没有问别的，心里松了一口气，感觉后果不算太严重。可是，叫谁送钱呢？打电话给老婆显然不合适，那只有亲戚或朋友了。万如海想来想去，自己虽是四水人，亲戚朋友不少，一时却感觉没有合适人选。

这时，他想到王浪，平时两人私交不多，但是在手术、诊断病人方面，两人英雄相惜。在不多的交往中，万如海对于王浪的诚信感受很深，他如果答应做一件事情就一定会做到，比如保密等，而这一点对于此时的万如海来说非常重要。想到这里，他坚持不懈地给王浪打电话，终于联系上了。

"万博士，你的意思是？"

"麻烦你给我送一万元钱到派出所来，有急用。"万如海没有说具体的原因。

"好的，我一会儿就到。"王浪回答道，万如海很感动。

王浪换好衣服走出更衣室，邱倩恰好从女更衣室出来。她轻盈地飘过来，挽住王浪的胳膊，歪着头说道："王浪，我们去哪儿吃夜宵呀？"

"嗯，哦，随你去哪里好了。我要去办点事情，你先找家夜宵店，我待会过来，好吗？"王浪对邱倩说道，他想尽快把钱送去给万如海。

"为什么呀？"邱倩不高兴，"前面没听你说有事。"

"刚才临时接了个电话，我去了就来，不会超过半小时，乖。"王浪哄着邱倩。

王浪骑着他的摩托飞快地去了，身上没有这么多现金，先到自动柜员机取了钱，再直奔派出所而去。

到达后，他给万如海打电话，万如海说你站在门口吧，我出来拿。

一会儿，万如海出来了，身后跟着一个警察。万如海径直走向王浪，大声说道："二弟，你来了！"

王浪有些莫明其妙，但是立即明白是怎么回事。他不说话，把钱交给万如海。万如海拿了钱，说道："你先回去吧，我待会就回来。"

然后，王浪快速赶到邱倩所在的小吃店，邱倩一个人占着一张大桌子。在硕大的桌子衬托下，邱倩显得柔弱娇美，惹人爱怜，挂在耳上的 MP3 使她的等待不会太无聊，但王浪到来的时候，邱倩依然忍不住埋怨他去的时间很长，把她一个人扔在那里。

“我不是叫你先吃吗？”王浪叫屈道。

“我先吃？我哪会像你们男同胞呀，自顾自吃。我要与人分享，不喜欢做独立战士。”邱倩得理不饶人。

“对不起，邱倩，我不是有事吗？你看我半小时来去匆匆的，还不是想着你呀！”王浪讨好地说着，将手轻轻地放在邱倩的肩上，“我知道你是个好女孩，你不要生气了。说说，想吃什么？”

邱倩的气慢慢地消散，她嘟着嘴唇说：“我想吃呀，嗯，让我想想。我想吃你的心，好不好？”

“好呀，那敢情好。那样的话，你就有心了，也就不怕人家说你没心没肺。”王浪开着玩笑。

“这是你自己说的，我哪天真要变成一只狼，一只虎，或者是一只画皮鬼，把你的心掏出来吃了，到时你可别后悔。”邱倩做出狐狸精的模样。

“嗯，随你呀，晚上你有的是时间，我是伴虎而眠，不过我声明，我心甘情愿。”王浪一副大义凛然的样子。

邱倩扑哧一声笑，“画饼充饥，我现在真有点饿，我想吃鱼丸，你呢？”

“我呀，随便，老习惯，一切由你做主，小事你说了算。”王浪遵照惯例由邱倩安排他的食物。

说说笑笑，两人吃到十一点多，然后骑摩托回家。邱倩双手环抱着王浪，头伏在他宽厚的背上，风呼呼地往两边吹去，四处的灯光照耀着街道，城市还在醒着，还在热闹着。

第二天，在科里上班的时候，万如海瞅着没有旁人，将一万元钱还给王浪，很真诚地说道：“非常感谢你！我不会忘记你帮我的这个大忙。”

“万博士，不用客气的。”

2

“呃……呃……”，邱倩早上起床后洗漱，恶心不已，抚着胸口不停喘息。

“哪里不舒服了？”王浪关切地问道。

“你记得我上次什么时候来例假吗？”

邱倩这么问，王浪一时没有明白什么意图，再次提醒道：“会不会吃什么东西坏了胃？”

“我上次例假是什么时候？”邱倩杏眼圆睁，一改平日的温柔。

“这我记不太准确，好像是上个月一号吧。”王浪摸着头回答。

“可我希望不是一号，我希望是十号或者二十号。”邱倩说话带着哭腔，“我的例假过期好几天没来，我想是中招了。好像有一两回没有按规定办，小生命不请自来。”

“现在还不能确定吧，说不定真是胃肠不舒服引起的。”王浪安慰邱倩，“你先吃点东西，或许过一会儿就没事了。”

“好吧，我们早上去吃酸辣面。”邱倩脑海里浮想起那又酸又辣地道的家乡风味，可是此时她更想吃酸的东西——看来真是怀上了，这种感觉让她确信自己不幸中弹了——意料之外的怀孕如同敌人射过来的子弹。还好，一起吃早餐的时候，邱倩并没有恶心什么的。

王浪稍稍放心下来，上午做了一台胆囊切除手术。手术完毕时，王浪看时间尚早，离下班差不多有半小时，就给邱倩打电话，叫她下班后一起去食堂吃中饭。

邱倩接到电话后对王浪说：“你现在就到我这边来，好不好？”

原来，邱倩在上班时总想着怀孕的事情，决定还是做个检查弄明白好些，然后该怎么办还得怎么办，是死是活，是中弹了还是虚惊一场，得有个明确的结论。

王浪拿了邱倩的尿液标本去检验科，不几分钟，报告单出来，上面清晰地显示尿 HCG 含量显著升高，这意味着怀孕的概率极高。

两人决定下午去市妇幼保健医院看看，以进一步明确。妇产科专家经过详细问话与身体检查，再让邱倩做了超声波及 HCG 测定，明确为早孕。这生命来得太早了点，只能要求妇产科专家做人工流产手术。

邱倩躺在手术床上，表情平静，内心波涛起伏，一个小生命在不知不觉中到来，却没办法欢迎他，只能做残酷的生命扼杀者。

妇产科专家技术娴熟地做完了手术，时间大约是抽支烟的工夫，科学而准确地计量是十五分钟。

“好了，手术结束。”专家对王浪说，“你把她慢慢扶起来，注意体位，坐几分钟，然后站几分钟，如果不头晕的话，就到隔壁休息室去待半个小时，没有什么不舒服的话，和我们的工作人员说一声就可以回家。对了，你们是骑摩托车来的吧，刚做完手术，不能坐摩托车，得打的回去。另外，我再给你们开点药，有外用的和口服的，按时使用。最后，也是最重要的一点：半个月内一定不能同房。”

两人都是学医的，对于医生的嘱咐心领神会，自不用多言。既不能这样，又不能那样，年轻的他们还真有些不习惯。一天，在吃过晚餐后，邱倩想起了什么似的，很郑重地对王浪说：“给你说个事，待会儿我们去看张美玲。”

“她怎么了？”王浪不解地问道。

“她生病了，住在血液科，我想是血液病吧。”邱倩解释道。

王浪自然认识张美玲，他们三人同时来到四水天马医院。王浪比两个女孩大五岁，自然是大哥。刚到四水时，他们三人常常一块吃饭、游玩，是医院里出了名的“三人帮”。后来，王浪与邱倩建立恋爱关系，张美玲变成“第三者”，三人就很少一起活动。

如此说来，邱倩与张美玲是严格意义上的情敌，不过，她们虽然有敌对的概念与实质，却没有硝烟弥漫的火药味，相反地，萦绕在她们周围的气氛似乎还有些温情脉脉。

邱倩手捧着鲜花，与王浪一起走进张美玲的病房。张美玲正看着轰动一时的电视剧《还珠格格》，见他们两人携手而来，忙调小了音量，热情地招呼起来。

“王浪，今天有空来看我？”张美玲笑嘻嘻地问道。

王浪正准备回答，邱倩抢先说道：“他呀，我叫他来，没空也得抽空来，是不是？王浪。”

王浪有些不好意思，但还是微微地点头表示认可，因为确实是邱倩拉他来的。

“谢谢你们！邱倩，王浪，你们坐。”张美玲抽出两张小方凳，请他们俩坐。

张美玲穿着宽大的病号服，这使她苗条的身材显得虚弱。她的睫毛很长，双眼特有神，倘若不是病中，很易见其活泼可爱。

“美玲，你感觉怎么样？”邱倩关心地问道。

“比刚住院时好些了，输了血，感觉身上有力气，头也没那么晕。”

“那就好，好好休息，把病养好，千万不要急着上班。”邱倩拉着张美玲的手，“等你身体方便了，我们三人一起去吃海鲜。”

邱倩说话的时候，王浪看着张美玲，两人偶尔用眼神交流，没有说什么话。张美玲感到很知足，很幸福。好友和自己爱着的男孩前来看望，病就好了一大半。

一晃几个月过去，炎热的夏天，海滨城市四水常有台风登陆。说起台风，对于沿海居民来说，对台风是既爱又恨。这不，和台风有关的一个消息在四水市天马医院传开，那就是医院将组织抗洪抢险医疗队，其原因就是台风造成了不小的损害。由于罕见台风的强力影响，狂风暴雨袭击全省，尤其是西北地区，出现百年不遇的洪灾，房屋倒塌，水库决堤，许多人流离失所，河流浊浪翻滚，漂浮着死去的猪、牛等大牲畜与鸡、鸭等家禽，电力供应中断，极有可能爆发大规模的传染病。

抗洪抢险，防病救灾成为省政府的工作重点。天马医院坚决响应政府号召，决定派出二十人医疗队前往重灾区进行救援。

医院青年医生、护士们满腔热血，积极响应，主动报名参加医疗队，王浪是其中非常活跃的一员，这更激发了医院护士美眉的参与热情。张美玲也被医院批准参加抗洪救险医疗队。

抗洪救险医疗队出发时，天马医院组织了一个欢送仪式。当张美玲随医疗队一起亮相时，知情人士感到意外，因为张美玲有着“难治性贫血”的疾病，照理是不适宜参加这样的外出医疗活动的。大家看她雄赳赳气昂昂的模样，都赞叹不已。只是，准确地说张美玲是为爱情出征。她想多些与王浪在一起的机会。

天马医院医疗队共二十人，领队是主管业务的副院长方翔。方翔副院长年方三十二岁，身高不足一米七，腰身巨大，活像一个大冬瓜。方翔说话中气十足，富有磁性，抑扬顿挫，很有吸引力。医院开大会，如果是方翔在上面发言，开会的人不会中途开溜，偶尔有人接电话、上卫生间也是匆匆忙忙，完事了赶紧回来继续听他讲话。

奔赴灾区的途中，虽然汽车颠簸，时间长，但一路上因为有方翔副院长与大家聊天儿，车上人员说说笑笑，倒也不觉得路途遥远，甚至还有精神享受的感觉，方翔副院长的语言魅力势不可挡。

随队同行的还有一位领导，那就是办公室主任谭雅琴。谭雅琴属于单身贵族一类，三十岁，未婚，一年前获公共卫生管理专业硕士学位，在天马医院院长的招才纳贤下来到医院。

方翔副院长与谭雅琴主任是医疗队最重要的两个人物，其他的大部分是如王浪与张美玲那般年轻富有朝气的医生、护士，他们理所当然地是抗洪救灾中具体做事情的人。

医疗队到达重灾区后，驻扎在郊外招待所，自然谈不上什么好条件，大家将就着住下。医疗队在招待所稍作休整之后开始巡回医疗。当汽车到达无路可走的地段时，大家带着器械步行。王浪照顾着张美玲，把她的那一份器械也一并扛在肩上。

突然，可怕的一幕出现在王浪的眼前。一个被水淹了的村庄，水已经稍退了些，曾经涨过屋顶的痕迹还能看见。五个青壮年男子——显然是一家人，被一根粗绳子绑在一起，同舟共济，抵御洪水，洪水实在太大，他们送走老弱病残幼之后，却无力安全逃生，全部身亡。他们被洪水浸泡有些时间了，颜面肿胀、眼球鼓凸，就像是大章鱼。

几秒钟后，张美玲看见了这一幕，吓得呆住了。她紧紧地抓住王浪的胳膊。

“美玲”，王浪揽着她的肩膀，“你转过头往左边看。”左边是被洪水冲毁的稻田，留下泛黄的泥浆。

“好可怕，好可怕！”张美玲说话的声音都变了，脸上白得完全没有血色。糟糕，不对，这是晕厥的前兆，王浪判断准确。他立即将张美玲抱起，头部稍低，以保证脑部不缺氧。

“方院长。”王浪大声呼喊走在前面的方翔副院长，“张美玲不舒服，她要晕倒了。”

方副院长停下脚步，走到王浪的身边。看着王浪怀里的张美玲，方副院长充满对下属的关心，同时又意味深长不失幽默地说道：“好，男女在一起就是好，上帝造人考虑周全，男女之间的照顾最贴切。这样吧，王浪，你看问题大吗？”

王浪没有立即回答方副院长，他关爱地问张美玲：“你怎么样？好些了吗？”

“我没事。”张美玲微微睁开眼睛，轻轻地对着王浪说，“刚才那一下真难受，这会好多了。”她试着挣扎着起来，可是却没有力气。但是，第一次近距离地闻到王浪的体香，好独特的味道，让她有些眩晕。

“你可以下来走吗？”谭雅琴主任问道。

“我浑身没劲。”张美玲凄然道，“我，我站不起来。”

王浪看张美玲柔弱的模样，想起她的贫血病，心痛不已。他对面前的两位领导说：“我看她需要休息。天气热，睡眠可能不太好。”

“嗯，可能是睡眠不好。”方副院长笑了笑，然后下指示，“王浪，你带张美玲到外面车上去。你要照顾好她，出了问题唯你是问。对了，司机一起去。”方副院长转向司机，“送他们回招待所，然后你空车返回这边，这里事情不少，没车可不行。”

“谢谢院长。”王浪显然把自己当作张美玲的保护人了，方翔副院长听了淡淡地摇了摇头，脸上挂着笑容。

高大健壮的王浪抱着娇小的张美玲走在风雨未歇的街道，踩着被狂风暴雨无情击落的夏叶与枯枝。王浪感到幸福，能够让一个女孩躺在自己的怀里，能够让需要帮助的女孩得到他的帮助，这是愉快的事情。

张美玲在车上一直枕着王浪强壮的双臂。车子有些摇晃，张美玲感觉是童年的摇篮，多么快活的时光呀，摇篮里有灿烂的阳光，摇篮里有清脆的铃铛声，摇摇晃晃的摇篮里有爸爸妈妈的关心与爱……

“王浪”，张美玲双手环着王浪的腰，头贴近他的腹部，“王浪，我……”王浪感觉到了她头部的血管搏动，抚摸着她的背，安慰她：“好，没事的。你刚才被吓了一跳，不要再想了。”

“嗯。”张美玲答应着王浪，再次在王浪如梦如歌的摇篮里睡着了。

司机开车将王浪与张美玲送回招待所后，掉头准备返回医疗队正在进行巡回医疗的地方。司机四十多岁，平时与王浪不算很熟悉，但一个单位的同事，多少有些认识，他真诚地对王浪说：“我先过去了，有事就打我电话。”司机将他的手机号码告诉了王浪。

“谢谢你，你走好！”王浪回敬司机，汽车很快消失在视野中。

王浪抱着张美玲，由楼道往上走，招待所没有电梯。张美玲与另外一个护士住一间三楼的房子，此时，那个护士正与医疗队一起工作着。

王浪将张美玲放在她的床上。张美玲感受到位置的变化，像是睡够了似的，完全清醒过来。

她躺在床上，突然间想吃东西，于是对王浪说：“王浪，我有点饿，抽屉里有饼干，你帮我拿出来，另外给我泡杯咖啡，好吗？”

王浪找到了饼干，张美玲很自然地张开了嘴巴，王浪将饼干轻轻放进张美玲嘴里。

“你也吃呀。”张美玲恢复了如常的神情与精气，她特喜欢与王浪在一起的氛围，她喜欢被王浪精心呵护的感觉。见王浪没有吃，她再次对王浪说道：“你吃饼干呀，不要光看着我吃。”

王浪拿出一块饼干，塞进自己嘴里，纯粹是陪张美玲吃饼干，因为王浪一直不喜欢吃饼干。

吃饼干的过程，王浪在张美玲的提示下，在她的旅行包里找到了速溶咖啡，味道很香。王浪拿出两包咖啡，这回不用张美玲请喝咖啡，王浪就给自己安排了一份。王浪平时挺喜欢喝咖啡，他认为咖啡集清香、浓烈为一体，还让人感觉到情调。

咖啡泡好了，王浪问：“张美玲，要坐起来喝吗？”

张美玲说：“是的，我起来喝，我们一边喝咖啡，一边吃饼干，一边看电视。”

张美玲作势要自己坐起来，可因为太虚弱，没有成功，王浪赶紧从后面扶了她一把。

王浪将咖啡端给张美玲，之后拧开电视，欢天喜地的节目，历年春节晚会精彩节目剪辑。回想起此前看到的恐怖一幕，张美玲心有余悸地说：“真是太可怕了，太可怕了。”

“好，不去想那些，你好好休息。”

“他们在抗灾抢险，我却在这里生病，太没用了。”

“不用责备你自己，谁都会有特殊情况的，面对疾病，理性处理才是最合理的，留得青山在，何愁没柴烧。”

“你倒真是会说话，王浪，你要是去做律师，会很不错的。”

“难道我做医生不怎么样吗？”王浪的自信让他有资格说这句话。

“哪里会呢！王浪，你这么出色的年轻外科医生，我心里都以你是我的——”她本想说是朋友，可是她觉得“朋友”二字不足以表达他们的亲密程度，而说其他的也不够准确，于是就跳过去继续说道，“我以你为骄傲，你做什么都很出色，包括做恋人。可惜，你，我——”她突然停顿下来，没有继续说下去。

王浪没有追问下去，他知道女孩子如果想说一件事，想说一句话，不用你催，不用你问，不用你提示，她会主动、心甘情愿、充满渴望地说出来，她会带着情感、带着思想说出来。

如同任何美女都有无数的追求者一样，帅气的王浪同样如此，追求他的女孩不少，只是与王浪有过肌肤之亲的只有邱倩。王浪与张美玲的关系，比朋友要好，但不是恋人。

“美玲，其实你不应该来抗洪救灾的，你得好好爱惜身体。”王浪发自内心地说道。

“王浪，非常谢谢你时刻关心我。”张美玲动情地说，“你、我和邱倩当时一起来到这个医院，想想那时，多少护士姐妹们，以及不少女医生想着和你接近，可是很快，我们三人形成了一个核心圈子，你是属于我们的，后来，再后来，你就与邱倩在一起……我，听说你来抗洪救灾，我就迫切地想来。也许是天意吧，我在这里发作晕厥，领导慧眼识人，安排你来照顾我。当然，我更知道，是你主动关心与照顾让他们把你作为我的监护人。王浪，你真好！”

方翔副院长与谭雅琴主任带领医疗队来到一个受灾严重的村庄，村里的诊所、合作医疗机构全部在台风中遭到洗劫性破坏，无法开展工作。

得知著名的天马医院专家们到村庄就医送药，村子里患病的人全部都过来了。有的是一家人全部成员患病，相互搀扶着过来；有的是家人生病，其他成员陪同前来。全村有一半以上的人陆陆续续地往医疗队这边赶过来。

医疗队设在村委会所在地的简易房间里，因为地方实在太小，还有房前的空地里摆上了好几张桌子，用来看病、检查等。

五百多人围着医疗队十八个人，人声鼎沸，伤病多多，近二百人发烧，六十多人腹泻，还有五十多人伤口化脓，有的伤口很深，甚至可以看见里面白森森的骨头。

天马医院医疗队的医生护士们给他们测体温、查心肺、看扁桃体、看伤口。方翔副院长是内科专家，忙得晕头转向。

负责协调的谭雅琴主任走到方副院长身旁，用胳膊肘轻轻碰他的后背，亲昵地说：“今天病人真多呀。那边清创伤口围了很多人，现在只有一个外科医生，没办法接诊那么多病人。我想把王浪叫回来支援工作，你看行吗？”

方副院长侧过头，以无比信任的口吻说：“你看着办就是，我相信你的判断，支持你的决定。”

“好，既然院长同意了，那我就去给王浪打电话。”谭雅琴给了方翔一个别人不易察觉的媚眼，与他作短暂告别。

王浪接通电话，里面传来谭雅琴主任急切的声音：“王浪，美玲好些了吗？”没有等王浪回答，谭雅琴主任接着说：“我们这边病人特多，清创手术忙不过来，你过来行吗？”

“好的。”王浪毫不犹豫地回答，他清楚张美玲不会有太大问题了，同时他有着强烈的团队意识与合作精神。

“谢谢！我派救护车接你。”谭雅琴利落地说道，而后挂断电话。

王浪对张美玲说了医疗队缺人手的事情，嘱咐她留在房间好好休息。

张美玲不愿意一个人留在招待所，她挺坚决地说道：“不，我和你一起去。”

“你待在房间休息吧。”

“我没事了。我就是想和你一起去。”张美玲执意要与王浪同行。

王浪与张美玲站在招待所的门口，等着救护车来接他们。过了不到十分钟，救护车到达招待所，表情真诚的司机暧昧地看着王浪，眼睛的余光给了张美玲。凭他的所思所想，孤男寡女刚才应该干柴烈火，熊熊燃烧了一回。司机在不多的接触中发现，王浪与张美玲的关系超出一般同事。司机的判断思路正确，但关键性的结论却是错误的。

王浪与张美玲的回归让谭雅琴倍感高兴，原因很简单，他们的归来让医疗队力量大增，尤其是外科这一块，有了王浪的重出江湖，真是锦上添花，如虎添翼。什么叫领导，领导就是能够让下属人尽其才，能够在自己不亲自动手的情况下，又快又好地把事情做好。在这一点上，管理专业出身的谭雅琴做得有声有色。

谭雅琴作为医院办公室主任，随同方翔副院长带领医疗队抗洪救灾，她在做出决定的时候当然要领会方副院长的意图，否则事情就会办得不好看。当然，这一点对谭雅琴来说太简单了，她的想法常常就是方翔副院长的想法。偶尔一两次，方副院长没有这么想的话，他会让谭雅琴的想法成为自己的想法。方翔对谭雅琴召回王浪与张美玲大大缓解医疗队的工作压力感到很满意，他的脸上挂着轻松的笑容，手下有良将呀，这领导就好当，方翔副院长禁不住在心里感慨着。

“院长，非常谢谢你们。”村党支部书记趁着方翔副院长上厕所的空隙，跟上去与他打招呼，他紧紧握住方翔的手，连声地说道：“要不是你们到我们这里来巡回医疗，我们要去镇里或县上看病，花钱费时，还挺不方便。你们帮我们解决了大问题。”

“不用客气，这是省委、省政府防病救灾的一部分，是关心人民群众、解决实际问题方针的具体落实。”方副院长虽说是内科医生出身的业务副院长，但在副院长任上干了几年之后，思想觉悟政治水平明显提高，颇有出口成章、语不惊人誓不休的豪放。

方翔副院长接着说下去，这回有具体的内容，“大灾之后要防大疫，你可以组织劳力将道路、水渠等的动物尸体及一些杂物进行清理，对房屋等水淹的地方进行消毒处理，防止传染病的发生与流行，发现发烧、腹泻等病人要及时送往医院，并进行隔离治疗。”方副院长不愧是内科专家，在防病治病方面考虑得很周全。

“好，一定按照您的指示办，您请放心。”村书记颇有礼貌地说道，他的腰挺得很直，由于方副院长是坐着说话，书记就只好让两条腿取下蹲的姿势，以保持与领导说话的恰当高度，模样像极了太极拳里的马步。

方副院长注意到了这一点，心里一阵难受。方副院长常常将心比心，很有同情心，他看着书记的马步，联想到如果是他自己，这样以马步姿势来谈话，时间一定不能太长，不然会难受得坚持不下去，方副院长于是赶紧结束指示。

紧张的抢险救灾工作持续了一星期，天马医院医疗队功成身退，于第八天顺利返回四水。当晚，天马医院为医疗队举行庆功酒会。

庆功酒会在医院附近的一家酒店举行，庆祝会会场没有特别布置，但是医院重量级人物悉数出席，毕竟是知名学者方翔副院长亲自带队的。

晚宴开始时，天马医院院长首先致祝酒词。院长朗声说道：“同志们，你们辛苦了！”

在座的有人领头鼓掌，宴会厅响起热烈的掌声。

院长待掌声基本响完之后，接着说道：“同志们，这次抗洪救灾，你们表现得非常出色！刚才，我看了谭主任写的汇报材料，很认真地看了一遍。你们为天马医院增了光，添了彩。好像是前天吧，卫生厅副厅长还专门给我打了电话，表扬我们医院在下面县市的工作开展得很好。”

这时，院长习惯性地往后捋了一下头发：“方翔副院长指挥有方，谭雅琴主任协调得力，这是整个工作的神经中枢。具体到在座的各位，还有张美玲同志带病坚持工作，王浪既照顾同事，又竭尽全力做好医疗队的事情，虽然只有几天时间，但涌现出了许多值得好好表扬的事情。我为你们感到由衷的高兴！”

院长端起酒杯，向右侧看了一下，那里有个空位，是留给书记的。书记陪同上级领导讨论反商业贿赂事宜，不能按时到达，打电话嘱咐大家不必等他。

院长高高举起酒杯，“来，大家干杯！谢谢大家！待会书记还会过来一起喝酒。”

院长先与坐他左侧的方副院长碰杯，然后是谭雅琴主任、王浪、张美玲等。院长与谭主任碰杯喝酒时，谭主任恭维道：“强将手下无弱兵，院长，你的手下个个是精英。”

“哈哈，当然，只要看你谭雅琴我就知道。”院长对谭主任很器重，“你是医院第一位公共卫生管理专业硕士，你要多出主意，把医院管理好。”

“谢谢院长鼓励。”谭主任一饮而尽，她要的就是这样的赞赏，感觉喝了蜜一般。

“对不起，对不起，我来晚了——”书记人未到声先闻。

话落人至，谭雅琴连忙走到院长身边的空座，拉开椅子请书记坐下。

书记、院长双目示意打过招呼，院长说：“我刚才和大家喝了一杯酒，现在该你了。”

书记说：“当然，我要敬同志们一杯酒，来，大家满上。”

服务员已经在给书记倒酒，接着给大家面前的酒杯再次满上。

酒过三巡，大家都有些醉意，美味佳肴也吃了不少。公共管理硕士再次发挥她的特长，她先看看方副院长，再看看院长与书记，最后扫了一眼在座的其他诸位同事，很甜很清爽地说道：“院长、书记公务繁忙，在百忙中抽空为我们设宴接风，现在吃饱喝足，我们让领导早些休息，大家看好不好？”

方翔副院长首先支持，其他人也微微点头支持这个动议。

院长、书记欣慰地看着谭雅琴的安排，很满意。谭雅琴节奏掌握得很好，领导该说的说完，该喝的喝得差不多时，就要散席，像这类各种层次人员都有的聚会，能早散宜早散。

3

酒宴结束后，大家恭敬地送走院长与书记，然后各自分头散去。

谭雅琴上了方翔副院长的车，汽车载着两个人迅速离开吃饭的酒店。

王浪与张美玲站在酒店餐厅门口，准备打车回去。一部绿颜色的出租车开过来，王浪招手拦车，车子快速驶进来，“吱……”的一声稳稳地停在王浪与张美玲面前。

王浪为张美玲拉开后车门，张美玲抬腿上车，王浪随后上车坐在她的身旁，在王浪报了地点后，出租车驶出酒店。这时，王浪的手机有电话进来，一看是邱倩打来的，于是赶紧接了。

“王浪，吃完饭了吗？”邱倩问道，声音很大，坐在一边的张美玲听得真切，心里掠过一丝不安，邱倩是自己的朋友与同事，是王浪的同居未婚妻，她的声音让自己感觉到了某种苦涩。

“刚吃完，正准备回家。”王浪回答道，下午医疗队回到医院时，他与邱倩见过面，告诉邱倩他们晚上会去酒店吃饭。王浪接着问道，“你现在在哪里？”

“我呀，你猜猜。”邱倩在银铃般的笑声中说道。

“你在医院，对不对？”王浪猜了一个最大的可能。

“不对。算了，我憋不住了，我告诉你吧，我就在你们吃饭的酒店。”邱倩说道。王浪颇感意外，邱倩以前可不这样，她不会到他吃饭的酒店来找人。

从酒店餐厅到大门有一段距离，出租车还行驶在酒店的范围。王浪摇下车窗，一边张望，一边在电话里问道，“你现在在酒店哪个位置？”没等邱倩回答，王浪说，“好，我看见你了。”

邱倩正站在酒店大门口，亭亭玉立。

王浪叫司机停车，下车时掏出十元钱交给司机，嘱咐他将张美玲送回去。王浪对张美玲说：“对不起，邱倩骑摩托车过来了，你回去早点休息。”

张美玲答应了，含着眼泪，和着心酸，“你去吧，谢谢你。”

车门关上，张美玲看见邱倩倚靠着摩托车，如骄傲的公主。

王浪径直走向邱倩，张美玲看着王浪的背影，怅然若失，噙在眼中的泪水不争气地流了下来。

张美玲乘坐的出租车从王浪与邱倩边上驶过，她模糊的双眼满是邱倩的喜悦与张扬。一个女孩，能够让一个男孩在任何时候以她为中心，在任何时候都关心爱护她，这就是幸福。在这一段时间，王浪对自己无微不至地关心，悉心照顾自己，可是，当邱倩一出现，所有的美好都如过往烟云，如同做过一个梦，可梦终究会醒。

“王浪，今天是情人节，你送个礼物给我。”邱倩发话了。

“情人节不是早过了吗？”

“现在是寻找借口找乐子，方便情人们约会。今天是中国情人节，七夕。”邱倩解释道。王浪明白七夕与牛郎织女的爱情故事有关。

“好呀，我们去哪里选礼物？对，你需要什么？”

“去华美购物城吧。”邱倩说。

“好，我来骑车。”王浪准备去驾驶摩托。

“不用了，我来，你坐好就是。”邱倩拍着后座，笑逐颜开道，“你好像不习惯坐后面，是吗？现在男女平等，我们走。”

华美购物城煞是热闹，这是四水的一处高档购物场所，应该说等同于北京的燕莎购物城。节日真是很好的促销时机，尤其是情人节，容易让人产生冲动消费，激情消费。想想也是，一个年轻貌美的女子站在柜台前看上了什么东西，一旁的男人，不是男朋友就是情人，付款是最佳的选择，谈情说爱嘛，精神愉快最重要，人一高兴，做什么都可以，做什么都开心。男人愿意，女人开心，何乐而不为。

邱倩与王浪看中了一套高级化妆品，小姐开了票，王浪去刷卡。这时，邱倩看见方翔副院长与谭雅琴主任在一起，两人非常亲密地出现在门口。邱倩很生气，知道两人刚与王浪一起参加了医院的庆功会，应该是喝了点酒怎么的，真是酒壮色胆，两人简直无法无天，无所顾忌。得了，一定要整整他们。

邱倩很快有了主意，待王浪刷卡回来，他们领了化妆品。邱倩与王浪一起上三楼，正是方翔与谭雅琴在一楼所处位置的斜上方。邱倩往嘴里塞了一片口香糖，同时给王浪一片，王浪不要。

谭雅琴与方翔在一楼专心选购钻石项链，两人低着头看，非常亲密。邱倩想，这太明目张胆了，警告他们一下。

邱倩将刚剥下来的口香糖纸扔向下面的方翔，方翔被突然而至的纸团吓了一跳。邱倩调皮地躲在一边偷看。方翔和谭雅琴朝上望了一下，看见地上有一团口香糖纸，没有理睬，继续选购物品。

邱倩再扔下去一个纸团，方翔再次抬头，四人眼光交会，一对是光明正大谈恋爱青春无敌，一对是婚外恋如醉如痴，关系微妙，各自心领神会，自由散开。方翔与谭雅琴猜测可能是邱倩的恶作剧，但大人不计小人过，也就算了。

邱倩和王浪走远了，停下来问王浪：“你会像方翔吗？”

王浪吃了一惊，很自然地回答：“当然不会。”

这晚，王浪与邱倩幸福而甜蜜。

这晚，方翔直接将车开到谭雅琴的楼下，两个人心领神会地在一起。

有了特殊的私人关系，方翔副院长与谭雅琴主任在工作上俨然一家子。

“方，这东西挺有意思的。”谭雅琴亲切地喊着方翔，他此时正在洗手间如厕。

两人自从酒醉乱情后，不时地找时机幽会，这会儿他们在四水附近的度假山庄，房间宽敞明亮，风景宜人。北面是一片茶树林，茶树下的土地刚被茶农们翻耕，露出浅浅的紫褐色，散发着浓浓的土地气息。

房间南面是一座很大的水库，波光粼粼，不时有鱼儿跃出水面呼吸新鲜氧气。

湖中有几十艘游船在穿梭着，不时传来阵阵欢笑。

“嗯，琴，看见什么好东西了？”方翔走出洗手间，挨着谭雅琴坐下。

谭雅琴娇媚地回头，指着一张报纸上的广告说道：“你看，这个指纹打卡机是不是很好？”

“不错，比杨白劳那时按指印先进多了。”方翔开着玩笑。

“什么呀，方，两回事，这是现代科技，对于身份的确认，还有考勤之类很有用。”谭雅琴说道，突然有所发现地补充说，“我看我们医院买个这样的东西很不错，这样考勤就简单多了，把它往大门口一放，谁来谁没来，谁什么时候来了，一清二楚。”

“果然是公共卫生管理专业的研究生，处处留心，处处是管理。”方翔以夸奖带夸张的口吻说道，显然并不是真正表态。

“那是，我们买一台回去吧，对了，卖指纹打卡机的公司就在车站附近，待会儿我们回去的时候去看看吧。”谭雅琴明显是当真了，她真想把这事办成。方翔因为觉得开私家车出来目标太大，所以一般都是选择坐公共汽车或者打的，所以谭雅琴才说坐车回去。

“我看采用指纹打卡机这事不错，不过，我们还是回去向院长请示一下再说。另外，我想这种机子这里有，四水也一定有，也省得我们这老远的扛回去。”方翔同意谭雅琴的想法，只是对具体步骤提出不同的看法。

一星期后，天马医院所有医护人员与其他职员发现，医院大门口多了一个小狮子样的东西，旁边玻璃门上贴着告示：指纹打卡机试用期两天，将右手放上去，按下食指，提示成功就可以了。这在医院是个新鲜事物，很多人围着看，试着按下自己的指纹，电脑记录每一个指纹时，都有语音提示“操作正确，谢谢你的合作”。

王浪与邱倩手拉着手一起上班，走到大门口，看见一群人围着，王浪准备不予理会，从旁边穿过去，他一般不喜欢看热闹。邱倩可不这样，她比较关心人多的地方，她常说的就是“吃饭都找人多的地方，这很简单，说明大家都认为好呀”。她把王浪拉过去站在指纹打卡机的面前，按提示操作了一番。邱倩与王浪的指纹都被记录在案。

两天后，医院公布指纹打卡机使用方案，规定所有人员，凡是有在医院领取奖金的，必须早晚四次，即上班两次，下班两次由指纹打卡机打卡确定考勤情况。

王浪对这东西持反对态度，他认为一个措施能否开展，要看它的效率与可操作性，指纹打卡机对于机关工作人员有其可取之处，但是对于医生、护士就不是那么友好的东西，这两类人员有晚夜班，上下班时间差异巨大，尤其外科医生更加没有规律，常常手术做完已连续工作十几个小时，不能用程序化的机器来约束。先进的设备比如更高级的摄影打卡机，它可以保证打卡人身体在单位，可是避免不了身在曹营心在汉。

怀着对医院的一片赤诚之心，王浪给院长写了一封建议书《对医院采用打卡机的感想》，详细列出使用打卡机的弊端。邱倩看了这封意见书，力劝王浪不做出头鸟。但王浪决心已定，将意见书直呈院长。

院长是外科医生出身，看过王浪的意见书后很有同感。他与书记协商，书记说：“我看的确不太理想，要不照你刚才说的，用来考勤机关工作人员我看可以，整顿机关作风从考勤入手。”

院长说：“考勤机是方副院长与谭主任给引进来的，你和他们谈一下，做些适当修改。”

“好的。”书记回答道。

方翔副院长与谭雅琴主任得知王浪上书院长，备感意外，因为他们在抗洪救灾中与王浪合作过，感觉他不是喜欢捣乱的人。“没想到呀！”两人在办公室异口同声地说道。不过，既然书记、院长下了指示，他们只好改正。

医生护士恢复了从前的上班方式。张美玲得知是王浪的上书导致这样的改变后，非常欣赏王浪敢作敢为的勇气。

“王浪，你的上书让我想起公车上书和戊戌变法，想起康有为，谭嗣同、梁启超。”张美玲在楼道里碰见王浪时说道。

“小声点，张美玲，没这么伟大吧，不至于载入史册。”

“我觉得有，你太伟大了。”张美玲顺从地放低了声音。

“你都好吗？”王浪转变话题，问候张美玲。

“还行。只是，当然没你们幸福。”

“你注意身体，我待会要上手术，先去办公楼开会，再见！”

“再见。”张美玲望着王浪远去的身影，颇有不舍。

王浪去办公楼参加“反商业贿赂宣传会议”，当他到达会议室时，已经有近百人在座，全部是年轻医生。王浪觉得奇怪，反商业贿赂怎么全部集中在年轻医生呢？他环顾四周，好像在座的没有主治医师以上的医生。

会议室正中央，天马医院书记和方翔副院长、谭雅琴主任坐在主席台。

书记首先讲话：“女士们、先生们、朋友们，大家好！医院救死扶伤，实行革命的人道主义，医疗服务是神圣的职业。不过，很遗憾的是，目前医患关系紧张的现状，可能难以让在座的诸位感觉到神圣。社会正处于转型时期，贫富悬殊、城乡差别还无法消除，一部分人患病后承受着巨大的经济压力，很容易将不良情绪带到医院来。因此，从总体上说，医患关系不够和谐。所以，建立社会诚信体系，重修良好的医患关系，是我们大家所共同期待的。在医药行业开展反商业贿赂工作，就是中央、各部委和省委省政府的统一部署。天马医院是知名医院，这项工作也要走在全省的前列，待会由方副院长做具体安排，希望同志们用心听，把事情做好。”

方翔副院长用他动听的声音开始了严肃的讲话：“各位同事，大家好。刚才书记讲得非常好！现在医生难做，这是有目共睹的。不过，医生再难做，我们也要做下去，治病救人哪朝哪代都需要。我们不能害怕困难，要想办法解决困难。关于反商业贿赂医院已经开了四次专题会议，第一次是机关各科室的行动安排与政策宣讲，第二次是临床各科主任，第三次是主治医师以上高年资医生，这一次也就是第四次，主要是针对年轻医生。我们每一个人都要引起足够重视。主要从以下几个方面入手……”

王浪开完会后进入手术室，洗手时遇见万如海。万如海在一个月前的职称评定中一切顺利，通过了副教授的考核与评审，正式当上副教授，依照尊称就是教授。为此，万如海请科里几位关系密切的医生一起吃饭，这其中就有王浪。

万如海这顿饭请得恰到好处，明显地拉近了同事之间的关系，形成了一个相对稳定的小圈子，这个圈子与科室副主任的圈子无形中构成对立。有人的地方就有圈子，只是大小不同，娱乐圈、文化圈、政客圈，不一而足。万如海如日中天，以他的学历与才气，正是走上坡路的时候，一天胜似一天。王浪被吸纳进这个圈子，应该说是天意，在不知不觉中，王浪与万如海成为一条战壕里的人。

邱倩对方翔和谭雅琴的婚外恋很是看不顺眼，可是，这两人的幽会是越来越频繁，越来越深入。作为医院领导，两人上班的时候像模像样，下了班就想尽办法、找尽借口躲到宾馆腻在一起，这是他们最喜欢的聚会方式，足够安全、尽享激情。

“你在家里的时候都做些什么？看电视吗？”谭雅琴问道。

“我很少看电视，一般都是她和孩子看。我也没多少时间，你知道的，有时就看看书。”

“最近在看什么书？”

“《国际形势分析》”

“嗯，有何感想？”谭雅琴喜欢讨论问题。

方翔想了一下，回答道：“问题不少，希望很大，同志仍须努力。”

谭雅琴笑道：“哈哈，你总结得很好。”

方翔接着说道：“目前主要面临中美、中日关系，换句话说，我们要做最强大的国家。”

“中国曾经是最强大的国家之一。”

“那是过去。”谭雅琴说道。

“再次强大为何不行？就像一个人会游泳，重新复习一下就行了。”方翔对中国未来充满信心。

“想起来容易，做起来太难。”

“没错，是不容易，但我们的进步会是跨越式的。”方翔感受着中国的日新月异。

“我国目前人口比较多，给人感觉是大国家，是人口大国，但是综合国力还不够强，与美国相比，经济总量差距不小，人均经济量就更有差距。”学公共管理的谭雅琴说起这些来头头是道，“素质就更不用说了。”

“错，每个中国人都有强国的梦想，每人出一分力，梦想就会成为现实。”方翔坚定强国的梦想与信念。

谭雅琴很女生色彩地说道：“我总觉得我们太微弱了，我如果是位女强人，有着辉煌的事业，也许还会多些梦想。”谦虚得不像谭雅琴。

“微弱不可怕，参天大树总是从小树苗开始的。”方翔有着顶天立地的气魄。

“所以现在要对青少年寄托无限希望，希望他们过得比我们好。”谭雅琴说道，两人的想法有着相同之处。

“不论是对自己还是对青少年寄托希望，都是强国梦的具体实践，一代胜一代是历史的必然。”方翔时刻不忘自己的责任，感觉到这话题讨论得差不多了，他转换主题道，“琴，我给你讲个故事，很久以前看过的一个故事，想听吗？”

“肯定不是什么好故事。不过，我想听。”

“故事是这样的，男孩和女孩谈恋爱，在一棵相思树下，月亮陷在云层里，小鸟不唱歌了，风轻轻吹，女孩闭上眼睛，等着那刻骨铭心时刻的到来。好一阵，听男孩说‘我可以吻你吗？’女孩像从半空中掉下来，意境全无。‘吻这样的事情，你还要做请示报告？你，你真不像个男人。’约会不欢而散。你说这种女人可爱吗？”

“当然可爱呀，可爱得让我想成为她，是呀，男人做事情畏首畏尾，该骂。”

4

方翔与谭雅琴两人频频约会，尽享快乐；但是，肝胆外科主任可没这么幸福，他出大事了，大得让医院上下震惊不已。

肝胆外科就是王浪与万如海所在的科室，这位主任对万如海和王浪很是喜爱，在工作中给予较多的关照与指导，他们两人都视主任为恩师。

被王浪与万如海视为恩师的主任遭遇人生黑色的一幕，他被警察从办公室带走，随后被解除职务，这一切都是因为他的女朋友。

王浪见过主任的女朋友，她似乎不用上班，时常出现在肝胆外科办公室，穿着无袖透视装，两个眼睛又圆又大，走起路来一蹦一跳，颇具活力。

女孩与主任的交往光明正大，主任四十三岁，离异单身，女孩认识主任之前谈过几个男朋友，但都缘尽分手，与主任谈情说爱可谓名正言顺。

每回看见女孩到科室来，王浪总会和她淡淡地打个招呼，毕竟是恩师主任的女朋友，无论是出于礼貌，还是对主任的尊重，王浪认为这都是应该的。他并不看好主任与女孩的感情，但也没有预料到有后面的情况出现。

那天，主任正组织肝胆外科全体医生大查房。王浪首先报告病历，大家聚精会神地听着，医生办公室的门突然被警察推开。后来，大家知道这个警察叫作熊飞。

熊飞推开门后并没有直接进办公室来，他站在门边，一个女警察昂首挺胸地迈进来，办公室里医生们的目光齐刷刷地望着她，一是由于她威风凛凛如入无人之地，另外一个是由于她的美貌。有认识的医生告诉王浪，这女警察是公安局副局长蒋小璐。

“主任，请您配合一下，跟我们回局里接受调查。”或许是出于对天马医院在四水医疗界龙头老大地位的尊重，或许是出于对主任的敬畏，分局副局长蒋小璐言语文明，带着几分敬意。如果不是公开来请主任去派出所接受调查的话，他们这是很人性的执法。

主任看着走到面前的蒋小璐，平静地说道：“请问什么事情？”

“我们既然专程来找你，而且是几个人一起来，我想肯定是有事，而且是与你密切相关的事情。你现在跟我们走，去核实一些情况。”蒋小璐副局长不急不躁，是做警察的材料。

“好吧。我给大家交代一下。”主任向蒋小璐副局长请示。

“你说。”蒋小璐副局长心平气和，尽力让天马医院的外科大夫们见识女警察温柔的一面。

“同志们，我有事先走一步，你们接着讨论。这个病人是王浪负责的，由他的上级医生万如海副教授组织讨论。”

主任这话颇有临危授命的味道，由万如海副教授组织病例讨论当然可行，但是却让行政副主任大吃一惊，怎么会这样呢？万如海是副教授，没有行政职务，而他是医院正式任命了的。或许正是主任的临门一脚，将万如海直接推向了主任的宝座。很久以后，那位副主任想起这事还愤愤不平，直骂主任“活该”。

主任随即转身走出办公室。门外，等待着数名警察，包括熊飞在内的四个男警员前后左右押解着主任走出外科大楼，上了停放在楼下的警车。蒋小璐走在最后面，飒爽英姿地登上警车副驾驶座。

天马医院肝胆外科的医生护士们在窗口目睹了主任走上警车，最初的反应是惊讶，接着当然就是好奇，因为这太突然了，从主任查房会上被荷枪实弹的警察带走，事情必定非同小可。大家纷纷猜测究竟出了什么大事，以至于公安局派重兵前来，从天马医院将肝胆外科主任带走。人不可貌相，海水不可斗量，什么人都可以出什么事。大家拭目以待。

各种消息渐渐地传了出来，最让人震惊的是，据说主任被抓是涉嫌故意杀人罪，而被杀害的人就是主任的女朋友。他的女朋友经常来科里找主任，平日里同事们能够目睹漂亮的主任女友。大家想起的确有一段时间没有看见她了，那个经常出现在肝胆外科办公室的美女不见了。

最先发现美女不见了的是她的姐姐。她的姐姐在发现情况不对后向警方报案。报案时，是熊飞警官接待的。

熊飞那天在所里值班，一个年轻女孩急匆匆地跑进来，气喘吁吁地对坐在办公桌前的熊飞说：“警……察，警察，我……”，好久没有出一句完整的话。

熊飞安抚道：“不要急，我会为你做主。你坐下来，好好说。”

他拿一次性纸杯在饮水机接了水，递给报警的女孩：“喝点水吧。”

女孩喝了几口水，重重地喘了口气，眼泪汩汩地往下流，梨花带雨。她断断续续地叙述，熊飞耐心地听着，终于明白女孩报警的事由与经过。

女孩告诉熊飞，每天妹妹都会约她一起逛街、聊天，但这天比平常的时间晚了好几个小时，依然没见妹妹过来。她也没接到妹妹打来的电话，不放心的她就拨打妹妹的手机，但是打了无数次，手机里总提示无人接听。女孩预感妹妹一定出大事了，心神不定，在恐惧与忧虑中来到派出所报警。

熊飞接到报警后给所长和主管副局长蒋小璐打电话，简单介绍了情况。蒋小璐指示立即展开调查。

蒋小璐副局长领派出所所长和熊飞以及另外两名警察，对案子进行全力侦查，他们废寝忘食，夜以继日地工作，走访失踪者的社会关系，到电信局、移动公司调阅失踪女孩的通话情况。种种迹象表明，天马医院肝胆外科主任有重大嫌疑。

蒋小璐果断决定，将天马医院肝胆外科主任拘留调查。

主任在警察强大的审问后，心理防线彻底崩溃，交代了犯罪事实。他做梦都没有想到，自己一个堂堂的主任、教授、知名肝胆外科专家会在激情冲动中走向杀人的毁灭之路。什么都没有了，名誉、地位、财富、事业全毁于一旦！更痛苦的是，主任的这件事情连累了他的母亲，主任不但不能在母亲身旁尽孝，还让母亲背上窝藏的罪名，同受牢狱之灾。

主任在丧偶不久与一个年轻女孩谈恋爱。女孩二十三岁，与主任的四十三岁形成鲜明对照。年龄的差距客观存在，对人对事的看法就难免不一样，平日里就少不了闹矛盾。二十多岁的女孩正是激情喷发之际，总想男朋友多陪着逛逛街、聊聊天，也就是说特别黏主任。但是，正是这种过分的依赖让两人的交往出了偏差。

那天，主任要迎接来医院考察的外国财团代表，外方拟投资在天马医院修建一个院中院——肝胆医院。这是件好事，无论对医院，还是对主任本人，都是大好事，对将来的发展有着重要的意义。没想到，由于对事情的看法不一致，酿成了一桩悲剧，直接毁了两个人。

下午快上班时，主任拿着公文包，准备从家里出发，去迎接外资代表，他的女朋友刚看了一部感人的言情电视剧，心中情趣盎然，拉着主任的手，非得让他先陪陪她，然后再去上班。以前，偶尔也发生过类似的事情，主任一般都会将就她。

这回主任不打算将就，他想快点到会议现场，检查一下会议的准备情况。主任的女朋友也没打算放弃，她想做什么就做什么，硬拉着主任。主任有些气恼，开玩笑说道："你不要拉我，再拉我就掐死你。"

"你敢？我就是要拉，我就是要拉，就是不要你出去。你以前每次都可以的，这次为什么不行？"女孩蛮不讲理。

主任真掐女孩的脖子，他的眼睛瞪得老圆，气急败坏的模样，嘴里嚷道："我叫你拉，我叫你拉。"他这胡乱的动作把女孩吓坏了，不敢再做激烈反抗，很快就无声无息。

主任觉得不对劲，一摸女孩脉搏，糟糕，没有摸到脉搏，也就是说女孩的心跳停了。她怎么这么脆弱，轻轻的一个动作她就没了气息？但很快，做医生的他知道，刚才的动作引起颈部压力感受器急剧反应，年轻女孩的机体做出错误应对，直接导致了她的死亡。

主任这回铁石心肠，按时参加外资代表与会的“肝胆医院”筹备小组会议。会上，他作了“关于肝胆疾病外科治疗新进展的报告”。他认为，由于慢性肝炎的存在，肝硬化、肝癌的病人逐年增多，需要外科干预的状况越来越多，谁能够在肝胆疾病的诊治领域占有一席之地，抢占有利地形，形成规模，谁就将具有绝对的话语权。

只是，这是他在肝胆外科学界最后一次慷慨激昂。

主任开完会回到家里，想着如何处理被他掐死的女孩。不可思议的是，他订购了一台大冰箱，将尸体藏在冰箱里运至火车站附近一家快递公司，将她的尸体以货物名义发往青岛。

案情真相大白，主任被判处死刑，缓期两年执行。受害人家属认为判罪过轻，依法提起上诉。

天马医院小部分与主任不相识的人听了庭审，宣判后，他们说：“主任是万幸的，以他的罪状判处死刑立即执行都是罪有应得。”

主任以这样的方式退出天马医院，黯然失色，却在无意中让万如海正式走向辉煌。医院院长与书记亲自参加肝胆外科全体会议，征求肝胆外科主任人选的意见。在两位最高长官主持下，全体医生坐在小型会议室，进行主任选举投票，候选人是万如海与当时的行政副主任。

万如海以绝对优势战胜行政副主任，可说是民心所向、大势所趋。肝胆外科主任的余生恐怕只得在监狱里度过，但作为天马医院曾经举足轻重的人物，注定不会被人轻易遗忘。

主任在天马医院不愧是一个人物，他的卓越才华对天马医院影响巨大而深远。他为肝胆医院的建立做了大量的前期工作，打下了坚实的基础。他的学生、杰出的万如海青出于蓝而胜于蓝。在万如海的全面主持和王浪等人的全力协助下，天马医院院中院——肝胆医院，在不到半年时间即正式宣告成立。

半年时间里，万如海以副主任的名义主持科室全面工作。前任主任被逮捕后，医院组织肝胆外科进行民主选举，万如海得票最高，远远超过那位在任的副主任，按理应直接任命为主任，不过依照组织程序，必须先做一段时间副主任。这样一来，主任位置空缺，万如海与那位竞选落败的副主任共同主事，但是万如海的能力让他实际上大权在握。

后来，由于万如海在肝胆医院的成立与近期工作中做出了突出的贡献，医院准备正式任命万如海为主任，可是副主任强烈反对，他的建议还得到医院书记的支持。当初主任被警察带走时，说过一句类似委托万如海的话，这位副主任对前主任恨得咬牙切齿，他向书记要求和万如海公平竞争，两人同为副主任，干满一年再说。

天意不可违，那位副主任逆天而动，难以如愿。或许是事有凑巧，或许是他心里不痛快，也或者别的什么原因，一向手术做得还可以的他出事了。他出了医疗事故，病人做完手术送回病房时各方面状况良好，但三小时后病情急剧变化，出现休克。紧急送往手术室进行开腹探查，发现腹腔内大出血。手术未能挽救病人的性命，病人死在手术台上。可惜，副主任在手术后的三小时里没能及时发现，也未能交代下级医生经常巡视。

错误不是他一个人酿成的，但是作为副主任，责任需要由他承担。这个错误太大、太明显，按照天马医院的有关规定，处理在所难免。

在病人家属的强烈质疑下，医院经过调查后对事故做了严肃处理。副主任作为主要责任人被调离原工作岗位，不要说竞争主任，就连继续待在天马医院做个普通外科医生都难。这就是竞争，这就是四水最知名、技术力量最强大的医院对自身的整顿。许多病人知道后纷纷表示，医院是人命关天的地方，就是需要这种果断处理、对病人负责的措施。

主任被警察抓捕时对万如海的临阵点将，看来颇具眼光，很有创意。四水天马医院肝胆医院正式挂牌的那天，那位副主任办理了离院手续，黯然神伤，永远离开了天马医院。

天马医院在一天前正式任命万如海出任肝胆医院院长，其实就是原来的主任级别一样，听起来味道大不一样，明显地上了档次。谋事在人，成事在天。

万如海初登肝胆医院院长宝座，春风拂面，正是大显身手的时候，或者说是有权可用之时，找上门来的人自然就多。由于副主任——原本那位可以直接改称副院长的同志，遭遇医疗事故被迫离开，这就导致了肝胆医院副院长职位的空缺。万如海心中有着自己合适的人选——王浪，他最希望让王浪出任肝胆医院副院长。然而，王浪的职称离主治医师都还差一点，在天马医院这么知名的单位，直接让其担任副院长有些说不过去。万如海打算干脆先不设副院长，等王浪职称上去后再提名王浪任副院长。当然，这事万如海一个人不能说了算，看中肝胆医院副院长位置的人已经在行动。

万如海得听从天马医院高层的安排。这天，天马医院院长打电话叫万如海去他办公室一下。院长建议或者说指示由肝胆外科一位五十四岁的主任医师出任肝胆医院副院长。这是一个荣誉奖，让快退休的主任医师有一个好的名声。万如海对这个安排心中暗喜，正合他意。有了副院长，其他人就不好意思再来找他，他不用再为这事想东想西。推算一下时间，当王浪符合条件时，这位副院长正好退休，天遂人愿。

5

“王大夫，您等我一下。”清脆的女声在王浪身后响起。王浪停住脚步，想看看是谁在呼唤他。很快，一个女子走到王浪面前，王浪感觉陌生，想不起是谁。

女子自我介绍:“王大夫，你好！我是中康公司的钟心怡，这是我的名片。”

王浪接过名片，只见上面写着“钟心怡，高级药师”。他有些不相信地看了钟心怡一眼，这女孩太年轻了点，“你的‘高级’两字来得够快呀。”

钟心怡低声地说道：“不好意思，这是老总给印的，便于开展工作。”

王浪缓和了口气，用哥哥对妹妹的口吻说道：“对，不是你的事情。”

钟心怡受到某种鼓舞，从与王浪正面相对而站的位置转到他的右侧，左手轻轻地放在他的右胳膊上，使出女生惯用的撒娇手段。

“王大夫，我们公司的抗菌王已经进入你们医院，请多关照。”钟心怡说道。

钟心怡是医药代表，她的职责就是把公司的药品强力地推荐给医生，再由医生使用到病人身上。

医药代表是一个新兴行业，在改革开放之后出现，二十世纪九十年代之后形成规模。作为一个行业，工作方式多种多样，需要根据不同的对象，采取不同的方式，告诉医生们某种药用于治疗哪些疾病。

王浪不置可否地回答道："我会考虑的。"市场上同类产品不计其数，每天还有许多这样的产品问世，有些不过换个名字，旧瓶装新酒。王浪不是那种随波逐流的人。

钟心怡眼里流露出失望，面对没有兴趣的医生是最头痛的。

"你还没有吃饭吧？"钟心怡做着最后的努力。短时间的接触，让钟心怡对王浪充满好感，在内心里很想得到王浪的支持。

王浪被钟心怡温柔和有些无助的声音打动，笑着回答："刚下班，准备回家，当然没吃饭。"

"那，我请你吃饭，好吗？"钟心怡完全忘记了她只是一个初次来找王浪的医药代表，她与王浪应该说还是陌生人。

王浪对于太过功利性的交往，会毫不犹豫地拒绝，然而此刻，他不忍心冷漠地拒绝。

"我请你吃饭。"王浪潇洒地说，他忘记了钟心怡的身份是医药代表。

"哪有你请的道理。"钟心怡说，"走吧，我请你。"她自然而然地挽着了王浪的胳膊。

"王浪，蛮滋润的嘛。"一个熟悉的医生和他打招呼。

他下意识地抖了下胳膊，虽说是二十一世纪，但与别的女孩太亲热当然不好，他的女朋友邱倩在同一家医院呢。

王浪与钟心怡走进天马大酒店，钟心怡的脑子里已经没有了工作，客观地说是放弃了她的医药推销一事。女性特有的直觉告诉她，王浪这位帅哥医生对于和她们这些人的业务交往缺乏兴趣，和他谈那类事情，只能是南辕北辙，而换一种方式，或许山重水复疑无路，柳暗花明又一村。

与王浪不谈工作，那是快乐和温情脉脉的。

天马大酒店生意兴隆，红红火火。餐厅里人声鼎沸，摩肩接踵。王浪与钟心怡没有预订座位，来得又不够早，可以挑选的座位已经没有了。迎宾小姐见缝插针，把他们安排在大厅靠厨房的地方，非常窄小，没办法，只能将就。

服务员小姐过来点菜。天马医院酒店服务员个个身材高挑，颇为养眼，来到这里即便不吃饭，看看美女也可顶上几个肉包。感谢医院领导，他们对酒店经理下过指示，招服务员——尤其是女服务员，一定要与天马医院的地位相吻合。人员、管理、服务都要一流，医院不时会有国际会议在酒店召开，接待国际知名学者、临床医学专家、卫生部门相关领导。

来过天马医院的最高级别领导是国务院副总理，那是抗击“非典”全球共同作战的危急时刻。天马医院在那样一场举世瞩目的战斗中表现卓越。

天马医院的进步是改革开放的产物，是医院与时俱进、敢于开拓进取的表现。事实证明，医院领导招一流美女、做一流酒店的决策完全正确。

医院每年组织的会议与各种培训班就足以让酒店维持生存。实际上，情况远比预料的好得多，每年全国各地前来住院的病人、照顾及探望的家属，人来人往，酒店入住率全年都是百分之百。

天马医院酒店没有推广部，根本就用不着，业务量不用发愁，要做的就是尽可能管理好，减少运作成本，增加效益。酒店现任总经理是院长的表弟，虽不是医院正式职工，可是其地位和影响力远胜于一个内科主任。

“你吃点什么？”王浪问钟心怡道。

钟心怡微笑着说：“你点吧，王医生，你点什么我都喜欢。”

他们点的菜不到半个小时就上齐了，速度挺快的。王浪给两人的杯子倒满椰奶，椰奶颜色纯白，质感细滑柔嫩。

“来，我们干杯！以奶当酒，庆祝我们俩今日认识，希望能朋友永长久。”王浪举起奶杯，亲切地望着钟心怡，似乎看着自己的老朋友，很恰当地表达着相聚的喜悦之情。

钟心怡目光迷离，心血沸腾。她双手端起酒杯，手却摇晃着，杯中的椰奶像调皮的六岁小孩，怎么也安静不下来，一少部分从杯中飞出，溅到桌上的菜盘里，红的虾、绿的叶蔬都被点缀几朵白云。

王浪凝视着钟心怡，将杯子准确地撞向她的杯子，“咣”的一声响，很有气势，他随即将椰奶一饮而尽。

钟心怡将杯子放到两唇间，缓缓地把白色椰奶啜饮进她的口里。

两人正开心地吃喝，钟心怡的手机响了，她瞥了一眼来电显示，闺中好友陆琳打来的电话。

陆琳初到四水时与钟心怡在同一家医药公司做事，两人住一间宿舍。同在他乡为异客，加之两人性情相合，渐成好友。如果不是陆琳后来邂逅了一家大公司老总，命运发生改变的话，陆琳与钟心怡还依旧是同事。

“心怡，你在哪里？”陆琳问道。

“我在吃饭呢。”声音中透着兴奋，带着无比的满足感。

“吃饭？和哪个帅哥在一起呢？”

“说得正确。对了，今天怎么有空打电话？”

“嗯，今晚我请你去听音乐会。我那位也去，叫你的白马王子一起来。”

晚上，王浪应钟心怡之邀去听音乐会，同行的还有钟心怡的闺中好友陆琳，以及陆琳的男朋友宋志豪。

宋志豪在四水市汽车业界相当知名，他亲手建立了璐璐丰田汽车销售服务公司，任董事长、总经理，身家上亿，统领四水市所有丰田车系的销售与售后服务。他与王浪在一次朋友聚会时认识，后来，宋志豪和其下属到四水医院看病，全由王浪负责接待安排，来来往往，两人成了好朋友。

陆琳衣着时髦、化妆得体，全身上下闪烁着无法掩盖的光芒，与钟心怡站在一起，可谓双珠辉映。夜色与灯光是女人最好的化妆品，为她们增添魅力。

王浪与宋志豪热情地握手寒暄，极其夸张而热闹。钟心怡与陆琳欣喜地说道：“你们早就认识吗？”

“是呀，天涯何处不相逢！”宋志豪文化程度不高，此时还吟出了一句古诗。

四人走进音乐厅，这天举办的是一场现代小提琴音乐会。王浪很喜欢小提琴，外观优雅，乐声悠扬，富有张力与想象力，容易给人一种随情所欲的意境。

音乐家们深情投入地演绎着，《春江花月夜》《王昭君》等名曲在音乐家的全新演绎下，赋予了动感与空间。

音乐会散场，宋志豪驾车送王浪与钟心怡回家，陆琳坐在副驾驶座。汽车启动后不久，王浪收到邱倩的短信：你快回家了吗？我表弟来了。

王浪请宋志豪在家门口停车，与三人挥手道别。

邱倩的表弟是来办事的。因为热心肠和大孝女的缘故，邱倩在老家武汉的亲朋好友中口碑极佳。这天上午，她下了夜班顾不上休息，去火车站迎接从武汉过来的表弟。

“表姐，我在这。”表弟远远地看见邱倩，大声喊道。邱倩没有赶在列车进站前到达，表弟自己出站，在出口处等待。他背了一个旅行包，朝气蓬勃。

表弟是邱倩姨妈的儿子，比邱倩小两岁，这一年高中毕业没有考上大学，到武汉打工挣钱。姨父家住在武汉郊区，表弟隔三岔五回家看看，刚出校门，对家还很留恋，家中有爸有妈，还有可亲可爱可敬的奶奶。突然有一天，表弟被爸爸的电话叫回家，回到家里奶奶却无法开口说话，奶奶远去天国。

表弟得知奶奶因为肠梗阻住院，动了手术后前两天还不错，能说能笑，哪知第三天出现肚子疼。家里人找主刀医生，说是不在，几天都不会在，值班医生看了看，说没问题，很多病人做完手术都这样子，可能需要几天时间恢复。

谁知，奶奶没能恢复，情况越来越差。手术后第五天，奶奶发烧，值班的医生给了几片退烧药，吃过后不见好转，体温急剧上升，奶奶意识渐渐模糊。当天晚上，奶奶离开了人间。

一家人很是悲哀，奶奶身体平时很好，手术后前几天也不错，可是后来，主刀医生不在，病情一天比一天坏。对呀，是不是医疗上出了问题？是医生敷衍失责造成奶奶病情恶化，终告不治吗？

姨父请一个律师朋友到家里来，详细谈了全部情况。律师分析，奶奶的因病去世与医疗过程有很大关系，主刀医生不在，其他医生客观上存在着对兼管病人的不负责行为，随便应付，酿成恶果。律师建议先与医院协调解决此事。

医院态度强硬，坚持说手术与护理没有任何过错。术后病情变化与老人家体质虚弱、抵抗力差、伤口修复缓慢等密切相关，医院不承担责任。

律师朋友再与姨父分析，必须请一个懂医的专家，找出医院诊治过程中的缺陷与不足，然后再与对方进行交涉。

姨父立即想到了他的外甥女邱倩，姨父姨妈知道邱倩在四水最大的医院工作，可以请她帮忙找专家。

于是，律师在当地想办法将奶奶的全套病历全部复印，由表弟带来四水。

邱倩在火车站接了表弟，打的来到她与王浪居住的小区。看王浪没在家，邱倩安排表弟坐下后开始做饭。她按照三人的规格做饭，有时王浪会在吃饭的时候突然回来。

饭菜很快做好，王浪还没回来。对这，邱倩已经习惯，外科医生特别忙，有的是饭局，有的是应酬。她愿意给王浪足够的自由与个人空间。

邱倩与表弟吃饭，她很少喝酒，但给远道来的表弟开了一瓶啤酒。不过，为了表示欢迎，邱倩给自己斟了小半杯酒，与表弟喝过这小半杯酒后就叫表弟不用急，慢慢来，喝酒吃菜。

“姐夫他不回来吗？我们等等他？”表弟喝了第一杯酒后再次问道，刚开始邱倩叫他吃饭时他问过一次同样的问题。

“不用等他，我们先吃。平时我也是这样的，反正每天都做他的饭，有事就不回来吃，没事的话到吃饭时间他就会到家。”邱倩回答着表弟，心里想着王浪肯定是和同事出去应酬了。

王浪回到家里时，墙上的电子挂钟报时“现在是北京时间二十二点整”，电视播放着晚间新闻。

邱倩的表弟在看电视，脑袋小鸡啄米般低下去又抬起来。听见开门声，他停止头部的往返运动，用力地将头晃了几下，睁开眼睛，强打起精神，准备向表姐夫王浪汇报他来四水要办的事情。

邱倩在卧室看书，王浪熟悉的脚步声将她拉到客厅。邱倩把门打开，脸上洋溢着灿烂的笑容。

“姐夫！”表弟虽涉世不深，但嘴巴很甜。他并没有见过王浪，只听家里人以及表姐邱倩说起过。表弟心想这人这么晚了来家里，而且表姐迅速开门，这人不可能是别人，肯定是表姐夫，只有他才可以享受这种待遇。

“你好！”王浪礼貌地回应道。

邱倩对王浪说道：“这是我姨的儿子，受姨父姨母的委托，有事情要找我们，你看看怎么办才好。对了，先洗漱一下吧？”言语中充满了关切之情。

“不急。先看看姨父家的事情，表弟这么远过来，我们要尽快给办好，先了解一下，定一个基本方案出来，那样表弟安心，也可以早些休息。”王浪知道长途乘车容易疲劳，需要多休息，所以宁可自己晚些洗漱，也要让表弟有足够的时间休息。

王浪接着对表弟说，“你先说一下大致情况吧。”

表弟将奶奶生病和去世的事情叙述一遍，心中充满痛苦，眼里盈满泪水。邱倩感慨，一个男孩儿有如此细腻深厚的感情，不容易，不简单，也很少见，对表弟更添几分好感。

“表弟，你把病历拿给姐夫呀。”邱倩怕表弟太伤感，委婉地劝他。

表弟稍稍稳定情绪，拿出那份复印的病历。

王浪双手接过病历，很郑重地翻开，认真地看里面的记录与各项检查检验结果。很快，王浪发现了几个不当之处，心里一时有了底，这个医疗官司如果进入法院审理程序，邱倩的姨父母家打赢官司的概率有九成，这是王浪从医生角度做的分析。邱倩附和着，她也觉得医院在术后处理方面存在问题。

表弟看着王浪认真的神情，俨然一个大专家、大教授，心中很是佩服。王浪比表弟也只大六七岁而已，但王浪这等气质让表弟感受到了自己的底气不足，感受到了自己的幼稚与无力。

“邱倩，让表弟先休息吧，我们再看看病历，商量一下做决定。”王浪掩上病历对邱倩说道。

王浪与邱倩租住的房子不够宽敞，没办法留表弟住在家里，两人决定让表弟住附近的招待所。

邱倩领着表弟去街对面的招待所，还好这些天住宿的人不太多，这么晚了还有空房。邱倩给表弟开了一间客房，标准间，六十元一晚，房间里有热水器，有独立的卫生间，条件还可以。表弟说，姐，你们真好。邱倩说，以后买房了就可以住家里，现在还只能住招待所，你喜欢就好。待了几分钟后，邱倩与表弟说明天见，嘱咐他早些洗澡睡觉。

邱倩安顿好表弟回到家时，王浪已经洗漱完毕，躺在床上看《体坛周报》。他爱好体育，兴趣广泛，足球、排球、网球、围棋，啥都会一点，但是真正称得上很精的倒没有。不过，王浪喜欢看看体育类的新闻、消息等，于是每期《体坛周报》一到，邱倩都会帮王浪买回来。

王浪问邱倩：“都弄好了？表弟睡了吗？”

“弄好了，现在真是方便，想想我们小的时候，家里来了客人，我们孩子们就得几个人挤一个床铺，不过那时年纪小，挤挤只觉得挺好玩，要换现在，谁也不习惯。”邱倩一边关门一边说道。

邱倩走到王浪身边，弯下腰吻他。王浪回家后表现优异，对没见过面的表弟态度友好，周到热情，让做表姐的邱倩很有面子，心里感觉特舒畅。这样的心情，这样的状态，不做爱真是对身体的浪费，对青春年华的虚度。

“你再看一会儿报纸，我洗澡去了。”邱倩眉目传情地说道，那是邱倩主动求欢，王浪心中明白这是给他的暗示，两人早已有了默契。

第二天早上，王浪、邱倩起床，神清气爽。洗漱完毕，两人去街对面的招待所找表弟。他们到达招待所时，表弟已经洗漱完，坐在房间里看电视。

三人一起吃过早点，邱倩与王浪手拉着手上班去，临走时，邱倩叮嘱表弟，可以在外面随便逛逛，有事打手机，官司的事情她和王浪会全力而为，加快办理，请表弟不用担心。

王浪一上班就很忙，忙得没有时间做其他事情。邱倩也一样，总是脚不沾地，屁股不着凳。在大医院工作好，有名誉，有地位，收入也不错，就是人累，心也累，每天有打不完的针，做不完的护理，回答不完的各种各样的咨询。

6

王浪这天做了两台手术。自从成立肝胆医院以来，前来医院看病的人越来越多，医院影响力不断增大。肝胆医院的品牌与服务使不少人在选择医院看病时，优先考虑天马医院，肝移植更是全国闻名。万如海作为肝胆医院负责人，可谓功成名就，外出开会只要说是天马医院的，大家都礼让三分。

王浪这两台手术是与万如海一起做的，是病人点名要他们做的。两个病人一个是海外华侨，一个是省部级领导，点名要王浪与万如海同时上台。

做完手术已是下午四点多钟，领导秘书请王浪与万如海等手术功臣晚上一起吃顿饭，感谢大家为首长服务辛苦了。

王浪谢绝了领导秘书的邀请，他一般不参加这种吃喝，原因很简单，他认为，很多场合下，吃饭弄得跟过政治生活一样，对权势人瞎吹瞎捧，什么酒呀、菜呀都变成了道具，说什么领导你一定得吃这龙虾头；你是掌舵人，鱼尾非你莫属。偶尔有一两个人凭着兴趣，想吃啥就吃啥，吃也就吃了，但准会同时吃下其他人的白眼。

秘书坚持不懈，说是一定得出席。王浪问“万院长去吗”？

“是的，万院长会去，天马医院院长、书记也都会去。”秘书很流畅地回答，他希望院长与书记的出席会让王浪改变主意。

“嗯，万院长去了就行，手术他是主刀，我只是助手。谢谢您！”王浪明确表态，谢谢秘书的锲而不舍。

“王大夫，你——”秘书继续发挥着职业的长处，坚决贯彻执行领导及其家属指示，希望圆满完成上级交代的各项任务。

他的话没有说完，王浪的电话响了，“对不起，我先接个电话。”

王浪看了一下，是龙芳瑜的来电，心里高兴极了。

“好的，好的，待会儿再联系，我这会儿有些事情。再见。”

秘书看王浪电话很短，以为是一个普通电话，接着说下去：“王大夫，你看如果晚上没什么特别的事情，我到时来接你，你在办公室歇会吧。”

“真的不用客气。刚才朋友来电话，提醒今晚有重要事情要去办理。实在对不起，谢谢你！”王浪说起谎来倒是言之有物，言之有理，让人听了直点头。

王浪走出医院大门，空气真好，哪怕是车流人流交织的大街，空气也比医院好。因为医院的空气充满消毒水的味道，总是弥漫着与疾病和死神做斗争的紧张氛围。

王浪大口大口地呼吸着充满汽油尾气的空气，呼吸着许多尘埃看不见的空气，然后掏出手机，给龙芳瑜——这个身体美丽、交往舒畅、难以忘记的美女律师回拨电话，心里好像有着渴望！

龙芳瑜立即接了电话，显然此时她有着难得的空闲。著名律师在百忙中享受着片刻的清静。

“王浪，你真是大忙人呀。”龙芳瑜开口说话，“一个电话还要分成两段来完成，你这是耍大牌，知道吗？”

“哈哈，龙大律师可不能乱扣帽子。”王浪笑答，“好像耍大牌不是什么罪名吧？”

“当然不是，不过，没一个明星敢承认自己耍大牌，虽不是犯罪，可是得罪了粉丝，得罪了媒体，形象会大受影响，到时哭都来不及呀。”

“龙大律师，我们不再辩论了，我甘拜下风。”王浪率先兵退三十里下寨。

“其实，你的口才非同一般，能够认识你这样冰雪聪明的外科一把刀，幸甚！幸甚！”

“你就别把我吓死在半空中，我受不起的。”王浪回答道。

他想这事还真是很巧，正想着与龙芳瑜联系请教有关医疗官司的问题，她就打来了电话，真是天意。

“今晚我请客，你在律师事务所等我，好吗？”王浪主动请律师吃饭。

“很好，待会见。”

兴旺海鲜大酒楼，王浪与龙芳瑜要了一个小包厢，这是真正意义上的包厢，不是那种简单的没有窗户的隔断。临窗的这面，可以看到夕阳中的海岛，那是诗歌与音乐、传说与想象的美丽土地，海的波浪在夕阳中泛着蓝光。

“我们认识不算很久，很高兴你今天打电话来。不过今天呀，我还有事要请教你。”王浪说道。

“有事尽管说，我会尽力而为。”

“嗯。”王浪认真听龙芳瑜说话。

龙芳瑜继续着她的思路，“我喜欢边吃边谈，说说话，聊聊天，可是，对胃口的人很难找。”

“当然，要不为何说人生难得一知己。”王浪附和道。

“对，有些时候，与有些人在一起，说不上几句话，我就感觉到很累，根本不想说下去，脑子里有空白的感觉，思维不连贯。”龙芳瑜感慨着知音难觅，“所以，我喜欢忙碌，今天要不是那阵子空闲，也不会给你打电话。”

“哦？有事就忘记朋友了。”王浪揶揄道。

“不是忘记朋友，当工作与生活一步紧跟一步的时候，没办法停下来休息。与朋友相见需要心境，如果头脑中全是工作，即便见了面，也会三心二意。”

“精辟，现代社会的确这样，表面看制度与单位的约束越来越宽松，可无形的压力逼得你必须不断地向前冲。”

“王浪，我接触的人不少，可是真正留下好感的太少，算来只有两个，其中一个就是你，你说我会忘记你吗？”

“很荣幸，能够成为你两个中的一个，可以告诉我另一个是谁吗？对了，你可以不回答。”

“你确实是超人，一般人即便想到了这个问题也不会说出来，你敢想敢说，这种性格我佩服，对于你这样才智超群的人来说，会促使你不断向前与超越。”龙芳瑜不打算保留什么秘密了，“你让我这么欣赏你，我也就直说吧，另外一个是董云贵，你见过的。”

对，王浪是见过董云贵的，那次龙芳瑜住院，出院时就是董云贵来接她并办理出院手续。

“是的，见过面，他对你很好，照顾得很周到，看样子很不错。”王浪对董云贵了解不多，但既然是龙芳瑜都表示欣赏与喜欢，必有其过人之处，当然也就英雄相惜。

“不过，他没有你这么豪气冲天，在我面前他有些拘谨，不像你，在我面前很是放得开。”龙芳瑜客观而平静地说道，“或许因为我是他的上司，而你却不是我的下属吧。”

包厢的门被敲响，服务小姐上菜来了，打断了他们的谈话。首先上来的是黄螺，说是黄螺，其实并不是单一的黄色，而是棕色与白色相间的花色螺纹，螺肉富有弹性与韧性，口感极佳。王浪一直喜欢吃黄螺，没想到龙芳瑜也有相同爱好。

陆续地，竹筒明虾、清蒸鲨鱼肉、油炸海蛎也上了桌。两人边吃边聊，这时的话题当然主要与吃有关。

龙芳瑜用她灵巧的双手给王浪剥虾吃。吃着经过了美女手的虾，王浪感觉味道变了，更鲜、更甜。

“好吃吗？”龙芳瑜看着王浪吃虾，充满期待地问道。

“好吃，真好吃。”王浪发自内心，喜洋洋地。

“你知道吗？一直想与你一起吃饭，你喜欢就好。”龙芳瑜如梦如幻，“你让我感觉幸福。”

王浪乐不思蜀，差点忘记主要任务。直到晚饭接近尾声，王浪突然想起这次的事情还没办，意乱情迷中差点给忘了。惭愧，人家英雄难过美人关，自己也差不多。

“王浪，常来看看我，好吗？”龙芳瑜依恋地对王浪说道。

“当然，没问题。”王浪豪爽地说道，“有你这么好的照顾，我会经常来，你不会烦吗？”

“烦？哪会？高兴都来不及。我的脑子整天浸泡在法律术语中，有打不完的官司，有没完没了的唇枪舌剑。”龙芳瑜以少有的语气说道，“有时真想停下来，好好休息几天。”

“你这想法完全正确。许多国家实行带薪休假，为的就是释放工作中积累的压力，不要让亚健康的人转变成病人。可惜，在我们国家目前还不能正式推广。”王浪三句不离本行，说到了工作中的健康与压力问题。

“对，你们医生要大力呼吁，让这个措施尽快实施。”龙芳瑜好像有些迫不及待。

“你应该不属于这个措施的受惠者。”王浪想了一会说道。

“为什么？”龙芳瑜不解。

“很简单，你自己就是律师事务所的合伙人，放不放假你说了算。严格地说，你应该对你自己，也对你的下属负责。”王浪做着解释。

“嗯，我懂了，你是说我想轻松就可以轻松。”龙芳瑜好像明白过来。

王浪很高兴龙芳瑜的开窍，“差不多就这意思。”

“可是，社会大环境才是决定性的因素，我一个人弄带薪休假，搞了半天只会画虎不成反类犬。”龙芳瑜做进一步陈述，对她的观点做着更详细的说明。

王浪不想把话题再扯远，一方面是想让龙芳瑜轻松一下，另一方面，他想和她说说邱倩表弟的事情。

王浪称呼道：“龙大律师——”话没说完，被龙芳瑜截断，“你不要这么叫，太生硬，叫我的名字，好不好？”

“芳瑜，是这样吗？”王浪立即换了。

“你认为是我的名字就行，只要我没说不行就可以。”龙芳瑜调皮地笑着，继续说道，“很久没有听见人这么叫我，感觉亲切。”

“是吗？那好，我就这样叫你，芳瑜。”王浪心里暖暖的，龙芳瑜同样感觉如此。

“你刚才有什么重要的话要说是吗？”龙芳瑜帮助王浪重新拾起话茬。

“不错，你是火眼金睛，洞人心扉。我有一个朋友的亲戚生病住院，没想到手术后几天却死了，家属认为医院不负责任，因此准备状告医院，要求民事赔偿。”王浪简介了一下情况。

“不会是你们医院的事情吧。”龙芳瑜说道，但立即自我否定，“我想肯定不是，如果是你们医院的事情，以你的身份，不会到我这里来诉诸法律。”

“是的，是我老家武汉一家市级医院做的手术。这是病人的病历复印件，你看一下。”王浪没有直说是邱倩的表弟，当然就更没有说邱倩是他的未婚妻。不说是因为没有说清楚的氛围和必要性。

“嗯，好的，不过我想，以你的医学水平，要从病历中找几个缺陷易如反掌。我如果看病历，就是在你面前班门弄斧。”龙芳瑜所言是实，合理的谦虚也是应该的。

“是的，我粗看了一遍，发现一些问题，但我想你是法律学方面的专家，对于如何应用缺陷来打官司，什么时候用，更具专业指导性。所以，你是真正的指导者。”王浪毫不含糊，继续称赞着龙芳瑜。

“好了，不要老恭维我。让我想想看。”

龙芳瑜思考着，一边翻看王浪带来的病历复印件。随后，她郑重地对王浪说：“《医疗事故处理条例》新近出台，针对病人专业知识的不足，为保护患者及家属的合法权益，做到公平公正，规定医疗官司需‘举证倒置。’——想想你们医生也真不好当。不过，有这一条，你可以帮你的朋友一把。你让他抓住一个大前提，那就是医院不负责任的行为导致病情恶化。”

“你说的这个条例，我们有学习过。真没想到，这么快就和它沾上边。”王浪记起那次全院大会，就是学习新颁布的《医疗事故处理条例》。那时，他在想着一个肝癌病人第二天手术的事情，把打开腹部、切除肝脏肿块、手术意外等程序在脑子里琢磨一遍。所以，王浪虽然参加了当时的会议，但印象不是太深。他想医生的职责就是全力诊治病人，如果这个过程中老想着打官司，那是不正常的状态，医生为病人解除痛苦，却时常遭到误会与责备，也是极为尴尬的医患关系。

龙芳瑜继续说道：“《医疗事故处理条例》关于‘举证倒置’这项规定对病人很有用。医院说不是医疗护理不当导致死亡，那么，病人为什么会在手术后病情恶化，并且不治而亡？”

王浪认为龙芳瑜提出的建议正中要害，“芳瑜，你说很少代理医疗官司，现在看来，你对这类官司把握得很好。”

“那还差很远，像你这样的医学专家，就不要再叫我吹捧你了吧。肠梗阻病人手术后恢复情况如何，你很清楚，只要你想帮他忙，或者你能够出庭的话，医院必败。”龙芳瑜做着更为详细的说明。

“我出面不合适，那个医院还有我的同学。”王浪实话实说，“芳瑜，以你刚才的策略，我想胜诉没有问题。”

这时，王浪的手机响了，是邱倩表弟打来的，“姐夫，你快回来了吗？”

“嗯，我就回来了。待会再和你说。”王浪急急地挂断了电话。

“都催你了，回去吧。”龙芳瑜有些不舍，但清楚王浪在忙着这事。

王浪上了一部出租车，背后是龙芳瑜留恋的目光。

邱倩和表弟在客厅等着王浪，表弟依然与昨天一样，在看电视，不停地转换着频道，显然心不在焉。

邱倩在看一本时尚杂志，时尚可谓是全体女性的共同爱好。邱倩心里明白，时尚是写出来的，写的人多，看的人多，自然就成了时尚，几年前的过时货说不定今年就成了流行，时尚永远是都市人的金钱与文字游戏。

知道是王浪回来，邱倩走到门口，拉开内木门，把室内拖鞋穿在王浪脚上。表弟站起身来，走到王浪身旁，与姐夫打招呼，心中对姐夫的归来充满喜悦。

“姐夫，辛苦你了。”表弟小小年纪，虽说在外面闯荡的时间不长，但待人接物还是很招人喜欢。

“嗯，不用客气，就是太忙，没时间陪你玩。”

“没事的，我可以照顾自己。”表弟很能干的模样。

“你今天去哪里玩了吗？”王浪关心地问道。

“去了几个地方，看了四水的几条商业街，很热闹，和武汉差不多。”武汉是他最熟悉的城市，自然就做这样的比较，也还切合实际。

“王浪，你先洗个澡？”邱倩说道，“我给你放水去。”

“待会吧，我们把官司的事情讨论一下。”王浪用柔情的眼神看着邱倩。

王浪喜欢把重要的事情办完再做其他事情，之所以说讨论官司，是一种平等的表达，他愿意与人做朋友，平等相待。

邱倩请表弟坐在茶几旁，她把王浪的专用茶杯加了水，轻轻地放在王浪的面前。然后，邱倩给表弟泡了一杯茉莉花茶。做完这些事情后，邱倩坐在王浪身边，聆听他对医疗官司的“指示”。

“表弟家的这个官司”，王浪看了下邱倩，再看了下表弟，比较正式地说，“这个官司打赢是毫无问题的。”

表弟的脸上露出轻松的表情，邱倩抬起头更专注地看着王浪，为自己的未婚夫能帮自家亲戚做事感到欣慰与自豪。

王浪接着往下说，“为什么这样说呢？因为你奶奶做手术那家医院的医疗条件、管理方式等许多方面都不理想。严格地说，那家医院的处理，只有入院诊断是正确的，也就是基本正确吧，具体到处理，如术前准备、手术后观察与护理存在着不少问题。当出现病情变化时，值班医生处理草率，可以说直接导致了你奶奶的病情加重。”王浪选择重点简单地说了理由，表弟不是学医的，点到为止，这样说邱倩也能够明白。

“姐夫，你和姐姐去帮我们打这个官司，好吗？”表弟看王浪胸有成竹的样子，很依赖地请求着表姐与姐夫。

王浪看了一眼邱倩，那意思是说你家表弟要求还不少呢。邱倩眼睛轻轻眨了一下，那是他们的约定俗成，意思就是说，由你决定，我不发表意见，但会接受任何结果。

王浪想了想，郑重地说道："表弟，依我看，你们家为这事专门请了律师，我们就不用去了。从你说的情况，那位律师的水平不错，有他帮你们弄就很好。我写封信给你带回去，你交给你爸妈就是，我告诉他们手术前后存在的问题，那位律师可以有的放矢。"

"哦。姐夫，那你晚上可以写好吗？我想明天早些回去。"表弟归家心切，显然操之过急，没注意到姐夫上了一天班，还为这事跑了一个晚上，已经非常疲惫，是要休息的时候了。

"表弟，明天可能来不及，今天很晚了。"邱倩及时出面，她知道写这个东西不是一两分钟的事情，并进一步安慰表弟，"你明天去鼓浪屿看看，后天早上再回武汉吧。"

"是呀，你来四水一趟，不去看看鼓浪屿太可惜了。"王浪立即支持邱倩的动议。

表姐的劝说，姐夫的安排，合情合理。表弟心里再急，也只能放下明天动身返回武汉的念头，按表姐与姐夫的决定安排行程。

表弟于是表态："好的，太麻烦你们了，多待一天，让你们多破费。"表弟这话说得有些早熟，却也自然。城市生活处处需要花钱。

王浪很满意表弟的回答，客气地对表弟说："一家人嘛，当然要互相关照。"稍稍停顿了一下，他接着说道，"有一点要说明的是，官司肯定会胜诉，但是怕就怕赢了官司输了钱，赔上时间还不算，到时什么东西也得不到。依我看，最好的办法是进行庭外调解，那样对双方都有利。关键看他们能够赔偿多少钱，我们能够接受多少钱的赔偿。人死不能复生，只要医院对他们的错误进行一定程度补偿，我看可以考虑接受。"王浪想得周到，也交代得周到。

"姐夫说得是。"表弟这下更懂事了，"姐夫你早点休息，我明天去鼓浪屿玩。"

"好，你也好好休息。"王浪很亲切。

"表弟，我送你去招待所。"看时辰不早了，邱倩也就不再客套。

"不用，表姐，你昨天领我去过了，也没有多远，我一个人去就行。"表弟边说边往门口走，很快离开了王浪与邱倩的家。

第二天，表弟一个人去鼓浪屿游览。晚上吃饭时，表弟告诉邱倩，说鼓浪屿的海水湛蓝，海面宽阔，风平浪静，非常好看，还有沙滩，都很美丽。

邱倩听表弟这样说，心里稍稍安慰些，但是没有好好陪表弟游玩，还是感到歉意。

表弟从四水起程返回武汉的这天是周末，王浪恰好有空，他骑摩托车送表弟去车站，安排好表弟坐在卧铺后，与表弟握手话别。

7

王浪从火车站出来，正是傍晚时分，华灯初上。他将摩托车开上环岛路，让音乐响起，激情澎湃，尽享兜风的乐趣。

摩托车在四水环岛路上疾速行驶，发出流畅的沙沙声，周杰伦充满个性与激情的音乐伴随着他飞驰。这时，身上的手机响了，王浪接了电话。

“喂，王浪，你现在在哪？”电话里传来万如海熟悉的声音。

“我在环岛路。”

“你赶快到医院来！我的一个同学从北京过来，待会一起去歌厅。”万如海完全把王浪当自家人。

“好的，我就过来。”王浪爽快地答应。

“我在医院门口等你。”

“行，我一会就到。”王浪说完收了电话。

天有不测风云，人有旦夕祝福。王浪的摩托车在拐进市中心主干道的瞬间，从左侧树阴影下突然冲出两个男生，他们忘情打闹，根本没有考虑到太多的安全，正是十四五岁的年龄，容易忘乎所以。

王浪为了不撞上他们，采取紧急措施，他用脚紧急制动，同时将车头猛地往右拐。“轰——”摩托车径直撞向路边的夹竹桃树丛，自动熄火。王浪失去知觉晕倒在夹竹桃下，几株粉红的桃花被震落，飘在他的身上。

过了十多分钟，王浪听见电话铃响，他好一阵懵懂，不知身在何处。恍惚了几分钟，王浪终于回想起刚才的一幕，原来是出事了。

王浪拿起手机，接通电话。

“王浪，你总算接了电话，我都打无数遍了。你一直没听见吗？”万如海火急火燎地对着电话大喊，这是很少见的，以万院长的性格，以他与王浪的关系，这样说话从来没有过。

“万院长，我出车祸了——”王浪发出求救信号。

“我立即过来，你在哪个位置？”

“好像是鹭岛广场附近。”

“我知道了，你等我，我十分钟赶到。”

万如海开车冲出医院大门，径直往鹭岛广场开去。

万如海一手开车，一手拨打110、120电话，请他们速去鹭岛广场出警出诊。

几乎在同一时间，算万如海在内，三路人马快速到达现场。

王浪头晕沉沉的，但心里感觉高兴和欣慰，为自己有这么义气和能干的朋友——不，是上司而感到幸福。

万如海快步走到王浪面前，伸手去扶他。王浪慢慢地站立起来，脸色虽然不是太好，但表情不是非常痛苦。

万如海说道：“王浪，你开车可一直很稳呀。”

“嗯，人算不如天算。”王浪比较清楚地回答着万如海。

110警察忙着察看现场，120医生来给王浪诊治，几分钟后，医生说：“送医院。”

王浪说：“我好像没什么问题，我看就不用上医院了。”

“那可不行，车祸最要警惕脑外伤，必须去医院检查留观。”医生非常果断地说。

急救中心救护车把王浪送入四水某医院，而不是王浪所在的天马医院。万如海跑前跑后，交钱、领药、送血液标本等等。待所有检查做完，王浪已经输完三瓶两百五十毫升的液体。

检查结果出来，全部正常，王浪也没有头晕的感觉，一切和撞车前没两样。王浪说：“万院长，我们走，陪你的同学去。”

万如海刚才已经安排同学在办公室等他，一看时间都过去快两个小时，对同学感到歉意，这会听王浪这样说，就问道：“你真没事了？”得到王浪肯定的答复时，就说：“好吧，我们走。”

医生并不同意王浪匆忙结束留观，但是看王浪态度坚决，就要王浪签字，上写“患者本人拒绝留观，后果自负”。

万如海开车，王浪坐在副驾驶座。“王浪，我说你真是福大命大，摩托车都撞得不能开了，你好像一点事都没有。”万如海和王浪开起了玩笑。

“可能是这样。不过现在想起来心有余悸。”王浪说道。

“俗话说‘大难不死，必有后福’，我看你大难不伤毫毛，一定大福大贵。”

王浪微笑不语，心里感觉舒坦，尽管王浪不相信这些古话，但是意外过后，他需要适度安慰，更何况这个安慰来自他的直接上司。

车子驶入中心街区，城市真正的夜生活开始了。万如海开车回到天马医院接了他的同学，然后一起去 KTV 里 K 歌去了。

半夜时分，K 歌结束，王浪与万如海等告别，打的回到与邱倩租住的房子里。王浪打开家里的门，邱倩穿着睡衣到厅里迎接亲爱的恋人。

“不好意思，吵醒了你，倩。”王浪脸上满是歉意，轻声解释道，“今天万院长来了同学，叫我去陪唱歌，回来晚了，对不起。”

“没关系的，谁没有几个朋友呀，何况还是你们领导来客人了，那是对你的信任，我支持你。”邱倩很甜蜜地说道。

“我的好老婆，你可不能感冒了。”王浪关心地说道，“快睡回被窝里去。”王浪说着把邱倩抱起，准备送回床上。

“你出什么事了？额头青紫了呢，来，给我看看。”邱倩大吃一惊。

“哪个地方？”王浪自己也感到不解，车祸后额头没有异常感觉，怎么会青紫了呢？

“这里，你看镜子。”邱倩跳下王浪的怀抱，拿了床头柜镜子给他看。果然，右侧上额部有一块青紫，但被头发遮盖，不是很明显，不用心看就看不出来。

王浪告诉邱倩车祸的简单经过，末了总结道：“还好我命大，啥事也没有，磁共振也做了，好好的。”

“嗯，这样就好，你命大就是我的幸福，我要你永远平安。以后你骑车一定要慢点。要不，买辆汽车吧。”邱倩说道。

“好主意，有汽车我们就可以开车到处去玩，方便。嗯，过一段时间我报名学车去。”王浪很乐观，对将来充满信心。

“好，难怪刚才我睡不着，心惊肉跳的，原来你真出事了，看来，世上还真有心灵感应这回事。感谢上帝，你大难无恙。”邱倩一块石头落了地，放心地钻回被窝里。

“你在看我们的照片？”王浪拿起一本摊开的相册，“你看，我们两个变化还不小呢。”

“你不会说我胖了吧？”邱倩在被窝里扭动着，“你倒是比以前强壮了。”

“那是因为有了你，经常运动，当然身体好。”王浪带点坏笑。

“你真坏——”邱倩抓住王浪的手摩挲着。

“你看，那时我们刚来四水时骑单车出去玩，多有干劲呀。”王浪拿着一张邱倩骑车的照片，真是飒爽英姿。

“是，那次我们是三个人一起去的。”邱倩沉醉在回忆中，“那时，你好幸福哟，我和张美玲天天围在你的身边，你有没有众星捧月的感觉？”

“没有，一点也没有，当时感觉你们两个是我的小妹妹，那时就想我这做大哥的要让小妹你们高兴快乐。”王浪陶醉在往事之中。

“可惜，张美玲后来得了慢性贫血病，好像很难治疗。”说起好友、同事、情敌张美玲，邱倩满脸惋惜之情。

“不说这些了，你早些睡吧。”想起张美玲，王浪心中涌起难受的感觉，因为他清楚地知道，张美玲的病情随时都有加重的可能，并且还有生命危险。

“嗯，你去洗澡吧。”邱倩不是特别清楚张美玲的病，但她理解王浪的感受。

王浪洗完澡，穿了睡衣躺在邱倩的身边，侧卧着朝向她，一条腿压在邱倩的身上。

“你的腿好重呀。”邱倩很低声地说道，“王浪，你说我们要是老了，还会这样吗？”

“会呀，当然会。不过，想想还真有意思——两个没有了牙齿的老人。”王浪突然笑了起来，为他与邱倩的想象。

“王浪，刚才你洗澡时护士长临时打电话给我，说是元旦没人上班，问我能不能够明后两天休息，元旦值班，我答应她了。我明天想去金州玩，你陪我去好吗？”

“我想想看。”王浪在脑子里认真地想了一下他的病人情况、手术安排、值班、会诊等，高兴地答道，“我也正有此意，来四水这么久了，我们是该去金州好好看看。我可以连休几天，节前的择期手术都做完了，术后的查房有进修医生负责，我给万如海院长请个假就是。”说着，王浪拿手机要给万院长打电话，立即想起他可能也睡了不宜打扰，就放弃了，等明天一早再说。

夜幕降临，邱倩和王浪手牵着手，漫步在金州街头。霓虹灯眨眼般地闪烁，把金州装扮得流光溢彩。不久，他们来到温泉大饭店，吃的欲望被强烈地唤醒。两人进了自助餐厅，里面环境幽雅，最重要的是在自助餐厅可以随意地吃，悠悠地吃，很有意境。

邱倩先要了金州鱼丸，鱼丸乃金州特产，将鱼肉去刺捣烂，与面粉混匀制成，以清汤煮熟，鱼丸膨胀起来更光滑富有弹性，清香可口。邱倩吃了直叫好，再去取了几个来，与王浪有福同享。两人吃完鱼丸，肚子里有东西垫底，开始不慌不忙地品尝美味佳肴。

随后，两人取了好多品种的菜肴回来，螺、虾、蟹、鱼、青菜，每人满满地拿了两碟。

王浪剥着一只大明虾，他的动作优美耐看，左手准确地捏住虾颈，右手轻轻一折，一层硬壳、没有食用价值的虾头就被剥离；接着，用食指和中指抵住虾的脊背和侧边，拇指合力轻轻一扭，那干净完整的虾肉就蹦出来了，这等利落让邱倩叹为观止。

邱倩来到四水后就喜欢上了海鲜海味，尤其是喜欢虾，虾营养高，口感好，就是虾壳有些难剥。她感觉自己剥虾壳的动作欠缺美感，因此在不太熟悉的场合就干脆忍痛割爱。

在邱倩欣赏和感慨的时候，王浪将蘸了醋的虾肉送到邱倩的唇边。邱倩吃着虾，感觉比以往的更香甜可口。王浪快速地剥虾壳，邱倩痛快地吃着虾肉。

“今天吃虾真够味！王浪，你先吃点东西，我虾吃过瘾了。”邱倩轻轻地握住王浪的手腕，递了餐巾纸给他，邱倩这会已经吃了二十多只虾子。

吃饱喝足后，两人回到宾馆，洗漱上床，邱倩在王浪的怀抱里甜甜地睡了，一夜无话。

第二天，王浪和邱倩走走停停，说说笑笑，不一会儿来到金州市南后街。南后街地处金州繁华闹市区，熙熙攘攘，摩肩接踵，因为是老街旧城区，尽管做了些改造，但不知是人越来越多，还是金州的人气越来越旺，拥挤程度一年胜似一年。

邱倩用双手环扣着王浪的腰部，胸部贴在王浪的脊背上，与王浪亦步亦趋，成为一个共栖体。如此走路，纯粹是动态的融合。街四周飘荡着音乐与叫卖声，加之汽车声、人声、鞋子触地的声音，以及冬天的风在人流中穿梭移动的声音，构成城市的音乐多重奏。

邱倩就这样推动着王浪，由南后街自北向南，来到一条古街，人称“澳门路”。

“澳门路”两侧的大榕树枝繁叶茂，满树垂下的气生根，像极了年历画上寿星下巴上的长须，而树冠如一把撑开的巨伞，浓荫蔽日。有一株榕树的几根大枝用水泥柱子给支撑着，显然是颇有了些年月，水泥柱子的灰色与树皮颜色正相吻合，浑然一体，更添大榕树磅礴现代的气势。榕树叶片交叉着生长，深绿而光亮，其形如一个个倒放的鸡蛋，伸手触摸，如同那种质感很好的羊革衣服。

“这里的榕树挺不错，有点西双版纳榕树园的味道。”王浪赞道。

“很漂亮，很好看的树。对了，王浪，你知道金州为何叫榕城吗？”

“肯定是因为榕树的原因。”王浪虽不知金州历史渊源，只好随机应变。

“只能打六十分，我告诉你吧。金州具有两千二百多年历史，是国家历史文化名城，汉初闽越王在此建都；唐朝开元年间，始称金州；五代时，因城内有屏山、乌山、于山，故别称‘三山’；北宋时，城内遍植榕树，绿荫满城，暑不张盖，又称‘榕城’。”

“你肯定是在背书吧？什么时候背出来的？”王浪觉得奇怪，邱倩不会先温习金州的历史再来游玩吧，况且好像在家中也没有见着这方面的书。

“不告诉你。”邱倩两只美丽的小手摇摆着，王浪陡然明白，原来是她手上的地图，一定是地图上的介绍。

王浪敏捷地拿过了邱倩手中的地图，果如他所料。

“小骗子——哦，邱倩，我们到林则徐纪念馆了，走，进去看看。”

林则徐纪念馆临街门墙为暗红色，配上绿色的琉璃瓦，掩映在茂盛的榕树之中，显得醒目而又庄重。

王浪和邱倩缓缓步入大门，就见栩栩如生的“虎门销烟”群雕浮像，将他们带到了鸦片战争的硝烟中。展览厅内详尽地介绍了林则徐富有传奇色彩的一生：为官清正，报国爱民；放眼世界，师夷制夷，抵抗侵略。

穿过展览厅就来到了“树得堂”。“树得堂”庄重肃穆，左右两侧楹柱上有一副对联：“功业辉煌苟利国家生死以，神州浩荡岂因祸福避趋之”。王浪和邱倩都对这副对联感到亲切，亲切的原因是他们想起了总理曾在一次记者招待会上引用过这句名言，当时总理说的是“苟利国家生死以，岂因祸福避趋之”。

从林则徐纪念馆出来，就是著名的林觉民先生故居，林觉民是黄花岗七十二烈士之一。在故居里，王浪与邱倩重读林觉民烈士的《与妻书》——一封写进了中学教材的感人家书，文中洋溢着浓浓的爱情、亲情，以及报效国家和民族的豪迈与悲壮之情。

在烈士遗书面前，邱倩的眼睛被情不自禁的泪水所滋润。作为女人，邱倩在仰慕烈士的同时，渴望像他的爱妻一样，拥有一份至死忠贞、美丽无比的爱情。

来到金州，必定去鼓山，这好比去了北京，一定会去长城看看，一句“不到北京真遗憾，不去长城非好汉”很能说明问题，鼓山之于金州，就是长城之于北京。

王浪与邱倩下午登临鼓山。鼓山山不大，却是赫赫有名，属于全国重点风景名胜区。正如唐朝刘禹锡在诗歌中所说“山不在高，有仙则名；水不在深，有龙则灵”。鼓山凭着其秀丽的风景与闻名遐迩的涌泉寺为天下人所知。

鼓山坐落在金州市东郊，海拔高度近千米，山之巅有著名的寺庙——涌泉寺。鼓山所有风景区以涌泉寺为中心呈放射状分布，在涌泉寺随意漫步，不论东西还是南北，美景如画尽收眼底。

尽管是下午，或许是由于天气晴朗，温度适宜，鼓山入口处的人依然不少，一些小朋友在爸爸妈妈或是姥姥姥爷、爷爷奶奶的陪同下来登山，从小就见识祖国大好河山，更兼强身健体，尽享天伦，其乐融融。

鼓山似乎是沉静的，与喧嚣的人流和车流相映成趣，以她的平静等待着人类的进入，等待他们的到来而感知另外一种生存状态——以不变应万变。

王浪与邱倩随着人流沿着登山道开始攀登。走了十多分钟，王浪说：“邱倩，你往前边走，我给你拍些爬山的照片。”

于是两人稍稍拉开了些距离，邱倩回过头来看着王浪，甜蜜地对王浪做了一个鬼脸。镜头里，邱倩笑得很舒心很自得，这笑让王浪心情舒畅，备感自豪。

“王浪，你看——”邱倩大声喊王浪：“你看，这里还有蒋介石的题字呢。”

王浪追了上去，揽住邱倩的肩膀，认真地看邱倩说的摩崖题字。他们前面是一块巨大的青石，上面竖刻着四个很大的正楷字“其介如石”，后面的落款字体稍小，清楚地写着“民国廿三年，蒋介石”。

“蒋介石把他的名字拆开了写在上面，说‘其介如石’，是什么意思呢？”邱倩认识这些字，可不太明白其中内涵，于是侧转脸来询问王浪。

王浪虽是医科专业，但古文素养不错，他详细对邱倩解释道：“介字在这里的含义是‘耿直和有骨气’，那这个题字就是说他的气概有如巨石，坚忍不拔。”

“那蒋介石还很有学问吗？”邱倩带点疑惑地说道。

“学问当然有，他早年做过黄埔军校校长，他当校长的时候，周恩来是教务主任。另外，他作为民国总统，身边有陈布雷那样的高级幕僚，在各地题字留匾自然会有所思量，会让人感到他的学问。”王浪回答得很让邱倩满意，她的脸上露出探究后有所得的喜悦表情。

王浪在心里感慨不已，蒋介石当年题字的巨石与周围环境浑然一体，堪称鼓山一景。只是后来他的执政并不成功，虽然他有陈布雷那样忠实的高级幕僚，但不能从根本上改变溃败的命运。天时地利人和，得民心者得天下，缺一不可。

“这不是王大医生吗？”一个从山顶往下走的高个男人对着王浪说道，打断了王浪的思考。

王浪抬起头来，看清了招呼他的人原来是宋志豪，他的朋友、四水璐璐丰田汽车销售公司董事长兼总经理。

“宋总，你好。又该说天涯何处不相逢了。”王浪上次与钟心怡去听音乐会时意外与他相遇，这回，在距离四水几百公里的金州鼓山，又“狭路相逢”。

王浪说完这句话有些后悔，要知道上次他是与钟心怡一起去听的音乐会，此时身边的女孩可是他的同居女友邱倩。

宋志豪不愧是商场中的成功人士，其察言观色之能力炉火纯青。他敏感地意识到王浪的丝丝悔意，作为男人，作为朋友，他当然知道该怎么做。

“嗯，我们俩还真是有缘。”宋志豪与王浪来了一个拥抱，用力地拍拍王浪的后背，那意思再明显不过，意思是彼此彼此，他自有分寸。

“陆琳，你好。”王浪向宋志豪身边的美女问候。陆琳是宋志豪的情人，严格意义上说是第二夫人；陆琳同时是钟心怡的闺中好友。陆琳当然知道眼前的这位帅哥是陪钟心怡听音乐会的王浪。

“你好，王浪。”陆琳伸出手，与王浪轻轻握手。

“这位是邱倩，我的女朋友。”王浪向宋志豪与陆琳介绍邱倩，接着把宋志豪与陆琳介绍给邱倩。

“你们刚上山吗？”宋志豪明知故问，不过有些时候需要这样问话。

“嗯，是呀。你们不多玩一会儿？”王浪回答。

“时间比较紧，年底了，我要赶着回去处理一些事情。”宋志豪想起了什么似的继续说道，“我和陆琳开车回去，要不等你们一起走？”

“不用了，不浪费你们的时间。我们还要上山顶逛逛。”王浪实话实说，心里也不太愿意与他们一起走，毕竟他不想让邱倩知道太多，更不想让邱倩感到委屈或不自在。

“哪这样说呀，我的王大医生，我不差这一两个小时。”宋志豪诚心诚意。

王浪想坚决拒绝，却说不出口，看着邱倩，他希望她一起拒绝，那样多少好说话些。

邱倩并不表态，她习惯于听从王浪的安排，没想过要表达自己的意见，王浪的任何决定她都会感到高兴。

“王浪，既然宋总不差这点时间，你们就和我们一起回去吧，有车方便些，不用去车站等车、买票呀什么的。你就让你女朋友轻松回家呀。”陆琳适时地邀请王浪与邱倩。

陆琳以前与钟心怡一起在医院做药品销售代理，在如何与人打交道、沟通方面自有过人之处。她很清楚宋总对于喜欢的朋友会执意相邀，不会轻易改变决定。

宋志豪与陆琳手拉着手，听了陆琳的话，频频点头，不难看出，他对陆琳的爱非同一般。

“宋总，你真客气，给你添麻烦了。”王浪接受了宋志豪与陆琳的邀请，“那好吧，我们去山顶看看就下来。”

“没事，你们爱看多久就看多久，爱做什么就做什么。电话方便，你下来时打电话给我就是。”宋志豪搂抱着陆琳，“那我们先下山，再见！”

“好的，稍后见。”

王浪、邱倩与宋志豪、陆琳同一部车返回四水，这是一部宽敞的丰田皇冠，平稳舒适，宋志豪与陆琳轮换着开。

陆琳开车的样子很优雅，王浪很欣赏她那驾车的模样，不慌不忙，流畅动感。

正这样想着，坐在副驾驶座上的宋志豪将头转向后排，对王浪说："你学开车了吗？"

"嗯，有这个打算。"王浪回答道，心里在想宋志豪准是要建议他学开车。

宋志豪坐直身子，很认真地对王浪说："你要快点学会开车，自己有车方便。"

"是的，回去就报名。"王浪很认真地。

"叫你女朋友一起去学吧。"宋志豪这时转过头去，轻触了一下陆琳的肩部，"你不是经常和那个驾校校长打麻将吗，元旦后带王浪和邱倩去一下，叫他安排一个好教练给带一带。"

一路顺利，晚上八点多就到了四水。四个人在凯越酒店吃晚饭，饭后宋志豪与陆琳送王浪与邱倩回家。

宋志豪与陆琳在套房里幽会。这套房子是宋志豪专门买给陆琳的，是陆琳一个人的家。晚上十二点，宋志豪恋恋不舍地开车回家。

8

这天，陆琳在街上遇见钟心怡，两人很高兴相遇。

"陆琳，看你眉飞色舞，有喜事吗？"

"是的，股市大涨，我呢自然大丰收，你说能不高兴吗？"

"恭喜你发财了！"

"谢谢！走，我请你吃饭。"

陆琳炒股票得到了宋志豪的大力支持，总共投入五十万元。元旦过后，行情猛涨，形势大好。

陆琳开车，市内道路略显拥挤，加上正好是上下班的交通高峰时段，车子跑得比自行车还慢。车载广播播放着一档娱乐搞笑节目，一男一女两主持人拿他们自己开涮，煞是有趣。

钟心怡很高兴地听着节目，似乎很陶醉。陆琳不敢苟同，她不太喜欢这类节目，觉得太过油腔滑调。

“心怡，告诉你一件事情，你不要生气。”陆琳想起在金州遇见王浪与邱倩的事情。

“什么事情？我不生气，你说就是。”钟心怡说得很勇敢，心里还是七上八下，她当然担心是坏事情，不然陆琳不会这么说的。

陆琳斟酌了一下用词，缓慢地说道：“前不久，我在金州看见王浪了。”

“他去那里做什么？”钟心怡见是王浪的事情，很关心。是呀，一个女孩子，哪能不关心自己喜欢的男孩呀。

陆琳不知道要不要继续说下去，停顿了一会，钟心怡催促道：“你继续说呀，回答我。”

“好，我说，我说不行吗？”陆琳清楚既然提起了话茬，不往下说，眼前的钟心怡是不会放手的，“他和他的女朋友一起在金州游玩。”

“哼！”钟心怡很不高兴，可是很快就缓和了语气，“他那么优秀的男孩子，不可能没有女朋友。只要能有机会和他在一起，其他的我不去想，也由不得我。”

“也是，一切随缘。”

陆琳与钟心琳去红都酒店吃饭。她们喜欢酒店的套餐，经济实惠，口味不错。两人边吃边聊。

“股市风云变幻，我买股票后一直没赚，反倒亏进去好几千块钱。现在大涨，证券公司人满为患，我半个月不到就赚了十几万。”

“能从股市中赚钱，可喜可贺！”钟心怡表示佩服。

“瞎猫遇到死耗子，碰巧而已。”陆琳赶紧谦虚，因为她知道股市没有常胜将军，“对了，我写了一篇小文，请您看看。”

陆琳从随身带的包里拿出一份打印文稿交给钟心怡。

财经快评：风险是收益的影子——读《东方早报》‘财经’版有感。仔细阅读《东方早报》财经版，几大标题吸引读者：‘中国期货富豪一夜破产’‘三只新基金入市即跌2%’‘大盘仍将郁闷调整’。国家宏观调控政策已经部分发挥作用，这些报道的情况就是宏观调控后资本市场的具体表现。

宏观调控使国家经济良性发展的同时，注定会使广大投资者深刻体会到投资市场的风险。宏观调控对中国经济很有必要，没有适当的调控，就谈不上经济持续和科学的发展。这正是今日财经头条‘适度控制货币信贷增长’所传达的信息：抓紧解决经济运行中的突出矛盾和问题，适度控制货币信贷增长，坚决遏制某些行业中的盲目投资和低水平扩张。

央行表达了‘必须控制投资过热’的决心，作为一项具体措施，央行已经从昨日起将存款准备金利率从百分之七提高到百分之七点五。作为普通百姓，投资理财的途径很多，股票、保险、储蓄、房地产、期货等是目前大家接触较多的品种。

储蓄、保险收益率不是很高，前者还有隐性贬值的可能，然而钱存银行省心省事，尽管利息还上税，可账面上绝不会出现亏损；而保险则能帮助我们防范天有不测之风云；股票、期货收益很高，可是财经版上的这些新闻和消息，无疑向我们全面展示了投资市场一些品种的巨大风险；再次验证了这样一句话：高收益总是伴随着高风险，正如美好的风景难免隐藏着黑暗的一面一样。

市场的系统性风险没有人能够完全避开，不论是散户，还是拥有庞大资金的基金公司。因此，时刻都要牢记：不要将所有的鸡蛋放在一个篮子里，不要和市场作对，市场永远是对的，风险是收益的影子！

“嗯，陆琳你写得很好。看来，你进入股市是对的，你不仅能够在股市中赚钱，而且还能写出心得，我看你把它投给报社发表，再赚点稿费完全没有问题。”

“心怡，谢你美言。你这样说，我可就放心了。不为稿费，只是想把我的感受说出来，和喜欢投资的朋友们分享。”

“风格高尚，但愿有人能从你的文章中受益。”

“心怡，春节快到了，你准备如何安排？如果没有特别计划，和我一起过年。”

“好的，谢谢你。如果没有回家的话，我就到你那去过。”

大年三十，王浪在医院值班。手机传来短信提示音，是钟心怡发来的短信，“过年快乐，新年如意！希望我是你的第一份祝福！”

“一个月的时间过得真快。王浪，常常想起你，还有那场音乐会。”钟心怡的第二条短信很快又到了。

“我在山东父母家里过年，明年见。”钟心怡的第三条短信。

王浪不喜欢上班时当着很多人的面写短信，他想躲进值班室去回复。因为是大年三十，能够出院的病人都回家了，择期手术的等着过完年再来。医生护士们虽说正常上班，但请假的，开溜的，走的也差不多了，剩下的人坐着一起聊天。医院是俊男美女云集之处，天天与人体打交道，想法多，话题自然就多，聊起来格外有劲。

“王浪，你不要走，慢慢聊呀。”一个护士看见王浪起身，拼命挽留，聊天怎么能少了帅哥呢。

“你呀，没看见人家收了不少短信，得和人家对发说悄悄话呀。”另一个年龄稍大些的护士说道。

“不会吧，邱倩就在楼上，我们的王大医生有贼心也会没贼胆，是不是？”护士长歪着头看王浪。

“好了，不要干涉人家隐私。王浪有事就让他去，完事了不就回来吗。”

科里最漂亮能干的护士发言了，她说话时给了王浪一个放电的眼神。显然，两人的关系不错。

王浪感激地看了她一眼，没有说什么，微笑着起身去了值班室。

就在他走后不久，也就是刚刚关上值班室的门，聊天的护士们发现护士站前立着一个人，正是王浪的女朋友邱倩。真是大白天不能背后说人，说曹操曹操就到。

大家一时不知说什么好，都闭上了嘴巴。还是邱倩大方，首先开口说话，“护士长，你们上班这么安静呀。”其实她刚才在门口的时候听见姐妹们在嘻嘻哈哈地聊天，猜想她们可能是在说王浪和她的事儿。

“是呀，过年了没什么病人。”护士长恢复了常态，“今天怎么有时间下来？是找王大夫吗？”

“不是的，我不找他。我们科没有十毫升注射器，护士长要我来借十副。”邱倩想快些借了东西回去复命。她们科有二十多个病人，得早些打完针，下午早点回家过除夕。

“小张，你拿十副十毫升的注射器给邱倩。”护士长吩咐一个护士。

“护士长，我写个借条吧。”邱倩打算公事公办，有借有还。

护士长反应敏捷，连忙说道：“不用了，就几副注射器，我们这么大的科室——何况我们是一家人。”

护士长脸上是清新自然的笑容，让人如沐春风。

小张护士将注射器递给邱倩。

“谢谢你，小张！”邱倩表示感谢。其实小张年龄比邱倩还要大上几岁，只是这同事间的称呼有时很搞笑，后来的人跟着前面的喊，很可能到了四十来岁还会被刚毕业分配参加工作的年轻护士叫作小张。严格意义上说，这时候的“小”字，已经失去它本来的含义，成为一个符号。

“护士长，我上楼去了。”邱倩与护士长说再见，没拿注射器的那只手放在比肩约高五寸的位置，左右摇动着与其他护士告别。她们或示意或点头目送着邱倩离去，有几个也摇了摇手。她们的眼中满是羡慕之情，帅哥医生的女朋友，多爽。

王浪的值班室距离护士站有些距离，他没有听见邱倩的声音。

“心怡，你是我收到的第一份祝福，非常感谢你！”王浪发出去给钟心怡的第一个短信。

“我现在在医院上班，大过年的，病人心情舒畅，也没新病人来，所以有时间给你写短信。”王浪在短信中写道。

“你回了短信，我真高兴！时间过得太快，真希望与你在一起。”钟心怡回复道。

“嗯，我也是。总会在很多的时候想起你。”王浪说起了情意绵绵的话。

“元旦前几天的一个晚上，我梦见你了，梦里你好可爱，总是来吻我，我躲着你。但还是被你抓住了——那一瞬间感觉好幸福好温暖，你抱住我死命地吻我——这时就醒了，才明白是好梦一场。”

钟心怡发了一条长长的短信过来，因为太长，移动公司自动将它变成两条，然后再传输到王浪的手机上。

王浪看着这样的短信，心乱不已。

除夕，王浪与邱倩两人一起吃团年饭，然后就坐在电视机前，看中央台的春节联欢晚会，共同迎接着新年钟声的敲响。

“走，邱倩，我们到外面放焰火去。”王浪兴奋地说道。

腾空而起的焰火，映照着邱倩青春俊美的脸庞，染色着王浪健壮的身姿。两人陶醉在酒不醉人人自醉的意境中。

天大亮的时候，王浪与邱倩被电话铃声吵醒。王浪迷迷糊糊，眼睛都没睁开，接通了来电。电话时传来张美玲熟悉的声音。

“给你们拜年喽！”张美玲在电话里大声说道。

“谢谢。祝你和全家新年快乐！”王浪回答道，声音有些变调，因为邱倩在一边爱抚着他。

“你感冒了？声音都变了。”张美玲听惯了王浪平和状态下的声音，立即感觉出了不同。

“没，没呢，很好，你在外面逛街吗？”王浪赶紧调整声带，力求复原真实的样子。

“那就好。我和爸妈在橘子洲玩。”张美玲不忘关心她的好友兼情敌，“你和邱倩出去逛街了吗？今天可是大年初一。”

“嗯，待会就出去。”

“好，那就这样。我妈在叫我了。再见！”

张美玲陪伴在她的父母身边。她是一个孝顺女，乖乖女，从来不惹父母生气，是班里的好学生；未成年时，张美玲从没有带男孩子上家里来，爸妈感到轻松与放心。但是，工作两年多了，女儿的爱情与婚姻好像没有萌芽迹象，他们就有些着急，时刻挂在心上。刚才听见女儿打电话，两口子一阵高兴，听了几句却很快明白那是打给“结婚”了的小两口的，兴趣大减。女儿的贫血病让他们放心不下，女儿本身就在医院上班，可是也没有根治的办法。他们多么希望乘龙快婿快些出现，让女儿的幸福更完整。

她的家在闻名全国的橘子洲附近。橘子洲位于湖南省会长沙，是湘江中央的一个小岛。小岛遍植橘树，因地势不高，每年夏天都会遭受水涝，不过也怪，洪水只会漫过橘子树的根部，并不全部吞没。橘子洲之闻名天下，当然主要是因为一代伟人毛泽东。毛泽东少年求学省立第一师范，畅游湘江，登临橘子洲头；在成为伟大领袖后，写下传世诗作，“湘江北去，橘子洲头”。

张美玲回长沙的那天，天气晴朗，蔚蓝色的天空飘着几朵雾状的白云。伴随着一阵轰鸣声，她乘坐的大型客机从四水机场腾空而起。

航班正点抵达长沙黄花机场，爸爸在机场等待着张美玲。张美玲的爸爸是个好爸爸，在她还是小学的时候，他一直负责接送她上学、辅导她的功课，一直到她不需要这些为止，她的妈妈主要负责吃饭穿衣，女孩的梳妆打扮等。

父女俩乘机场大巴往家里去，半小时后到达家门口下车，天已经快黑了。张美玲在门口大声喊：“妈，我回来了。”

妈妈听到张美玲的声音，快步迎出大门，喜笑颜开，将父女俩迎进家门。

“玲玲，你先洗个澡，休息一下，待会就吃饭了。”妈妈心细，考虑得周到，让张美玲回到家就沐浴在家的温暖之中。

张美玲舒舒服服地花半小时洗完澡，穿好衣服进了卧室。她从抽屉里找出电吹风先把头发吹干。窗外街上车辆穿梭不息，商店里霓虹灯不停地闪烁；

步行的人们精神焕发，即将开始丰富多彩的夜生活。

吃过晚饭，与爸妈一起看电视、聊天，妈妈削苹果、递榴莲给张美玲吃。

“妈，我自己来。我是大人了，不要劳累你。”张美玲体贴着妈妈，“妈妈，你够累的，歇歇吧。你和爸都在上班，让我来做吧。”

爸爸点点头，为他们的乖女儿高兴。

“闺女呀，在爸爸妈妈眼里，你就永远是长不大的孩子。现在我们还能动，我们可以照顾你。以后呀，爸妈不能动了，就要你照顾我们了。”

“妈，那还早着呢。看你和爸，身体好好的，再过五十年都还能动。”

“那当然好，能有百岁，还能自己劳动，那才好呢。”妈妈乐开了花。

“玲玲呀，你……你……”爸爸说话突然结巴起来。

“爸，你怎么了，怎么说话像写诗呀？”张美玲预感到爸爸是要问他恋爱的事情，先开爸爸的玩笑。

“真是鬼精鬼精。我是想知道，你有——有，男朋友了吗？”爸爸忍不住直接问女儿，“我是不好意思嘛，女儿，所以才结巴。”

“爸，妈，你看，我还没长大呀。”

“你还没长大？二十一岁了呢，我的宝贝女儿。”爸爸刮着张美玲的鼻子。

“妈妈刚才说我永远长不大呀。”

“叮当、叮当……”墙上的挂钟敲了十下，三人都往钟上看了一下。

“不早了，早些休息吧，长途旅行后容易疲劳。”妈妈嘱咐道。

张美玲躺在床上，眼睛上下睑在打架，脑子却不肯休息，无法完全入睡。突然，她的眼前闪过一道强光，很快飘过，瞬间消失。奇怪，没下雨，不打雷，哪来的光线呢。可是，强光过后，眼前的王浪却是如此清晰可见，鼻息可闻。

“王浪，你也来长沙了。”张美玲欣喜万分地对王浪说，“那你可以陪我在长沙好好待上几天。”

王浪却什么话也没有说，只微笑着看着她，那模样一如当年的可爱亲切，那时王浪想尽办法满足张美玲与邱倩的愿望。

张美玲睁开眼睛，想更清楚地看看王浪站在房间的什么位置。

王浪却不见了，周围一片漆黑。

这几秒钟的幻感，极为短暂。而为这几秒钟的缘与爱做注解的，是张美玲倾注了整个假期的相思，爱无法抗拒，而他是值得用一生去爱的男人。

张美玲是个好女孩，可是，她爱王浪却无法相守，正值青春却遭疾病困扰。不过，心中有爱，单身又何妨？高兴了给心上人打个电话，其乐无穷；如果想耳根清净，就谁也不理，躲进小屋成一统，不论魏晋与南北。

“王浪。”在医院走廊，张美玲热情地打招呼，她已从长沙回到四水。此时春节结束，全体人员都已正式上班。

“休假回来了？看你休息一段时间，身体养好了，脸色红润精神爽。”王浪夸奖张美玲。

“王浪，你就别逗我，我的病你是知道的。”言语中有着自然流露的淡淡忧伤。在王浪面前，张美玲从不掩饰对疾病的担忧，正是这样，让他生出许多爱怜之情。

“医院的元宵晚会，你们科有节目吗？”王浪问道。

“我们弄了一个合唱节目，演唱曲目是《阳光总在风雨后》，我也打算参加。”张美玲愉快地回答。

“很好听的一首歌，你这么好的嗓子，不唱歌还真浪费。”王浪奉承着，说的也是实话，张美玲当年在学校拿过校园卡拉OK大奖赛季军。

“谢谢鼓励，我是领唱。”张美玲很自豪地说，“你呢，肯定为科里出节目了，说相声还是怎么地？”

“差不多吧，我参加表演一个小品。”

“像赵本山那样特逗乐的小品？你可不要一炮而红！”张美玲调侃王浪。

医院礼堂，热闹喧嚣，一年一度的医院文艺晚会隆重举行，当然全部是科室医生护士自娱自乐的演出。

一男一女两个主持人笑盈盈地登上舞台：“红花绿柳冬渐远，盛世华年笑迎春。又是一年欢聚时，天马医院齐歌唱。下面，让我们大家热烈欢迎张美玲等为我们表演的合唱节目，《阳光总在风雨后》。”

张美玲款款走上舞台，一袭白色连衣裙突出着她的高雅与圣洁。她的身后，十二位身着红裙的同事一字排开。张美玲带领同事们深情演唱，“阳光总在风雨后，风雨过后有彩虹。”

虽说都是业余的，但天马医院人才荟萃，精英辈出，不论是歌舞、相声或是武术表演都有声有色。由王浪主演的小品《阿托品医生》更是将晚会推向高潮。

王浪在小品中扮演一个只会用阿托品，不求甚解的庸医。主持人将节目串台词说完后，王浪上场，全场掌声雷动。哇，太少见了，这出场的架势，整个天王巨星的风采。

王浪穿着白大褂，脖子上背着个听诊器，气宇轩昂地走上舞台正中。这么帅气能干的医生极尽幽默之能饰演庸医，本身就够搞笑了。他的表演惟妙惟肖，将庸医表演得入木三分。

“今天主任排我坐门诊，我忙活了好一阵，全是腰痛肚子痛，咿呀乱叫烦死人。”说完这些，王浪面露得意状，“还好有我神医在，我有神药阿托品。这会是临近下班，没病人了。咱也品品这铁观音。”

王浪在桌前坐下，跷起二郎腿，左手拿烟，右手端起茶杯品茶，是有名的铁观音。

扮演民工的一个同事从舞台左侧入场：“在外打工真是难，衣不蔽体破衣裳”，他的左手捂着肚子，表情极其痛苦，“不想今天肚子痛，只好把这医生看，可怜我这兜里的钱啊，要花完，哎呀。”他捧了捧他的上衣兜，很是心疼。

王浪探头看见病人，得意地说道：“又来生意了，我英雄又有用武之地了，哈哈。”一边说着，一边很惬意地喝了一口铁观音。

民工连续地喊：“医生医生，我肚子痛，救命啊！”

王浪斜眼瞅瞅民工，高声道：“别喊了，别喊了，你怎么不舒服啊？”

民工继续揉着肚子：“我肚子痛，痛死我了。”

王浪让病人在一把椅子上坐下，左手扶着病人的肩膀，右手在他的肚子上按了两下。

民工对按压做出反应：“疼啊，疼啊。”

王浪审问似的问道：“你中午吃的什么啊？”

民工答道：“吃的饭啊。”

王浪颇不耐烦：“废话，具体点。”

民工有点心虚：“就二两饭，一点点菜。”

王浪紧追着问：“热的，还是冷的？”

民工据实回答：“冷的。”

王浪恍然大悟似的说道：“这就对了。”

民工愕然：“医生，你说什么？什么叫对了？”

王浪不容置疑地说：“我是说你的病，你吃了冷东西，得了急性胃肠炎。我给你开一支药，保你药到病除。”王浪对着台下做出打针前抽取药液的动作，口里念道，“嘿，又是咱们的阿托品。”

稍后，王浪问民工：“你感觉怎么样啊？”

民工没有大声喊疼了，轻松许多，有些舒服地回答：“咦，还真没那么疼了，哎呀，大夫你真是手到病除，神医啊。”并且小声唠叨着，“看这个病才花几毛钱，便宜。”

王浪受了病人的赞赏，高兴地说道：“哪里哪里，我最不好意思别人当面夸我，呵呵，小意思小意思，慢走啊。”

民工退出舞台，王浪继续坐在办公桌前品茶。一个年轻男孩背着女孩进入舞台。

男孩气喘吁吁地说道：“表妹今年一十八，放假探亲到我家，今天突然肚子痛，疼得她啊直叫妈。”

表妹在他的背上直叫唤：“妈哟，妈哟。”

表哥非常着急，很远就喊道：“大夫，大夫，快来看看我的表妹。”

王浪起身，转向男孩与女孩：“她怎么了，快放床上。”

表哥回答：“她肚子痛。”

王浪习惯性地问道：“今天她吃了什么？”

表哥回想着表妹吃的东西：“二两西红柿，三根黄瓜，两个鸭梨，一个苹果。”

王浪表情吃惊，一个女孩吃这么多东西，不撑死才怪呢：“啊，啊，啊，还有吗？”

表哥挠头抓耳，一副憨厚的模样：“让我想想，好像没了。”

王浪将女孩的两腿弯曲，左手抵住女孩的后腰，右手按压她的肚子：“这里痛吗？这里痛吗？”

表妹很是难受：“痛，痛。”

表哥心疼表妹，问医生：“我表妹怎么样啊？”

王浪很自信地说：“没有什么，吃得太多，胃肠炎，打一针就好。”说着抽药，准备打针。

王浪打针时，表妹不自主地叫喊了一声：“噢。”

王浪打完针后坐在椅子上继续品茶。稍后，表哥给表妹擦了一下脸，毛巾都拧出水来，他着急地问道：“大夫，我表妹怎么这么多汗？”

王浪再现庸医本色，稍稍起身看了一下，武断地说：“没事没事，过会就好了。”继续品茶。

表哥仔细观察着表妹，不久后再次大声喊道：“大夫，大夫，我表妹的脸为什么白了？”

王浪起身察看，几秒钟后说道：“可能是药量不够，再来一针。”并准备抽药再注射。

主任突然进来，看见王浪准备给病人打针，而病人脸色苍白，很是危重，立即喝道：“住手！她怎么了？”

王浪心虚地回答：“主任，她肚子痛。”

主任摸了一下病人的肚子，翻起她的眼睛看了一下，显然是贫血。

主任问女孩：“你本次月经是什么时候？”

表妹扭捏着不回答。表哥看主任转向自己，有些惊乱地答道：“不知道，不关我的事啊。”

主任对王浪说：“拿注射器来，腹腔穿刺。”

王浪接过注射器，对女孩进行腹腔穿刺，注射器里是殷红的鲜血。王浪后悔不迭地给主任看，嘴里说道：“血！”

主任立即下令：“给我马上送手术室。”说完就往外边走，显然是要王浪安排手术的事情。

表哥听主任这么说，知道事情重大，惊慌地问王浪：“我表妹怎么了？”

王浪有气无力地回答：“哎，是宫外孕啊。”

表哥知道自己与表妹的好事肯定要被发现了，徒留叹息：“啊，我完了。”

王浪的阿托品医生也宣告破产：“我也完了。”说着，他从口袋里掏出横幅展开，上面写着“这下完了。”

表演结束，王浪与另外三人躬身谢幕。

全场再次响起经久不息的掌声，许多女孩站起来看王浪，好帅气，不谈拥有，看看也好呀！

9

周六下午，春光明媚，王浪骑摩托车与邱倩在外面兜风，全然忘记了不久前出车祸的事情。王浪信奉“生死由命，富贵在天”，万事努力即可，不可强求。

“你有电话。”邱倩从王浪的上衣口袋里摸出手机，打开交给王浪。

“王浪，晚上有空吗？”宋志豪在电话里开门见山。

“我想想。”王浪在脑子里迅速地回想自己的安排，“没什么事情，空闲得很。宋总有节目？”

“当然，就看你女朋友也有空吗。”宋志豪想和王浪开个玩笑，“不过，我想你有空，你女朋友肯定有空，实在没空也有候补人员。”

“哈哈，宋总果真是高人。”王浪不敢大意，因为摩托车在高速前进，想赶紧挂了电话，免得大意失荆州，“我现在骑车，待会儿再打给你。”骑着摩托车打聊天电话，的确不怎么恰当。

王浪在一家咖啡厅门口停车。

“邱倩，我们进去喝咖啡，好吗？”王浪很喜欢咖啡的暖香，也满意咖啡厅的情调。

邱倩同样喜欢咖啡，听王浪问她，心里愉快，忙说：“好呀，知我者，君也。”她轻轻地拉着王浪的胳膊，两人一起步入咖啡厅。

在即将进门的瞬间，王浪对邱倩说，有些阴谋似的：“你先去找个座位，我给宋总回个电话。”

“嗯，好，你快点。”邱倩一个人先进去，很是通情达理。

“宋总，您有什么指示？”王浪给宋志豪打了电话过去。

那边宋志豪立即接了，电话里传来陆琳好听的声音。当然好听，比起宋志豪四十多岁的一大把年纪，一个小他二十多的年轻女子的声音自然悦耳动听。

“王浪，王大医生，油腔滑调，可不是医生的本色，宋总哪敢指示你。”陆琳开着玩笑。

“应该的，可以的。”王浪说话倒是蛮有诚意，“您不用帮着谦虚，我明白的。”

宋志豪家大业大，但一直为人低调，并不喜欢张扬，这或许也是他与王浪能够维持情谊的原因。

陆琳把电话给了宋志豪，他对王浪说道：“上回在金州鼓山的时候，我对你说过学车这事，记得吗？”

“记得，记得。宋总你真是一诺千金，劳你费心。”王浪内心很感激，宋志豪作为一家大公司老总，能够这样对待自己非常不简单，况且他们的交情还算不上特别深厚。

“你刚告诉我说晚上有空，所以我想安排驾校的教练和你们见个面，然后那些琐碎的事情直接交给他去办理。”宋志豪继续说道，“陆琳就是在那家驾校学车的，听说教学质量不错，对学员很负责。”

“叫他和他的女朋友一起过来呀——”一旁的陆琳在大声提醒着宋志豪。

“好，遵照执行。”王浪感谢宋志豪的妥善安排。

“那就在我们公司对面的滨缘酒楼见面吧。今天晚上七点，你和你女朋友一定要准时到。”

“好的。我们一定不迟到。”

滨缘酒楼“芙蓉苑”包厢，宋志豪与陆琳恭候来宾，就三个人，一个是驾校教练，另外两个是王浪与他的女朋友邱倩。

当三位客人都落座后，宋志豪朗声道:“来，我给介绍一下，这位是驾校黄教练。”他指着身旁憨厚的中年男子说道，“黄教练服务一流、教学水平一流。陆琳就是他带教的，不到两个月就拿到驾照。”

陆琳与宋志豪心有灵犀，恰如其分地补充道:“跟着黄教练学车，准没错!”

“哪里，哪里，是陆琳聪明好学又很勤快。”黄教练不想居功。

宋志豪笑着对黄教练说:“你就不用谦虚了。这位是王浪，天马医院外科一把刀——这位是他的女朋友邱倩，天马医院最好的护士。”宋志豪将王浪与邱倩介绍给黄教练。

学生与老师就这样认识了，随后宾主开怀畅饮，黄教练、王浪、邱倩都对宋志豪很感谢，陆琳心里特别高兴，因为情人能干而豪爽。

几天后，黄教练为王浪、邱倩办好驾照考试的报名手续。再一周后，王浪与邱倩一起参加交通法规理论，即科目一的考试。科目一有现成的参考资料与模拟题，抓紧两天时间复习一下，对王浪与邱倩来说小事一桩，轻松过关。

科目一考完后，黄教练安排两人进入科目二的学习。科目二俗称倒车，是驾考的第二步。在黄教练的精心指导下，王浪与邱倩进步很快。因为学车的人多，考试指标紧张，好在王浪与邱倩是宋志豪亲自介绍过来的学员，倒没有受到指标的影响，半月后驾校挤出指标让他们参加科目二的考试。

王浪再次轻松过关，但邱倩因为考试时恰逢例假，痛经的毛病困扰着她，考试时屡受干扰，未能通过科目二的考试。

黄教练第二天即安排王浪进行科目三的训练，科目三通称路考，只要通过了这场考试，就能够拿到驾照。

令人扼腕长叹的是，黄教练一周后就出大事了。那天，黄教练带学员进行公路实地训练，收工后去饭店小聚，结果酒喝得太多，回驾校时开车致人死亡。交警认定黄教练醉酒驾车酿成事故，终身禁驾。黄教练自此离开教练行当。

铁打的营盘流水的兵，驾校还在，教练车还在，只是坐在教练位置上的已经不是黄教练，顶替他的是一个美女教练叶蓉。叶蓉是标准的美女，穿着紧身牛仔裤，身材是一级棒，脸颊红润。

王浪看见美女教练吃了一惊，这么漂亮的女孩怎么会当教练呢？照理，叶蓉应该在富丽堂皇的大酒店做领班之类的工作。或许，这就是古话所说，人各有志。

王浪为教练的美貌吃惊，教练也感叹王浪的帅气。叶蓉得知王浪是她车上的学员，心中暗喜，第一眼见到王浪就疯狂地喜欢上了他。

叶蓉耐心地教王浪学车，教的过程对她来说，充满着快乐——简直是享受！这样的教学工作，爽呀！带王浪学车，叶蓉感觉时间过得太快。每次学车，一般是四十分钟，时间到就换另外一个人上车。但是，以叶蓉当时的心情，她希望王浪的四十分钟无限长。这样一来，叶蓉的安排就挤占了排在王浪后面的男子，这个男子长相丑陋，走在街上真是对不起观众。

丑男人却不是善忍之辈，第一次他强忍住不满，第二次他决定不再忍受。当叶蓉应该换下王浪叫丑男人上车时，她再次拖延时间，舍不得让王浪这么快离开。

丑男人不高兴，他径直走到教练车前，站住不动。那意思非常明显，就是要王浪与叶蓉停车，让他上车训练。

叶蓉在心头涌起一阵厌恶感，在心里骂道："这臭男人太不懂味。"

"王浪，对着他开过去。"叶蓉突然间萌生出狠狠整治丑男人的心思。

丑男人站着不动，他想教练车肯定会拐弯绕过去。

王浪开始转换方向，出乎他意料的是，美女教练伸出左手，抓住方向盘，不让王浪改变方向。

一个为感情疯狂的女人，等待丑男人的将是血洒训练场。

五十厘米……三十厘米……十五厘米，教练车对着丑男人驶过去——零距离接触，丑男人却毫发未损。王浪在最紧要关头用力往下踩死刹车，汽车停在丑男人面前。

美女教练与王浪走下汽车。

丑男人对王浪冷言相讥："你这样子，学什么开车呀！差点撞上我。"

王浪不想理他，没有说话。

丑男人接着向叶蓉发难："你这两回给我的学习时间不够！小心我投诉你。"

"不够又怎样？投诉就投诉。我就只给你这么多时间，小气男人！"

"那是，我小气你大方——倒贴货。"暗指叶蓉对王浪的偏爱。

"放肆！丑陋、狭窄——你会被车撞死。"叶蓉使出泼妇劲来。

"你，你！"丑男人冲向叶蓉，扬起了他同样丑陋的巴掌。

"你打呀，有种你就打！"叶蓉将食指指着自己光滑细腻的面颊，"你过来呀，我倒想看看，你的胆子有多大？"

丑男人被激怒了，他的手快速切下，但一个小小的停顿后，速度明显减慢，最后缓缓地停在空中，两秒钟后，丑男人无奈地垂下他的手掌。

王浪站在叶蓉的身旁，关注着事态的发展，俨然一个护花使者。

"你这样的教练，我不在你这里学了。"丑男人选择撤退。

"你这样的学生，早点另寻高明。"叶蓉毫不示弱。

丑男人还真说到做到，自从那天叶蓉情绪激烈大骂他一通后，他就没有再来练习开车。他去找驾校校长，说叶蓉克扣学时、中饱私囊，专收关系户，强烈要求校长给他换一个教练。

校长答应了他的请求，按理说问题已经解决，可是丑男人心眼特小，心中藏不住事情，见人就说这事，好像遭受严重打击迫害，极像鲁迅小说中的祥林嫂，不管对象，逮着人就要和人家说话，说些开始让人好奇，久而久之终于麻木的话。

丑男人一直不停地说王浪的坏话，什么一个大医院的医生人长得好，为何还要吃软饭。丑男人根本不知道事实的真相，还自以为是，这种男人最可悲。其实，当美女教练将汽车朝丑男人开去准备撞他时，危难之际，王浪果断踩死刹车，才使他躲过一劫，应该说王浪救了丑男人一命。

半个月后的一个下雨天，训练场地有积水。丑男人站在场地边等候他的教练。王浪的车经过一水坑时，溅起的水花不慎落在丑男人的身上。

丑男人发现是叶蓉的教练车，骂人的欲望又上来了。

“瞎眼了，你们两个！”丑男人破口大骂，出言不逊。

“我告诉你，你要为你的话付出代价。”王浪从车窗伸出头来，怒不可遏。

“我看你是绣花枕头，中看不中用。”丑男人人丑，骂人狠毒。

“好呀，来吧。我们单挑，输了你就得老老实实。”王浪决心好好教训丑男人。

两人就在场地里开始决斗般打起来。双方都不留情，出招很快。王浪身高臂长，慢慢占住上风。王浪猛一用劲，丑男人摔倒在水坑里。

丑男人说话不算数，他爬起来就与王浪及叶蓉争吵。王浪堆积了愤怒，话不投机。丑男人指着自己的西装说：“你把我衣服弄坏了。我这西装八百八一套，你看怎么办？”

“你把西装脱下来，再去买新的。”王浪不想与丑男人啰唆。

“这样不好吧？”丑男人摊开双手，“不穿外套在外面走动，不适宜呀。”

“既然这样，你八百八的西装，我出一千买下，你看可以吗？”

丑男人刚才鸡蛋碰石头，冲动得很。王浪决定不和他计较，从上衣口袋里掏出一千元，丑男人收下了。

“西装外套得明天给你，我带到场地上来，行吗？”丑男人当着边上围观的教练与学员，无奈何地请求王浪网开一面。或许拿了人家的钱多少有些底气不足。

中午下班时分，王浪与邱倩并肩往医院外走。两人约走出一百米时，王浪看见一群人在一个壮汉的领头下，朝他们这边快速逼近。

王浪感觉到不妙，他瞥见了其中那个丑男人。

形势紧急，王浪将邱倩往后拉，急促地说道：“邱倩，你快回医院去。前面几个人是冲着我来的。”

“我不走。我要和你在一起。”邱倩放心不下，她要与他同生死共患难。

“不，邱倩，你快往医院跑，我们还有希望。”说着，王浪往外推邱倩。

恰在这时，一部丰田皇冠车在王浪的右边停下，开车的是宋志豪。

王浪并没有注意到宋志豪的到来，他的主要精力在向他逼近的人群。

前面几个人冲上来，却并没有对王浪下手，只见领头的那人“扑通”一声跪倒在宋志豪面前。

“宋总，你好！”

“你们在干什么？没看见这是我的朋友吗？”

宋志豪说话时没有正眼瞧他们，不怒自威。他望着王浪，准备与他打招呼。

那些人明白宋志豪与王浪的关系，连忙单膝跪地，双手抱拳，“宋总，得罪了，我们走。”

他身后的几人听了这话，和他一起全部撤退。

“王浪，没事了。”宋志豪左手与王浪握着，右手拍着他的肩膀。

邱倩把医院门口的保安叫了过来，发现那些人已经走了，宋志豪与王浪说话。

“王浪，你没受伤吧？”邱倩关切地问道，眼睛盯着他的脸看，没见一丝一毫的损伤，心里放心了。

“谢谢你们，那些人已经走了。”邱倩对保安说，“我们要报警吗？”

“你们知道对方是什么人呢？”保安好像还有点专业知识。

“嗯，有点知道，但不是很清楚。”邱倩回答。

“如果没有什么损失，包括财物、身体健康等都没出现问题，那就不必报警了。”

“好，谢谢你们。”王浪向保安道谢。保安们回到医院大厅。

第二天，丑男人用信封将那一千元包好，主动找到王浪，说对不起，多有冒犯，一千元请你收回。自此，两人相安无事。

邱倩的科目二考试第一次没有通过，虽然她尽了最大的努力，但严重痛经的折磨，延缓了她顺利过关。这样一来，邱倩就没办法快速地通过这个考试。科目二补考的基本条件是：第一次考试后至少二十天，才可以按照交通管理规定进行补考。她只有等待。

好在另一个机遇降临在邱倩身上。为提高护士队伍素质，天马医院决定选派事业心强、工作表现良好、能吃苦耐劳者参加成人高考，以便接受更高层次的护理教育。邱倩进入医院两年来，年年先进，评过十佳护士，当过医院“三八红旗手”，自然榜上有名。

王浪与邱倩很高兴，在重视知识的年代，必须用知识武装自己，能够提升学历，对将来发展大有帮助，尤其对邱倩而言非常重要，护士很多是中专学历，结果职称上不去，福利待遇也上不去，职业的崇高感无从落实。

周五下午，邱倩与医院其他几位护士一道乘车去金州参加成人高考短训班。说是短训，其实就是两天时间，收费三百到六百元不等。

“王浪，我走了，你好好照顾自己，喝酒要少量，不然醉了，可没有人帮你擦洗。”邱倩出家门时对王浪说。

“嗯，你放心吧，一路注意安全。”

王浪在门口送行，他双手环抱着邱倩，低头吻她，王浪的唇上留下淡淡的红色印痕。

邱倩看着王浪的红唇，笑道：“看你也有唇红呢，小心人家笑话你。”

“不怕，就说是女朋友的。”王浪道。

“好呀！再见，王浪。”

“再见！我的宝贝！”

第二天是星期六，王浪下午不用上班。他想在家先上网冲浪，然后想睡就睡。一个人过周末，王浪通常是上网、看电视、看书、写文章，如果有朋友邀请，则去外面聚聚。无论哪种，王浪都怡然自得，乐在其中。

王浪吃过中饭，刚刚将碗放在水池里，接到驾校教练叶蓉的电话。

“王浪，你在忙什么？”叶蓉问道。

“刚吃过饭，正准备上网看看。”王浪心想，教练昨天不是说周六休息一天嘛，应该不会是学车吧，就试探着问道，“今天没人学车吗？”

叶蓉快人快语：“没人学车，我们驾校每周六放假一天，除非是有加班，当然自己愿意来的也可以来学习。”

“你没出去玩？”王浪问道。

“本来准备出去买衣服，可是约好的一个女友临时有事，也就不去了。”叶蓉略有所思地说，“王浪，如果你没有事情的话，我们去附近农村公路跑车去，你看行吗？”语气里有着请求与盼望。

“当然可以，没问题。”王浪立即行动起来，“我关了电脑就来驾校。”

“不用了，我开车到你们医院接你。”叶蓉想得很周到。

“我住在医院附近，那好吧，就到医院大门口，方向明确些。”

王浪没有多想，他根本没有意识到，叶蓉想念他的心情远远超出师生关系。一个女孩，如果想念一个男孩，会将全部心思放在他的身上。她会创造机会，更会珍惜机会。而事实上，上帝好像也垂青于这样的女人，就像这一天，邱倩不在家，王浪有了足够的私人空间。

王浪在医院门口上了叶蓉的教练车，见到叶蓉，他心里吃了一惊，精心化妆后的叶蓉青春貌美，沉鱼落雁。

王浪一直没有打听过叶蓉的恋爱婚姻状况，当代社会，再用过去的“你成家了吗？”之类话题进行交流，不仅落伍，而且不识时务。

王浪宁愿相信叶蓉未婚单身。女为悦己者容，这话没错；但更应该说，女为己爱者容，在自己喜爱的男人面前展示最美丽的一面，是每个女孩的心愿。

叶蓉将教练车开出城区后，与王浪交换座位，她坐在副驾驶座指导王浪练车。

王浪天生悟性高，看他开车是种享受，叶蓉用不着具体的指导，只需偶尔画龙点睛一下。叶蓉很喜欢这样的氛围，她陶醉于其中……

男女的碰撞很容易出火花，叶蓉处于过电状态，在亢奋之中，她的脑海里汽车是她和王浪温馨浪漫的流动小天地。

“王浪，你开慢点，进入城镇人流密集地区，我们一定要缓慢行驶。”叶蓉下着指示。

“好的，教练。”王浪答应得很干脆，也是，又不急着回去。今天休息不值班，也不是二线班，抢救组是另外一组医生担任，他们这组病人当天没有做手术的。

“王浪，我叫叶蓉。”叶蓉很慢很柔情地说道，“你知道我的名字吧。”

“当然知道，教练。”王浪想起来那次她的自我介绍——我叫叶蓉，叶子的叶，黄蓉的蓉，“我第一次去学科目三的时候，你详细介绍过你名字的写法。”

“就是呀，可是——，王浪……”叶蓉说起话来竟有些扭捏，根本没有她平日里那风风火火的影子，“你叫我的名字叶蓉，好吗？也可以叫我蓉儿呀。”

“那怎么行？你是老师，学生对老师要讲文明、懂礼貌。”王浪诙谐幽默。

叶蓉很开心地笑了，要是王浪永远不毕业，永远在这学车多好呀，天天可以看到他，天天可以鼻息相闻，是多么幸福呀。

“怎么不行？我说行就行。快叫我！”叶蓉恢复了野蛮女友的状态。

“那我就叫了——蓉儿老师。”王浪配合着叫她，却加了“老师”二字。

“听着怪怪的，好比上了一年大学的年轻人回到家里跟兄弟姐妹们聊天，不说一直说惯了的方言，而冒出几句不南不北的普通话，同样搞笑。”叶蓉以不容置疑的口吻说，“就叫蓉儿，把尾巴去掉。”

“蓉儿!”

“哎!”叶蓉很受用地应道。

王浪驾驶着汽车，尽管人不多，但是因为地处城镇，遵照叶蓉的意见，王浪开得很慢。叶蓉时不时地去摆弄王浪的方向盘，不是为了行车，而是趁机亲热王浪，为了更大力度地与王浪接触交流。

叶蓉的手白净光滑细腻，十根手指纤细耐看，如果是用来弹钢琴，是最好不过的了。王浪感受着叶蓉手指碰触的亲密。

“开累了吗？休息一下吧。”叶蓉对王浪说道。

“吱。”汽车在王浪的操控下很平稳地停下。

“下车，我们进云峰寺去看一看。”叶蓉指挥着王浪。

桃花烂漫笑脸迎客至，云峰寺里几百株桃花在春风的沐浴下竞相开放，娇艳迷人。面对着万朵粉红桃花，王浪想起“桃红柳绿”的成语，云峰寺就是这样的春日胜景。与桃树相映生辉的是同样壮观的绿色垂柳，在风中飘拂着，最易让人想到女人婀娜的身姿，就如走在身边的叶蓉。

“碧玉妆成一树高，万条垂下绿丝绦。不知细叶谁裁出，二月春风似剪刀。”诗中有画，动中有静，好一个诗情画意。人在美景中容易联想，思绪如脱缰的野马。王浪就是这样的，这个时候，他显然不是医生，更像一个文人墨客。

“去年今日此门中，人面桃花相映红。人面不知何处去，桃花依旧笑春风。”王浪脑中全是古人的诗词歌赋，浪漫的氛围，就会有浪漫典雅的诗篇，就会有最恰如其分的感怀。

叶蓉紧跑几步，走在王浪的前面，她用手机拍下许多王浪的照片，照片里，有王浪青春的阳刚，有他身后无数柔弱的粉红桃花，在粉色桃花的映衬下，在午后温暖阳光的照耀下，王浪的脸充满灵气与青春。

牡丹园里的牡丹花还没有盛开，但是牡丹枝上已有许多含苞欲放的花蕾，刚刚看过那挂在墙上的牡丹照片，王浪与叶蓉的眼前已然可以从无到有，想象着美丽牡丹尽享春天的动人故事。

进至观音大殿，每人交十元钱，就可以任意烧香，拜菩萨。王浪烧香、跪拜，在心里默念“愿神灵保佑家人健康幸福，愿天下所有开车人平安”!

观音大殿里共有六尊菩萨，王浪在每尊菩萨面前，都跪拜敬香，极其虔诚，此时的他，又在信奉着求神拜佛，也不管了，权当此时的信仰吧。

王浪和叶蓉拜完所有的菩萨，从里面出来，又去藏经阁、诵经厅等地方转悠，因为平时对佛教并不是太热衷，也就是走马观花。走出云峰寺时，太阳已经下山，天色渐暗。

夕阳、彩云，俊男在侧，人生若此，夫复何求。叶蓉心想，自己辅导过的学车男士少说也有上百人，加上同学、同事，熟悉的男人至少有二百人，可是，曾经的心跳、感动与浪漫，在王浪面前，全都轻如鸿毛，如过往烟云，没有在心里留下烙印。

王浪，莫非命中注定是自己的克星？明知情缘相克，可是却无法让爱与情从他的身上移开，哪怕一点点，好像都难以做到。这感情好痛苦！然而，他的声音、他的影子所带来的快乐足以消弭所有的痛苦。

此刻，远离喧嚣的城市，在返璞归真的寺庙前，王浪会在意自己的感受，他关心着自己，刚才怕我跌倒，伸手拉了我一把，真希望他拉我那一刻能够凝固下来，让王浪永远牵我的手。

叶蓉的脑海里全是和王浪在一起的浪漫情节，她的思绪在半空中飘浮。

王浪说："蓉儿，天不早了，我们要回城了吗？"

叶蓉好像被惊吓了一般从半空中回来，她完全陶醉在无限美好的情景中。王浪的话打乱她的思绪。

"不急，学车就是要学会真正的行车技能，所以我们要练习夜间行驶。"叶蓉的话全在理上，但是只有她自己知道，这话她只对王浪说过，对其他任何别的学员，她曾经带他们出来跑过乡村公路，也到这个云峰寺，通常比这次时间还早些，她就会领着学员们返城。

王浪启动汽车，继续往前开，叶蓉感到喜悦与满足。

车子走过一个村庄，又一个村庄，所经过的城镇越来越小。当到达那个只有一条街道的小镇时，天完全黑了，一弯新月挂在半空中。

"王浪，停车吧，我们去吃点东西。"叶蓉在一家酒楼门口对王浪吩咐道。

说是酒楼，其实就是一幢二层楼的小建筑，一楼就餐，二楼是客房住宿，倘若是在四水城区，这样的建筑毫不起眼，在市中心甚至是完全绝迹了。但是，在这样一个远离城市的农村小镇，它的装饰与布局俨然可以称为小镇地标，所谓山中无高楼，此楼称霸王。

因为开车的缘故，王浪与叶蓉没有喝酒，只喝了点可乐，吃了些饭菜。

王浪买单，对已经吃完坐在桌边等他的叶蓉说："蓉儿，我们走吧。"

"好的，走，回四水。"叶蓉精神抖擞，乡村酒楼的简易晚餐给了她足够的动力，好像收音机换上了新电池。

王浪继续开车，向着四水方向行驶。坐在心爱男人开的车上，叶蓉什么也不想，她甚至不看王浪开车，已经没有履行教练的职责，她在享受着王浪带给她的愉悦。

可是，汽车行驶在往四水方向的道路，用不了多久，就会到达四水城区，那时，王浪会离开她回家去，就不属于她了。不，得留住他，就在今晚。

"王浪，车子好像声音不对！停车，我们下去看是什么问题。"叶蓉突然对王浪说道。

王浪并没有感觉到汽车声音的异常，但教练的话还是得听，毕竟她是老手，经验丰富。

王浪停下车，挂空挡，拉手刹，并没有让汽车熄火。王浪先走下汽车，叶蓉在驾驶室将一个红色按钮用劲往下按。这个按钮的作用是轮胎锁定，轮胎锁定以后，汽车行驶一百米后会被自动锁定，无法继续前进，它的作用是防盗。锁住以后必须用密码重新启动，这个密码只有车的主人知道。

叶蓉按下红色按钮不是为了防盗，而是用来偷盗，她想偷走王浪。

完成这个动作后，叶蓉下车，将引擎盖打开，这里敲敲，那里拧拧，她将供油阀门稍稍调小，发动机的声音变得更温和。

"好了，行，应该没问题，我们走吧。"叶蓉对在一旁看着她操作的王浪说道，柔情似水。

两人重新上车，王浪继续当司机，车子缓缓地继续前进。

"哎哟……哎哟……"毫无预兆地，叶蓉突然捂着肚子喊起来。

医生的本能让王浪迅速将车停下，看病要紧。

王浪从驾驶室出来，走到车子右边，拉开副驾驶座这边的车门。他伸手摸叶蓉的脉搏，还好，跳动得稍快点，并无大碍。

"你哪里痛？蓉儿。"王浪问道。

"这里，肚脐周围最痛。"叶蓉回答道。

王浪进行腹部检查，没有发现触痛、反跳痛，吃点药应该可以止住痛。

"王浪，我想躺下。"叶蓉对王浪说道，"坐着好难受。"

"好，你到后座躺下吧。"

王浪扶着叶蓉在后座躺下，然后对叶蓉说，“我们返回刚才镇上，给你买点药吃，很快就会好的。”

“嗯，王浪，辛苦你了。”

“应该的，蓉儿。”

王浪重新回到驾驶室，然而这回他这个司机却不爽了。车往镇上方向行驶不到一百米，就停住不动，试着倒腾了一阵，车熄火，而且无法重新点火启动。

“蓉儿，车不动了，你生病了，我也不会修车，看来得给汽车施救中心打电话。”王浪征求叶蓉的意见。

“不用了，我现在不想动，坐在车上也不舒服。”叶蓉痛苦地说道。

叶蓉的痛苦状让王浪放弃这个打算，先让她感觉好些再说吧。

“好，那我背你去镇上，找个地方休息、吃药。”王浪果断地决定。

叶蓉对王浪的决定高兴、感动，心里流下热泪，感谢上帝，生病也有好处呀。

叶蓉伏在王浪的背上，感受着他浓厚的男人气息，全身燥热。

来到刚才他们吃饭的酒楼，王浪急急地对老板说：“快给我开个房间，她生病了。”

“在这先办手续。”酒楼老板不紧不慢地说。

“先开门，我再来办手续就是。”王浪一脸严肃，认真地说道，“她生病了要先躺下来。”

老板看王浪英俊潇洒，帅气逼人，满脸正气，忙答应道：“好的，好的。你们上去吧，202 房间。”又对着楼上喊道，“202 房间给开一下门。”

王浪将叶蓉放在床上，给她盖好被子，对她说道：“我去给你买药，一会就回来。”

王浪走下楼时，从皮夹里掏出三百元钱给老板，对老板说，“钱先放你这，我等下再来办登记手续。请问药店在哪？”

酒楼老板知道王浪是个懂事的人，眉开眼笑地回答：“不远，出门右拐，前进一百米，再左拐就有一个药店，二十四小时有人在。”

“好，谢谢你。”

王浪买药回来，让叶蓉吃了。叶蓉很快就感觉到肚子疼痛减轻了，和医生一起真是好，看病快而方便，吃药简单有效。

“王浪，你过来。我感觉到冷，你抱抱我好吗？”

王浪没有多想，把叶蓉抱在怀里。躺在王浪的怀里，嗅着王浪身上的体味，强烈地感受着浑厚的男人气息。

叶蓉全身酥软，心里波澜起伏，浑身燥热，呼吸急促，控制不了自己。

她用手去抚摸王浪英俊的脸，恨不得将他吃下去。

王浪觉得怀里的叶蓉有点异样，他低头看着这位美女教练，只觉得她的脸就像下午他们看到的桃花一样，在房间柔和灯光下，楚楚动人。

叶蓉的双唇嗫嚅着，像是在吸吮，更是在盼望着什么。“王浪，王浪……”叶蓉娇滴滴地叫着，她已经完全失控。

“怎么了，蓉儿？”

“我，我——”叶蓉撒娇地说，“我真的喜欢你，我很想，很想，你……能答应我吗？”

“蓉儿，你正生病，要好好休息。现在什么都不想，把病先治好，好吗？”王浪温柔体贴地说道。

“嗯。”叶蓉满脑子幸福的感觉，尽管王浪没有答应她，但是能够躺在王浪的怀中，也是多么让人高兴呀。

叶蓉的肚子痛渐渐减轻，躺在王浪温暖的怀中，甜甜地睡着了。

王浪看叶蓉入睡了，心里清楚她的病情已经得到控制，可以放心了。王浪没有惊动她，很快也进入梦乡。

第二天，窗边刚露出晨曦，王浪和叶蓉几乎同时醒来。他关切地问：“蓉儿，现在肚子不疼了吧。”

“不疼了，你真是神医。以前我肚子痛整个晚上睡不着觉，难受死了。生病有你照顾，真的很好！”叶蓉很知足很幸福地看着王浪，“我们可以回去了。”

王浪等叶蓉梳洗完毕后，与她一起下楼。两人在一楼吃了早点，稍稍休息后就驱车上路。

一路上叶蓉与王浪有说有笑，天似乎比昨天更蓝，草比昨天更绿。叶蓉觉得一路上的风景变得更加迷人。春天的气息让人舒坦，让人陶醉。

半晌时分，王浪驾驶着汽车回到市区。没有理由留下王浪，叶蓉嘱咐他回去后好好休息。看着王浪离去的背影，叶蓉很是不舍。要是能天天在一起，永不分离多好呀。

10

王浪回到家后，洗澡、睡觉。昨天开车再加晚上照顾生病的叶蓉，还真有些累，需要好好休息，补足睡眠，养足精神。

直到下午，邱倩从金州回来才把他吵醒。王浪睁着朦胧的双眼说道："宝贝，你回来了，现在几点？"

"亲爱的，都快五点了。你还在睡觉呀。睡够了吧。这两天有没有想我？说实话。"邱倩抱着王浪，用头顶着王浪的脸，撒娇地问道。

"想，怎么能不想呢。"王浪抓住邱倩的双手，"对了，邱倩，教练要你去练车，准备补考呢。"

"那正好，我就想着去金州学习之前把驾照拿到手。"

"你有把握考上吗？"王浪相信邱倩的实力，但是考试带有一定的偶然性，所以这么问道。

"我想应该没问题。"

第二天，王浪与邱倩下班后来到驾校。叶蓉看见王浪到来，刚刚还在黑脸训人，马上就变脸，笑得像花儿一样灿烂。

王浪带领邱倩走过去，对叶蓉介绍道："这是邱倩。上次科目二考试没有过关，准备补考。请你多费心。"

"没有关系，你介绍过来的，当然没问题。"叶蓉满脸笑容地回答道。

"谢谢教练，请多多指教。"邱倩谦虚地说道。

叶蓉带着邱倩上了教练车。邱倩很认真地温习，叶蓉仔细地给予必要的指正。

第二天，王浪和邱倩依旧一起到驾校来，此后差不多都是这样，看起来两人很是要好。叶蓉看在眼里，痛在心里。自己深爱的王浪和别的女人在一起，心里很不是滋味。

"你在天马医院工作多长时间了？在什么科呀？"当只有两个女孩在车上的时候，叶蓉问邱倩，她想了解王浪与邱倩到底是什么关系。

“我和王浪同一年来天马医院的，算来已三年多，我是护士，现在外科。”邱倩回答道。

“护士这职业好，我很敬佩护士，白衣天使。”叶蓉发自内心地说道，“王医生在你们医院肯定很受欢迎，医术精湛，人又长得帅。”叶蓉说这话时心里透着自豪，好像王浪是她的男朋友。

“没错。只是要学的东西很多，好的医术都是在不断总结和实践中得到的。”邱倩谦虚地说道。她的心里比吃了蜜还甜，谁都希望别人夸男朋友有本事，这相当于说自己很有眼光。

“你怎么比王医生还谦虚哟，你很了解他吗？”叶蓉想从邱倩口中得到她与王浪的关系情况。

邱倩的回答震惊了叶蓉。

“是呀，我们恋爱三年，我当然了解他。”邱倩幸福地说。

什么？叶蓉觉得心被针扎了一下，我是不是听错了，邱倩居然是王浪的女朋友？

邱倩还在说着什么，叶蓉一个字也没有听进去，脑子一片空白，心难受得想吐，脸色很不好看。

“好了，邱倩，今天的学习就到这里，你回去吧。”还没有到结束的时间，叶蓉就让邱倩下课了。

不久，叶蓉从王浪的口中证实邱倩说的是实话。叶蓉觉得快要疯了，自己算是美女，很多男人围着自己转，可是从来没有爱得这么深。为什么偏偏会爱上王浪？一个不该投入身心去爱的人。

邱倩顺利通过了科目二的考试，很是兴奋，打算与王浪好好分享这喜悦。下午从考场回来，邱倩做了几个拿手好菜，买一瓶优质红葡萄酒，摆好碗筷等王浪回来吃饭。

王浪回家，邱倩笑脸盈盈、楚楚动人在门口迎候着。王浪下午上班，没有陪同邱倩一起去考试科目二，邱倩通过考试后第一时间打电话告诉了王浪。说来也怪，驾考这事，表面看起来很容易，可由于是操作性的东西，一次通过率很低，大致只有百分之五十。正因为这样，通过了驾考会让人欢欣鼓舞。

王浪捧着邱倩的脸，邱倩眼睛一眨不眨地看着他。

“怎么啦？不认识我吗？”

王浪捏着邱倩的鼻子，“你闭上眼睛呀。”

“我不闭，我要睁着眼睛。”邱倩撒娇道，“我怕你偷袭。”

王浪大笑起来，“什么呀，明人不做暗事。”说着他将唇印在邱倩脸上，两人四目相对，别有一番滋味。

王浪紧紧抱住邱倩，感受她的温柔与激情，不可遏制的吸吮让邱倩窒息，欲死欲仙。

邱倩闭上眼睛，长长的睫毛闪动着，每根都散发着青春与激情的魅力。

不知过了多久，王浪终于停止长吻。邱倩的头枕在王浪的臂弯里，歪着头看他，娇嗔道：“你真坏！”声音里充满着喘息。

“男人不坏，女人不爱。”

“你是大坏蛋，专门欺负女孩。”邱倩噘起嘴巴说道，“不过，我还真喜欢你这个坏蛋呢。”

“那好，那好。这是双赢，我也喜欢你——一个喜欢坏蛋的女孩。”

王浪横抱起邱倩，将她的头朝下，邱倩立时有倒立的感觉。这是她很喜欢与王浪玩的游戏，也属于比较惊险的游戏，有点刺激，但又可以绝对放心，因为是王浪在做这个游戏。

“啊，不要，不要啊，会掉下来的。”邱倩故意大喊大叫，喊出来舒服，喊出来快乐。

“好嘞，看你做了什么好吃的。不然就要罚你，吊你一个晚上。”王浪倒抓着邱倩，以他的孔武有力，真像抓住一只小鸡。

邱倩抓住王浪的大腿，头朝下说道：“我才不怕，只要你有力气有精神，你坚持一个通宵我也不怕。”

“好了，我怎么舍得呀，我的好娘子。”王浪说着将邱倩放在椅子上，“哇，这么丰盛呀，把我当贵宾呢。好主人，好主人！我这个贵宾有口福了。”

邱倩给王浪的杯子倒满酒，接着给自己也倒满了，然后她举起杯子，“王浪，来——”

王浪快速举起杯子，将邱倩的话拦截下来。他用那只空着的手握住邱倩空着的手，极其柔情地说：“邱倩，让我先说祝酒词。不算是喧宾夺主吧。”

邱倩妩媚地一笑，“哪里会呀。王浪，刚才你说我是好主人，可是我的人都是你的，你同样是我的主人呀。同为主人，那就不存在喧宾夺主。我还真想听你说。”

“你真好，倩。我们先喝这一杯，祝贺你科二考试取得优异成绩。”

邱倩扑哧地笑了，“还成绩优异，都是二进宫呢。”

“革命不分先后，考试过关就是优异。”王浪与邱倩碰杯，“预祝科三考试顺风顺水。”

粉红的葡萄酒流进王浪与邱倩的肚中，那是贮藏浪漫。很久以后，贮藏的浪漫可以再取出来，回味无穷，也延续着情与义。

“医院里好多同事都买车了，我们科张医生买了一部别克君威，护士长家的是广州本田，都是很好看的车子。”邱倩收拾着碗筷，一边说，“王浪，我们买什么样的车？”

“如果你开的话，我打算买宝马，女孩子开着宝马走在大街上，比较神气，比较耐看。”王浪问，“你说好不好？”

“当然好呀，开宝马的感觉肯定很好。但我不要宝马，车子是代步工具，大致上行就可以了。”

“我们哪天一起去看看。现在许多地方都有试乘试驾。”

不久，王浪的千万富翁朋友宋志豪送给他一部挺不错的车，这是后话。

“表姐，医院赔钱给咱们了。”邱倩表弟给她打来电话，可以听得出表弟的心情不错。

“那就好，事情早解决早好。”

“是的，表姐，医院免除全部医疗费用，并给予五万元精神损害赔偿，是以庭外调解方式结案的。”表弟简述了大致情况。

“那就好，能够这样结案最好了，不然双方上法庭很耗精力与时间。”邱倩对表弟这次的表现很满意，“你这回做得很好，不错！”

“谢姐鼓励。”表弟诚心实意地对邱倩说，“姐呀，多亏了你和姐夫。有空到我家玩。”

“好，一定会来。”得知表弟家的好消息，邱倩心情愉快。

邱倩随后打电话给王浪：“表弟家的事情圆满解决，他刚告诉我。他们一家很感谢你。这事真多亏了你！”

“邱倩呀，你就甭和我客气了，你的事就是我的事。”王浪在电话中说道，“你早些休息，我要晚些回来。”

王浪此时正与大律师龙芳瑜一起吃饭。他祝贺龙芳瑜胜诉了重大经济案件，正当两人举杯准备喝第一杯酒时，王浪接到邱倩打来的电话。

几分钟后，通话结束，王浪重新端起酒杯，龙芳瑜也再次举杯。

“芳瑜，你真不简单！以首席律师的身份拿下这么大的案子！”王浪由衷地说道，“祝贺你取得巨大成功！”

“有你与我共享，我很知足。谢谢你的祝贺。”

两人一饮而尽。

“果真是天道酬勤，苍天不负有心人。你的努力，你的忙碌，很有收获。”王浪关心体贴地说，“但是，工作的同时一定要保重身体，好的身体非常重要。”

“是的，你可要多多提醒我。”

“很好，你得把我说的话放在心上，健康是第一位的。”

“是呀，健康是事业的基础。”龙芳瑜表示赞同，“所以现在做体检的人越来越多。”

“芳瑜，你知道刚才是谁给我打电话吗？”

“不知道，这是隐私。”

“律师都是眼观六路、耳听八方呀。”

龙芳瑜表示否认，“哪有这么神呀？不过，刚才我听电话里的声音应该是一个女声。”

“没错。告诉你好消息吧。我上次咨询你的官司获胜了。”

龙芳瑜面露喜色，就好像是她自己的事情取得圆满结果一样：“那太好了，来，喝两杯。”

“好，干两杯。”王浪先喝了一杯，再倒满一杯，“刚才那杯是敬你的，现在这杯是我们共同庆祝。”王浪再次一口喝光杯中酒。

龙芳瑜也一口气喝下两杯猩红的葡萄酒。

龙芳瑜好久没有这么开心了。做律师的压力常人难以想象，每天都在紧张中度过，找证据，查资料，见当事人，一环紧扣一环，不能有任何疏忽。

两人都喝醉了，王浪稍稍清醒点买了单。有些失态的他们拥抱着离开包厢，乘电梯来到酒店最高层的总统套房。

“两位，开票了吗？”总统套房服务小姐上前问道。

“什么票？”王浪搂抱着已经快要睡着了的龙芳瑜道。

“就是住宿的票呀。”小姐解释道。

“王浪，不要和她说话，我们进去。”龙芳瑜半醉半醒，只想着躺下休息，想着与王浪一起。

“要先开票才能开门，你们下去办手续吧。”小姐耐心地解释。

“直接用钞票吧，小妹。”龙芳瑜从坤包里掏出一大沓钱，塞给服务员说，“这些应该足够了，你帮我们开门，让我们进去。然后你拿这些钱帮去办手续。”

服务员接了钱，凭着她的经验，她知道这些钱付总统套房一天的房费绰绰有余，于是开了门，让他们俩进去。

王浪与龙芳瑜进入总统套房。势如破竹，两人四唇火热地交融……。

总统套房的洁白床单上，留下了龙芳瑜二十多年的珍藏，这份珍藏里有少女多姿多彩的梦幻，有白领丽人的尊贵与高雅，有着怀春女子的狂热与执着。

半夜里，王浪醒过来，望着朦胧夜灯下的龙芳瑜，看着她可爱的睡像，隐隐约约甜蜜的笑容，他感到快乐与幸福。龙芳瑜感受到王浪的凝视，缓缓睁开眼睛。

“王浪，你在干什么呀？”

“我在看你，你真的好美!”

“都说医生是流氓，看来一点不差。”龙芳瑜揶揄道，醒来的律师龙芳瑜可是伶牙俐齿。

王浪看见了龙芳瑜腹部左侧的手术疤痕,那是他的手术刀在那里留下的。想起当时的情景，王浪依然心乱不已。

“你在想什么？”龙芳瑜看着王浪，好像在走神，不免问道，“你邪恶的眼睛现在停留在什么地方呀？”

王浪右手轻轻摩挲着龙芳瑜的手术伤口,左手抚摸她嫩滑的脸,“我在想，那个晚上如果不是我给你做手术——”

“你呀,真是邪到家了,尽想些乌七八糟的东西。”龙芳瑜太知男人心了,应该说是太了解王浪了,“你肯定在想，别的医生也会这样？”

“不敢，不敢。”

“我看你是太敢想了。王大医生——”龙芳瑜从被窝里伸出手来，在王浪宽厚的背上上下移动,“王浪，要知道，像你这样帅的男生很少，而像我这样的女孩就更少，我可不是那种随便的人。说实话，一般的人想拉我的手都难。”

七点钟时，王浪彻底醒来，当他发现身边躺着的是龙芳瑜时，他心中无比愧疚，尽管他喜欢龙芳瑜这个优秀的女孩，可是，这怎么对得起邱倩呢。

龙芳瑜不敢相信这是真实的，自己终于和王浪合二为一。

门铃响了，龙芳瑜还在盥洗间，王浪去开了门，是服务员送早点过来。

王浪等龙芳瑜洗漱完毕，两人一起匆匆忙忙地解决了早餐问题，然后下楼。

“走，上车吧，王浪。”龙芳瑜启动她的汽车电子锁，对王浪说道，“我送你去医院上班。”

“不用，那样太累了你。我打车过去就是。”怀着悔意的王浪还是爱惜着龙芳瑜。

“不嘛，我就要送你。”龙芳瑜决心已定，“我喜欢送你嘛。”此时的龙芳瑜集果断、柔情于一体。

“辛苦你了。”王浪上车，心中既感动又不安。

邱倩从家中出发去医院上班，时间上与王浪差不多。邱倩这天起来得比较晚，因为王浪不在家，邱倩的生物钟就失灵。平日里，王浪的气息会准时于早上七点把邱倩唤醒。

昨晚，邱倩半夜里醒来一次，醒来后特别地想念王浪。她想，王浪一定是在加班，或是有别的应酬。她一直不怎么约束王浪，她给他充分的自由。每当王浪偶尔夜不归宿时，她都会在夜半时分醒来，醒来时身边没有王浪，心里越发想念，感受着甜蜜温馨。

这回尤其如此，王浪身为男儿，在外打拼，着实不易。在家的女人，好好爱一个男人，爱一个好男人，一生一世就会幸福。邱倩想自己应该就是这样的女孩。

上帝对王浪格外垂青，当他与龙芳瑜醉后缠绵狂欢时，爱着他的邱倩在家中感受着想念与幸福。上帝给了王浪太多，难道给邱倩海市蜃楼的爱吗？

天马医院大门口，邱倩看到了她的亲密恋人王浪。“王浪！”邱倩很自然地喊道，声音里渗透着相思与爱，许多上班的人都被这声音震撼，纷纷寻找声音的来源。医院同事大都认识王浪与邱倩，看他们的眼神充满着羡慕。

王浪停下脚步等邱倩，邱倩快步从后面追上来。

不远处，缓缓启动的车子停了下来。邱倩富有震撼力的呼喊声，更重要的是那“王浪”二字让龙芳瑜停住她的车子。

龙芳瑜回头看邱倩，她已经与王浪朝医院走去，龙芳瑜只看见邱倩的背影。龙芳瑜阅人无数，单从邱倩的背影，不难判断出邱倩是一个爱情至上的女子，是一个通达事理的女子，但是同时非常单纯。

这样的女子，龙芳瑜实在不忍心与她去打一场爱情战。很简单的理由，这个女孩爱情至上，她面对外来的进攻，首先的选择必然是逃离，那么这样的战争赢输就没有悬念，赢一场这样的战争又有什么意思呢？

可是，唉，谁让我遇上王浪。这么优秀的男人，天下虽大，又到何处去找寻呀？

说不清，理还乱，就像自己的律师职业吧，打过无数的官司，可是从来就没有绝对的对与错，是与否，很多案子的结果其实是在争取各方的心理平衡。

是的，王浪是自己的第一个男人，而自己不是他的第一个女人，想必也不是他的最后一个女人。

龙芳瑜就这样目不转睛地看着他们两个渐行渐远，脑子里天南海北地想着。王浪与邱倩消失在她的视野之外，她理了理思绪，平和了一下心情，然后开车回到律师事务所。

龙芳瑜召开律师事务所全体职员例会，对当天的事情进行安排。待一切妥当，她关上办公室的房门，坐在办公桌前，在脑海里回放着昨晚与王浪的一切。

龙芳瑜记得许多书上说过，女孩的第一次会很痛、很难受，经历过了，却是完全不一样，是什么呢？龙芳瑜想，该用美妙来形容最为恰当。男人与女人，这样的结合，其快乐胜过以往任何事情。只是，这快乐，需要很多的铺垫；这快乐，需要真情的全部投入；这快乐，来之不易；这快乐，又很容易失去。

电话打断了龙芳瑜的回想与思考，一个案件委托人询问她何时开庭。

龙芳瑜告诉对方具体时间、注意事项等，临结束时，她对委托人说：“你不用担心，这个案子，你一定会胜诉。”

这是律师行业的常用语，一是给当事人鼓气，二是给自己加油，三是这话永远不会错，胜诉有很多种，部分胜诉、全部胜诉，或者是说应该胜诉，没有胜诉是因为法官枉判，上诉就是。

忙碌的律师事务所工作让龙芳瑜没有太多的时间，来沉浸于儿女情长。每每想念王浪的时候，都是夜半时分。她的时间用来阅读卷宗，研究法律，全力为当事人维护合法权益。收人钱财，与人消灾。律师的职业道德就是在法律的范围内为当事人寻找合适的理由，谋求最大的诉讼利益。

钟心怡与陆琳见面后，一致选定在海鲜酒楼吃饭。两人边吃边聊，钟心怡开口问道："陆琳，你今天请我吃饭，应该有什么好事情吧？"

"请你吃饭还要找理由吗？"陆琳回答道。

"可是，以前我们都是这样的呀，没有好事情来吃饭就纯粹是为推动内需做贡献了，而如果有好事情，你请我吃饭就是分享快乐呀。"

陆琳咽下一口龙虾后说道："没错，当然是这样的，完全赞同你的观点。我的股票大涨了，现在一天可以赚一万元，所以就不要亏待自己了。你多吃点，这个血蛤是美容的。我们要永葆青春。"

听陆琳这么说，钟心怡伸了伸舌头："不说不知道，一说吓一跳。像你这种赚钱的速度，几个月下来就是百万富翁呀。"

陆琳或许是见惯了大手笔，她的宋志豪身价岂止千万，近朱者赤，近墨者黑，陆琳在投资方面当然越来越大气。钟心怡只知道陆琳投在股市的钱不少，但是没有想到她可操纵上百万资金。

陆琳笑了笑说："在哪个山头唱哪首歌。我现在是资本市场投资人，在大牛市的时候，赚钱自然容易些，这时候多赚些，才能够在大熊市的时候立于不败之地。"

"你是高手，你同时也有高人相助。"钟心怡看着亲如同胞姐妹的陆琳，略有些失意。

陆琳发现了这一点，想办法开导她："你一样会有这一天的。那位留学日本的博士男同学，会带你登上新的台阶。他可能会从国外携巨款，还有最新颖的投资理念回到你的身边。"

"可是，我一点也不想念他。"

"不是你不想他，是因为他太遥远，也因为你现在有王浪。但是王浪终归不是你的，这一点我绝对不会看错。王浪是一个很多女人想爱的男人，但是最终只能有一个与他携手并肩，走完人生的道路。"陆琳此时是百分之百的冷静。

钟心怡喝了一口可乐，有些无奈地点点头，陆琳对人性的了解很透彻。

陆琳调整了一下表情，不再是语重心长，而是以轻松的口吻对钟心怡说："心怡，你要不要也买些基金或者股票？"

"如果你能够告诉我买什么我就买，好不好？"钟心怡对基金股票没什么兴趣，听陆琳这么说，就想着搭个顺风车。

“那不好呢，基金股票都是风险很大的投资，关键时刻还得自己做主。如果你不喜欢，我劝你就不要去弄了。对了，告诉你一件好笑的事情吧。”

钟心怡转过头看着陆琳，“你说呀。”

陆琳摆开架势说起来：“有一天，我在菜市场买菜，听见两个大婶在聊买基金的事情。只听一位说‘嗨，我今天的基金降价了’，另一个问她‘你昨天不是说涨价了吗？’我当时只想笑，你看她们以为买基金是买小菜，只论涨价与降价。我看她们两位的结果不会很理想。”

“你是说她们什么都不懂，就去投资是吗？”钟心怡问道。

“是呀，什么都不了解，就去投资基金或股票，风险很大。”

“这样看来，我是不适合做基金或者股票投资的，因为我不像你一样，有这方面的钻研。”

“好呀，等你以后有兴趣了，再说吧。”陆琳收起这个话题，“你还要吃点什么？要来一份黄螺？”

钟心怡摸了摸自己的肚子，摆摆手说：“不用了，不用了，够饱的了。”

“那我买单，待会送你回去。下午宋志豪有事，要我陪他去。”

陆琳将车稳稳地停在钟心怡宿舍楼下。曾经这里是她和钟心怡共同的家，陆琳对这里是非常熟悉的，她在这里生活了几年时间。

“上去坐坐，姐姐。”钟心怡邀请陆琳上楼。

“不了，你真客气，叫得多甜。”陆琳笑道，“我就不上去了，反正刚才我们也聊得差不多了。和你说过了，待会我还要陪宋志豪出去。”

“那好，谢谢你的丰盛午宴。”钟心怡打了一个饱嗝，有点不好意思，“见笑了。那你回去。”

陆琳开始倒车，“好，你上去。我走了。”

钟心怡站着没动，看着陆琳倒车。陆琳倒好车后，从车窗玻璃伸出手来，与钟心怡挥手道别，钟心怡来了一个飞吻。陆琳心情愉悦地开车走了。

“有车真好，我什么时候也去考驾照，买辆车。”钟心怡想，做了几年的药品代理，她具备了这个经济实力，“什么时候和陆琳说说，看去哪里学比较好。”

在钟心怡想学车的时候，她的心上人王浪顺利地通过了驾考的科目三考试，半小时后就拿到了驾照。

王浪通过考试后首先打电话给邱倩："邱倩，我的考试通过了。"

"好呀，我们可以买车了。"邱倩很高兴，"你的摩托很快就要与你说再见了。"她一直觉得摩托不够安全，事实上也确实如此，上次王浪出事就是因为是摩托车，如果是开汽车就不会有当时的事情了。邱倩心里感到轻松许多。

"这个礼拜天我们就去看车。"

接着，王浪打电话给他的教练叶蓉，驾考这事，学员与教练可说是一个利益共同体，过关了，皆大欢喜，倘若没过关，学员还会有些不好意思，毕竟教练的收入与学员的考试通过率密切相关。

"教练，我是王浪。"

王浪的话还没有说完，就被叶蓉打断："我知道你是王浪，你的声音我还能听不出来吗？"

王浪等待着叶蓉说完，叶蓉却没有再说下去了。于是，王浪很轻松又有些兴奋地说道："教练，我考试通过了。"

"好，恭喜你。"叶蓉听了后说了这一句话。这个结果，是叶蓉意料之中的。她对王浪通过考试没有一丁点儿的疑问。之后叶蓉就没有言语了，她已经说不出话来。她想王浪学车结束，就不会再来驾校，以后再要见面就难，他有他的邱倩。

王浪感觉出了叶蓉的情绪变化，心里有说不出的惆怅，他希望带给叶蓉快乐，可却没办法给她想要的情与爱。那一个夜晚，当他抱着生病的她安然入睡时，他清楚自己尽了最大的努力。唉，世上真的没有十全十美的事。

11

周末，王浪与邱倩按原定计划去看车，其实不用看都可以，因为宋志豪早已把车给他留下来。

两天前的晚上，正当王浪与邱倩准备上床睡觉时，宋志豪给王浪打来电话。

"王大医生，我是宋志豪。"

“宋总，你好，好久不见了。”

“没睡觉吧？”宋志豪问道。

“没有。”

“那就好，真怕打扰你们了。”一听就是那种带色的话语。

“哈哈，宋总，不会的了。”王浪稳稳地接招，滴水不漏。

“你明天有空吗？”宋志豪准备切入正题。

“应该有空。你有什么事情吗？”王浪必须这么说，因为外科医生，万一在手术台上，那真就是没空，这种情况无法百分之百避免。

“有个事情要麻烦你。”

“你请说，宋总。”

“我有个武夷山的朋友，他要来四水看病，说是肚子里有一肿块，问我应该去哪家医院。我说那你算找对人了，我有一个朋友，看肚子可厉害了。”宋志豪继续着夸张的腔调，不过他说的是事实，“我说四水天马医院的王浪是这方面的专家，你找他保准没错。”

“宋总，真谢谢你帮我宣传呀。不过，你的朋友就是我的朋友。”王浪对于宋志豪很有好感，从他们在朋友聚会上认识，之后的帮忙联系学开车，遇小混混等，宋志豪对朋友够义气。王浪像对自家兄弟说话一样，“你叫他找我就是，告诉他我的电话。”

“好，如果我没有什么特别的事情，我陪他一起来。要是我没来，你就多帮他一下，他对四水医院不熟悉。”

“没问题，你放心好了。”

“王浪，你真是我的好兄弟呀。”电话里宋志豪传递着他的喜悦，“对了，你的车学得怎么样？”

听宋志豪这样问，王浪有些尴尬，当初是宋志豪帮忙安排学车的，可是，自己通过了，却没有及时地给他说一声。

“宋总，真不好意思，我都忘记告诉你。我已经拿到驾照，是前天通过考试的。”

“很好，就等你这句话。”宋志豪此时的话颇有老大风范，“你看哪天方便，到我车行里把那部花冠车开走。”

“宋总，这么贵重的东西，我哪能收。”王浪不喜欢无功受禄。

“兄弟之间，没有什么贵重不贵重，只问有没有，我有，我愿意送给你，你就可以收。”宋志豪不容置疑地，“我当时把教练请来与你们见面，就是要你快点学车，因为当时花冠车刚下线上市，车行里进了几辆，我觉得非常不错，很适合你，所以当时就留下一辆，放在我的车库里。”

宋志豪给王浪打过电话的第二天，他的朋友如期前来天马医院看病。他们于上午十一点到达，宋志豪因为要接待一个重要的集团客户，没有陪同前来。

王浪正在给病人做急诊手术，这对于一个外科医生，是常有的事情。于是，按照王浪的预案，宋志豪朋友看病的事情交由邱倩全程陪同。

诊断结果对宋志豪的朋友很不幸，经过腹部磁共振、淋巴结穿刺活检等，他的病被确诊为胆管癌晚期。得知是晚期癌症，他的朋友当天晚上就回去了，心情特别沉重，打算考虑一下，再安排下一步治疗。

宋志豪得知消息，感慨不已，这位朋友每次来四水都要与他聚聚，这回竟然看完病就走，不做片刻停留，足见晚期肿瘤对他打击很大。

“王大医生，他那癌症有办法可想吗？”宋志豪为朋友着急，人生难得几知己，走一个就少一个呀。

“病是我们万院长看的，他是我们医院一流的专家，他看过的病，尤其是像这种病，准确性是肯定的。所以，他说不好，那就是不好。我问了他一下，他也只说，手术可以减轻痛苦，但是不能延长生命，因为手术是姑息治疗，治标不治本。”王浪以通俗的语言向宋志豪解释着医学观点。

宋志豪好一阵沉默，稍后，他说道：“富贵在天，生死有命。”

这回是王浪沉默了，作为医生，正如古话所说“只能治病，不能救命”。含义与宋志豪所言乃一脉相承，只不过角度不同。

“王浪，谢谢你和邱倩。”宋志豪打破沉默，“人活着呀就好好活着，今天不知明天的事。”

“宋总说得没错，人要乐观过好每一天，每一天都要珍惜。”

“没错。你是一个好医生，看病好，对人好，说话也好听。”宋志豪继续表达对王浪的喜爱，“有你这样的好兄弟，真好！”

这是宋志豪的真切感受，富豪如他，需要这样的真情。

在宋志豪的一再邀请与坚持下，王浪开走了他车库里那辆白色花冠车，这是宋志豪开车行多年来唯一赠送的一辆车。

王浪与邱倩成为有车一族，常常到外面去玩，感觉车真是好东东，大大地拓展了活动空间，简直就是让人长了飞毛腿，较之于从前的摩托，可说是鸟枪换炮。

好消息常常结伴而至，在他们有车后几天，邱倩的大专录取通知书正式来了。邱倩欣喜中很是不舍，她不想离开王浪，习惯了与王浪双宿双飞的生活。

“王浪，我去金州上学了，你要常常来看我。”晚上两人躺在床上，邱倩言语中很是依依不舍。

“我会随时来看你，开车就三个小时，一个晚上可以打一个来回。”王浪心想，车就是一个流动的家，开车去了金州，做啥啥方便。

“嗯，那你就没办法睡觉了。”邱倩笑道，“除非你边睡觉边开车，只是那样太危险了，我不要。”

“我想，干脆你把车开到金州去，没课的时候，你开回四水来，还是家里舒服呀。”王浪若有所悟地说道，“对了，你的科目三赶快去学习，你有驾照才好办呀。”

“就怕我水平不过关，开不了高速公路呢。”邱倩对自己将来的开车水平没有足够的自信。

“不会的，有句俗话说‘开快车不用学’，那意思就是速度快时谁都会开车，你只要会开了，高速路就正好练车。”

第二天，王浪开车送邱倩去驾校。到达驾校后，他们得知，原来的教练叶蓉已经不在驾校当教员了。

“不是前一向还在这吗？”王浪问驾校办公室主任，“她休假吗？”

“不是休假。”驾校办公室主任有些不解地说道，“她辞职走的。我认为她的带教水平不错，试着挽留她，但没有成功。”

“她坚决要走？”王浪想不出叶蓉为何突然做出辞职的决定，“那个男的没有再说什么吧？”

“你说上次与她发生一点小意见的男学员吗？”主任稍稍回想了一下，“没有，那个男人后来还主动与叶教练打招呼，叶教练不怎么理他。”

王浪想打个电话问一下叶蓉，究竟为何离开驾校，现在在哪里。王浪虽然拒绝了叶蓉那晚炽热的情与爱，但是隐隐地还牵挂着。然而，想想还是作罢，既然她不辞而别，想必有什么不便于说明的原因。

“主任，那我女朋友学车的事，你帮我安排一下吧，她原来是在叶教练的车上。”

“你女朋友叫什么名字？”主任看了一眼邱倩，向王浪问话。

“邱倩。”王浪简洁地回答。

“我看看。”主任翻看学员花名册，“邱倩，我看转到哪一组了。——哦，在这，肖剑教练。来，我带你们去认识一下。”

驾校办公室主任领着王浪与邱倩来到肖剑教练的倒车练习库，一个女生正在练习倒车。

肖剑教练浓眉大眼、身材魁梧，长得不错，邱倩看他第一眼时评价道，心中涌出好感，这时却听得肖教练大声吼叫：“往左，往左，该往右了，你怎么搞的？练这么久了，还是没记清楚，不像话——要认真点，不能吊儿郎当。”

王浪第一印象感觉不好，邱倩这会儿也坏了心情，心想来学车，花了钱不算，还要招人骂，郁闷。都是成年人，有错误指出来就是，这样骂骂咧咧，像骂大街似的，学起来真没趣。当下邱倩不想跟这教练学了。

主任没有与教练打招呼，可能是等着他把那个女生骂痛快了才行。

“王浪，我现在不学，以后有时间了再来，好吗？”邱倩对王浪说道，脸上是不高兴的表情。

王浪正要回答，主任已经与肖剑教练连接上了，叫王浪与邱倩过去。

“肖教练，这位是邱倩。”主任指着邱倩对教练说。

“邱倩。知道了，原来在叶蓉车上。”肖剑的回答让其余的三人感到意外。

邱倩看他说话的口气，完全不是刚才那凶神恶煞的样子，变得好快呀，是个直性子人，且看他如何说，眼睛就注视着肖教练。

肖剑对邱倩好感多多，能够看着他的眼睛等着他说话，这女孩对他很尊重，他就喜欢这样的人，教练就是老师，学员就是学生，学生尊敬老师天经地义。他和颜悦色地对邱倩说道，当然也是让另外两位明白事由：“叶教练走的时候，交代过我，说你是她的朋友，她和校长说了，她辞职后把你安排到我的车上继续学习。”

原来这样，其余三人都明白了，最清楚的是驾校主任，他此前注意到肖剑在吃工作餐的时候总是坐在叶蓉旁边，看样子是在追求她。叶蓉走时将自己的朋友交给他带，自是理所当然的。

王浪听肖剑这样说，心想叶蓉真是有情有义，尽管不辞而别，但是安排得有条不紊，像诸葛亮的锦囊妙计，算定邱倩会很快来继续学车，料想邱倩与王浪找不到她的时候会直接找驾校。

邱倩听肖剑说完，用眼神与王浪交流，意思是既然叶教练有交代，就学吧。王浪表示同意，他从刚才肖教练的话中很容易听出，这人年轻，但是爱虚荣，计较身份，打交道并不难，庸俗点想，如果改日请他喝上一顿酒，他会对邱倩以礼相待。

“肖教练，那就这样了。”主任完成了一件任务，转身准备返回办公室。

“谢谢您，主任。”王浪不愧为仁义之师，礼节礼貌非常周到。

邱倩学得很认真，肖剑教得很仔细，教与学双方合作愉快，正如王浪所料想的一样，王浪在邱倩开始正式学习的当天与中期，先后两次请教练共进晚餐，有了王浪的打点，邱倩快乐地度过了驾考科目三的学习。

邱倩是幸运的，因为她有王浪。王浪与在驾管所工作的警察朋友打招呼，让他们帮助邱倩驾考过关。有了王浪的疏通，邱倩就不用紧张，保管通过就是。

尽管用于驾照考试的汽车配备了录音、录像设备，将现场舞弊的机会降到了最低点，但是机器与设备都是人造的，自然接受人为的控制，邱倩最后一个登上驾考车，然后轻松地通过了驾考。因为，车上所有的监控设备都关闭了，邱倩只是开车象征性地在考场转了一圈。

秋天到，学生闹，这个“闹”字是热闹的意思。秋高气爽，正是各所学校新学年开学之际，校园里有了学生自然生机勃勃。校园生活让人留恋，如果参加工作几年后能够重新回到校园，就会有更深的感受。

九月初，邱倩与三位同事一起去金州，她们一同考上东南医科大学护理学大专班，将赴金州生活学习两年。她们四位年轻护士平时不在一个科室，交道不多，但同是医院的年轻人，彼此也都认识。

能够得到重回校园学习的机会，是让人幸福的。张美玲由于身体原因，只能遗憾地与机会无缘。她的工作经历与考试成绩都合乎要求，但是严重的贫血疾病，使她上班都需要经常请假，当然无法担负繁重的学习任务，只有放弃。

邱倩几个去金州的这天是星期日，张美玲值班。她在医院门口看见邱倩一行四人站在那里准备出发，张美玲和好友兼情敌邱倩打了招呼。

张美玲心想王浪一定会送邱倩她们去金州，心中对邱倩好生羡慕。但转念一想，她又有些高兴，因为邱倩去了金州，她和王浪发展感情的机会又多了许多呀。

张美玲想起那次坐王浪车的经过，心中充满温暖。那天，张美玲一个人去逛街，返回医院的时候手里提了不少东西，王浪开车路过，看见张美玲立即停在她的身边。王浪从驾驶座出来，迎着张美玲走去。

“张美玲，你东西买不少呀。来，我送你回去。”王浪热情地为张美玲提包，东西看起来很多，并不重，全部是衣物、纸巾之类。

“王浪，你的车好漂亮。”张美玲夸奖王浪的车。车当然漂亮，千万富豪宋志豪赠送的车能差到哪去呀。

“吱。”汽车刹车声打断了张美玲的回想，王浪开车过来了。正如张美玲所预料的那样，他这天开车送邱倩她们去金州。

王浪自然大方地问候张美玲，她心满意足，快乐地转身去上班。王浪真好，总给自己带来暖流。

四位女孩上车，王浪载着她们一路欢歌笑语驶向金州。途中，邱倩手痒痒，还要求开了一会车，另外三个女孩一致请她多休息，有点害怕坐她的车。其实邱倩的车开得很稳，只是速度比王浪稍慢些。当然，她们喜欢看王浪开车的姿势。不过，这理由不能说出来，不然，邱倩不高兴，叫她们滚下车那就不爽了。

到学校报到后，王浪返回四水。邱倩和三位同事一起，倒也觉得有滋有味。参加工作三年后重返校园，还有着一点点的新鲜感。但短暂的新鲜感过去之后，邱倩特别想念王浪。虽然，学校里的有些硕士、博士研究生常常来她们班上玩，更有几位开始追求邱倩，但邱倩在热闹中却感到孤独。

邱倩在美女众多的护理学院称不上漂亮，但或许她的成熟与稳重吸引了那几位男生。周末，他们给邱倩送玫瑰花，但她收到后立即转给同宿舍其他女孩，或者就干脆直接拒收。她的心中全是王浪的身影，容不下别人的入侵。

在思念中，中秋节到了，邱倩和三位一起来读书的天马医院同事聚餐。她们的聚餐地点就在校门口的小饭馆。让她们吃惊的是，四位邱倩的爱慕者全部闻讯赶来。由于是经常一起在教室里上课见面的同学，四位男生在女孩们简单的礼节邀请中坐下，整个就顺坡下驴，借杆子上爬。

虽然人多热闹，虽然邱倩是聚餐的核心人物，但她没有感到特别高兴。没有王浪在一起的节日，没什么意思。要是王浪在金州多好，这些可爱的同学们就不会狂追不放。

中秋节的这天，邱倩想念着王浪，而他正在手术台上忙着。当一台大手术做完时，时钟指向晚上十点半。王浪习惯性地打开上手术前关闭的手机，十多个未接电话的短信通知立即跳出来，绝大部分是陌生的电话号码，一般情况下，这些陌生来电是病人或家属打来的；另有两个熟悉的电话号码，其中一个就是邱倩在金州的手机号。

未接电话短信通知是王浪专为邱倩开通的，他怕邱倩在金州有事打电话找他，而他上手术时不开手机，下了手术台后看未接电话短信就知道邱倩是不是打了电话过来。

王浪立即给邱倩回拨电话。邱倩放在床头的手机振动起来，知道是王浪打过来的，为了不吵醒室友，也为了说话方便，她赶紧起床到卫生间，关了门接电话。

“睡了吗？”王浪轻声地说话。

“睡了一会儿，可没睡着。”邱倩撒娇道。

“前面你打我电话，想我了吗？”

“好想你。中秋节快乐！”邱倩坐在抽水马桶盖上，“你刚下手术吗？”

“我也想你。我刚下手术，想起待会回去，孤灯一盏，好凄凉呀，就我一个大男人。”王浪故做可怜状，“中秋节是团圆的节日，以往都是我们一起过，没有你，中秋节好像不存在。你不说，我都忘了。”

“王浪，要是你在我身边就好。今天和我们医院同事聚餐，可是，我们刚开始吃就来了四个男同学，看他们高兴的样子，我是强装笑颜。”邱倩诉苦。

“好事呀，说明老婆你魅力无穷。”王浪对邱倩很放心，所以开玩笑。

“你好坏，人家想你，你还取笑我。我好想见到你，他们四个加一起都抵不上你一个。你是太阳，他们是星星，只眨巴眨巴眼，放不出太阳的光芒。”

“我是太阳，那你是什么？”

“我是地球，离不开太阳的光与热。”邱倩今晚说话特别诗意。

可是如此诗意的句子里，王浪的肚子咕噜地响了几下。哦，自己还没吃晚饭呢。王浪自己为自己唱赞歌，快下班时收了一个急诊病人，医德高尚，救死扶伤，废寝忘食，手术结束时，还坚决谢绝了病人家属准备的美味佳肴。

“王浪，你肚子饿了？在唱空城计呢。”邱倩在电话的那头也听见了，可见这个咕噜声威力不小。

“没事，我和你说话可以当饭吃，不觉得饿，是肚子不争气，它想吃东西了。”王浪情绪特好。

“你先吃点东西吧。”邱倩说道，“我看了窗户外面，月亮好圆好亮呀，好美丽的夜色。好想和你一起赏月呀。”

“好。吃过东西待会见你就会有精、气、神。”王浪高兴地答应道，“我就动身来金州。你在宿舍等我短信，大概两个半小时可以到。”

“嗯，算了，这么晚，你会太累。”邱倩压抑着心中的渴望，“你事情多，没休息好，会弄坏身体。”

“不怕，我是铁打的汉子，具有坚强的意志，这个累对我算不了什么。”王浪决心已下，不打算改变，“就是待会你出来方便吗？宿舍管理严不严？”

“这倒没事，我们是成人教育班，大家都是成人，没怎么特别管理。比我们那时在学校宽松多了。”邱倩知道王浪的担心，解释道。

“那好。你挂了电话，躺床上休息吧，我到了就给你发短信或者打电话。”

“嗯，王浪，你先吃东西，路上小心点。”

王浪吃过一个面包配牛奶，然后就开车前往金州，车速每小时一百公里。尽管是晚上，但在这条由南往北的快速道上，依然行驶着不少大货车和客车，也有少数像他这样的小轿车。莫道君行晚，同有晚行人。

两个多小时后，王浪到达金州，已是次日子夜一点。邱倩在朦胧中收到王浪的短信，“我在你楼下。”

邱倩套上外衣，飞奔下楼。

王浪站在车外，校园的路灯将他高大的身子投影在地面。王浪与邱倩向着对方跑过去，两人紧紧地拥抱，狂吻在一起。

银色的月光将车涂上一层梦幻色彩，王浪与邱倩钻进汽车，感受上苍的垂青。

远处传来火车的汽笛声，附近工厂的货运列车通过交叉路口。静谧夜空中的声音唤醒了相拥而眠正在睡梦中的王浪与邱倩。

“邱倩，你看，月亮多圆，亮度够大，可以看清楚字呢。”

“每个月的十五，太阳给月亮最大的光芒。我在想呀，你是太阳，我是月亮。”

“邱倩，记得有一句诗，叫作赏花、赏月、赏秋香。”王浪的嘴角歪了歪，带点痞笑，“我说，你就是我的秋香。”

“那我呢，我看应该这样说，良辰美景好男郎。”

王浪大笑，“哈，那我们是绝世佳配，前无古人，后无来者。”

邱倩赶紧捂住王浪的嘴巴，“我的好老公，可不要得意忘形，待会让保安来了就不好。”

王浪不信，“保安只想睡觉，他不会来管这些。我进来的时候，他就问了一句毫无意义的‘谁呀’就开门让我进来。”

“那好。可是保安不来，也不要吵着我的同学们。”

“对，你的同学们可想不到你会在这里——和我一起。”

邱倩表示赞同：“对，这超出了一般的想象。”

王浪问道：“你明天要上课吗？“

“当然要，明天不是周末。”邱倩回答，想起王浪明天还要上班，“你明天休息吗？”

“明天不能休息，刚做完手术的病人得去查房看看。”

邱倩闻言，有些着急，“看我把你害的，你快回四水。”

王浪听从邱倩的建议，留恋了一番而后驾车离去。邱倩站在宿舍楼下面，目送着王浪的车驶去视线之外。

12

这天上午，王浪接到宋志豪打来的电话。“王浪，我老婆要来住院，你有空吗？帮我安排一下。”

王浪陪伴着宋志豪把他老婆安排住进了呼吸内科。

宋志豪的老婆叫陈蕊，名字很好听，好像还有点诗意，但整个人干瘦干瘦，皮肤暗黄，简直无法将她与宋志豪联系在一起。

王浪看过就知道，这个女人是一个药罐子，长期服药严重损害了她的皮肤与软组织，也导致她身体机能下降。陈蕊的病是发烧，喘气不停，嘴巴张得很大。

宋志豪很急的样子，他拉着王浪的手说：“你给你的同事们多联络一下，要全力抢救她。”

王浪有些不解，他想起一句新俗话“中年三大喜，升官、发财、死老婆”。如果陈蕊死了，他与陆琳的爱不就名正言顺了吗？不过，王浪不难看出，宋志豪的急切是从心底深处发出来的，不是装出来的。这使他想起了宋志豪有一天说的话，他说有时候男人应该主动承担感情与责任的统一。没错，感情与责任的双重联系会使一个人为另一个人牵肠挂肚。

然而，遗憾的是，尽管宋志豪做了最大的努力，还有王浪全力帮忙，天马医院专家悉心诊治，还是无力回天，陈蕊带着遗憾永远离开了人间。

宋志豪和陈蕊结婚多年，一直没有小孩。陈蕊一个人去了医院看病，结果医生诊断她得了妇科病，严重影响生育。

夫妻俩四处寻医，只要听说哪家医院哪位医生能治疗不孕症，他们都会想办法去求医问药。可是，效果却并不怎么样，陈蕊依然没有任何好转的迹象。陈蕊越来越心情烦闷，到后来，她对男女之事都没有兴趣。

自己的病治不好，陈蕊觉得很对不起宋志豪，毕竟他是个男人，而且正值壮年，就算宋志豪出去找女人，她也能理解，谁叫自己患了这样的病呢。只是，她不想失去这个家，她爱宋志豪。

经过一番激烈的思想斗争，她找宋志豪谈话，暗示他可以找情人，甚至可以包二奶，只要宋志豪不离开这个家，她什么都可以接受。

宋志豪听了后心里很不是滋味：L“我说什么也不可以这样做，我们两人经过了多少风雨，才有这样的家业，而且要不是你们一家人对我的鼎力相助，我宋志豪没有今天的成就，我能明白你现在的心情，可是我不能这样做，我不会做对不起你的事，没有孩子我们可以领养。你别着急，不要想得太多。”宋志豪反而安慰妻子。

宋志豪不是没有动摇过，但他不想这样做，他也很爱妻子，毕竟是患难夫妻呀。看着妻子每天这药、那药地吃，他很心疼。

为了避免欲望攻心，而又找不到出口，宋志豪把全部精力投入到工作中去，到后来他也很少再想男女之事。由于长时间的刻意压制，到后来他怀疑自己男人的本能退化了。

日子一天一天有条不紊地过着，直到陆琳走进宋志豪的生活。陈蕊很快就知道了宋志豪与陆琳的密切交往，她选择了接受。长时间的无性夫妻，陈蕊与宋志豪有了兄妹之谊。宋志豪尽力照顾生病的妻子，并没有让陈蕊感觉到任何委屈，每晚依然回家睡觉，照顾她的饮食起居。

宋志豪强忍悲痛为妻子陈蕊办丧事。他的岳父母哭得特别伤心，真是断肠人在灵堂，白发人送黑发人。陈蕊是他们的独生女，几十年血脉相连，视如心肝，此去天堂不复还，不知何日天堂再重逢。老两口哭着、哭着，悲痛欲绝，哭声震天，不可遏制："我的闺女，你……你为何走得这么急呀！唔……唔……你走了，我们一个亲人也没有了呀。"

"爸、妈，陈蕊是你们的女儿，她走了，我是你们的儿子，是你们的亲儿子。"宋志豪跪在他们面前，声音哽咽着说道。

"孩儿，你起来。"岳父此时稍稍缓和了情绪，欠身拉起宋志豪，"好儿子，爸妈知道。"

陆琳从王浪那里得知陈蕊去世的消息。

王浪在陈蕊去世后，就决定将这个消息第一时间告诉陆琳，因为与陆琳密切相关。王浪的手机里没有陆琳的电话号码，他只好去问钟心怡。

"心怡，告诉我一下陆琳的电话。"王浪没有任何的铺垫与过渡，直接对钟心怡说一件与他们两人关系不是很重大的事。

钟心怡感觉到了意外，下意识地问道："有什么事非得找她说？我转告她可以吗？"

王浪感觉到了钟心怡的不快，解释道："宋志豪老婆死了，他在忙着老婆的后事，我想把消息告诉陆琳。"

"陆琳这下有盼头了。"钟心怡道。

王浪心中闪过遗憾，但没有流露出来，他对钟心怡说："你告诉陆琳吧。"

"不要啦，王浪，你清楚整个事情，还是你说给她听，我告诉你她的手机号码。"

王浪打通了陆琳的电话。陆琳果然意外："王浪，今天怎么给我打电话了？心怡呢？"

"刚和心怡通过电话，是她告诉我你的手机号码。"王浪解释了一下，然后说道，"陆琳，宋志豪的老婆去世了。"

陆琳听王浪这么说，虽在意料之中，因为她从宋志豪那里知道陈蕊身体一直很糟糕，但是当一个生命结束，陆琳还是觉得有些沉重。她用很低的声音说道，"谢谢你告诉我。"没有再说其他的，就挂断了电话。

陆琳接到王浪的电话后，心想宋志豪现在事情多，自己不能让他分心。她坐在沙发上，沉思良久，终于写下一条短信，"志豪，我知道了她的事，你保重身体。一周后我再与你联系。”

陆琳乘飞机去了桂林。她坐在游船上，神情专注地看着漓江两岸的翠竹，思考着九马画山的传说。

船顺水而下，进入了一个平缓的河段。望着幽幽的碧绿江水，此时，她心里想着宋志豪，这个有点霸气，富有大气、灵气的男人，让她倾心相爱，无法释怀。

从四水出来后整整七天没有见到心爱的人了，陆琳很是想念宋志豪。她拿出手机——已关机七天，打开图片文件夹，那里存放着许多宋志豪与她一起的照片。或站或蹲，或笑或严肃，或远眺，或近望，宋志豪怎么着，陆琳总觉得百看不厌。

一个月后，宋志豪与陆琳举行了一场规模不大的婚礼，婚礼邀请了王浪、钟心怡等二十来个亲朋好友，见证他们的爱情。

岁末，王浪与万如海一起出差北京，出席三年一度的肝胆疾病国际年会。他们完成的临床课题“活体亲属肝移植”取得突破性进展，受到国际医学界瞩目。

讲台上，王浪用流利的英语向与会代表汇报他们的研究工作。“活体亲属肝移植”开创了移植学的新纪元，此项目研究过程与应用中，王浪与万如海在肝胆外科疾病诊治中的独特创新与大胆开拓，让与会代表们倍受鼓舞，如雷掌声给了王浪。

国际年会闭幕晚宴上，王浪与一个老同学坐在一起，备感亲切。老同学与王浪同系不同班，但当时有打过交道，因为同是足球爱好者。

“王浪，你可真牛。英文说得这么棒，比大学时还说得好，看来你是天天在进步呀。”同学由衷地夸道。

“你过奖了，参加工作后有时间我会读读英语，所以没怎么忘记。”王浪谦虚谨慎。

“这么大型的国际会议，你们主任没来吗？”那意思就是说怎么不是主任上台去风光露脸，而是你小子呀。这位同学并不知道，王浪已经成为主任的自家人。既是自家人，由英文特棒的帅哥王浪上台，就是最好的决定了。

“嗯，是主任给我机会，放手让我干。”王浪说的是实话。

“你是千里马遇上伯乐了，祝贺你，干杯。”

出差回来去医院上班，同事们在低声议论着什么。一个熟悉的同事追上来，神神秘秘地对王浪说："知道吗？方翔副院长与谭雅琴主任中毒了，正在急诊室抢救。"

"中毒？什么中毒？"王浪弄不清楚他们两个人怎么会中毒。

"可能是药物中毒吧，听人说，两人在谭雅琴的床上被发现。"同事显然对这件事感兴趣，"真没想到，他们两个人还有一腿。"同事不清楚里面更多的事情。

王浪听了，对他们在一张床上并不觉得奇怪，只是心想，怎么中毒的呢？毒物会是什么？以他们的精明与能干，中毒这样的事情应该很难发生。看来他人投毒的可能性大。

谭雅琴的家就在医院家属区，严格意义上说，不是家，只是一套单身公寓。她在医院的单身楼要了一个小套间，大概四十多平方米，平时就住在套房里，除了出去与方翔幽会以及开会等，谭雅琴很少在外面过夜。

王浪看见有警察从医院宿舍楼走过来，以他的分析肯定是在调查方翔副院长与谭雅琴中毒的案子。

"嗨！"与王浪聊着天的那位同事与警察打招呼。

"嗨。"警察点头，同时挥手示意，末了也来一个单字问候。

王浪看清楚了，回应同事的警察是熊飞，就是与蒋小璐副局长一起到医院抓走肝胆外科原主任的警察。

"你好！"两路人马靠近后，熊飞主动伸出右手，与王浪握手。同事看着这一幕，感觉王浪与他关系不错，应该很熟悉，于是他忍不住好奇，问熊飞道："你们在查方院长的事情吗？"

熊飞回答道："没错。你们医院报案了，我们正在调查。"

"会是谋杀吗？"王浪的同事继续追问着熊飞。

"啊哈，暂时还不知道。什么可能性都有。目前无法排除，也无法肯定，我们正在收集各方面的信息与资料。"熊飞警察严肃起来，一本正经地说道。

同事感觉无趣，懒得再问。王浪和同事告别熊飞等人，上班去了。

大家都在讨论着这件事情，方翔副院长的乌纱帽怕是保不住了，而谭雅琴，一个没有结婚的女人，继续在天马医院待下去可能会觉得没什么意思。

尽管是不光彩中毒，但在事情没有明确之前，天马医院职员只当他们的方翔副院长与谭雅琴主任是生急病住院。从院领导到科室主任，还有与他们比较熟悉，或者平时有来往的人都前去看望，两人在急诊科住了几个小时后，人清醒过来，病情稳定，全部转往医院高干病房，这是天马医院院长特批的。方翔住在护士站左侧的病房，谭雅琴住在护士站右侧的病房。

因为是医院的现任主要领导，来看望的人络绎不绝，一时间，高干病房热闹非凡，像赶集一样。王浪也陪着万如海一起去看望他们两人。

王浪虽然对他们两人的管理方式有不同看法，但是那次去救灾，他们的领导表现还是相当可以。现在，他们遭难了，前往看望一下，也是应该的。

王浪与万如海买了两个一模一样的花篮，先去看方翔副院长，另外一个花篮就放在门口站岗放哨，告诉别人，有人在里面的。真是一物二用，人尽其才，物尽其用。

他们两人的运气不错，里面没人在，他们不用等待，直接进去看望就是。

方翔副院长的脸色不好，显得异常疲劳，双眼没有平日的神光。昏睡了几个小时，再清醒过来，就如睡觉过量一样，也要一段时间才会恢复正常。

"方院长，你都好吧？"万如海开口说话，王浪将花篮放在方翔副院长床对面的墙角下。

"方院长。"王浪问候方翔。

"还可以，没什么大问题。"方翔半躺着回答，估计是来看望的人太多，只能这样，不然无法坚持。

"有人在这边陪伴吗？"万如海问道。问过之后，他骂自己，这不是废话吗，人家堂堂副院长，家里没人来，自然会有人帮着安排，这会儿没见人，准是有啥事临时走开，或者是某种形式的回避。

"有的。"方翔还是回答了万如海的废话问题，这也是肯定的，以万如海在天马医院的重量级身份，知名专家、院中院院长，包括天马医院院长在内所有人都对他敬重三分，一家医院如果没有一两个像万如海所领导的科室或者说是院中院，就很难在老百姓心目中树立起大医院的品牌。

万如海与王浪然后就有关治疗的药物、输水的量等闲聊了一会，都是专家，说的也就是场面话，不需要有实质性内容。随后，两人告辞，前往谭雅琴的病房。

谭雅琴的情况要差一些，病房里一个女护工在照顾她，这个护工王浪见过，她照料过王浪曾经负责的一个肝移植病人，前后有两个月时间，王浪每天查房时基本上都看到她在病床旁，很认真负责，做事也很细致。

王浪与万如海进去时，谭雅琴好像没有感觉到，眼睛是闭着的。护工轻轻贴在她耳边道："谭主任，万院长和王主任来看你了。"把王浪说成主任，那是护工对他的敬意。

谭雅琴睁开眼睛，作势要坐起来。万如海上前一步，连忙说道："谭主任，你就这样。"

"你们坐下吧。"谭雅琴声音很低，护工听见了，赶紧搬来两张凳子。

"不用，不用的。"万如海看了一眼护工，对谭雅琴说："你感觉怎么样？"

毕竟谭雅琴不是医学专家，在她面前，他可以更多地说一些医学上的事情，从专业的角度关心她。

"头晕，没精神，想睡觉。"谭雅琴说道，很无奈、很无助的样子，"还有就是老做梦，好像睡着了就在做梦。"

万如海对她柔弱无助的样子有些触动，平日里万如海看见谭雅琴风风火火、很原则的样子，就想起自己的妻子，照理说夫妻之间应该越做越熟悉，而他们不是。他们越来越陌生，彼此越来越无动于衷。

"没关系，用些调节和营养神经的药物，好好休息，就不会有什么问题的。"万如海安慰着她，当然也是实话。

"万院长，你现在如日中天，兵强马壮，前途无量。"谭雅琴对万如海素有好感，这会更是对他的安慰很受用，言语间倒恢复了不少精气。

"谢谢。兵强马壮，说得不错。王浪就是一匹千里马。"万如海将王浪推出来，当然是因为内心里对王浪的好评，另外的原因就是他和王浪同来，不能够他一个人和谭雅琴演话剧呀。

"你的意思是说，你是伯乐了？"谭雅琴这时还可以开开玩笑了，人的精神状态果真非常重要。良言一句三冬暖，话不投机半句多。谭雅琴这时感觉的是对话的温暖与浓浓的人情味。

"谭主任见笑了。"万如海对谭雅琴说道。

谭雅琴没有就这个话题再说下去，她稍稍调整视线，对王浪说道："王浪，你年轻有为，刚毕业才几年时间，就做出了不小的成绩，病人说好，外面单位的同行也经常说起你，真不简单。"

王浪没有回答，只笑了笑，他感觉谭雅琴还有话要说。果然，谭雅琴接着说道："就是希望你会有一个好女人在后面支持你，家对男人很重要。男人没有家庭的支持，要安心做事太难。"

不知这是谭雅琴的研究成果，还是方翔副院长对她的倾诉，还是她自己换个角度的感受。总之，王浪觉得她此时说这话有些突然。

王浪点点头说道："嗯，我努力找这样一个好女人。"

"不用刻意去找，珍惜就是。这样的女人会在你的身边出现。"谭雅琴说道。

这更让王浪意外。莫非谭雅琴对自己的恋情平时就有关注吗？难道她指的是张美玲吗？因为那次抗洪救灾时谭雅琴看见过自己与张美玲的亲密关系。这会儿，王浪用眼神表达着对谭雅琴说这话的理解，看来，人遭受灾难与挫折后对事情的看法会改变，会更有理性。

方翔与谭雅琴很快就出院了。两人继续上班，工作与生活好像恢复了原样，就像脱轨的列车经过修复后正常运行一样。天马医院的职员们见着两位，称呼着"方院长、谭主任"，似乎他们两人倒在一张床上中毒的事情对他们毫发无损。

这是假象，就像岩浆在地壳运动中积蓄能量，到一定时刻爆发一样，这种事情只差一根导火线了，不是没有，是时机未到。就这事而言，明摆着警方正在对案件进行侦破，在没有完全弄清楚之前，谁也不会贸然行动的，即便是他们两人的对手，也不会猴急火急地不看时候。

案件的进展可说是神速，半个月后就有了明确的结论，照警方通常说的就是，这已经办成了铁案，那意思就是百分之百正确，没有什么需要更改的。真相远比想象的复杂，因为想象都是从某一个层面出发，而真相是自然的全方位的前因后果。

警方调查得出结论，方翔副院长的妻子是中毒事件的策划者。方妻在发现谭雅琴与丈夫的婚外情后，异常恼怒。她没有认真思考就认定是谭雅琴勾引老方，因为老方这么多年了，一直对家庭不错，也没见有什么风花雪月的事情发生，而这个狐狸精来了后没多久，老方就常常说是加班，很晚才回来，并且经常说是在外出差不回家住宿。方妻对谭雅琴恨得咬牙切齿，她决定对谭雅琴进行惩罚。

方妻找到她的侄儿，侄儿是方妻哥哥的小孩，两年前来到四水找工作，径直找到姑姑家，要姑姑帮忙找个好点的工作。这事当然不难，凭着姑父天马医院副院长的身份，侄儿得以在医院锅炉房上班。这可是个好职位，天马医院是现代化锅炉，燃料是油，全是自动化操作，不像老式锅炉还要往炉子里用铲子添煤之类。

侄儿很感谢姑姑姑父，常常会买点水果之类来看望两人。这回听姑姑说了那个谭主任的事情，义愤填膺，在心里发誓一定要帮姑姑想办法。两人经过商量，决定用安眠药，让那个坏女人昏睡几天。

侄儿对谭雅琴的住处进行了侦察，发现能够投放安眠药的机会不少，关键是要能够顺利地打开她的房门。侄儿某天与一个专门开锁的老乡聊天，得知用万能伸缩胶插入钥匙孔，然后拔出来，依样配成钥匙，就可以轻而易举地用钥匙打开房门。

侄儿按照这个方法配好了钥匙，只等时机适宜就开始行动。方妻以睡眠不佳为由在外面药店购来安眠药交给侄儿。

那天下午，天马医院全院的医生、护士、机关干部开会，连休息的人都要参加。宿舍区没人，侄儿认为是天赐良机。他用配制好的钥匙，轻易地打开了谭雅琴宿舍的门，将已经弄好的安眠药液体倒进谭雅琴家中的饮水机。阴差阳错，方翔副院长与谭雅琴主任双双中毒赤身裸体倒在一张床上就在所难免。

案子最后得以告破，源自方翔副院长妻子的不打自招。当警察打电话给方翔的妻子询问有关情况时，她哭着说："怎么会是两个人一起中毒呢？唔……唔。"警察觉得这话奇怪，于是对方翔的妻子进行深入调查与问讯。她没有心理准备，很快就全部招供。

警察将方翔的妻子与她的侄儿予以逮捕。

方翔闻此结果，长叹一声。谭雅琴后悔不迭，生日那天许愿说希望永远相爱——看来许的愿还真不能说出来，说出来就不灵了。看来，她与方翔的爱只能夭折。

没错，谭雅琴的判断起码有部分是正确的，她对自己和方翔的不正当之爱有着清醒的认识，这事经不起阳光暴晒。未来如何无法预测，也不知道还有没有未来。唉，爱是人生中最重要的东西，事业可以通过努力去追求，偏偏爱这东西不可以通过自身特别的努力去达到目标，爱更多的是缘分。

不久，谭雅琴就被宣布解除院办公室主任职务，等待安排新的工作。稍后，方翔副院长在新一届院领导班子选举中落选。

谭雅琴走在路上，总感觉到人家指指点点的目光，骄傲如公主的她心理上无法承受。无奈之下，她决定远离这个伤心之地，于是与上海一家医院联系，那家医院看重其才华，同意调入，很快办好调动手续。

方翔离开副院长职位后，重回科室做他的医院专家，从位高权重的副院长到一个普通的医生，很多习惯与工作方式都需要改变。尽管妻子用投毒的方式害了他和谭雅琴，可是亲友之间支持他的声音很是微弱，他不敢与狱中的妻子提出离婚。他只有祈求上帝，让噩梦早点结束吧。

13

钟心怡到天马医院进行抗菌王宣传推广时，听说了谭雅琴与方翔的前前后后，以及各种有板有眼、添油加醋的传闻。钟心怡对方翔妻子不理智的投毒行为很是不解，不理智的结果就是害人不浅，包括她自己、她的侄儿，自然还有方翔与谭雅琴。这个女人，真是太低能！把握不了的爱，不是完全属于你的爱，你可以争取，可以尽最大的努力，如果还是不行，放手呀。在一棵树上吊死，来一个玉石俱焚，同归于尽，有意义吗？

钟心怡很高兴能常常在医院里见到王浪，本来她可以偶尔来医院一趟就行，因为药品的推销，因为她的突出能力，变得轻松而简单，她隔三岔五来医院不影响药物的使用，可是她宁愿多来几次，喜欢看见王浪的感觉。她还喜欢和熟人聊天，听他们说起王浪。

这天，王浪匆匆地走进外科大楼，在一楼大厅，钟心怡正在与一个医生说话，她赶紧中断了聊天，过来与王浪打招呼。

“王浪！”钟心怡走到王浪跟前，眼睛看着王浪说道，“你最近好像特别忙呀。你——”。钟心怡正想问他今晚有空吗，没想到这句话却被另外一个大嗓门给拦腰斩断。

“王主任——”一个警察一边高喊，一边跑过来，不管不顾正与王浪说话的钟心怡，有些上气不接下气地对王浪说道，“主任你还认识我吗？”

“熊飞警察。”王浪没有忘记，问他道，“有事情是吗？”

“不好意思，要麻烦您。”熊飞彬彬有礼，“王主任，我爸得了肝硬化，病情很重，我想请您给他看病。”

“没问题。”对于病人，王浪向来是来者不拒，他认为这是医生的天职。

熊飞听王浪这么说，非常高兴：“那王主任，我带我爸到您办公室去吗？”

“我正要上楼去，你到我办公室来就是。”王浪安排熊飞道。

“好的，那我去接我爸。王主任，再见。”

“再见。”

熊飞与王浪短短的几句话，钟心怡感觉很漫长，这个臭警察，目中无人，可恨！

“他是谁？这么粗暴地打断别人的讲话。”钟心怡感觉不满。

“警察呀。”王浪故意逗着钟心怡，心情不错。

“我知道是警察，我的意思是说，一个警察用得着这样不讲礼貌吗？”钟心怡可能平时就对警察没有好印象，所以一点小事就惹得她大发牢骚。

“不说他了。你近来怎么样呀？”王浪问道，充满关心。

“还不错，反正那个产品做顺了，就是个程序而已。还好不要你做什么人情，不然会让你为难。”钟心怡想起她与王浪的第一次相识，当时她想让王浪支持她的产品抗菌王，但王浪一副公事公办的样子。

“那就好，你现在对我了解了，应该知道我是看疗效不看人哟。”王浪说道，但明显地夹带了情感，“当然，疗效、价格相同时，朋友的产品优先考虑。”

“就是，我懂了。如果还不懂你，我也就太笨了。”钟心怡心情立即好起来，王浪的言语、外貌对于她都是一种良性刺激。

“你准备去哪？我要上去了，待会熊飞要我替他爸看病。”

“准备回去呀，反正你忙，我又没什么事可干。对了，王浪，晚上有空吗？我想请你喝咖啡。”

“好呀。”王浪很痛快地回答。他不忍心拒绝钟心怡的请求。

“那晚上我再给你电话。”钟心怡快乐地与王浪说再见。

熊飞与他父亲来到肝胆医院医生办公室。王浪坐在办公桌前，正与一个病人谈话，是关于手术签字的事情。见他们来了，王浪对他们说：“稍微等一下，我把这边的事情先弄好。”

“王大夫，二十三床病人不舒服，请你去看一下。”病房巡回护士走进办公室，声音很大地对王浪说道。病房护士说话声音都大，不大就没法听清，医院里的病房，嘈杂得像赶集一样。

“好，我知道了。”王浪回答道，比护士的声音小多了。

王浪刚才与之谈话的病人及家属走了，他随即起身去看前一天动手术的病人。紧急情况当然要优先处置。

五分钟后，这个病人检视完毕。王浪回到办公室给熊飞爸爸看病。

“王主任，我爸肝硬化，你看看有什么好办法。”熊飞简单介绍情况。

“办法当然有，现在医学这么发达，总会有办法可想的。”王浪坚信医学的发展步伐与现代科技同步。

“那就好！王主任，你看我爸的情况要住院吗？”熊飞继续问道。

“你爸的病需要住院治疗，要系统、规范治疗，必要时要做肝移植手术。我给你开个住院通知单，你去门诊住院登记处办手续。”

熊飞的父亲熊南天入住肝胆医院，由王浪直接负责诊治。熊飞常在医院陪伴着父亲。

抽血测甲胎蛋白动态观察、行肝脏磁共振检查、照胸部片，一系列的检查与检验系统地进行着。王浪严谨负责科学的态度让熊飞叹为观止，他在心里称赞他是一个很好的医生。

好医生王浪给熊飞交代他爸的病情：“你爸的病是肝硬化，处于晚期，属于并发症多发期，目前看着好像还可以，但是随时都可能由于并发症的出现而危及生命。”王浪不是吓唬熊飞，他是据实告知。医生对病人本人通常会说些善意的谎言，但是对于承担他们救治义务的家属，必须让他们知晓病情，以便使他们做出适合自己的决定，比如采取何种治疗措施，是竭尽全力还是量力而行。

“王大夫，要怎么办呢？”熊飞不安地问道，“有办法避免吗？”

“我请示过万院长，你父亲这种状况，目前最好的办法是进行肝脏移植，也就是换一个别人的肝脏给他。他的肝脏基本上没有功能了。”王浪以专家的口吻继续说道，“肝脏移植是无奈中的一种选择，花费巨大，风险也很大。”

“那就按你们的意见办。不管怎样，我希望他老人家得到最好的治疗。”熊飞态度坚决。

“好吧，这是知情同意书，你看一下，如果没有问题的话，就给签个字。”

熊飞没有看里面的内容，直接签名，他对天马医院的信任让他选择这所医院，就是为了让一流的专家为父亲诊治。

熊南天的换肝手术由王浪主刀，万如海任助手，这是万如海对王浪的信任与提携。

手术后一个月，移植在熊南天体内的肝脏全部行使各项功能，生化指标显示，熊南天肝脏功能正常，能吃、能睡、能行走，换肝前后判若两人。

熊飞大喜过望，这么好的治疗效果是他此前不敢想象的。熊南天出院的那天，熊飞邀请万如海与王浪在紫东阁大酒店共进晚餐。

有生就有死，几家欢乐几家愁。在熊飞为他爸熊南天的重返健康高兴庆祝的时候，天马医院原来最知名的专家、主任、教授走到了生命的终点。

主任教授当年杀害他的女友，被法院判处死刑，缓期两年执行。女友家属认为判决过轻，向高级人民法院上诉，并要求民事赔偿一百万元。高级人民法院经过审理认为，主任教授杀人犯罪属于激情行为，非蓄意谋害，但他杀人后碎尸抛尸，情节恶劣，综合以上情况，判处死刑，缓期两年执行于法有据，维持原判，主任教授赔偿女友家人二十万元。

判决生效后，主任被送往金州监狱执行刑期。狱中的主任没有了教授的名分，更没有了教授的实职，没有人向他请教医学问题，狱友会问他一些医学问题，可是离开了舞台的表演自娱自乐可以，并没有任何实质的意义与价值。

那时，为何要杀了她呀？如果没有杀她——我亲爱的女友多好呀，晚一点去开那个会议，也不会怎么样呀，以我当时的权威完全有资格迟到，哪怕是一小时两小时，人家也会找上门来，那本来就是一件双赢的事情——投资方看中的项目，他们哪里会轻易放弃。看万如海，这么年轻的一个博士，接手我的位置，不也弄得好好的吗？——人呀，位置很重要，没有位置，没有舞台，纵有天大的才华，也没有任何施展的机会呀。

一失足成千古恨。主任，这位昔日的名医，天天在监狱里恨自己。恨是没有用的，你恨自己，别人当时还希望你死呢。自古就说杀人偿命，欠债还钱，你有机会留下来一条命，该满足了。

主任不是不满足，可是经过了死缓改无期，无期改长期，他的压抑情绪渐渐加重。他感觉这样活在世上，就是一具行尸走肉。

失去了信念与动力，主任教授一天一天迅速地走向他生命的终点。在熊飞请王浪、万如海在酒店里庆祝熊南天换肝手术成功的时候，主任突然在监狱里死亡。没有学生可教的教授就这样死在狱中，失去了事业支撑的男人就这样死在狱中。

主任的尸体在金州殡仪馆火化，一缕青烟升空而去。

他的骨灰由他的儿子接回四水。主任在天马医院的几个老朋友以及部分学生前往他家进行了私人性质的悼念，天马医院没有出面组织追悼会。万如海、王浪一起帮助他的家人进行有关安排。这两位是主任的好学生，能有他们这么杰出的学生，主任教授在九泉下也可以安息了。

邱倩回到四水时，已经是傍晚，在门前站了几秒钟，屋里静悄悄的。她用钥匙打开门，眼前的景象让她震惊不已。

正对着门的大电视屏幕显示着DVD状态，显然电视处在DVD播放功能，而DVD片播放结束了。客厅的沙发上，赫然躺着两个人。女孩头发散乱，甜甜地枕在王浪的手臂上酣睡，王浪睡得很沉，近距离可以听见他低低的鼾声。

邱倩手里的东西“啪”的一声掉在地板上。东西落地的声音并没有惊醒沉睡中的人。

王浪此前做了通宵手术，下班时遇见来医院找他的龙芳瑜。面对和自己在五星级酒店有过男欢女爱的龙芳瑜律师，王浪有些紧张，有些不安，他觉得对不起邱倩。可是，鬼使神差，王浪上了龙芳瑜的汽车，他没有开自己的车。两人回到王浪的住处——严格上说来，是王浪与邱倩的爱巢。

或许是王浪睡眠严重不足，或许王浪倒在龙芳瑜的高雅美丽之中，两人亲密相拥，睡得香甜。

天已经全黑，屋里只有电视机的光，邱倩却感觉非常刺眼，觉得眼前有蚊虫在飞舞，这是在怎样的一个地方呀？这里怎么全是陌生的图像呀？这不是我的家，这不是我要来的地方。

邱倩惊恐地退出她与王浪曾经的家，这个她离开了几个月的家，退出这个有着陌生气味的家。

邱倩不知道该往哪里去，不知道哪里才是归途。她在街上漫无目的地游走着。

龙芳瑜醒了，是被“嘭”的关门声惊醒的，窗外的路灯射进来橘黄的光芒。外面风大，可以听得见树叶被风吹得沙沙的响声。

咦，怎么门口放着几个包呢？这包她怎么没见过呀？龙芳瑜推醒王浪：“你看，那两个包包是怎么来的呢？你没放那里吧？”

王浪醒过来，晃了晃脑袋，然后睁大眼睛。是邱倩，一定是邱倩回来过。可是，她人呢？

“没，我没。那，我。”王浪语无伦次。

“怎么了？亲爱的！”龙芳瑜关切地说，“你睡得不够吗？”

“不，不，我醒了。”王浪镇静了一下情绪，“那是邱倩的包。”

“邱倩！”龙芳瑜惊道，“你是说，她回来了？”

“是的，她回来了，又出去了。”王浪完全清醒过来，“她一定在外面游荡，我得去找她。”

“我陪你去。”龙芳瑜说道，不知出于一种什么想法。

王浪载着龙芳瑜在街上狂奔。没有，路上没有邱倩，邱倩会到哪里去呢？

王浪突然停下车，过了一会儿，还是没有发动汽车，后面的车按喇叭催促。

王浪仍是不动，他在想邱倩此时会在哪里。

“你走不走呀？”后面的司机摇下车窗，一个胖头胖脑的家伙把王浪给骂上了，“神经病。”

王浪闻言打开车门，走向后面的车子：“你说谁？”他对着那司机严肃地问道。

“就说你呀，神经病。”胖司机气焰嚣张。

王浪怒发冲冠。他从打开的车窗中伸手进去，抓住胖司机的衣领，将他拎了出来，就要抡拳狠揍他。

手却被同样有力的另一只手给抓住了。王浪回头一看，是个警察。

“请你放下他，有话好好说。”警察对王浪很温和地说道，显然是文明执法。

王浪松开胖司机。龙芳瑜这时从另一边下车，来到了王浪的身边，她用双手握住王浪空着的那只手。此时无声胜有声，王浪的情绪平和下来。

“你的车有什么问题吗？”警察问王浪，“怎么停在路中间呢？”

“警察，刚才车子突然不动，可能熄火了。”龙芳瑜抢先答道。

“说说刚才是怎么回事？”警察见胖司机好像有话要说的样子，就转而问胖司机。

“警察，没什么，没什么，一点小误会。”胖司机看王浪力气如此惊人，真乃世间高人，不可较真，大事化小，小事化了，此为上策。

“他刚才骂人。”龙芳瑜补充道。

“对不起，刚才是我不对。”胖司机异常虚心，甘拜下风。

“那就这样，都上车去吧。”警察看后面的车排成长龙，赶紧息事宁人地处理这个纠纷。

王浪将汽车在一个公园门口停下，他刚才想，邱倩一定会在公园里的那排垂柳边。记得他与邱倩一起逛公园的时候，邱倩对他说过“垂柳是最最可爱的植物，春天发新芽，告诉人们春天的到来。夏天，随风轻拂，婀娜多姿，煞是好看。冬天，她没有了叶片，最像漂亮的长发姑娘。”每次来了公园，邱倩总会拉着王浪在垂柳边的亭子里坐一会儿。

王浪在前，龙芳瑜在后，两人往公园深处走去。进入园中心的时候，王浪突然加快脚步。龙芳瑜想应该是王浪看到了邱倩，龙芳瑜干脆放慢脚步。

王浪追上前去，那女孩从后面看很像邱倩，但王浪走近了，发现不是。他继续往前走，不一会儿，就来到了他们常常坐在那里的垂柳旁的亭子里。

邱倩果然在那里。这晚没有月光，星星和公园里不多的几盏灯，映照出邱倩模糊的脸。

王浪缓步上前，他怕惊动了邱倩。

“邱倩。”王浪轻轻地喊着她。

邱倩不答，好像王浪不存在。

“邱倩。”王浪继续呼唤，“求你答应我一声呀。”

邱倩淡漠地看了王浪一眼，转过脸来，依旧看着夜里黑黑的湖水。

“邱倩。”王浪扑通一声，跪倒在邱倩的面前，“邱倩，求求你！”

邱倩的脸上生出厌恶的表情。“你走吧。我不需要跪着的男人。”

王浪一片茫然，他的邱倩从来没有如此决绝，从前的生气，只要哄哄她，很快她就会开怀大笑。王浪没有弄清楚，这回的事情，是邱倩第一次遇到，也是真正伤人心的事情呀。

“邱倩……”王浪顽强拼搏着，“你回去好吗？”

“你起来，我不要看你跪在我的面前。”邱倩态度严厉，无可挽回，“你走！走得越远越好！”

王浪站起来，摇晃着，他看了一眼邱倩，夜风中的她多么惹人爱怜呀。自己真是太罪过，让她在寒风中受冻。可是，邱倩此时是不可能宽恕他的，只有走开，只有快速地在她面前消失。

邱倩望着湖水，感觉到王浪走了，无声地走了。泪水顺着邱倩的脸颊流下来。白马王子般的恋人就这样走了，走的时候，不再是白马王子。王子是不允许背叛爱情的。

龙芳瑜亲眼看见了王浪在邱倩面前的忏悔。她为王浪与邱倩的感情所震撼。王浪的下跪无疑是他觉得伤害了邱倩，不下跪不足以谢天下。邱倩的决绝与毫不留情正是她曾经那么深爱王浪的表露。

王浪垂头丧气地往公园外走，龙芳瑜走在王浪的身边，两人都默不作声，此时的言语是多余的，也是不恰当的。

“王浪，当你收到我的信时，我已经回老家去了。现在，我对四水已经陌生，它与熟悉的你一样，在一夜之间成了陌生的城市。

“一起度过许多的日子，我们曾经一起快快乐乐地辞旧岁、迎新年，一切又好像是那么近。

“在乡音的包围中，我想我的痛苦会减轻，但是无法彻底消除痛苦，深的伤痛总会留下疤痕。

“我知道，你是一个好男人，离开了我，你会有新的女孩陪伴你。你的春节不会寂寞。

“你是一个好人，你也是一个好医生。真的，不论是过去、现在，还是将来，我都深信，你会成为天马医院最知名最权威的好医生。你是天马医院的宝贝，你也是她的宝贝。

“临行前，我送你一句话：任何东西，无论它多么美丽，如果与现实脱节，都只是梦，而如果只是梦的话，不管多么浪漫与多情，都是虚幻的——过去相爱的人邱倩。”

在距离春节还有三天的时候，王浪收到了邱倩发自四水本埠的这封署名内详的信。王浪读后百感交集。他的邱倩从此与他不相关联。没有邱倩的春节，是一个崭新的开端，还是一个短暂的休止符呢？王浪想，邱倩已经走远，再不要让身边的龙芳瑜受委屈了。邱倩决绝地离开了，龙芳瑜真正地来到了王浪的身边。

王浪看过信后把信带回家扔在了书桌上。龙芳瑜打扫卫生的时候看见了，没有忍住好奇，违法犯罪一次，抽出邱倩写给王浪的信，看过一遍，再看一遍。有了这信，她明白，王浪与邱倩是真正分手了。他俩的恋情就此终结，而自己就是他们爱的终结者。

龙芳瑜把邱倩的艺术照收起来，用一个塑料袋子装好，她要让王浪告别过去，她要让他们开始全新的生活。

王浪不上班的时候，龙芳瑜会陪他到处游玩。王浪外出的时候，龙芳瑜总会问清楚他去哪里，大概要多长时间回来。超过时间没有到家，龙芳瑜就很担心，然后就打电话给他，直到王浪打电话告诉她一切都好，再告诉确定的回家时间，她才能放下心来。大概这是与龙芳瑜的职业有关，律师思维的严密与高度逻辑性让龙芳瑜管理起王浪来有些密不透风。

医院里的同事接受了王浪的公开情变，有同事开玩笑说："王浪，你这老婆管你管得很严格呀。"

"是呀，我就省得操心了。一切听她的就行了。"

"好是好，可你没啥自由了。"同事调侃道，"从前，你的邱倩时代，她可是给你放养的，而你现在是圈养。"

"哈，不管如何养，舒心就行。"

"那是，那是。"同事最后赞同王浪的观点。

龙芳瑜每天去买年货，什么糖、水果、饮料、酒、香肠、虾等等，整一个过大年的氛围。

"龙芳瑜，你买这么多怎么吃得完呀？"王浪因为龙芳瑜的安排与照顾心情一天一天好起来。

"那好办呀，过年我们先吃，吃不完嘛，到时，叫你的同事朋友来，一天工夫把它们消灭掉就是呀。"龙芳瑜想得周到，"请人来家里吃饭，美国、日本都流行，尤其是老师请学生，是融洽的标志。"

"对，那我就把科里的年轻医生与硕士博士们全请来吃饭。"王浪笑道，"总共有二十多个吧。你能做这么多人的饭菜吗？"

"没问题，王浪，只要你高兴，我做什么都愿意。"龙芳瑜诚心诚意。

不过，王浪的自由空间越来越小，有时在他与朋友的聚会还在一半的时候，龙芳瑜会开车来接他回家，常常使聚会不够尽兴。

一次，王浪与朋友们喝酒，喝得正高兴时，龙芳瑜到达。

"王浪！"龙芳瑜很远就高声喊道，怎会失去曾经的温柔。

大家一起往龙芳瑜这边望过来，然后又盯着王浪看，很羡慕。

"龙芳瑜，你来了。"王浪见她来了，心里高兴，"你坐下来，一起吃点儿。"

龙芳瑜坐下了，可是她尽管是律师出身，善于与人打交道，然而却不喜欢与很多人一起聊天说话吃东西，虽然坐下了，却没有高兴的表情。

朋友们以为是他们两人有什么事情，原本轻松的氛围一下子变得沉闷起来。

王浪感觉到了这一点，可是无能为力。

过了一会儿，龙芳瑜拉住王浪的胳膊，轻轻地对王浪说："王浪，我们走吧。我想回家去。"

"待会好吗？"王浪商量的口吻与她说道。

"不好，我现在就要走。"龙芳瑜霸道起来不讲道理。

坐在他们身边的朋友听见两人小争执，忙对其他人开着玩笑："王浪，你真有福，女朋友都来接你，我们散了吧。"

"散吧，散吧。"朋友们纷纷表示同意。

回到家中，王浪想对龙芳瑜说点什么，他琢磨了一下说道："龙芳瑜，刚才时间还早，你可以在家看看电视，不用那么辛苦来接我，我可以打车回来。还有你的工作特别忙，你多休息一下。"

"我喜欢你坐我的车。还有，王浪，你不在家，我总感觉少了些什么，做事情没有兴趣。看案卷看了半天不知道上面是啥内容。"

王浪笑了，"龙芳瑜，你真可爱。你知道吗，你这样像婴幼儿呢。要知道，你可是大律师呢。"

"和你一起，我发现我不是原来的我。"

王浪、龙芳瑜开着车到处看房，终于他们看中了市中心地段的一个高档小区，两人当下就把定金交了。准备等房子盖好，装修就结婚，也就是说，两人正式谈婚论嫁了。

但是，就在这样一种等待与期待中，王浪与龙芳瑜的爱却变得不那么和谐。他奇怪，曾经那么炽热的爱为何不能延续呢？王浪不自觉地怀念与邱倩一起的日子。这种怀念更让他与龙芳瑜的爱迅速地滑坡。

14

陆琳与宋志豪结婚后，新买了一幢别墅，作为他们爱的延续，也象征着他们新生活的开始。婚后的日子，陆琳更觉得幸福，感情终于有了归属，可说是修成正果。这样的日子，是女人盼望的。

陆琳每天做的事就是在家上网，看看股票行情，摸摸基金虚实，不上线的时候就躺在床上看书，然后呢，就是做饭，幸福地等着心爱的丈夫宋志豪回家。

两人结婚后的甜蜜和幸福无法用言语来形容，每个看见他们的人都很羡慕，两人脸上写满的全是幸福，两人的眼里只有对方。

这天早上出门的时候，宋志豪对陆琳说："亲爱的，我今天要去外地谈几单生意，可能要走几天，我真舍不得离开你，哪怕是一天，都不要让你一个人待在家里。"

"我不怕的，我不是小孩子，你放心去吧。"陆琳的确不怕，她一个人住得也习惯了，只是从情感上她舍不得宋志豪去出差，但是她是支持男人以事业为重的。

"是我不放心，是我想和你一起呀。可是我又必须亲自去。"宋志豪说道。

"你昨天怎么没有说，我好给你准备点东西呀，我还不是舍不得你，可是工作要紧呀，我们有的是时间。"陆琳理解地回答道。

"你真的很可爱，我的小宝贝。"说着宋志豪深情地吻了陆琳。宋志豪出门了。

送走宋志豪，陆琳回到客厅里，望着宽敞而豪华的房子，想着宋志豪今天不回家，心中难免有点失落，自结婚以来他们没有分开过，而且是这么长的时间。

"我今天做什么好呢。"陆琳自言自语地说道，这时她想起钟心怡来，这家伙好长时间都没有看见她了，从结婚后，还没有与她在一起待过，我的这个新家她也没有来过。

打定主意，陆琳打电话给钟心怡。

"心怡，最近在忙什么呢，我们好久都没有见面了，我想你了。"

"你的眼里还有我吗？你们整天甜甜蜜蜜的，我还敢来打搅你吗？我的小甜妇，今天是什么风把你给吹来了，想起给我打电话了。"这个钟心怡永远是这样，直来直去，一连串地发问。

"看你把我说成什么人了，我给你说我们今天见见面。我一会儿去接你，我真的是想你了。"陆琳说道。

两人约定钟心怡在她们曾经共同住的居民小区里等着。

陆琳梳洗打扮过，开着自己的车去接钟心怡。半小时后，两人见了面来到常去的咖啡店。

两人找了一个比较适合聊天的位置坐下。

“你今天不在家玩，不陪你亲爱的老公？有时间出来接见我，想我了，你的心里还有我的位置？”两人一坐下来，钟心怡又是一连串发问，而且语气也是酸酸的，好像别人抢了她男友似的。

“你呀，就你的嘴厉害，我什么时候没有想你。我还有打电话给你的，说的我什么人似的，我是那种重色轻友的人吗？我们很长时间没有见面，这是事实，可是，你有打电话给我吗？我就是想看看我的美女是不是又有什么变化了。果然，几天不见，你越来越漂亮了，更迷人了。”陆琳玩笑着说道，以免心怡继续说什么酸酸的话。

说实话，钟心怡真的是很漂亮，虽然她和陆琳的美丽不是同一个类型，但是两个人在一起，回头率很高，心怡热情奔放，陆琳宁静沉稳，两个人身上都透出各自的性格和气质。

“心怡，你这几天有什么安排没有？我想和你一起聊聊天，我们好久没有这样了，那种感觉好舒服哟。”陆琳说着，脸上流露出那种欣喜，好像又回到了从前。

“我没有什么事，你有时间了，你的老公呢，你不陪他？”这回钟心怡倒感觉诧异，于是带着疑问问道。

“他到外地去谈几单生意，要走几天，这几天都是我一个人在家，你可以到我家去，晚上就住在我家。那样我们就有时间长谈，随便玩什么都行。好不好，心怡？”陆琳怕钟心怡不答应，用请求的语气说着。

“我说怪不得，怎么会想起我了，原来是暖床的人走了，要我去陪，你这个家伙，是不是离开了他你睡不着呀？”钟心怡怪笑。

“去你的，你以为每个人都像你一样。”

“好吧，看在我们是老朋友、老关系的分上，我来帮你度过这几天空房期吧。不过，你可要付出代价的，本小姐是不好请的。”钟心怡反正没事，乱说一气。

“说说，我倒想见识一下请贵小姐的代价。不过，我想，不会是杀人越货吧。”

“那当然不会，再怎么说，你现在也是富豪之妻，用不着那样，你说是不是？”心怡继续耍弄嘴皮。

“那还差不多，说吧，直说无妨。”陆琳催促道。

“你要请我吃大餐。”钟心怡说出了代价的内容。

“我还以为什么呢。这不小事一桩，小菜一碟吗？你说想吃什么，西餐、中餐，还是日本料理？总之由你定，我买单就是。”

“哇，陆大小姐果然非同一般，气势非凡。结识你真三生有幸。”

“不要贫嘴了，心怡，我们先去逛逛街，好久我们都没有一同购物了。”

“这能怪我吗？你有了宋总，你的眼里还有我这个姐妹吗？”钟心怡又吃醋地说道。

二人买了单从餐厅里出来，又到商场里逛，采购了很多东西，钟心怡想反正陆琳有车，可以多买些，大采购完后，两人又到钟心怡指定的餐厅吃饭。

忙完这些都很累了，两人都觉得走不动了，她们开车回到陆琳的家。

可能是逛街太累了，钟心怡路上都没有说话，这个嘴是闲不住的人，现在都安静了。

“到家了。”车子驶进小区大门，陆琳对钟心怡叫道。

“这么快就到了，我还没有喘过气来，这里看起来好豪华哟，不愧是有钱人住的地方，看这外面就是这样，不知道屋里是什么样的。”钟心怡语气里透着羡慕。

陆琳泊好车，挽着钟心怡的手进了屋。

“哇，这是什么地方，陆琳这是你的家吗？太豪华了，那个灯好别致，舒服。”钟心怡进门就叫道。

“别光站在那儿，快进来，慢慢看。”陆琳对着门口的心怡说道，此时陆琳的心里十分甜蜜，能有今天的一切，与自己深爱的人分不开。

能与自己爱的人生活在一起，哪怕是没有豪华住宅也无所谓，只要两人相爱。相互关心对方，相互爱着对方，现在，有爱，有宋志豪无微不至的关心与爱，还能够有这么富足的物质生活，陆琳觉得这一切是多么幸福。

钟心怡进门后就没有停下来，到处看，觉得什么地方都舒服。陆琳带她来到了楼上，她和宋志豪的卧室。

“好温馨，好浪漫。”粉红色的墙体，天蓝色的门套，还有床头那磨砂的灯，淡黄色的窗帘白中透着黄，无不衬托着屋里主人的温馨与浪漫。

“这是根据你的设计来装修的吗？我知道你就喜欢这种风格。”钟心怡回头问陆琳，陆琳笑而不答，但是答案已经写在脸上。是的，在装修的时候，宋志豪都要征求陆琳的意见，他觉得这是他们两人的房子，应该两个人都要住着舒服，用他的话来说就是共同参与。

看完屋子，钟心怡感慨万千，心想什么时候自己才能住上这样的屋子，想起那个远在日本对她好、追求她的男孩；王浪对她来说可望而不可即。这样想着，心中难免有点酸楚。

“心怡，你在干什么，快点过来帮一下忙。我们洗点东西，待会儿我们拿到露台上去，我们在外面边吃边聊。”陆琳在厨房里向外叫道。

“来了，好的，好久都没有这么舒坦过了，这种日子，才叫日子嘛。”钟心怡在外边答道，边向厨房走去。

两人弄完这些后，把东西拿到露台上的小桌上摆好，她们坐在摇椅上，这个露台的视野很宽，坐在上面感觉能把天和海都收到眼里。

“陆琳你能回答我两个问题吗？”心怡问道。

“你说呀，什么时候装斯文了。”陆琳笑道。

“你说，你爱宋志豪吗？如果他没有这么多钱，你一样爱他吗？”钟心怡的问题尖锐。

“你说呢，你把我陆琳看成是什么人了，我是爱钱的人吗？虽然我也想有钱，但是不会因为这个而出卖自己，我和志豪真心相爱，即使他没有钱，我也会爱他，他也很爱我。我爱他，是因为他成熟，对家、对感情有责任，我爱他的内涵，这些你可能不是太了解，因为你没有这种经历。”陆琳平静地说着，脸上写满了幸福。

说起宋志豪，陆琳觉得很多话都说不完，她觉得宋志豪是她生命的全部，能有今天的一切，都是上天注定的，自己就是为宋志豪而生的，所以说女人一旦掉进感情中就会觉得，她爱的人比自己的生命更重要。

钟心怡接下去问道:“你觉得你们的夫妻生活协调吗？他毕竟要大你那么多呀。”

陆琳笑了:“你比较具有现代观念，很看重生活的质量。可以很认真地对你说，宋志豪与我的生活很协调。他带给我成熟与稳健，那是无法用言语表达的。”

“你们真的好幸福哟，真的叫人羡慕，你以前的房子呢，卖了吗？”心怡说话了，一时打断了陆琳的思绪。

“啊，你刚刚说什么？”

“你又在想什么？不会是说着说着又在想你的宋总了吧，才分开几个小时，不至于吧，我说你什么时候成这样了！我在问你以前的房子呢？”心怡开玩笑地问道，其实她真是说对了，陆琳就是在想宋总。但是陆琳不会告诉她的，虽说两人是无话不谈的好朋友，但是这个说出来还是觉得很没有面子，还有就是这话在心里说可以，说出来只是粗俗，太没情调。

陆琳很认真地回答钟心怡：“哦，你问我原来的房子哟。已经租给别人了，志豪还是叫我管理那套房子，什么管理呀，就是由我来收房租。志豪说那也是一种投资。对了，心怡，你和王浪怎么样了，我最近好长时间没有看见他了，这个人可是个标准的帅哥，对你也不错哟。”

“他是很好呀，对我也不错。可是，他总是和我保持着距离，难以真正靠拢。”钟心怡很失落，虽然自己爱王浪，但不能有更多奢侈的想法。

一阵凉风吹来，陆琳感觉到寒意了：“天不早了，我们去睡觉了，明天继续，时间还多。”陆琳对心怡说道。

两个人这样幸福地过了几天，直到宋志豪出差回来，钟心怡才回到自己的家。

宋志豪回到家的第一件事就是问他的心肝宝贝过得怎么样，有没有想他，二人难免又是一番缠绵，真是小别胜新婚。

心怡从陆琳家回来后，心中有种说不出来的感觉。真的，自己的感情好像没有找到归属，爱的人得不到，一直追求自己的男孩呢，是一流的人才，人长得也不错，对自己也很好，可是因为有了王浪做对照，一切就大打折扣。钟心怡打心眼里羡慕陆琳，她和宋志豪彼此相爱，相依相伴。

又是春暖花开，宋志豪开着皇冠车快速行驶在环岛路上。他心爱的女人陆琳坐在副驾驶座上。

环岛路宽阔平整，是四水的标志性道路，也见证了四水几十年的高速发展，从一个不知名的小岛，成为国内国际知名城市，走过的是改革开放、快马加鞭的奋进之路。

王浪与龙芳瑜也在兜风，两人去看看预订房子的工地情况，每次看到那房价往上蹿，两人都感到很高兴，房子完工，装修一下，他们的爱情也就要瓜熟蒂落了。

“对面是我朋友的车，你打一下信号灯。”王浪看见了宋志豪的皇冠，对龙芳瑜说道。龙芳瑜麻利地操作。

宋志豪也打了示意灯，接着他将车掉头，然后跟在了王浪与龙芳瑜的花冠车后面。王浪嘱龙芳瑜将车在路边停下，随后宋志豪也将车停了下来。

“宋总，宋夫人。”王浪与宋志豪和陆琳打招呼。

“王主任好。”宋志豪与陆琳牵着手，两人一起向王浪问好，尊称他为主任。

龙芳瑜大方地挽住王浪的胳膊。“我介绍一下，这位是我的女友龙芳瑜。”王浪对宋志豪与陆琳说道。

宋志豪与陆琳吃了一惊，怎么不是从前的邱倩了？尽管心中有疑惑，但既然是王浪亲自介绍的，自然就没错了，一定是他的现任女朋友了。

“幸会，龙芳瑜。”宋志豪卖多了日本车，也像日本人一样点头哈腰，口里说道，“请多关照。”

龙芳瑜忍不住想笑，不过，作为律师，她到底还是用坚强的毅力忍住了。她将手伸出给宋志豪，宋志豪恰到力度地握手。

“你好。”陆琳也与龙芳瑜握手。四人就这样认识了。

“王浪，一起继续在这路上兜风吗？”宋志豪问道。

“不了，我和龙芳瑜要去看看我们买的房建得如何了。”

“那好，你小子可真够厉害的。”一语双关，王浪能够听明白。

钟心怡学会了开车，可是，速成班毕业的她真成了马路杀手，她在开车去会陆琳的途中出了车祸。

那天，钟心怡新手上路，开着她的丰田花冠，准备去陆琳家拿一个什么东西。钟心怡的车购自陆琳与宋志豪家的公司。

在一个高架桥下桥的地方，钟心怡看左侧来了一辆摩托车，眼看就要撞上了，紧急刹车，哪知却误踩油门，车子猛地飞了出去。差不多是正面撞上了前面一辆教练车。

被撞的教练车里只有一个人，这人就是教练叶蓉。交警立即赶到，因为警察的目击，很快速地判定钟心怡负全责。教练车里的女司机叶蓉已经神志不清，任由警察安排。

很快，120急救车赶到，将受伤的叶蓉送往医院，钟心怡被警察要求一起去医院支付医药费。钟心怡的车并无大碍，既然责任明确，也就可以开走了。

钟心怡正要启动车子时，陆琳打电话给她，问她为何这么晚还没有到，她就简单地和陆琳说了。陆琳说，如果没什么大事就好，有事一定要给她打电话。

救护车将叶蓉送往四水天马医院急救中心，钟心怡开车在后跟随着。叶蓉被送到医院后，医护人员立即给叶蓉吸氧、补液等处理。

王浪此时正在急诊科给一个病人会诊，遇见钟心怡，正准备招呼她，却看见躺在担架上的人好眼熟，这是哪一个女孩呢？叶蓉，对，是叶蓉，是那个深深爱他的女孩。叶蓉仍然在昏迷中。

“王浪！”钟心怡先和王浪打招呼。

“怎么了？心怡。”

“我撞车了。油门当刹车踩，把她的破车给撞上了，她昏过去了。”钟心怡回答道。

叶蓉身上的电话响了，随行的警察接了电话，问了些事情，知道这个打电话的人叫肖剑，他对警察说他是叶蓉的哥哥。

叶蓉是应肖剑之约开车上路，肖剑请叶蓉一起吃饭，没想到没等来叶蓉，却出了这样的大事情。肖剑从警察这里得知消息后，火速赶往天马医院。

“你好，肖教练。”王浪认出这是邱倩的教练肖剑，就称呼他道。想起邱倩，王浪心里涌出来遗憾。

“你好，王大夫！”肖剑显然也没有忘记王浪。

“叶蓉！蓉儿！”肖剑看着担架车上躺着的叶蓉，动情地呼喊道。

叶蓉，正是当初那个用心追求王浪的驾校教练，当初，她愿意为王浪做任何事情，但是，她无法忍受看着王浪爱邱倩，含泪离开原来的驾校。终究放不下对王浪的爱。爱屋及乌，叶蓉在离开驾校时交代肖剑负责带教王浪的女友邱倩。

或许，肖剑真有神奇的力量，他的深情呼唤喊醒了叶蓉；或许是王浪的说话声让叶蓉在沉睡中醒过来。这就是命运，命运注定叶蓉与王浪再相见，命运注定王浪与她不能相守。

钟心怡被一个电话吵醒，此时天刚蒙蒙亮。谁这么早打电话，人家都还没有睡醒，她在心里嘀咕道。拿起电话，是一个不熟悉的号码，她准备挂了，但是想想不对，这么早打电话，一般是有急事的人，于是接了电话。

“喂，你好，请问哪位？”她很有礼貌地问候道。

“心怡，是你吗？你听出我的声音吗？”对方的声音很激动，她还真的一时没有听出来，因为刚刚还在梦中。

“谁，你是谁？”

“我是马磊，现在在北京，从日本回国了。”

“马磊，真是你吗？你回国了，欢迎欢迎！”心怡也有些激动，虽然她觉得自己还没有爱上马磊，可是想起马磊对自己的一往情深，还是感动，一时睡意全无。

她干脆起床，梳洗完后，到外面去散散步，呼吸一下新鲜的空气。

早上的空气，雾中带着湿气，虽然现在没有多少人，但是晨练的人还是很多。我现在怎么办呢，马磊回来了，他去北京做什么呢，如果马磊要在北京发展，假设他请我去的话，我去吗？那样的话就难得见到王浪了，虽然在这里我得不到他，但起码可以常常看到他。

看看时间，现在陆琳该起床了，她把电话打过去，电话那头很快传来陆琳甜美的声音：“怎么了，心怡，这么早就打电话过来，有事吗？”毕竟是好朋友，彼此都熟悉对方的习惯，陆琳知道，要不是有什么事，她不会这么早打电话。

“马磊回国了，现在在北京，一大早就给我打电话。”心怡解释道。

“这是好事，回来就好，你的出路来了。待会儿我们约个时间见面，好好聊聊。”陆琳挂了电话。

然后，钟心怡理了理自己的情绪，准备上班去，虽说没有什么特定的上班时间，但是也要去医院走走，一是看看医院的药品是否需要补充，二是看看能不能遇见王浪，她有几天没有给他电话了。

事情真的有这么巧，一进医院她就遇见了王浪，看见王浪，心怡就觉得自己腿很软，走不动了，因为实在是想多看看这个帅哥，还有看见王浪就觉得心里有什么被触动。

“心怡，几天不见，你好像挺忙的。今天到医院来找我还是有别的事？”

“别美了，我是来工作的，哪有时间找你。”心怡开玩笑地说着，“对了，我待会儿给你电话。”

“好的，再见！”

钟心怡去忙她的事情，差不多的时候，马磊打电话过来，他告诉心怡他这次回国，准备在北京成立一家大型公司，现在是回来筹备的，等这段时间忙完了，他要心怡到北京去，他需要她的帮忙和支持。

果不出心怡所料，马磊要在北京发展，他要她过去。

刚接完马磊的电话，陆琳打电话进来，两人约好十分钟后在医院门口会合。

陆琳了解心怡和马磊的整个事情后，表达她的看法。陆琳认为钟心怡应该去北京。陆琳说心怡得去寻找属于自己的感情，马磊爱她，是全心全意的爱，而王浪不管如何优秀，如何让她动心，最终不可能属于她，这是不可改变的事实。

钟心怡觉得陆琳的话有道理，她决定听从陆琳的意见，去北京与马磊共谋发展，至于感情的事，随缘就好。

两个人吃完饭，陆琳把心怡送回天马医院。钟心怡自己再开车回她们以前共同的住所。心怡刚进家门，电话来了，一看是王浪打来的，她心中一阵狂喜，忙接起电话。

"心怡，你在什么地方，我现在在医院刚出门，你在哪，我来接你。"

"我刚到家里，要不你过来吧，到我家来，我正好有些事要与你说。"

"好的，我一会儿就到。"说完王浪挂了电话。

王浪到达她家楼下，她下去接王浪上来，王浪虽然知道她住在这里，但是从来没有上来坐过。他们进了屋，屋子收拾得整整齐齐、干干净净，虽说不大，但是给人一种家的感觉，很温馨。

"别站着，坐下吧，我这地方是小了点。"

王浪坐下来，随即问道："心怡，你要给我说什么事呀？"

"以后我们可能不能常见面了，我要去北京了，可能就是下个星期吧。"钟心怡说道，心里很痛。

"怎么，好好的去北京做什么？"王浪觉得有点吃惊。

"一个很好的朋友在北京开了一家公司，要我去帮忙，我答应了。"

一个星期后钟心怡去北京，走的时候，陆琳去送她，钟心怡带着遗憾和留恋离开了四水。送走钟心怡后，陆琳的心里很不好受，自己的好朋友走了，虽然明知道她走是为自己好，可是人的感情就是这样的，心中还是很多的不舍。

钟心怡告诉了王浪她的飞机班次，可是王浪因为有手术没有前来送机，这在心怡心里是个遗憾，因为有可能是再也不能见面，她多么想再看看这个帅哥。

陆琳开车回到了家里，好朋友的离去，使得她今天的情绪很不佳，她回家什么也不想做，打电话给宋志豪，告诉他想晚上两个人一起去外面吃饭，要宋志豪下班后来家里接她。

15

转眼间，新的一年又过去四个多月，邱倩在学校的第二个学期快结束了。自从发现王浪背叛自己和他断然分手后，她就沉浸在痛苦之中。邱倩虽然知道，在恋爱的阶段，王浪这样的男孩不会只有她一个人，但是她和王浪的感情应该到了谈婚论嫁了，正是在这种时候，邱倩在两人的爱巢里亲眼看见王浪的背叛，他连最起码的尊严都没有给自己留下，令人无法接受。

在学校里，追求邱倩的人不少，可是她的心里、眼里全是王浪，她看都不看这些人，虽然有的也很优秀，但是她根本就没有给他们机会，她不想让他们了解自己，也不想去了解他们。

四个月来，邱倩整天闷闷不乐，同学们不知道她怎么了，她在学校没有那种交心的朋友，因为她的心里全是王浪，两人分手后，她的同学从各方面帮助她、关心她，特别是那些追求者，更是鞍前马后，愿为她做一切事情。

多亏有这些同学，要不然她真不知道该怎么度过这段苦痛期，其中有一个同学渐渐地引起了邱倩的注意，这就是高她一个年级的同学谢航，他也是邱倩的追求者之一，他与别人不一样，他每天坚持来到邱倩的寝室，就坐一坐，和寝室里的同学说说话，然后走的时候给邱倩留下一张卡片，上面都是一个笑话，就是要邱倩开心。

开始邱倩没有理会，因为要她高兴的人太多了，她也是每天看看，就随便放在那里，可是这种卡片是持续不断的，而且每天都有一句相同的话：希望你高兴。邱倩开始注意谢航，慢慢地觉得他其实长得很帅，在某些地方比王浪更为突出，他对人也很好，很热心，是一个标准的帅哥。

这天谢航又来到她们寝室里，走的时候依旧留下一张卡片，邱倩叫住他，“谢航，你等下有时间吗？能不能陪我到外面去散散步？”

“有时间，我们今天晚上没有课。”谢航觉得很惊喜，很高兴地答应，心想没有时间也要空出时间来，好不容易才得到这个机会。

“那等会儿吃完饭你过来叫我。”邱倩很高兴地对他说。

吃完饭后，谢航叫上邱倩，两人决定在校园里转转。说实在的，邱倩来学校这么长时间，还没有把学校仔细转完。

“谢航，你以前在什么医院上班？”邱倩先打开话匣子，因为这所学校是医科大学，但是他们属于成人教育部，大多学员都是从单位上过来的。

“我就在本市市立一医院，我的家就在金州。你什么时候到我家玩吧。”谢航很老实地回答，生怕说错话，因为他不了解邱倩的性格，只知道她外表看起来很温柔，应该是属于那种和气的人，但是毕竟不了解，而且还是第一次这样单独相处，因而比较慎重。

“哦，好舒服哟，每个星期都可以回家，平时没有课的时候也可以回去，多好呀。”邱倩羡慕地说道。

“你呢，是什么地方的？”

“我在四水市上班。你知道天马医院吗？我就是那所医院的。”说到自己工作的医院，邱倩觉得很自豪，因为天马医院在四水是一流的。

“哇，我当然知道，这么有名的医院，我说呢，难怪你与别人不一样，气质和修养，原来是来自名医院。”谢航由衷地赞美道。

“看你说的，没看出来你挺会说话的。”邱倩笑着说道。

“是这样的，我第一次看见你，觉得你与别的女孩不一样。真的，我还高你一个年级，我身边这么多女同学，我不是说假话，我觉得你的气质和涵养都很好，你身上有一种别人身上没有的东西，我具体也说不上来，就觉得你和别人不一样。”谢航赶紧表白自己，怕邱倩不相信自己，怕她误会自己是为了讨好而故意这样说的。

“嘻嘻，我没有说不相信你，看你急着说明什么呀，哈哈。”看着谢航那个紧张样，邱倩忍不住笑起来。谢航也笑，一下缩短了两个人的距离，他们的交谈也比刚开始的时候要自然得多。

从与王浪分手以来，邱倩没有这样笑过，现在觉得好轻松。看着邱倩开怀地笑，谢航心里特别舒畅。他从第一眼看见邱倩就被她的气质所吸引，其实邱倩不是属于一看就很美的美女，但是耐看，有一种成熟和稳重的美。

他们交谈得很愉快，时间在不知不觉中过去了，“天黑了，我们回去吧。”

邱倩对谢航说道。

“好的，我送你回寝室。”谢航多么舍不得呀，只觉得时间过得太快，他怕以后没有这样的机会，他觉得自己有好多话要对她说，只是这回的机会来得太突然，自己都不知道从哪说起。

回到寝室，其他的同学早已回来，她们看见邱倩回来，都在问她进展得怎么样。

“你们说什么呀，我们只是去散步，都是同学，谁像你们一个个，都是名花有主的。”邱倩不好意思地说道，她本来就属于腼腆的女孩。

“谁不知道，在我们整个系里都知道，谢航对你忠贞不贰，这样的帅哥你还不要，我们可是等着机会哟，别错过了。”寝室里嘴最快的梅子笑道。

“就你这嘴快，给你呀，你拿去。”邱倩不甘示弱。

“嘿嘿，我是想要呀，可是人家的眼里有我吗？你看他每次到我们这里来，那看你的眼神，多专注呀。我们什么时候进入过他的眼里，可能余光都没有。”梅子羡慕地说道。

室友们都睡着了，邱倩还在想着傍晚的事，她慢慢回忆这几个月来，谢航对自己所做的一切。在这之前，自己没有近距离接触他，更不用说了解他。今天让邱倩感受到谢航是一个很优秀的男孩，不光是人长得帅而且富有幽默，和他在一起非常愉快。

邱倩不由得想起王浪，虽然说要把他忘掉，可是却做不到，真的做不到。一起生活了几年，对他的感情不是说丢就能丢的。她的心隐隐地疼。

下课后，谢航像原来一样来她们寝室报到，今天看见谢航，邱倩笑容满面，主动地叫他，这在以前是没有的事，谢航好高兴，掩饰不住内心的激动。

“邱倩，今天有什么喜事呀？看你容光焕发，春风满面。”谢航开心地说道。

“难道一天都愁眉苦脸才好吗？”邱倩开玩笑地抢白道。

“不是这个意思，看见你高兴，我也高兴。走，我们到外面吃饭去，好吗？”

“好的，我换一件衣服，你等我一下。”

邱倩很快换好衣服出来。谢航觉得自己快醉了，她太迷人，看得回不过神来。

“我们走吧。”邱倩柔声说道。

两人走在校园的路上，回头来看他们的人很多，有认识的，有不认识的，都是羡慕的眼光，因为在学校里，虽然邱倩不是属于那种一眼就迷人的美女，但是谢航是比较知名的帅哥，因为他不仅人长得帅还能写一手好文章，是学生会主席，并且歌也唱得好。这些都是邱倩不知道的，她以前从来不去关心这些，也不想去了解这些，认为都与自己没有关系。

谢航觉得很满足，很自豪，他认为邱倩在他的心目中是最美的。邱倩也很高兴，她觉得他们在一起能引起这么多人的关注，这一点足以证明谢航真的不错。谢航不错，那么自己就没有下错决心，她不会让这个机会从身边溜走了。

邱倩与谢航有说有笑地来到校门外的一家餐厅，他们找了一个靠边的位置坐下，便于说话，他们怕别人打搅彼此的谈话。

这顿饭吃得很愉快，这是邱倩一个多月来吃得最香的一次。吃完饭后，谢航征得邱倩的同意，他们去了城里，一路上他说笑不停，尽说些有趣的事，他要邱倩高兴。

两人来到城里，也没有去什么特别的地方，他们就随意走着，也没有目的地，就像大多数恋人那样，走走就觉得心情很好。看着繁华的街道，一闪一闪的霓虹灯，邱倩觉得这一切好美，心底觉得很舒坦。她不禁感叹，原来世界有这么美好的一面，以前她的世界里只有王浪，这也难怪，哪个女孩不是一样呢，掉入情网中，整个世界都会发生变化。

突然一阵风吹过来，邱倩不由得打了一个冷战，这个细小的动作被谢航发现了。

“冷吗？我们回去吧，来，把我的衣服披上。”谢航说着把自己的外套脱了下来给邱倩披上。邱倩觉得一股暖流从心底往上涌，并不是因为这件衣服就能产生这种效果，是觉得很久没有人这样关心自己，照顾自己，只觉得眼里痒痒的，泪水打湿了眼睛。

“怎么了，我做错什么吗？”看着邱倩这样，谢航不安地问道。

“没有，只是觉得有点凉，沙吹进了眼里，我们回去吧。”

在回去的路上，邱倩开始找话说，说些趣事，回去的时候，他们的手自然就拉在了一起，这让谢航激动不已，那只抓住邱倩的手在出汗。

从前，虽然有很多女孩子喜欢谢航，但是他从来没有心动过，更别说与女孩子拉手了。这是与邱倩的第一次拉手。激动和紧张的同时，他更多的是喜悦，证明邱倩同意和他交往了。他们就这样手拉着手走回了学校。天已经很晚了，谢航送邱倩回寝室，寝室里的同学都睡了，邱倩不好意思惊醒她们，她悄悄地梳洗完上床了。

邱倩久久不能入睡，她想了很多，虽然和谢航有了新的进展，可是要想找到原来对王浪的那种感觉很难，这些都来源于对王浪的爱太深，才会造成这种结果。

要一下子从那么深的爱中彻底地解脱出来，没有相当的时间很难做到。这对谢航来说，是不公平的，我既然决定与他好，就不应该还想着王浪，还有我告不告诉他关于我和王浪的事呢。

有了新的爱情力量，做什么事也就有了动力，邱倩在学习上也觉得很多问题迎刃而解，考试顺利地通过，原来她还担心自己有的科目过不了，多亏了谢航的帮助和支持，这些问题都不是问题，邱倩觉得很愉快。

自从有了谢航的日子，邱倩觉得日子过得很快，转眼间到了放假的日子，自从与王浪分手后，邱倩没有回过四水，以前四水有她的爱巢，现在这一切都成了她的过去，她都不知道该怎么办，她也不想回老家，怕他们问她和王浪的事。

谢航想与她在一起的时间多点，他便邀邱倩到他家去，他们家就在金州，家里的条件很好，就他一个独子，他和父母各住一套住房。邱倩答应了谢航，住在他的那套房里。

谢航的家是一套二居室的小户型，很适合于一两个人住，房间虽小，但是很温馨，谢航把它收拾得干干净净的，一间做卧室，另一间做书房，整个房间显得很优雅，很有书卷气息。邱倩一眼就喜欢上了这里，感觉就像回到了自己的家里。

两个人把日程安排得满满的，过得很愉快很充实，邱倩沉浸在幸福中，忘记了不能回家的悲伤。只是，夜深人静时，她难免会想起王浪，他们一起生活了这么久，又怎能在很短的时间里用另外的人把他代替。她曾经那么爱他，可是他呢，到底爱过自己没有，自己在他的心目中究竟有没有位置呢？她觉得自己以前很傻，她对这段感情倾注得太多，牺牲了很多。可是，在一起的欢乐依然很是清晰。

谢航感觉到邱倩有什么事情没有告诉自己，她有时在很高兴的时候，却从眼里闪过一丝忧郁。他不知道这是为什么，也不便问她，每个人都有自己的隐私。他唯一能做的就是要她高兴。

这天，谢航的父母到老朋友家去了，谢航和邱倩到老人屋里做饭。邱倩的兴致很高，一大早就上街买菜，她要亲自煮饭给谢航吃，他们交往这么久以来，她从来没有告诉过他，她会做吃的。这让谢航感到很意外，认识这么久了他不知道邱倩还有这么好的厨艺，不由得对邱倩更加喜爱了。

邱倩买了自己最拿手的食材，还有谢航喜欢吃的，她回家很麻利地做起来，谢航在旁边打下手，看着邱倩娴熟的动作和忙碌的身影，他觉得如果能与她永远生活在一起，那是多么美好的和幸福的事，却不知邱倩怎么想。

"开饭了，快点过来。"邱倩笑着招呼谢航过来吃饭，这情节，就像一个幸福的小妇人做好饭等着她的爱人来吃。看着这情景，谢航的内心涌出一股暖流，他多么希望天天都是这样，回来能吃上邱倩做的饭菜。

他有一种冲动，想与邱倩心身融合。他冲了过去，一把抱住邱倩，在她的脸上亲了一下。

"我好感动哟，谢谢你，辛苦了，我多么希望天天都能这样，那我是天下最幸福的人。"谢航抱住邱倩，很感动，很激动。

邱倩觉得怪不好意思，他们交往这么长以来，像今天这么亲密的动作还是第一次。邱倩是一个比较传统的女孩，以前也只有和王浪很亲密，因为她早把自己看作是他的人。谁知道结果会是这样，会在某一天离开王浪。这是她没有料到的。女人遇见失恋这种事，很受伤，邱倩正在疗伤的时候。

"哎呀，不过是一顿饭，你就激动成这样，那要是哪天我再做点什么惊人之举，那你不是要下跪了。"邱倩笑道，"好了，快趁热吃吧，我做了你最喜欢吃的，还有这是我的拿手菜，尝尝味道怎样。"

邱倩挣脱谢航的怀抱，把谢航拉到餐桌前坐下，看这一桌菜，谢航觉得此时此刻，他是最幸福的。

"来，吃这个，看看我的手艺怎样？"邱倩夹了一筷子菜放在谢航的碗里。

"好吃，真的太好吃了，你好能干呀。"谢航吃了一口，由衷地称赞道。本来邱倩就能干，只是以前他不知道而已，两人边吃边说，想起第一次就只有两个人在家一起吃饭，都觉得很好笑，他们都相互向对方的碗里夹菜。吃完饭后，两个人一起收拾，就如一对甜蜜的小夫妇。

下午他们一同去逛街购物，两人的关系更进了一步。

他们累了，在公园里休息，两个人躺在草坪上，看着蓝天白云，互相说着孩时的趣事，说着过去的同学，过去的工作，邱倩不想告诉谢航她和王浪的事，她怕伤害他，毕竟这不是一件愉快的事，但是她又觉得不说呢，好像对他不是很公平。要不要说呢，一时间邱倩陷入了困惑中，突然变得沉默。

“倩，怎么了？为什么突然不说话？”谢航回过头来叫她。

“没有什么，我。”邱倩欲言又止。

“倩，别说了，如果你觉得不好说就不要说了，有些我可以理解的，还有那些过去的事，就让它过去，好吗？好好地珍惜现在。”谢航宽容地说道。

“谢谢你，真的谢谢你，那就让它过去，我们好好珍惜现在拥有的。”邱倩激动地说着，内心很感动，感动谢航的宽容，她觉得没有看错人。

“我们回家吧。”谢航拉起邱倩。

两个人手拉手回到家里，两个老人还没有回来，他们吃完饭后，休息了一会儿，谢航送邱倩回他的住所。

“航，你坐下好吗？”邱倩恳求道，以前都是谢航把邱倩送回来就走了，他怕自己在这里会做错事，怕自己控制不住自己，听邱倩这样说，他很愿意，当然是求之不得。

“我们说说话吧，每天都是你送我回来就走了，怕什么吗？”邱倩很主动。

“看你说的，因为每天我们都玩得很累，我是想你休息好，所以不想在这里打搅你。”

看着谢航处处为自己想，邱倩内心好高兴，好甜蜜。

“航，对不起，我以前真的没有好好地了解你，是我的错，能认识你，真的是我今生的福气。”邱倩真诚地说道。

“不要这么说，我们能相识、相恋，是我们的缘分，我们好好珍惜这份缘，不要再去想以前，也不要去管以后，我们要珍惜现在，好吗？”谢航说道。

邱倩听了觉得好温暖，她抬头看谢航的眼睛。从他的眼里，她能读出他的诚意。四目相对，彼此的眼里都是对方的影子，谢航低下头，双唇吻了下去，吻得那么自然那么温柔，怕伤着邱倩，在他的眼里、心中邱倩是那么娇贵，那么矜持，好像一碰就要破。

邱倩感觉到他的唇是那么温柔，但温柔中带着热烈，邱倩享受着，回应着，彼此能听到心跳，就在快有下一步动作的时候，邱倩止住了。

“倩，怎么了，弄疼了吗？对不起。”谢航忙道歉。

“不，航，原谅我，我还没有思想准备。”邱倩回答道。

“我知道，对不起。”谢航不想为难邱倩，不想冒犯她。

邱倩本来就不是一个随便的女孩，除了和王浪有关系外，还没有和哪个男的有这种近距离接触，是真还没有准备好，从心理上来说是完全没有准备。

谢航起身告辞，他怕自己在这里多坐一会儿，控制不住自己，一不小心会冒犯她。邱倩也没有再留他坐了，她也怕自己管不住自己，做出让自己后悔的事来。

在谢航走后的很长时间里，邱倩呆呆地躺在床上，她又想起了王浪，她恨自己，干嘛忘不掉他，刚刚谢航的亲密没有继续下去，也是因为这个在作怪，她自己心里清楚，只是不便说而已，平心而论，与谢航在一起相处很愉快。在某些方面，谢航优于王浪，至少他对我是一心一意，这点王浪没有办法比，但是王浪的浪漫无法忘怀。

想着这些，邱倩觉得自己很卑鄙，很肮脏，谢航都说过不计较以前发生过什么，还说好好珍惜现在，干吗自己老是想起以前，老是想起王浪，王浪已经不是她的了，已经背叛了她，干吗还想他。感情这东西很折磨人，想起来很烦人，她自己也不知道为什么，老是会想王浪，而且做什么事都会想起他，想他是那么不由自主。她不知道答案是什么，这些又不好与谢航说，这时她觉得是多么无助，难道自己还爱王浪吗？这是多么的可怕呀。因为王浪已经不爱她，因为王浪已经有别的女孩。

心中出现这种想法，邱倩自己都吓一跳，如果真的是这样，那我对谢航的感情就是假的，那不是在骗谢航吗？太可怕了！

邱倩想，我不能伤害谢航，他对我是那么好，那么专一，我是想好了才接受他的。不对，我对谢航是有感情的，他也是那么优秀。我一定要弄清楚我自己的感情，这时邱倩有了一个主意。

第二天，她告诉谢航，她要去一个以前的同学家里待几天，谢航当然是尊重她的，他同意她去，并告诉她早点回来，说他会很想她的，哪怕只有几天时间。

邱倩答应了，于是一个人坐车来到了另外一个镇上。她并不是要到什么同学家里去，只是想一个人静一下，理理自己的感情，看看在什么人也不见的时候，到底想谁多些，想想到底该怎么来处理这些问题。

邱倩在镇上找了一家比较干净的旅馆住下，什么也没有做，什么也不去刻意想，就是想看看是谁第一个想起来。

就在这时，她的手机响起来，是谢航打来的，他问邱倩到没有，找到同学没有，路上安全不，邱倩答应他什么都顺利，什么都好。这时邱倩的心里很温暖，谢航真的是很细心，无论她在什么地方都能得到他全方位的照顾，这点也是王浪做不到的，以前他们在一起，都是邱倩照顾他。

邱倩想，自己对谢航是有情的，虽然不是像爱王浪那样全身心的，但是有一点说明，在她的心中还是有谢航的，还是爱谢航的，要不然不会因为接了他的电话会觉得很兴奋，这种感觉只有恋爱中的人才有的，如果连他也不打电话来，会感觉有种失落的，觉得少点什么。

但是这点又能说明什么呢，我为什么不能给他全部呢。想到这里，她又想起王浪。为什么总在想谢航的时候，他又要跑出来，真讨厌！叫我恨他吧，又好像恨不起来，真的很怪。

邱倩不明白，有些男孩与女孩，他们注定了有缘，虽然外表看他们分手了，可是双方无法彻底分开。王浪也不可能一下就把邱倩给忘了呀，两人在一起生活了几年，毕竟快乐过，只是目前这给邱倩带来了烦恼。

在镇上待的几天里，谢航天天都有电话过来，一打就是好几十分钟，真的是有一日不见如隔三秋的感觉，邱倩呢，接谢航的电话成了习惯，如果哪天晚点没有打过来，就开始担心他，是不是遇见什么麻烦了，细细一想，都是自己在吓自己，他现在在家里能出什么事呀。经过几天的静想，邱倩发觉自己还是爱谢航，虽然想谢航的时候会想起王浪来，但是对王浪的心情已经没有以前那么激烈了，反而如果是谢航没有打电话来，自己想得更多。

邱倩决定回去，她把这个消息告诉谢航，谢航很高兴，并说要到车站接她。通过这次的静思，邱倩觉得心情一下放松许多，她要去找自己的幸福，她要好好珍惜现在，把握住机会。有了这种心境，在回去的路上觉得路上的风光是如此美。

下车了，一出站门，一眼就看见早已在出口等着的谢航。邱倩觉得他是那么耀眼，那么帅气。

“嗨，谢航，我在这。”邱倩向着谢航大喊道，谢航顺着叫声看过去，他看见了他日夜思盼的邱倩，他好高兴，恨不得飞过去，一把抱住她，他连这几步都等不了。

“我来啦。”他挥手向邱倩叫道，他们相互地望着笑着，都在嫌这个出口太长了。

终于出来了，谢航跑过去，紧紧地抱住邱倩。

两人打车回到谢航的家，邱倩没有来得及休息，就拿出给谢航买的礼物，还有一会儿要给二老带过去的礼物。邱倩就是这么有礼貌，所以两个老人喜欢她。

“倩，快去洗洗，你累了，我们待会儿过去吃饭，我告诉爸妈，你今天回来，他们做好饭等我们，他们知道你今天回来很高兴，特意做了很多你喜欢吃的菜。”谢航心疼地说道。

“好，我知道了，我去洗漱一下就来。你看看你喜不喜欢你的礼物。”邱倩欢喜地答道。有家真的好，以前在家的时候爸妈也有这样的照顾，现在在谢家也能得到这样的照顾，久违的亲情感涌上了心里，她觉得谢家的二老真好，她也喜欢他们，她的心里充满了甜蜜，她觉得自己是幸运的，这时的她好幸福，好满足。

两个老人看见邱倩回来很高兴。他们很喜欢她，把她当自己的女儿看，邱倩给了他们的礼物，两位老人高兴地收下了，真是越看越喜欢，他们真的希望她能成为他们家的一员。

吃过饭，谢航同她回到了他的住所，几天没有见面，他们觉得有很多话要说，两人都在诉说这几天的相思，一切是那么顺理成章，谢航吻了邱倩，邱倩接受了，谢航就这么轻轻地进入了邱倩的身体，他们二合一，一切都是那么轻柔，但却能给彼此带来快感，他们是那么投入，那么执着，同时得到了满足。

经过这次小别重逢，他们两人过得十分快乐，正因为这样的生活，都觉得时间过得很快，马上就要开学了。

16

陆琳和宋志豪从外面吃完晚饭回家，稍事休息她就睡了。她最近老觉得很疲倦，不知道是不是前段时间和钟心怡玩得太累。但这是很少见的，宋志豪很体贴地理解她。

第二天早上，按照惯例，陆琳去准备早餐，宋志豪刚走到餐桌旁，就听见厨房里传来一阵干呕的声音，他连忙冲进去。

“宝贝你怎么啦？哪里不舒服？”他赶忙把陆琳抱住，焦急地问道。

“没什么，可能是昨天没有休息好，待会儿再睡睡就好。”

“你真的没有什么不舒服吗？有什么你要告诉我，我带你到医院去，可急死了。”宋志豪关切地说道，害怕陆琳有什么闪失。

“我没有那么娇气，看你急成那样，我真的没有什么。”陆琳调皮地说道，说着还在宋志豪的脸上亲了一下。

这下宋志豪放心下来，吃过早餐，他去上班，叮嘱陆琳在家好好休息，有什么事情及时给他打电话。

陆琳收拾好厨房，本想看看书，但是觉得看见字就有点恶心，她想可能是没有休息好，于是又去睡了，这一睡，睡到下午，还真不知道是什么时候了，直到宋志豪回家。

宋志豪回家看见陆琳还在床上睡，知道她不舒服，心疼极了。

“你怎么了，不要吓我，我们现在去医院。”

“我没有什么不舒服，就是多睡了一会儿，最近比较爱睡，没什么，别担心。我起来做饭，做你喜欢吃的菜。”

陆琳站起来的时候觉得眩晕，差点站不住。

“看看，还说没有事，我们赶快去医院。”宋志豪担心地说道。

“真没什么，睡多了就成这个样子，走，我们下楼去，你帮帮我，一会儿就有饭吃了。”陆琳说着拉宋志豪下了楼。

两人在楼下商店买了东西回来，一进厨房，陆琳手脚麻利地做起了饭，可是刚刚把油放进锅里，她闻见味道就恶心，她想是不是这几天没有休息好，有点感冒，忍忍就过去了。

可是连续几天都是这样，早上起来就发干呕，闻到油味就恶心。这使宋志豪也很担心，这天他安排好公司的事务，回家来接陆琳去医院，他带着她来到王浪的医院，他事先打过电话，叫王浪给安排一个好医生。

王浪给陆琳联系了一个资深医生，医生根据陆琳的自诉症状，安排做了一系列检查，宋志豪在外面焦急地等着，他不知道陆琳到底怎么啦，也不知道她的病重不重。

检查完了，结果马上就出来，医生看见结果，头也没有抬，就直接给陆琳说："恭喜你，你要做妈妈了。"

"什么，医生！我没有听错吧。"陆琳掩饰不住内心的喜悦，医生当然不知道这意味着什么，可是陆琳知道这对宋志豪来说意味着什么。

她高兴地跑出去，看见走廊里焦急等待的宋志豪，跑过去抱住他，这个时候她也顾不得这么多了，她太高兴了，太兴奋了。

"志豪，你就要当爸爸了，就要当爸爸了。"陆琳高兴得流下了眼泪，她真的是按捺不住内心的喜悦。

"什么，我要当爸爸了，是吗？"宋志豪虽然同样高兴，同样兴奋，但是他毕竟是见过世面的人，不会在这公众场合下失态的。

"好，我们马上回家。不过，得去感谢医生和王浪。"宋志豪颇有风度地说道。宋志豪带着陆琳去感谢刚刚为她做检查的那位医生。然后，他们将喜讯告诉王浪，王浪同样为他们高兴，他知道这个孩子对宋志豪来说意味着什么，他给他们送上自己的祝福。

夫妻两人脸上写满了幸福，他们高兴地开车回家，真是喜从天来，宋志豪觉得陆琳是自己的福星。自己太幸福了，没有办法用言语来形容。

龙芳瑜成功地从邱倩的手里夺取了王浪，取得情感战场的巨大胜利。龙芳瑜以为此后王浪就是她的，但是梦想不一定就会成为现实。

龙芳瑜把自己定位于王浪的未婚妻，他们买了房子准备结婚。或许正因为这样，王浪做什么她都想知道，她希望管住他，就像妻子管丈夫一样。可是她错了，她也没有料到，正是这些，使原本对她充满激情的王浪变了，他对她的好感在缓慢减弱。王浪个性天生奔放，他不喜欢太多约束。

这天早上，王浪刚刚起床就接到一个电话。龙芳瑜正在边上，她能清晰地听见是一个女的打过来的，只听王浪答应说好好，一会儿去接她等等。

王浪挂了电话后，龙芳瑜很不高兴地问道："是谁呀，这么早，还要你亲自去接，看来这个人在你心目中的地位很重哟。"

龙芳瑜的语气阴阳怪气，好像在责问似的，王浪听了这话很不高兴，邱倩可是从来不过问这些。

"怎么？就接一电话，能说明什么问题，你别胡思乱想。"王浪很不高兴地回答道。

"我怎么了，我又没有说什么，我只是在提醒你，你不是自己有鬼才怪，我没说什么，你自己却这样紧张，你还说没有什么。"龙芳瑜开始露出她的另一面，这是王浪以前没有见过的，心里很是生气。他推开门走出屋，留下龙芳瑜一个人在那里愣愣的。

她怎么会这样呢？一个有名气的大律师，为何要这样子来管我、约束我？我是打算和她结婚，可是我是一个男人，一个大医生，我有我的主张，我有我的朋友，我有我相对独立的世界。

他想起了邱倩，心里不好受，是他对不起她，伤害了她，他对邱倩还是有感情的，一起生活了这么多年，他是爱她的，他心里明白，只是觉得自己对不住她，不好意思给她打电话，真的不知道她现在过得好不好。唉，那次为何要和龙芳瑜睡得那么沉呀。

邱倩给王浪足够的空间，龙芳瑜却想把王浪完全束缚在自己的身边。王浪觉得自己的尊严受到了伤害。从前，与龙芳瑜在一起，他觉得很新鲜，很刺激，很有激情，可是激情过后，带来的却是痛苦、无奈和迷茫。

王浪决定快刀斩乱麻，与龙芳瑜分手也是没有办法的办法。

晚上，他有些伤感地对龙芳瑜说："你觉得我们这样常常吵架，好不好？"

"怎么？你讨厌我是吗？"龙芳瑜看见王浪一脸的严肃，心里很难过。

王浪握住龙芳瑜的手，艰难地说："不是这样的。我不讨厌你，你是一个可爱的女孩。"王浪停顿了一下，继续说道，"只是，或许我们两人不是最合适的男女搭配对象，不让上帝满意吧。所以，我……我看我们分开一段时间，好吗？"

龙芳瑜听王浪这么说，一时惊住了，她没有想到王浪会有这样的想法或者决定。然后，她忍不住哭了。

王浪轻轻地拍着龙芳瑜的背，一边说着："不哭，不哭了，我们以后还是朋友。"

龙芳瑜好不容易止住哭声，好像绝望的人抓住一根稻草，"王浪，我知道你不喜欢我管你，可我太爱你。每次看到甚至想到你和别的女孩在一起，我就很难受，心脏疼痛得厉害。"

"龙芳瑜，对不起，让你受委屈了。我明白你是爱我，可我害怕没有自由的爱，那会让我窒息。"王浪主意已定，"像我们这样常常争吵，互抱怨气，不是我们需要的生活。我们先分开一段时间，都好好地考虑吧。"

千里搭长篷，天下没有不散的筵席。龙芳瑜只有痛哭，只有无奈地同意王浪的决定。

龙芳瑜收拾自己的东西，在整理衣柜时，她看见躺在柜底里邱倩的艺术照。往事历历在目，邱倩与王浪分手时，王浪跪在地上恳求邱倩不要离去，邱倩铁了心与王浪分手。

可是，自己呢？龙芳瑜想，王浪说出分手的话后，她的痛哭、她的请求丝毫没有让他改变想法。看来，自己就是在某个阶段得到了王浪的身体，可并没有完全俘获他的心。

龙芳瑜拖着沉重的步伐，走到外面去打出租车。她站在路边，有气无力地对着外面的车子摇手，她甚至弄不清楚是不是出租车。有几部私家车看着她，疑惑着开走了，谁也不敢在一个疑似精神病的年轻女子面前多停留。

接着的几部出租车也没有稍做停留，尽管是空车。还好，最后有一个年纪稍长的司机停车，让她上了车。

早上，王浪开着自己的爱车上班，刚到医院门口时遇见张美玲，他向着快步走的她按了一下喇叭。

张美玲一惊，抬头一看是王浪，甜甜地一笑，心里高兴，有说不出的兴奋和冲动。她站着让王浪的车子先过，王浪很快泊好车过来。

“最近我很少看见你，到什么地方去了吗？”王浪问道。

“我又生病了，而且比前几次厉害，回家去休息了一段时间。”张美玲语速很慢地说道，从她说话的语气中，王浪感觉她病得不轻。

“怎么没有听你说，我还不知道呢，难怪好长时间没有看见你，现在恢复得怎么样？”王浪真诚地说道。张美玲是他的好朋友，而且远胜于一般的好朋友。

“谢谢，现在感觉好多了，要不我也不会来上班。”

“那好，你要注意休息，有什么事给我打电话。”王浪叮嘱道。

张美玲很感动，眼中有泪光闪烁。

春节马上就要到了，到处都洋溢着节日的喜庆，医院也是这样，病人们都回家过年，除了一些重症病人。每年春节医院都要团年，就是大家一起吃一顿年饭，代表对过去一年工作的总结，也同时对来年表达美好的祝福。

这天晚上，医院安排年夜饭。医院领导首先做年终工作总结，并对来年工作寄予厚望，带着对全院职工的祝福，请大家一起共进晚餐。

在这喜庆的日子，大家都非常高兴和兴奋，喝酒都很放得开，一年就这么一次，当然一杯接着一杯喝，平时的距离在酒杯间拉近。像王浪这样的帅哥，平时有好多年轻的护士可望而不可即，在今天这样的气氛下，王浪被她们追着敬酒。

王浪不知道到底喝了多少酒，只要是有人来碰杯的，他就一饮而尽，充分显示其豪爽，为大家瞩目。喝到酒席快散的时候，王浪不知道东西南北。当然，有些女同事也会出洋相，她们平时不怎么喝酒，这天高兴了，放开了喝，不知不觉就醉了。

大家都喝得十分高兴，不少女孩子平时暗自喜欢王浪，但是早先他有邱倩这样的女朋友，邱倩同在医院上班，姐妹们有欲望也没有胆子。后来，邱倩虽然与王浪分手，却有一个龙芳瑜，管得王浪死死的，这些女孩子就更没有机会，也就不敢有什么非分之想。

女孩们借着今天的机会，暗地里想与王浪有近距离的接触。有的女孩子喝了一杯又一杯，她们觉得能和王浪喝酒是最美不过的事情。或许这就叫作得不到也要想办法摸一摸吧，感觉与王浪亲近许多。

王浪科里的护士小张就是这样的，平时虽说大家在一个科室，可是正面接触的机会太少，这让小张失望。谁说近水楼台先得月，小张心里很不服气，今天乘着团年饭的时候，她与王浪喝酒的次数是最多的，本来她平时不怎么喝酒，所以很快就醉了，不过意识依然清醒。

在大家一起举杯同祝新年的时候，只听“砰”的一声响，一个杯子掉在地上，酒洒了一地，杯子摔成几瓣。

出席宴会的天马医院陈院长随机应变，朗声说道：“同志们，俗话说酒洒地头红，岁岁平安，让我们干了这杯酒，祝来年红红火火！”

餐厅服务员赶快拿来扫把，把碎玻璃清扫干净。

饭后总该安排点活动，一年就这么一次全院集体活动，所以大家都没有离开，要玩就玩尽兴。今年安排的活动是唱歌跳舞，由于刚刚吃得很尽兴，喝也喝得很到位，所以大家现在玩得很奔放，趁着酒劲，以前很多不敢做的和不敢想的都可以做了。

王浪很受女同胞青睐，他成了晚会的明星，女孩们都围着他。他自己喝酒不少，借着酒劲发疯，玩得十分高兴。一会儿有人要和他一起唱歌，一会儿要请他跳舞，他也乐此不疲。

王浪科里的小张酒喝得太多，虽然很想和大家一起闹腾，可是她觉得头很重，浑身没力气，于是一直没动，坐在旁边看他们疯。

小张看着她们围着王浪，心里不好受，也不平衡，她很喜欢王浪，只是王浪的身边早已有邱倩，所以她只能天天看着，天天守着，但是却没有半点机会，现在邱倩没在，她觉得大家的机会是一样的。小张觉得有种冲动，她借着酒劲，疾步走到人群中，她推开她们，拉起王浪就往外走。

大家一时没有回过神来，“小张，你要把王浪带到什么地方去？”大家七嘴八舌地问道。

小张不理会她们。王浪不知道小张要带他到什么地方去，只是跟着她走，他也喝得很多，分不清东南西北。他想反正不会把他弄去卖了吧，小张平时也不是多事的人。

小张拉着王浪来到舞厅外面的阳台，她想单独拥有一会儿王浪。这里的空气比里面的好。

“小张，你把我拉到这里做什么呢？我要去唱歌。”王浪说道。

“你就不能和我单独待一会儿吗？我就真的那么差？”借着酒劲，小张说得很直接。

“啊！什么呀，你说什么？”王浪很吃惊地问道。

王浪的眼睛盯着小张看，小张也看着他。两人的眼神对视着，小张情不自禁地吻了王浪。这是王浪没有预料到的，以前都是他吻别人，可是小张今天主动出击。

这情形被一个人看在眼里，那是他们科的护士长。她看见小张把王浪带出来就跟在后面，一直躲在暗处。她想看看小张要做什么。

看到这一幕，护士长没有言语，她笑了笑，摇摇头，有什么办法呢，帅哥被美女盯上了，也只能这样，谁叫你是帅哥呢。

失恋情伤的龙芳瑜出现在她的春风律师事务所。心灵受了重创，生活还得继续。龙芳瑜异常孤独，离开了王浪，什么也没有。人需要足够的感情生活，有的人以爱情为空气与阳光，有的人以亲情为空气与阳光。龙芳瑜无疑属于前者。

多少个夜晚，她幻想着王浪能够出现在律师事务所，能够在窗外呼唤她的名字。那样，不管王浪是来干什么，她都会毫不犹豫地把门打开，迎接他的到来。可是，每天相伴孤枕的只有风，只有偶尔一两声深夜不知名小虫的呢喃。此时的龙芳瑜，很能够理解为什么有人会失恋自杀，有人会失恋行凶。爱不是物质，爱是一种精神与情感。可是，它的威力远比物质强大。得到爱的快乐与失去爱的痛苦同样巨大。

往事无法轻轻忘却，她与王浪何等激情，何等浪漫，何等心心相印，何等互相关心与爱护。往事不堪回首，她和王浪住在一起，同一个屋檐下，没有发生什么惊天动地的事情，两人却分手了。

龙芳瑜并不觉得自己有错，自己不过是太爱王浪，太关注他的一切，太想分享他所有的生活与朋友。太担心失去，却偏偏失去了。而且，王浪好像没有一点留恋之情，这样的男人，真的很无情。龙芳瑜突然间恨王浪。然而，只几分钟，她的心中就没有了恨，她想念着王浪。这是一个怎样的男人呀，我没有了他，真是不想活呀。

那些自杀的人很有勇气，我感觉生不如死，可我却没有勇气自杀。在这样的时刻，龙芳瑜深深理解那些自杀者的无所寄托，情感的强烈空虚与失落，一定是那些自杀者最直接的原因。我却苟活着，因为我不敢自杀。

龙芳瑜双手抱肩，把头埋在自己的胸前，我失去了人的精神寄托，可我却贪生怕死。上帝呀，我该怎么办？

王浪在与龙芳瑜分手后同样常常感到落寞孤单。他是外科医生，虽然不缺朋友，可是真正能够水乳交融、能够灵魂与肉体合二为一的人并不是随处可遇。这正应了一句话，再美好的东西，当它在手上握着的时候都不会觉得它的可贵，只有当它一旦失去，意识到不复再来的时候，它的价值与意义似乎才会得到体现，就好像谈速度必须有一个参照物一样的道理。

这天早上，王浪从家里出发去医院上班，在医院综合楼等电梯时，与张美玲相遇。两人随意聊了几句，因为都要上班，就各自走开了。看着张美玲离去的背影，王浪的心里起了波澜，她那病态的背影，让王浪心里升起一股怜爱。

下班后，王浪有些心神不定，无所事事，身边没有了固定的女朋友，不忙的时候感觉到很无聊。王浪想起早上张美玲的样子，顿生怜惜之情。

王浪给张美玲打电话：“美玲，下班后有什么安排吗？”

“没有，只是要去病房打点滴，完了就没有什么事。”张美玲有气无力地答道，但是听见王浪的声音，张美玲觉得自己的精神好了许多。

“那好，我去病房陪你，你在哪个科输液，我一会儿去找你。”王浪打定了主意。

张美玲告诉他在哪里输液后两人挂断电话。

张美玲放下电话后，心里别提多高兴了。人逢喜事精神爽，张美玲这会觉得特别有精神。

下班后，张美玲一个人先去打点滴，今天不知道怎么的，这个护士老扎针不准，几次都没有扎好，疼得张美玲心里直哆嗦，但是由于心情实在好，她也没有说什么，那个护士看张美玲是本医院的职工，觉得很不好意思，一个劲地说对不起。

张美玲笑笑说没有关系的。护士感到意外，她当然不会明白这是为什么，她不会知道张美玲此时心里因为有王浪，充满着欢乐。张美玲看着护士内疚的表情，对她笑笑说："真的没有什么的，我的血管本来就不好找，这不怪你。"

正说着，王浪来了，看见王浪，张美玲脸上的笑容更加灿烂，更加迷人，并泛起久违的红晕来，护士知趣地退出去。

"你来啦，下班还挺准时的，今天没有什么重要的病人吗？"张美玲说道。

"是呀，今天挺顺的。你怎么样，疼吗？"王浪关心地问道。

"我下班就过来了，再输几天，就不输了，现在感觉比前段时间要好些。辛苦你了，下班还过来看我。"

"你这次生病我一点都不知道，你怎么不说一声呢，我可以帮你呀。"王浪真诚地说道。

"刚开始，我觉得没有什么，想休息几天就好了，可是后来老是不见好，在这里又没有什么人照顾，我就回老家了，那边有我爸我妈在。"

"你要把身体养好，什么时候有机会，我们一起出去玩。"

"嗯，我会的。"张美玲答应道，她的双眼湿润了。

张美玲内心很激动，她清楚自己的身体状况，担心这次的病好不起来，如果真是那样，在生命的最后时光有王浪的陪伴，死也无憾！

有了王浪的陪伴，时间过得真快，好像这天的液体只花了很短的时间就输完了。王浪叫张美玲多躺一会儿再走。

病中的张美玲需要真心关怀，而不仅仅是同情；需要情意绵绵地体贴，而不是简单地照顾。现在，她对王浪形成了依赖，在后面几天的输液里，她习惯了王浪的陪伴。有时，王浪因为科室里的事晚一点过来，她会觉得液体滴得很慢，像蜗牛爬似的。

王浪尽量满足张美玲的要求，他要让她高兴，让她愉快。张美玲觉得自己是世上最幸福的女人，她很满足，在她的心目中，她认为自己能天天看着他，天天守着他，就是很幸福的事，也是她这辈子最快乐和幸福的事。自从有了王浪的陪伴，她的脸上整天挂满了笑容，她幸福和知足的笑脸感染了身边的每个人，每个人都在为她祝福。

这天，阳光明媚，恰好是星期天，可能是天气好的原因，张美玲更觉得心情特别好，打电话约王浪到郊外走走，她想出去透透气，王浪什么也没有想就答应了，他想新鲜的空气对病人的康复是很有益的。

“好的，你等我，我马上就过来，你多带件衣服，小心着凉了。”

挂了电话，张美玲开始打扮起来。她找出自己最好看的衣服穿上，梳好头，淡淡地化了妆，在镜子面前照了又照，一直到自己觉得很满意为止，本来张美玲就很漂亮，现在经过精心打扮，显得更精神，更漂亮了。

不久，王浪来到了张美玲的寝室外面，他打电话叫张美玲出来。他的车已经在门口了。王浪从车上下来迎接张美玲。张美玲很快从房间里出来，王浪突然愣住了，这是张美玲吗？自从生病以来，没有看见她这样漂亮过，这样精神过，这样一点看不出她是有病的人，而且今天看见她，更觉得有一种说不出的美。

“快，快上车，美女。”王浪一边为她开车门，一边叫道。

“你呀，就别乱叫了，什么美女的，听着像是在寒碜我。”张美玲一边答道，一边上了车。

“我说的是实话，你今天好美，本来人就漂亮，今天这样的打扮就更鹤立鸡群，人也特精神。”王浪由衷地说道。

“美玲，你想去什么地方？”王浪征求意见。

“其实我也没有想好，今天天气很好，就想出去转转，透透气，我喜欢那种有山有水的地方，到那种地方就像回到大自然，能使人的心情放松。”张美玲感慨地说道，好像已经身临其境。

“那好，我们就去那种地方，我带你去，包你满意，去了绝对还想去第二次。”王浪自信地对张美玲说道。

他们驾车来到一个有山有水的地方，离市里大约二十多分钟的路程。这里有个很大的湖，湖边有着苍郁的林木，山麓上铺展着如茵的绿草，湖水映出鲜丽无比的翠玉般的颜色。

来到这里，张美玲立刻就喜欢上了，这里真的好迷人，有山有水，有着诗情画意的感觉。

“哇，好舒服，好美丽，我喜欢这里。”张美玲高兴地叫道。

她真觉得这里好舒服，好美。王浪看着张美玲高兴他也很高兴，他认为现在做什么，只要她高兴，她喜欢就好，自己能做到的也只有这些了。他们找了一个视野很宽的地方，这里能把天地都收在眼里。

湖水蓝蓝的，静得看不出它在流动，轻风一吹，层层水浪，犹如起了皱的裙幅，均匀地平铺在湖面上；蓝蓝的湖水映着雪白的云，鼓起的浪花吻着流云的倩影。这云，这水，这天，这浪，和着柔柔的微风，使人心旷神怡！

“王浪，你真好，带我到这么美丽的地方来，谢谢你。”张美玲笑着说道，“我能问你两个问题吗？你要如实地回答我，不许骗我。”

“你说呀，你问什么我都告诉你，你只管问就是了。”王浪从来没有看见她这么严肃过。

“你说，你到底有没有喜欢过我，不许骗我。”张美玲的眼睛注视着王浪，好像要在眼睛里找到答案。

“你说呢，我对你怎样，你应该感觉得到呀。”王浪笑笑说道。

“我怎么知道你有没有骗我，我知道你对我好，是不是真心的？”张美玲很满足，她觉得王浪对自己应该是有感情的，只是想听他亲口说出来。

王浪没有说话，他抱住张美玲。她安静地躺在他的怀里，觉得很幸福。她希望一直躺在他的怀里，天天守着他。

王浪低下头，很认真地看着张美玲。张美玲迎着他的目光，四目相对。

张美玲慢慢地闭上眼睛，仰头向上，朝着王浪吻去，她控制不住自己。王浪还没有反应过来，他只觉得这个吻来得好突然，但是同时也感觉这个吻的热烈，热烈中带着一种渴望。

他低下头，轻轻地吻着张美玲的双眼，那眼中有张美玲真情、痴情的泪水，她的泪甜甜的、微微带点酸。

第二天，张美玲的病情急剧恶化。王浪得到消息后，以最快的速度来到张美玲的住处。一进门，他就看见张美玲很难受地躺在床上，立即抱起她，紧急送入医院，马上开始急救。

王浪预感到张美玲这回的病情太重，随时有生命危险。他连忙电话通知了张美玲在长沙的爸妈。

张美玲的爸妈下午就乘飞机赶过来，见到女儿最后一面。尽管天马医院组织全院力量进行抢救，还是没能挽留住张美玲的生命。张美玲在王浪和她爸妈的陪伴下，带着满足去了天堂。

出乎王浪的预料，在金州读书的邱倩赶回四水参加张美玲的葬礼。邱倩和张美玲是好朋友，同时也是情敌。

邱倩与王浪相遇没有想象中的尴尬，相互问对方过得怎么样，好像他们之间过去没有发生过什么。只是，在两人的心里，他们都还在乎对方，但是情感已然陌生。

17

几天后，王浪和邱倩几乎同时收到张美玲写给他们的信。在信中，张美玲对王浪道：邱倩是个好女孩，应该好好地珍惜，好好地爱她。张美玲在信中再次无比幸福地表达了王浪给她生命最后日子的快乐与幸福。

张美玲在信中对邱倩道：好好地爱王浪吧，如果不是因为身体的原因，我会一直耐心地等待王浪。爱需要缘分，你和王浪肯定是有缘人，要珍惜王浪。

参加完张美玲的葬礼后，邱倩回到金州医科大学，回到了谢航的身边。这次回四水，在张美玲的葬礼上看见王浪，之后又收到张美玲的信，说实话，邱倩心里很矛盾，也很郁闷，直觉告诉她，她还爱着王浪，同样王浪的心里还有自己，尽管陌生，但爱藏在心间。邱倩从四水返回后，一直都不怎么高兴，常常一个人发呆。当然，邱倩的这些状况骗不过细心的谢航。

“邱倩，你哪里不舒服呀？”谢航很小心地问道。

“没有。”邱倩简短地回答。

“你在想什么呢？”谢航继续问道。

“没有，你放心好了。”

谢航轻轻地抱着她，给她足够的时间与空间。

邱倩忘记不了给予她深刻初恋体验的王浪。睡梦中，常常她会快乐地呼喊，喊叫声中夹杂着王浪的名字；偶尔，邱倩在梦中会痛苦与惊恐地寻找王浪。

谢航是大度的人。他的大度让邱倩终于度过了最烦闷的时期。面对与王浪的分手以及张美玲的去世，邱倩在爱情、友情的路上忍受着煎熬。邱倩又是幸运的，因为她遇到了谢航，谢航给了邱倩雨后的彩虹。

陆琳吃过午饭后习惯性睡午觉，迷糊中，她被一阵急促的电话铃声惊醒。

“你是宋志豪的家里吗？”对方一个男的很有礼貌地问道。

“是呀，有什么事吗？现在他不在家。”

“我是交通事故组的，你们家宋志豪出了交通意外，现在在市医院，你马上过来。”

“你说什么？”陆琳不敢相信自己的耳朵。

“他现在在市医院，你快过来。”那边收了线。

陆琳以最快的速度赶到医院，一进医院她就看见了警车。泊好车，她直奔急救室，来到急救室门口，她觉得自己都快站不稳了，她忙抓住门口的警察，“怎么啦，这是怎么啦，现在情况怎么样了，他要不要紧？”

“嫂子，你别急，坐那边休息。”警察见陆琳是个孕妇，把她扶到旁边的椅子上坐下来，“他的车与一辆超重的大货车相撞，要不是宋先生的车好，还有如果宋先生车速快的话，后果将更严重，可能当场就会没命的，现在他昏迷不醒，正在抢救。”

我该怎么办呢，我在这里什么也帮不上，现在也不知道情况怎么样。陆琳在这座城市里，以前除了有钟心怡这个朋友，还真的没有什么朋友，我叫谁呢，王浪，陆琳的脑海里一下想起王浪来，她马上给他打电话，王浪接到电话，第一时间赶到了医院。

王浪的到来，陆琳好像抓住了一根救命草，一时觉得自己全身都没有了力气，瘫坐在那里，王浪看着护士忙碌的身影，知道情况一定很急，凭着自己是医生的经验，他能感觉到，但是他不能告诉陆琳，怕她承受不起。他一边安慰陆琳一边关心那边抢救的情况。

就这样，他们在医院里待了几个小时，天都快黑了，王浪叫陆琳去吃点东西，这个时候，陆琳哪有心情吃饭。王浪告诉她，她现在不是一个人，肚子里还有孩子，说什么也得吃点下去，陆琳想想也是这样的，现在志豪这样了，说什么我也不要孩子有什么事，我要好好地保护他。陆琳顺从地跟着王浪出来，在医院不远的地方，他们找了一家饭店，随便吃了点东西就赶回医院。

急救室的门终于开了，一个医生出来了，陆琳和王浪忙跑过去："医生，怎么样了？要不要紧？"陆琳紧张地问道。

"情况不容乐观，现在虽然生命可能是保住了，但是你们最好要有这样的思想准备，可能变成植物人。"医生冷静地说道。

"陆琳，你怎么了，快，护士！"王浪大叫护士。陆琳听见这个结果，人就晕了，要不是王浪在旁边，可能她已经倒下去。护士们连忙跑过来，把陆琳抬走，弄到病房里去了。

这时候王浪十分冷静，他问医生，宋志豪什么时候才能转到普通的病房，还有就是到什么时候才能脱离危险期，医生告诉他，如果是过了第二天晚上，命就算是保住了，但是成植物人的可能性很大，要有这样的思想准备。

他来到病房看陆琳的情况怎样。陆琳这时已经醒了，她看见王浪，哭着对王浪说："怎么会这样呢？我该怎么办呀？王浪，你是医生，你想想有没有什么办法吗。我不要他这样，我不要他这样！"

在宋志豪出事的第五天，保险公司的理赔人员上门，他们交给陆琳一张支票，同时还有一张理赔通知单，陆琳看了一下支票数，一千万。

"这是什么，我怎么不知道呢？"陆琳向理赔人员问道。

"这是宋先生在我们公司投的保险，他投的主险和意外险，一共加起来保额为一千万，我们公司经过调查，情况属实，属于我们保险的理赔范围，宋太太麻烦你在这里签一下字，他的保单受益人全是你。"保险公司的人说着，递过来理赔单，要陆琳签收。

"等等，我再问一下，你们能看看我先生什么时候投的保吗？"

"哦，可以的，你等一下，我马上打电话回去给你查一下。"很快的，对方说出了投保日期，陆琳算算，正好是他们到医院确定怀孕后的第二天。

陆琳心里涌出一股暖流，宋志豪对自己真的很好。他希望在万一遇到不测的时候，也能够让他对陆琳的爱延续下去。

陆琳在心里暗暗地发誓，不管怎么样，她不会让他一直这么睡下去的，就凭着他对她的这份爱，她相信他会醒过来。她不会放弃的，他们现在还有孩子，陆琳好像看见了那么一天，对此充满了信心。

宋志豪的情况稳定了后，陆琳把他转到王浪的医院，她觉得这样方便照顾，因为有王浪在，什么事都方便些。她把公司的事务全部交给助理打理，只是有些大的动向给她说一下就行了，她觉得她要对宋志豪负责，她相信他会醒过来的，他还要经营他的公司。

她每天都到医院来陪宋志豪，和他说话，聊很多他们在一起的事情，多么愉快与难忘的事情啊。陆琳还天天给宋志豪读新闻，不管什么天气，不管刮风下雨，陆琳天天坚持，虽然在医院有最好的特护照顾，可是她还是坚持来，尽管她的身体随着肚子里孩子的长大，越来越臃肿，越来越不方便，但她每次都轻轻地拍着肚里的孩子，说带他来看爸爸。

陆琳的这份爱感动了医院很多人，人人都在为他们夫妻二人祝福，他们相信，老天会开眼的，会被他们真挚的爱情所感动。

王浪看着陆琳对宋志豪的这份爱，心里无限感慨，回想自己这几年所经历过的这些感情，他觉得自己似乎缺少了些什么。他是应该好好理理自己的感情。

日子就这样一天天地过着，陆琳的预产期快到了，宋志豪还没有一点反应，陆琳多么希望他醒来第一眼就看见孩子，她希望奇迹就在这产生，她把这个梦想告诉了王浪，王浪说只要有信心，没有不能实现的事情，陆琳也坚信这点。

这天，陆琳还是和平时一样，早早地来到了医院，她还是做每天做的事，就在读报的时候，她突然看见宋志豪的手好像动了一下，她很激动，但是又觉得是幻觉，过了一会儿，她好像又看见动了一下，这下看清楚了，是真的，她忙叫医生，医生跑过来，给宋志豪检查，他们告诉陆琳，情况是有好转，陆琳好激动，终于有了成效了，可能是太激动的缘故，陆琳觉得肚子开始疼了，还好是在医院里，本来就快生了，加上这样激动一下，孩子要提前出生了，医生们连忙做好接生准备，孩子很快出生了，就在孩子出生的那刻，宋志豪眼睛突然睁开了一下，莫非昏迷中的他也感受到了上天给他的巨大喜悦。

陆琳与宋志豪的儿子顺利生产了，但宋志豪随即回到昏迷之中，他的康复之路不知是否还有希望，或者还要走很远。

陆琳按照当时她和宋志豪的约定，给他们的儿子取名叫阳光。

王浪常去看望宋志豪，常去抱宋志豪的儿子宋阳光。

“阳光，看这边。”王浪拿着小铃铛，用力地摇着，“叔叔这个玩具可有意思了。”

宋阳光睁着天真的双眼，追逐着王浪手里的玩具，有声音有色彩。他的世界刚刚开始，美丽的生活在前面等待着他。

王浪看着宋阳光，再看孩子的妈妈怡然自得地享受着孩子带给她的快乐。爱情满满的家，真的很美好，这样的家给人勇气和信心，在面对任何艰难困苦时，依然保持着无尽的希望。

王浪决定报考研究生，这是经过慎重考虑后做出的决策。在天马医院的几年，王浪凭着自己的努力与先天的聪颖，加上万如海等专家上司的支持，声誉鹊起，已经拥有了医生的良好知名度。

只是，情感之路走得有些跌跌撞撞，历经情感风浪，站立情爱之舟，却有些茫然，不知该驶向何处。想想身边，陆琳与宋志豪忠贞不变的浓情蜜意，自己的一切或许也要改变。换换环境吧，或许新的天地有新的开端。

王浪想到就做，立即报名参加研究生入学考试。多读点书，有实力才会有魅力。业余时间，王浪全身心投入到自学复习考研。不需要花前月下，一心一意把研究生考上，不断地完善自己。

功夫不负有心人，王浪参加完研究生招生全国统考，走出考场的时候，感觉阳光明媚，春意盎然。

三个月后，成绩出来，王浪顺利进入复试，而后前往长沙参加了研究生招生复试。复试对王浪来说，就是一次医疗实践超水平的大展示。复试专家对王浪赞不绝口，都给王浪评了研究生招生以来最高的分数。

王浪以最高分被录取为位于湖南长沙的湘雅医科大学。他考取的是硕博连读研究生，就是符合一定条件就能直接把博士学位也拿下。这绝对是个好事，每家大型医院医生的学位都很高，王浪作为本科生直接参加工作。几年过去，临床工作得心应手，但如果不提高学历，很多时候还是会吃亏。

王浪正式进入湘雅医科大学，很巧的是，大学本科同学居然有两个与他同一个班，一男一女，男的大学毕业后分在广州，女的分在深圳，平时没有机会见面。这下见面倒分外亲热。

“王浪，真没想到，在这里又相会在一起。”男同学亲热地用双手抱住王浪。

“是呀，姚义同学，我们一晃都五年没有见面了。”王浪感叹道，“时间过得真快。”

“不说你和我，就我和向玲玲都一次没见过，我们还距离很近呢。”姚义说着到处张望，“她在那边，我叫她过来。”

姚义扯开喉咙喊道，“向玲玲。”全没有一点大医生的风度与气质。

不远处一个美女猛回头，好精致的脸蛋，飘逸的长发勾勒出浪漫的气质，向玲玲——几年不见，倒是更美了，丝毫没有受到岁月侵蚀。

向玲玲小跑着往王浪与姚义这边走来，那秀发，那身材，在风中演绎着当代洒脱美女的风姿。

向玲玲正要问姚义什么事情，却突然看见了王浪。向玲玲的眼神、光芒、注意力全落在了王浪的身上。

“王大帅哥，你越来越帅呀。时间更增添你的魅力呀。”向玲玲惊呼道。

“谢谢向大美女盛赞。”王浪笑道。

“我是什么美女呀，想当年，王大帅哥你不把班里的女生放在眼里，整整五年，你没有任何绯闻传出。当时，我们女生说，那简直是奇迹。怎么样？帅哥现在是不是红花有主呀？”向玲玲嬉笑道。

“我呀，还是独来独往，没有成家立业呢。”

“那看来我们还有缘分呢。我也是转来转去，啥也没捞着。在深圳待了几年，依旧孑然一身。”向玲玲听王浪这样说，显得心情特好。

“是呀，你们帅哥美女，这下就可以一揽子解决两人的问题了。”姚义很大度地说道。姚义结婚了，说话的心情自然不一样了。

“我是听别人说的，姚义毕业第二年就结婚了，好像你小孩都两岁了吧？”向玲玲问姚义道，“男孩还是女孩？”

“男孩，很可爱的男孩。”姚义很幸福的样子。

“瞧你这幸福样，看你美的。我们也要生个小男孩。”向玲玲不自觉地把她与王浪真当成了夫妻，尽管她大方惯了，但意识到了这一点，还是有些不好意思。

“王浪，你可看好了，我们向大美女，对你可是情真意切，不改初衷呀。”

“不要说得这么文绉绉的。”向玲玲白了姚义一眼。

“是，是，我不敢。”姚义做禁嘴状，“晚上我们去吃韩国料理，我请客。”

“好呀，当然得你请客。我和王浪都是光棍，都没你幸福。”向玲玲继续攻击姚义。

“谢谢姚义。”王浪谢过姚义，接着对向玲玲说道，“你有什么需要帮忙的就对我和姚义说，咱们五年前一个班，现在又在一个班，你不找我们找谁呀，是不是？”

“那是当然的。我是女生，我有事情当然就找你们帮忙。”

“那晚上见，大长今韩国料理店，不见不散。”姚义对王浪与向玲玲说道。

三人分开，各自做着一些开学前的准备工作。

晚上，姚义第一个到达大学附近的韩国料理店，这是新开的店子，近些年来韩剧的热播让韩国料理店在全国到处开花，不过，生意都还不错。尤其是湖南电视台引进的电视剧《大长今》更让无数国人喜欢上了韩国的一些东西，这长沙的韩国料理店就用了“大长今”的名头。

这晚是姚义请客，作为主人，他理所当然应该第一个来。稍后，王浪与向玲玲也到了。其实，吃饭主要是提供一种氛围，边吃边聊是最好的，可以这么说，聊天成功了这顿饭就算成功，否则，话不投机，或者气氛沉闷，这饭也就算白吃了。

“王浪，你在医院哪个科？”向玲玲先问王浪，不与主人交谈，而与客人先聊天，这是少见的情况，但是没办法，谁叫王浪超级帅，谁叫姚义超级普通，姚义结婚了，有小孩了，对这当然能够理解，大家都是同学嘛，也无所谓了。

“我在肝胆外科。”王浪答道，并礼貌地回问道，“向玲玲你是哪科？”

“我呀，你猜猜看？”向玲玲和一般女孩子一样，喜欢来点曲径通幽，慢慢地说，这样好，一个话题可以说得很久，不至于太冷场。

“我想是眼科吧。”王浪说道。

“我想是妇产科。”姚义答道。

“哦，为什么说我是妇产科呀？姚义。”向玲玲继续展开话题。

“这个吗？看你这架势，比在学校时还麻辣，不搞妇产科有些浪费。”

“哼，不理你了。一点也不浪漫。”向玲玲气呼呼的。

“怎么了，现在可流行野蛮女友呢。你这样子，或许王浪最喜欢了。”姚义说道，把火引向王浪。

“可不能乱说，人家向玲玲不知怎么想的呢？”王浪的意思是说，向玲玲不一定喜欢别人说她野蛮女友之类。

向玲玲却听了这话高兴，她以为王浪对自己有那么点意思，只是要知道自己的想法而已。

向玲玲释放着柔情：“王浪，你猜说我是眼科，为什么呀？”

王浪高深莫测地一笑：“这个嘛，因为你的眼睛很有神呀，我想，只有做眼科医生的，才会把自己的眼神弄得这么有神。”

向玲玲被王浪吹得心花怒放："果真不凡，说出来的话就是不一般，比姚义同学的诗意多了。"

"那是，那是，向玲玲说得对，我们的王浪读大学时就是才子，只是那个时候一直没有看见才子配佳人的故事呀，现在，或许可以出现了。"姚义想挽回一些损失。

这话还真有效，向玲玲对姚义态度温柔起来："对了，姚义，你在什么科呀？"

"我在骨外科。"姚义简洁地回答，他是一个实在人，"向玲玲，你还没说你在哪个科呢？"

"我刚才不是说了吗？说你不浪漫就是说你说对了嘛，因为你说的是大实话呀。"

"原来这样，我还真不懂。"

"不懂就学着点，向王浪拜师呀。"

"行呀，王浪师傅。"姚义朝王浪叫道。

"不要这样嘛，同学之间，好说好说，你多请我们吃几顿饭就是。"

"没问题，对了，王浪，你们医院骨外科的林顺开，你应该认识吧？"

"当然认识，他是我们医院的副院长。"

"他在全国骨外科很有名气，也很霸道，看他温文尔雅的样子，在骨外科学会很厉害，基本上说一不二，他现在只是一个副主委，但气势有时比主委还牛逼。"

"这我还真不知道，我和他打交道不是太多。"王浪回答道，他心里想以后有机会一定得多和林顺开副院长沟通沟通，也借机了解一下，看姚义说的情况如何。

"还有呀，你们那个林顺开据说非常好色，我们骨外科很多人都说，你们医院有姿色的美女都和他有一腿。"

"不会吧，他有这么厉害？"王浪还真不相信那个长得不怎么样的男人会有这么出名的传闻。

"你们男人呀，都差不多。"向玲玲听王浪与姚义讨论着男人的花心与色胆，对眼前的两个男人说道，看姚义的眼神是批评与大胆，看王浪时却颇有羞涩之情。

"不敢，不敢，你们要是去我医院问问，我是医院里出了名的好男人，好丈夫。”姚义说道。

“就怕你明里做好事，暗地里做坏事，只是现在没被发现，一旦发现了，丑事就会一箩筐。”向玲玲口才不错，“你看现在那些被抓住的贪官，在事发之前，他们都是廉洁的、为民办事、爱妻爱子的好官员，可是一旦深入去查，或者双规、批捕之后，往往有不止一个的情人。你是不是这样子呀？姚义？”

“向玲玲，我相信姚义不会，姚义从那时刚上大学起就很纯情，一心一意追你们宿舍的那个叫什么来着的女孩子。”

“那个女孩子叫叶欣，姚义，你追了五年，真是一往情深呀。”向玲玲感叹道。

“不知她现在情况怎么样？”说起叶欣，姚义似乎还是含情脉脉的样子，言语中颇多关切。

“你还很想她吗？”向玲玲揶揄道，“她也在长沙，要不要我给她打个电话，听说还没有结婚呢。”

“看来，我们这些人结婚都不会很早呀，除姚义以外。”王浪有感而发，“好像没有时间考虑这些事情。”

“这倒也不会，王浪，婚姻应该主要是缘分问题，你看姚义，追叶欣五年未果，工作了，一两年就完成了恋爱结婚生子等一系列的重大项目。他也是外科医生，工作同样忙。”

姚义不住地点头，对向玲玲的这些话表示百分之百赞成。

“向玲玲，你和叶欣还有联系？”姚义看来真的是心中藏有叶欣，又挑起了她的话茬。

“看来你真是情有独钟。家里有娇妻幼儿，提起她来，你的心情就不平静了。不应该呀，不应该呀，姚义同学。”

向玲玲说的是玩笑话，姚义却脸红起来，老实人就这样，被人家说上几句，脸皮薄的人就不好意思了。

“好的，向玲玲，你就不要老是拿姚义开涮，他今晚还请我们吃饭呢。”王浪为姚义解围，“要我说呢，那个叶欣人长得一般，但是感觉还是蛮可爱的，就是好像情感漂浮不定，要我说呢，姚义没和她成功配对也好，不然的话，可能存在配伍禁忌，那样反倒不好。”

姚义不语，那想法很清楚地写在脸上：不会的，不管你怎么说我都想与她在一起，只是，那都是过去式了。

“这也说不定，反正，我认为婚姻与爱情都是缘分，缘聚缘散，看个人造化。”

“很对，很对，你们两人都说得很好，我受益匪浅。改天有机会的话，我们请在长沙的大学同班同学一起吃个饭。”姚义准备结束今晚的宴请。

“好呀，有姚义在，我们的活动看来不会少了。”王浪表现出高兴劲来。

“姚义，你提前准备吧，我一定把叶欣给拉上，让你看看思念了十年的她，如今是不是美丽依旧。”向玲玲在心中打定了主意，她理解姚义，有些人是一辈子都会常常思念的，不会轻易从记忆中抹去，就像她对王浪的思念一样。

“王浪。”向玲玲在后面追着王浪。这是早餐的时间，对大学校园里的学生来说，通常也就是由宿舍到教室的这段时间。

王浪已经喝完了最后一口牛奶，“嗨。”他回头和向玲玲打招呼，并停下脚步等待她。

向玲玲追上王浪后，问道:“今天是中秋节，晚上我们一起去赏月，好吗？”

“谢谢。向玲玲，很高兴你邀请我赏月。但是，我今天还有别的事情，不能和你一起去赏月，实在对不起。”王浪表示着歉意，假若按照在天马医院的习惯，他是不会拒绝女孩子的请求的。今非昔比，不能再走从前的老路了。

“你的事情可以改期吗？中秋一年就一天呀。”向玲玲继续努力着，“你和别人说一说，看你们的事情延期可以吗？”

“不是说与不说的问题。对不起，向玲玲。”王浪坚持心中既定的安排。

“能告诉我是什么一件事情？还是有谁邀请你吗？”向玲玲心有不甘。

王浪觉得一两句话说不清楚，只好避重就轻，含糊地回答道：“向玲玲，哪天月亮再圆的时候，我们一起去看月亮，好不好？”

向玲玲看王浪这样，知道再问也不会有什么结果，就很勉强但依然充满期待地说：“好吧，王浪。”

快到教室了，向玲玲补充道：“我们已经完全长大了，不要再让我延续十年情感的单向输出，好吗？”

王浪很认真地看着向玲玲，郑重地说道：“怎么会呢？”

两人一道走进教室。

下课的时候，王浪、向玲玲、姚义三人一起走出教室。王浪与他们两人告别:“节日快乐。”

“你也快乐!”向玲玲有些提不起精神。

“节日快乐。”姚义与王浪挥手告别。

“嗨,人家忙着呢,姚义,你今天有什么活动吗?”向玲玲好像难掩孤独。

“怎么了,大美女。约过王浪了?”姚义问道,他没有想到十年时间过去,大美女向玲玲依然对王浪用情深深,只是,工作了几年,王浪怎会没有一点改变呢?他怎么会不喜欢向玲玲这样的女孩呢?他们又哪里知道,工作期间的王浪不同于本科时期的王浪,他与大学时代是完全不同的,他几乎接收每个女孩的爱,可是,结果呢?画了一个圈,从起点到终点,然后又回到起点。

“是呀,他说有事情,没空陪我。气死人了。”向玲玲发泄道,“我怎么就摊上这么一个同学呀,人家多少人求我去赏月赏花看演出喝香槟,我都没去。可他,居然说没空!简直不可理喻。”

姚义安静地等待着向玲玲说完,此刻他要做的是一个忠实的听众。他不是帅哥,他也没有那种与生俱来讨女孩子喜欢的禀性。这样的性格,影响他与女孩儿做要好的朋友。女孩子喜欢与男孩儿交往,这就像是磁力场中的异性相吸。前提是这个男孩子不要有非分之想。姚义就是这样的男孩儿,或者说他即便有非分之想,也仅仅是想,也会放在心里,不会在没有把握的时候说出来,更不会贸然行动。

“姚义,你今天陪我好吗?没有了他这棵菜,我们也要吃饭,是不是?”

“是的,地球没有了谁,也照样转。”

“走,我们走。”向玲玲挽起姚义的胳膊,刚认识不久的同学,诧异地看着他们。

姚义有些不好意思地走在向玲玲的身边。毕竟,向大美女的护花使者有些引人注目。

王浪往学校门口的公共汽车站走去,他喜欢坐大型的公交车,那是十年前上大学时养成的习惯,因为那样,可以坐得高高的,看人看车看街景,在繁华的都市,这种感觉是无与伦比的。

王浪坐大型公交,迈着矫健的步伐,快上快下,备显青春活力。遇着老人、幼儿、孕妇,连忙给让个座,心里涌出温情的感觉。接受让座的他们发自内心地对王浪说谢谢，幻化成美妙动听的音乐，那委实是不错的享受，咱年轻，咱青春，让世界充满爱与帮助。

长沙，是中国中部的重要城市，这里有着伟人毛泽东的足迹，岳麓书院名闻天下。近些年这座城市发展迅速，她的文化、艺术与教育更在中国做着领跑者。王浪很高兴自己选择了湘雅医科大学读研究生，看惯了海涛汹涌，领略“万山红遍，层林尽染的”岳麓风光，感受湖湘学子敢为天下先的探索精神，实在是受益匪浅呀。

王浪去毛泽东当年学习的第一师范参观，看到一篇介绍毛泽东那时追求理想、信念与爱情统一的文章，里面有这样的思想，那就是爱国爱民族为先，男人最重要的是有抱负。

男人总与女人紧密联系在一起，世上的女人对男人而言，充满着可爱与诱惑，她们美丽、多情、关心体贴。

王浪再次登临岳麓山，中秋之夜，月亮分外圆，看山下湘江两畔，万家灯火，传递着无数温馨与团聚。是呀，有房子不算家，有爱才是家。曾经的美女牵手过，又远离，眼花缭乱。

王浪与向玲玲、姚义大学时就是同学，如今再次走到同一个班，缘分不可谓不深呀。向玲玲早上约自己共赏中秋明月，亦在情理之中，况且她也是单身。那样拒绝她，确实有些于心不忍。可是，爱一个女孩，不只是想当然地付出爱，甚至包括自己的身体。不是这样的，因为过去自己努力这样做着，却总做着抓这个、丢那个的事情，徒劳无功，反倒伤害本该深爱的女孩。

向玲玲早上约王浪同过中秋，被王浪婉拒，很是伤心难过。她想王浪一定是赴别的女孩的约去了。想想自己对王浪多年的感情，无奈落花有意，流水无情。哼，咱们不是还有姚义同学吗，你没空，咱找姚义就是。人家结了婚的男人，或许更知冷知热。

姚义的宿舍只有他一个人，因为与他住一起的是王浪，而他出去了。

向玲玲与姚义就在宿舍里吃月饼、喝酒、赏月。两人不知不觉喝下去一大瓶葡萄酒，都醉意朦胧。姚义的脑子里开始被情色充满，他想念着家里的老婆孩子，也醉情于眼前的美女同学，男人很难拒绝送上门的美色。

姚义保留着一丝理智，不，不是理智，是选择着一丝丝被动，他等待着向玲玲主动吻他，那样，他就有理由原谅自己在婚姻的围城里出城去吻别的女孩。

“王浪，抱紧我。”向玲玲拍着姚义的背喊道。

王浪？王浪是谁，姚义在心里想道，喝醉了的他脑子一时不够用。

“王浪——”向玲玲将头伏在姚义的胸前，再次喊道。

王浪，不就是我们的同学吗？就是和我住一个宿舍的同学。两次出现的“王浪”，终于让酒醉中的姚义想起他们的帅哥同学王浪，向玲玲对王浪情有独钟，向玲玲把自己当王浪了。

一个女人，爱一个男人，用十年的时间，也够用情的了。姚义意识到这一点，清醒了一大半，也完全没有了情欲。向玲玲注定是王浪的女人，咱可不能动向玲玲一根汗毛，朋友妻，不可欺，不然会后悔一辈子。向玲玲虽不是王浪的女友，更不是他的妻子，但是她对王浪的这分感情，丝毫不逊色任何女友或妻子。

王浪回到宿舍时，夜已经深了，他的室友姚义已经睡着了，不过还是被王浪给吵醒。

“怎么样，很过瘾吧？”姚义问道，“一定是去见哪位美女了吗？”

“不会吧，我脸上有写字吗？”

“那倒没有，只是你这样的帅哥，你不想亲近美女，美女都会想着与你套近乎呢。”姚义阐述道。

“嘿，你的歪论。我会是那样的人吗，一个男人如此被动？”

“当然不是了，你绝对会掌握主动权的。对了，你为何不喜欢向玲玲？”姚义突然转换话题，显然他已经醒酒了。

“没有不喜欢她，她是我们的同学，或许就只有同学缘吧。”

“她可是绝对漂亮。”

“漂亮也不是最主要的，你看，叶欣不怎么漂亮，你不是一直爱着吗？哦，对不起，不该这么说她的。”

“你说不漂亮正常呀，我可是情人眼里出西施。”姚义倒很坦然，“不过，王浪，你倒是说持之以恒一定会有结果吗？”

“你是说在爱情的道路上吗？我不这样认为，觉得爱更要靠缘分。但我认为一个人无论做什么事，都要锲而不舍，不能半途而废。”王浪说道。

姚义想了想，说道：“你这话有些矛盾，你既然说爱主要靠缘分，又说要锲而不舍。照我说呢，一味地坚持并不会改变什么。比如向玲玲，对你用情还不够深，坚持还不够吗？人家现在还没有男朋友，还对你一往情深。”姚义停住，他不好意思说那天他想吻向玲玲，结果向玲玲却在想念着王浪，他只有放弃。

“前面说过，感情更要看缘。所以，我对你说呀，你已经结婚了，也不要再去想叶欣了，你也追了她这么久，足够努力的了，不成功是没有缘。”

姚义听王浪这么说，叹息一声，没再说话，心里不平静，想起叶欣心里就会莫名地激动。

18

姚义不久后就与叶欣相见了，这个让他魂牵梦萦的女孩虽说与他同在一座城市，但是见面并不是那么容易，需要机缘，或者说理由吧。

叶欣大学毕业后来到长沙，进了一家大型化工厂医院，做内科医生，找过几个男朋友，先后吹了，依然单身。

“同学聚会？好呀，好。我来，一定来！”叶欣接到姚义的电话，心里特高兴。

晚上，正是夜读的时刻，偌大的校园里安静得很，蛙鸣从校园的池塘里传出来，让这宁静多了一分诗意与动感。

向玲玲与同学们一样，也在教室里认真学习。这时，书包里的手机剧烈震荡，有电话进来了。她拿出手机，往外奔去。

出得教室，向玲玲接了电话，没来得及看是谁的来电。

“向玲玲，在搞什么呢，这么久才接电话？”电话刚一接通，里面就哇啦啦地给说上了，向玲玲听出来是叶欣的声音。

“叶欣,你今天怎么想起我了？”向玲玲说道,“很少见你给我打电话呢。”

“想想也是，你也很少打电话来，好像只打过两次。”叶欣感慨道，“大家都忙，同在长沙城，也还真难得在一起，难得联系呀。”

“晚上没出去？”向玲玲问道，“没值班吗？”

“没有呢，在宿舍里看书，医院创二甲周期验收，准备应付考试。”

“那是忙，我有体会。这创什么级别的医院呀，二甲、三甲会累趴很多人，你可要保重身体。”

“谢谢，大美女很体贴人，可惜，你也是孤家寡人，没一个知冷知热的人照顾你。”叶欣有些怜香惜玉。

向玲玲感到意外，因为叶欣也没有成家，为何会这么说呢，她有些不解地说道：“莫非叶大小姐已经有意中人了？敢情这么幸福地考虑老同学？”

“没有，没有，只是想到哪里，说到哪里，乱谈而已。”叶欣换了语气说道，“姚义请我吃饭，说是同学聚会，我想你一定会来吧。”

“当然，姚义现在和我也在一个班，他不请我，我揍他。”

“哈，像你这样的大美女，也野蛮起来了。”

“可不能这样说，你也是美女。”

“我是美女，你省点吧。没有人说我丑就行了，普通的相貌不讨人嫌就可以了。”叶欣有些谦虚，她虽说不上漂亮，但是与丑是沾不上边的。

向玲玲人漂亮，心地也善良：“我觉得人的内在最重要，外貌是天生的，由不了自己。”

“是呀，你说得好，我同意。”叶欣回到主题上来，“刚才说同学聚会，不知姚义还请了谁？”

“肯定还请了王浪。姚义与王浪住一间房子。对了，姚义对你可是忠贞不渝，十年不变呢。他说是同学聚会，大家见见面聊聊天。”向玲玲顿了一下，“我看呀，他八成是想与你叙旧呢。”

“看你说的，听说他都结婚了，我可是待嫁姑娘。”

“好了，到时见面后就知道了，我会看的——任何细小的眉目传情都逃不过我的眼睛。”

“好呀，那就这样，再见了，玲玲。”

“再见，叶欣。”

向玲玲接完电话，回到教室，环顾四周，没看见姚义与王浪，或许是上图书馆或是到别的地方温书去了，或者是到其他地方听讲座之类。湘雅医科大学作为全国知名学府，教学丰富多彩，虽说是医科大学，但是学校注重人文社会气息的培养。

向玲玲没想到，晚自习结束后，在回宿舍的路上碰到姚义，向玲玲听到后面姚义的说话声，停下脚步。

“嗨！”向玲玲远远地主动与姚义打招呼。

姚义扬起右手“嗨”地响应道，并紧赶几步追上她。

两人边走边说话，“怎么没有去教室学习？”向玲玲问道。

“现在我们学习风气好，每天都满座。我今天洗个澡去了，到教室里已经没座了。然后我就到三班教室去了。”

“我就说，平时你一般都在教室的。”

“怎么，想念我？”姚义开玩笑道，“不会吧，天天见的。”

“是想你呀，怎么了，想找你时没看见你，当然想你。”

“哦，有什么事吗？”

“叶欣给我打电话了。”向玲玲说开场白了。

“她打电话给你，和我有关吗？”听到叶欣的名字，姚义特别激动，没让向玲玲说完，他就接了话。

“听我说呀，你不要听到‘叶欣’这两个字就猴急猴急的，瞧你都做爸爸的人了，还是这么冲动呀。”

“见笑了，你说呀。”

“叶欣打电话给我，说是你请她吃饭，想问都有哪些人。”向玲玲歪着头对姚义说，“对了，你没有和她说哪些人吗？”

姚义听了一笑，朗声说道：“想说没来得及说，电话里声音也不是太好。”

“是吗？”向玲玲抬起右手，习惯性地抚了一下她额前的刘海，动作很好看，“姚义，我听叶欣的口气，对你挺欣赏的呢。你可要小心哟，不要中美人计。”

“我可不怕，一没江山，二没豪宅。来者不拒。”

“嘿嘿，行呀，那是你和叶欣之间的事情了，我不管这么多，我只负责通风报信，负责吃。”

“当然，你能出席就是我们的荣幸。”

“贫嘴。”向玲玲俏皮地努了努嘴，“王浪会去吧？一定要叫上他。”

“知道了，他不去，我估计你也不会去了。”

“不要说得这么夸张，也不要说得这么直接嘛！老同学嘛，一个班的，多一个人，多一份快乐呀。”向玲玲眉开眼笑，说起王浪，心中好像自然就有一股儿高兴劲，“你这次同学聚会是周六晚上吧，这样好，大家会有空。”

“行，那就这样，再见！”

王浪这晚去中文学院听一个讲座去了，内容是网络作品人物形象的创立，学生们积极参加，讲座完了还踊跃提问，直到晚上十一点才散。回到宿舍，姚义躺在床上看《知音》杂志，结了婚的男人就是不一样，喜欢看这种东西。

见王浪回来，姚义扔了杂志，详细地和王浪说了准备请同学们吃饭的事情。王浪爽快地说道："那很好呀，你请客，我们聚餐见面，没有不去的理由呀。"

周六晚，王浪、姚义、向玲玲三人叫了一出租车，一起来到他们约好聚会的酒楼。他们到达的时候，叶欣还没有到。

三人进了他们要的包厢。不一会儿，叶欣到了。叶欣脸是圆形的，皮肤不错，两颊红润，像极了秋天里的红苹果，身材也有些圆，倒成了一点儿遗憾，但举手投足，颇有气质，这天她穿的是有着极可爱卡通图案的羊毛衫，更增添了可爱。

姚义率先迎上前去，紧握住叶欣的手："好久不见，风采依旧。"姚义由衷地赞道。

"别酸了，拥抱一个吧。"向玲玲怂恿道。

姚义借坡下驴，空着的那只手真就从叶欣的后背绕过去，揽住她的肩，将她拉向胸前。姚义体会着拥抱心爱女孩的滋味，特好的味儿。

叶欣在一瞬间也眩晕了，她沉浸在这种深情的拥抱中，竟然忘记了身边的王浪与向玲玲。

外面响起脚步声，一个服务员往包厢这边走过来。

"得了。"王浪提醒道，"两位的见面仪式可以结束了。"

姚义与叶欣有些不舍地分开，这让王浪与向玲玲不解。姚义追求叶欣这么多年，叶欣无动于衷，这会儿见面却表现得好像很在乎对方，世上的事，有些时候真说不清楚。

于是姚义与王浪、向玲玲、叶欣一起点菜，大家每人点了两个菜，看看足够了，就交与服务员，交代快些上菜。服务员退出包厢。

"你们女孩儿好，有变化就是好呀，我看叶欣越变越漂亮。"王浪说完，叶欣的脸上洋溢着笑容。

菜上，席开。四位同学边吃边聊，都是做医生的，酒就随意，也不刻意敬酒，能喝多少算多少，开心尽兴就是。

酒喝到一半的时候，两位女生上洗手间，剩下两个男孩儿说话就随便多了。

“王浪，你成家了吗？”姚义问道，他自己结了婚，很自然地这样问别人问题。

“没有，前没多久刚分手。”

“好到什么程度了？”姚义问了个私人的话题，当然也是男人关心的问题。

“现在不是以前了。该好的都好了，最高程度吧。”王浪答道。

姚义两手抱着王浪的肩膀：“你小子没浪费资源，好样的，哥们。”

“你呀，整个一物质主义者，喜欢看到身体，而不是关注心灵。”王浪批评道。

“是呀，王大医生要身心俱欢。”姚义继续玩笑道，“得了，刚才的那个你完全可以充分利用呀。”姚义指的是向玲玲。

“行了，你就不要打女同学的主意了，记住你的身份是已婚男士。我本人呢，还真不打算找一个女同学做老婆。”

向玲玲恰好听见了这一句，借着酒意，她问道：“王浪不找同学？还有这种事？不是说爱不要附加任何条件吗？”

“就是，向玲玲说得对，爱不要附加条件，该爱就爱，不要畏首畏尾，难免错失良机。”姚义补充道。

“我看呀，爱与不爱，结婚与否，心情高兴就行。”叶欣说道，“男人离开了女人可以活，女人离开男人同样可以活。”

姚义作东，与王浪、向玲玲、叶欣几位同学一起吃过饭后，感情似乎加深了。也难怪吃喝成风，这吃喝就是能够拉近人的距离，想想，推杯换盏中，总得说些漂亮话，人听好话好舒服，自然就会增进了解。

在北方那所城市上医科大学本科的时候，向玲玲一直对王浪情有独钟，但是没有结果，主要是王浪没有心动；姚义则钟情于叶欣，可是不怎么漂亮的叶欣对同样普通的姚义也不感冒。现在，老同学在长沙重新聚在一起，又会有怎样的事情发生呢？不爱的人会重新爱吗？

或许真是有缘，叶欣不久就来到湘雅医科大学附属湘雅医院进修，她进修的专业是急诊医学，主攻急诊内科学。

湘雅医院急诊医学是一幢独立的四层楼房，在当时全国范围来说都是相当不错的。能够在这里进修学习，是许多县市级医院走向更高职级或职务的必经之路。

叶欣在这里与王浪率先会师。王浪结束了硕士研究生基础课程的学习，开始进入临床实际工作，首先轮转的科室就是急诊科。作为临床医学专业学位研究生，王浪要特别注重临床技能的培养与提高。

这天，王浪与叶欣都在急诊科上班。外面送来一个车祸的病人，王浪立即前去迎诊，叶欣也在一旁主动帮忙。

王浪给病人做了些简单的体查后，立即在计算机上噼里啪啦快速敲击，打印机立即吐出一张纸来。王浪在上面龙飞凤舞地签上大名，嘱病人家属立即让病人去做磁共振检查（一种利用强磁检查疾病的设备）。护工用担架车送病人去影像中心做磁共振检查。

王浪陪同前往，叶欣没有事情做，也跟着王浪一起去。

"你不坚守岗位呀？"王浪提醒叶欣。

"没事的，我在我们自己医院都是这样的，病人找不到人，可以等我们呀。"叶欣已经有些懒散了，在小医院工作，常有惰性产生。

王浪没有多说什么，毕竟是自己的同学，而且还是女孩子，不宜说得太多。到达影像中心后，病人进了检查室，王浪与叶欣进入旁边的监控室。

技师开动机器，检查开始。一切顺利，但意外随后发生。

"糟糕，电流强度严重超标。"正在为病人进行头部磁共振检查的高级技师心里一惊，"完了，这么强大的电流，其产生的磁场大大超过检查所需的磁场强度。病人不要出事故就好，老天保佑。"

"怎么会这样呀？"叶欣在一旁惊呼。

王浪也大吃一惊。磁共振显示屏上，病人颅内出现一个异常区域，占据了大脑空间的四分之一，如此大面积的高密度区，实在罕见。这高密度区粗看起来像血肿，但是如果真是这么大的血肿，病人早就死亡了，根本就没有机会活到做检查。

王浪在心里表示惊奇，作为天马医院知名医生，他不会轻易表达想法，尤其是不肯定、不成熟的想法，"这么大量的出血，他居然神志清楚，而且还能走路，真是不可想象！"

"你感觉怎么样？"王浪呼唤病人，以检查他的意识状态。

"还好，和前面差不多。"病人的回答表明他是清醒的，与检查不相符合。怎么可能呢？这么大量的出血，应该会出现呕吐、昏迷的。

技师用眼神请示着王浪，显然这已经让他不知该如何做决定了。叶欣也看着王浪，此刻她非常想看看她的老同学会有怎样的方法。

“做个血管磁共振显像，看是不是有大的血管破裂。”王浪指挥着操作机器的高级技师。

高级技师看到了病人颅内异常的显影，他不知道是为什么，他在担心超强的磁场究竟会不会被人发现是操作失误所致。听王浪这么说，他心里稍放心了些。看来，王浪显然是从病人本身考虑问题，并没有意识到刚才出现了什么特殊情况。

不过，磁共振检查仪的电流很快恢复正常，磁场强度显示在合理的检查范围内，高级技师长嘘了一口气。王浪有点莫明其妙地看了他一眼。

高级技师按照血管显像的程序操作了一遍，没有发现任何问题。让王浪和高级技师惊讶的是，病人颅内的高密度影不见了，再认真看看，病人的颅内并没有发现异常。他们一时怀疑自己眼花，刚才那么大一个高密度灶居然没有了，消失得无影无踪，莫非像是冬天的雪块，放进微波炉，给温度化成汽了。

“王浪，好像刚才那东西没有了呢。”叶欣直言她的发现，毫无保留。

“是呀，变化似乎发生在一瞬间。”王浪回头看了一下身后的叶欣，接着他指挥高级技师，“你再仔细看一遍，看清楚，争取不要遗漏了什么。”

高级技师熟练地操作着，心里赞同，因为他的内心其实也正有这个打算，两人可谓一拍即合。

眼睛不欺骗感觉。两人仔细看了磁共振的显示屏，没有发现明显异常。

“没有异常发现。”高级技师说道。

“没错，的确是这样。”王浪总结道，“那就这样，颅内没问题，那就回留观室继续观察。

叶欣走在王浪的身旁，与病人及家属、护工们一起回到急诊楼，内心里叶欣对王浪增加了佩服之情，加上有丝丝说不出的甜蜜。

这是叶欣感觉时间过得最快的一段日子，她真不敢相信一个月会过得这么快。她一个月甚至没有回到原来的单位去一次，哪怕就在同一个长沙市，坐车距离不会超过二十公里。想想也是，一个女孩子，在单位没有家，没有男朋友，回不回去，又有什么太大的差别呢。

待在湘雅医院，就可以时常看见她的同学王浪，在宿舍楼里，在急诊科里，这样的机会不少。叶欣已经不是少男少女，但是情感的冲动，爱情的萌芽，可以发生在任何时候任何个体。只是，想想自己的条件，又有些底气不足。人家向玲玲同学才貌俱佳，苦苦追求王浪十年，结果依然女单身一个。叶欣想自己只是职工医院的普通医生，长相一般，像自己这样的女孩子，要得到王浪全部的爱，难呀，想想可以，权当偶尔做个梦。然而，转念一想，哪怕是一会儿的梦，她还是希望梦会出现。叶欣为自己的感情定基调，没有办法争取的爱，默默地享受，远远地注视，也是幸福。

这天晚上，工浪在急诊外科值班，叶欣跑到急诊外科办公室看书，说是看书，其实是看王浪，陪伴王浪。

王浪来了一个急诊，需要紧急手术。叶欣只好专心看书，此时有时间有空间，书却根本看不进去。叶欣打开值班室计算机，上网冲浪。网络是个神奇的花花世界，无奇不有，让人各取所需，不论是声音还是视频，词汇还是句式，网络常给文化世界补充新鲜的血液。

叶欣看到一个帖子《你最隐秘的情感故事》，是某著名网站、杂志社、电视台联手设立的大型婚恋情感调查栏目。由许多选择题组成，通常女孩子喜欢做类似的题目。

叶欣抱着好玩的心态做着选择，最后一个选项是“你的愿望是什么（与他有关的）”。叶欣在上面写道：希望与他在一起。

男人花心，放大一点说是个性张扬的极致表现，是建立在个人为主体的基础之上的。男人在有些时候犯的情感错误可以原谅，男人的最爱只会让一个人享受。不要在意他偶尔有爱的外溢，就像盛水的杯子，太满了注定会流出来。

每个人，或者都曾经有过放不下的情感。叶欣明白，她尽可以在心里爱上王浪百遍千遍无数遍，但是爱不是永远双向的。没什么，爱不要去看方向，天下的水是通的，天下的爱也会一样，今天不爱可以等明天，明天不爱还有后天，有生命就有爱的希望。

网络是快餐的时代，没有人会看别人的感慨，但是感慨总有人发，感慨总是发自心灵深处。叶欣看到一段文字：“不要以为你是白马王子，不要以为你是金枝玉叶，人总有老了走不动的一天，绿叶总有枯萎发黄的一天；如果没有一个风雨同舟的爱人，如果没有一个相携相爱走过一辈子的爱人，如何撑得起人到老年的情感大厦。男人要有责任感和意志力，不要以为简单的付出或接收爱就行了。激情、拥抱、亲吻是一时之爱，理性与责任贯穿始终的爱才是高质量的爱。女人要有温柔之心，敏感之心，去感受男人的爱与关心。”

看过这些文字，叶欣的眼泪不自主地流了出来。

叶欣看了一下表，已经晚上十点多了。王浪的急诊手术做了两个小时，差不多该做完了。关了计算机，她走出急诊大楼，来到马路对面的东北面店。这是一家二十四小时营业的店家，做的就是湘雅医院病人和职工的生意，每天几万的人流，生意想不好都不行。晚上因为著名的急诊大楼，也有好几个大师傅在值班。

王浪做了这么长时间的手术，一定累了饿了。叶欣想给他买些夜宵。平时的聊天中，叶欣知道他喜欢吃饺子，说是一口一个，方便快捷，营养有保障。叶欣当时听说就笑道，嘴巴大的人才可以，像她就不行。王浪当时说道，对呀，你是樱桃嘴，只能一口吃一个樱桃。想起来就好笑呢。我是什么樱桃小嘴呀，是尖牙利嘴。

“先生，我买四十个饺子。”叶欣对服务员说。

“煎饺还是汤饺？”服务员热情地问道。

“煎饺吧。对了，你们这里有可乐吗？”

“当然有。”

“那再来一听可乐。”

服务员麻利地将煎饺用食品袋装好，另外拿了一听可乐。

“十五元。”服务员将东西递给叶欣，一边说道。

叶欣付了账，提着饺子与可乐回到急诊楼。王浪恰好从手术室出来。

“手术做完了？”叶欣见着他有些兴奋，柔情地问道，“王浪，你饿了吧？”

“嘿，在手术台不觉得，这一下来，还真有点感觉。”

“医生，我请你吃夜宵去。”病人家属不知什么时候进来了，听见两人的对话，不知以为是提示还是诚心诚意，反正是真打算请王浪出去吃东西，“医生，我兄弟他没危险了吧？”原来这是手术病人的兄弟。

“手术比较顺利，内出血，量比较大，已经手术处理了，也输了血，还不能说没有危险，病情仍可能变化，要密切观察。”王浪对于病情不隐瞒什么，一就是一，二就是二。

“谢谢你，王医生。我们等你一起去吃夜宵。”

王浪本就没有打算接受邀请：“不用，你们忙你们的。”

叶欣举起手中的饺子与饮料，眼睛眨眨，眉毛闪动，调皮地对王浪说：

“王医生，还是我请你吃夜宵吧。”

“好呀，我接受。”王浪愉悦地表示着感谢，内心对叶欣的关心有所触动，人之相交真的好奇妙，一份夜宵，传递着浓浓的情意。

“你快洗手吧，我在我们值班室等你。”叶欣提着饺子与可乐进了女医生值班室。

值班室是一个小天地，医生们在这里休息、吃东西等，总之就是比较自由的地方，主要就是看病，与家属们交代病情等。

王浪敲门，声音不轻不重。

“门没关，你进来呀。”叶欣正在里面往桌上铺报纸，为王浪准备干净整洁的就餐环境。

她加快铺好报纸，下意识地赶紧去门口迎接王浪。王浪已经进来，叶欣走到门口，随手把门关上。按说，都是中央空调，关不关门不影响制冷的，只是，叶欣作为女孩，习惯性关门罢了。

叶欣打开可乐易拉罐递给王浪：“热吧，先喝这个，清凉一下。”

王浪拿起可乐，用力地吸了一口，味道好极了，舒服到全身每个毛孔：“太好喝了，谢谢你！叶欣。”

“好像是第一次离你这么近呢，以前也没机会买东西给你吃。”叶欣开着玩笑，“你有的是女同学给你买。”

“哪呀，你不也是我的女同学吗？”

“正是，所以——我没说错呀。”

“很正确。对了，叶欣，你们医院的条件怎么样？”

“还可以，就是这些年企业好像随大气候一样，像我们那样的大型国有化工企业也出了点问题，也在改革整顿中。但是整体上说来还不错。”

“那就好，我发现当医生，尤其是在中国，一定要在条件好的医院，病人都是往大医院、好医院集中，这样大医院的医疗水平就很容易得到提高。”

“嗯，你是有事业心、有抱负的人，我平庸、平淡惯了，也没有多想这些。”

“这是你谦虚了。不过，我们还年轻，哪能不想，现在多想点，多做点，以后就会轻松些，人无远虑，必有近忧。”

“这次我来湘雅医院进修太好了，能够和你一起工作一段时间。”叶欣说话中已经把饺子准备好了，“来，王浪，吃饺子。”

王浪没有再客气，动作麻利地开始吃饺子。他吃几个饺子，喝一口可乐，身边是注视着自己的女同学。

一大盘饺子转眼就快被王浪消灭干净了，叶欣看着心里欢欣不已，说明自己真买对了，不然王浪哪会吃得这么快呀。

王浪看叶欣没有作声，自己的咀嚼声都似有可闻时，一下子倒觉得不好意思起来。

“你也吃点。”王浪用空着的那只手拍拍脑袋，“你看我，都狼吞虎咽，成饿鬼了。”

王浪看了看盘子，用筷子夹起一个饺子，突然间觉得直接喂给叶欣吧，好像不是很妥当，就想着放回盘子里，让叶欣自己夹。可是，叶欣已经张开了嘴。王浪不再犹豫，将饺子轻轻地放进叶欣的口中。

这是最好吃的一个饺子，叶欣在心中说道：“难怪向玲玲会去追求王浪十年。王浪就是这样的男孩儿，他会让你忍不住爱上他，并且永远不想走出他的世界。

叶欣动作优雅地咽下了这个味道美妙的饺子。“你继续把饺子吃完呀。”叶欣对王浪道。

王浪吃得已经差不多了，后面的几个饺子吃起来就慢了。叶欣看着王浪挺直有型的标致五官，捕捉着他深邃多情的眼神。叶欣真想触摸王浪裸露在外那胳膊上健壮光滑的肌肤。她的目光里甚至有着丝丝的迷蒙，她想依偎在王浪的怀抱里。

王浪吃完了饺子，也喝光了可乐，他看见叶欣表情混沌地坐在对面，感觉意外，这是他第一次看见失神的叶欣，在王浪的印象与记忆里，叶欣同学从来都是爽朗大方的。

“叶欣，叶欣。”王浪轻轻地喊着她。

叶欣好像回到了现实中，头向上并微微摇着，几秒钟后终于完全清醒过来，她问王浪道：“你吃完了？”

“这回吃胀了，好像有四十个饺子。”

叶欣笑了：“你吃饺子还记数呀？”

“是，好像是习惯吧，我喜欢用数字说话。”

“那你谈过几个女朋友呀？”叶欣突然问道，她自己都大吃一惊。

王浪对于叶欣问的这个问题，同样觉得意外，并不直接回答，而是说道：

“你猜猜看。”

叶欣兴趣来了，还真猜，“五个吧。”

还果真八九不离十，王浪在心里想道，看来自己的纯爱形象并不是那么好。

“为什么这么猜呢？”王浪问道。

叶欣似乎还有些依据，“这么说呀，一般男人谈两个女朋友很正常，多的三个，还多点的就是五个吧，你这么帅，又在大医院上班做外科，我想五个应该不会多。”

“哈哈，叶欣你也是这样吧？”

“我可没你的魅力，你是大帅哥，我算什么呀。对了，王浪，听说你现在没有女朋友，是吗？”

叶欣说完，含情脉脉地看着王浪。

王浪感受到了来自叶欣的电流冲击，那是她爱的力量，是她的聪明、贤淑融为一体。他愿意给叶欣爱的滋润，如果是早些时候，如果是还在四水市的时候，他一定会揽她入怀，深情地吻她。而今，王浪不会这样了，他要与过去有所区别，冲动不是爱，冲动是魔鬼。曾经，自己用所谓爱的名义，去亲吻、去拥抱那些心里狂爱自己的女孩，甚至包括性爱等等。然而，收获了什么？好像并没有留下特别值得纪念的东西，反而给她们如此多的伤害。正可谓“世界如此美丽，我却带来如此多的伤害”。

“叶欣——”

“嗯。”她看着王浪，等待他说出她期待中的话来。

然而没有，王浪知道不能再像以往那样，任由错误的事情继续，他说道：“叶欣，非常谢谢你的饺子，还有可乐。时间也不早了，你回宿舍休息吧。”

叶欣一下子显得异常慵散：“你打算睡觉了吗？”

“我还早，晚点睡好些，免得睡着了被喊醒更难受。”王浪继续说道，“不过，夏天倒也好，穿衣服简单，起床也不会太麻烦。湖南的一年四季特分明，冬天太冷，夏天太热，长沙的地理气候环境不是很适合居住。”

“习惯了就好，我在这待了几年，感觉挺不错的，反正现在到处有空调，自然的温度有高有低，我们可以用空调把它弄成恒温。”

“是，人真是最复杂最厉害的。”王浪感慨，“我们可以自己移动自己，我们可以设计出计算机、洗衣机，我们可以登上太空，我们可以用上网络。

人类的智力，真比动物们高出不知多少倍，老虎再凶猛，我们一样地可以让它为我们表演马戏。”

“你认识得好深刻呀，好像带有点人类的自恋情结呢。”

“是吗？叶欣，看来你也经常参加这一类的讨论活动。人类就是自恋，话说回来，这么聪明的灵长类，不自恋也不正常。”

“王浪，我看你以后会做大事，日后发达了，一定要记着给老同学一个位置。”

“谢谢你的鼓劲加油。我记住就是，一定努力，争取像你说的一样，要做些事情。”

“那你值班吧，我回宿舍去了。”

“好，早些休息。”

叶欣有些不舍，但还是起身，王浪已经站起来了。

叶欣与王浪一起走出女值班室，恰好一个男进修医生从门口经过，眼里是好奇之神色，他肯定想着，这一男一女刚窝在值班室亲热。

王浪当晚睡眠不好，因为总还想着叶欣的事儿。不过，尽管一夜未睡，第二天上班时，王浪依然精神抖擞，查房、手术都不误。

19

“王浪，关于课题你有什么想法？”他的研究生导师给他打来电话，直截了当地问道。

王浪感觉诧异，因为从一般意义上来说，时间尚早，他们是硕博连读生，总共有五年时间来做一个课题，即便不能直升博士，现在刚开始第二个学期，读完硕士还有两年，研究生们通常安排半年左右的时间做课题。

“老师，我还没有想，是不是还早？”

“如果简单地做一个题，混一个硕士或者博士毕业，当然很容易，一两个月就可以完成，但这样的题目肯定没有意义。所以，你可以多看看网络或者纸质文献，围绕我的肝移植方向，看能不能够找出可能有突破意义的课题来。要找那种能够不断地做下去，能做一辈子的大题目，因为这样一来，课题的延续性，工作的熟练化程等等都会达到相当的高度。”

“是，老师，我会抓紧时间按您说的去做，争取弄一个长期的研究方向。”

“好，你悟性不错，专心些，一定会成功的。”

“谢谢老师，我会努力的。”

“有问题随时给我打电话，或者到家里来找我。”导师说道，“还有，你的硕博连读问题不用担心，以你的成绩与能力，通过是毫无问题的。退一万步讲，以我的影响力，直接招个博士都可以，何况你的硕转博。”

导师这么一说，王浪心里可高兴了。这样的话，就不必拘泥于常规的学习，只拣将来对自己更有用的东西认真地学习。

“老师您真好。”

“不用客气，你这么好的学生，我能不喜欢吗？”导师吴铜礼，男性，院士，肝移植学界著名专家，快六十岁了，真把王浪当成自己最喜欢的孩子，“不论在哪里工作，做事情就是要轻松、乐观。科室环境非常重要。”吴老师强调说，“所以我在科里推行民主与科学的氛围。”

“我很喜欢这里的氛围。”

“是的，医院与科室管理是门科学。我写了一本关于医院和科室管理的书，已经投到出版社去了，估计二稿的时候还有大量的工作要做，你平时有空也多熟悉一下医院管理方面的内容，到时候可以帮我整理稿子。”

“好，我也正想学学这方面的知识。老师您放心。”

“好样的，一个人想做帅才，方能成为帅才。一个人想做院士才能够成为院士。”

“老师，您大概在什么时候立志要成为院士的呢？”王浪充满好奇，对自己的导师。

“我呀，应该是大学吧，因为好像读中学时我没听说过院士，大概是那时候听了也不知道什么意思吧。到了大学，经常有院士讲座、院士专题等，学校里还有院士上课，就对院士有一个比较清晰的概念，有概念后自己就在心里开始了院士的萌芽。”

“老师您真厉害。”王浪由衷赞道。

“你也一样的，我昨天说你将来肯定会成为院士，是我真实的想法。今天和你说这些，就是希望帮助你早日实现目标。”

“谢谢老师，我会记住老师您说的话，努力学习和工作。”

王浪当时报考研究生的时候，就是希望有一个更高的施展才华的舞台。他的大学本科就读于北方一所著名医科大学，毕业后来到美丽的海滨城市四水，进入全国知名的四水市天马医院，从事肝胆外科。肝胆外科是天马医院的拳头科室，当时的主任颇具知名度，在原主任与万如海的共同努力下，成立了院中院——天马医院肝胆医院。只可惜，原主任残忍杀死恋爱女友，已在狱中去世。

王浪在肝胆医院院长万如海的建议下，报考湘雅医科大学肝胆移植专家吴铜礼教授的研究生。在被顺利录取后，王浪无比激动，是呀，成为吴铜礼院士的弟子，这是许多肝胆外科医生的梦想。

吴院士给王浪打电话的第二天，王浪请假去了一趟老师的办公室。

“吴老师。”王浪进门时恭敬地称呼导师，在威严与威望的导师面前，他没有平常的豪放，毕竟这是科学的殿堂，这是对科学的尊重。

“过来了。”导师亲切地招呼道，“你坐。”接着问道，“急诊科那边忙吗？”

“这会不忙，平时就晚上十点多事情会杂一些，主要是车祸、打架的比较多。”

“嗯，处理这类事情你要注意保护自己，因为常有纠纷发生，如果不小心的话，容易惹上麻烦。”

“是，现在医生和病人的关系不是很和谐，好像病人不太相信医生。”

“病人在就医的时候还是没问题，主要是就诊结束或者是有什么问题的时候，啰唆事情就多。医患关系比较微妙，像过去那种将医生当成再生父母的情况是不会有了。现在是职业化管理，强调医院管理的科学性，注重效益，关心投入与产出。”

“对了，老师，您昨天说的写书的事情，我想先看几本书，增加些了解。”王浪想起此次来的主题。

导师起身，走向办公室的书柜：“我找找看，有些书你可以先拿去看看。现在医院管理的书还很少，我们从医生与管理专家融合的角度写，会比较有实用价值。”

王浪起身走到导师身边。导师拿出一本书：“这个你看看，《现代医院管理学》。”

王浪接过吴铜礼院士手中的书，翻了下目录，里面有“医院整体目标设立”“科室人财物管理”“医院间的竞争与联系”等，感觉不错。

“这里还有一本《医院的人力成本与效益》，专门讲人员的管理，你也拿去。”

王浪的手里又拿了一本书。

“这本《病人利益至上》也看一看，看如何站在病人的角度管理医院，建立良好的医患关系。”

吴铜礼停止找书，走向座椅，同时示意王浪坐下。

“这三本书，各有不同的针对性，你先好好看一看。我们做医生的，其实都是一个管理者，因为要与病人、家属、护士、医院行政人员等发生多方面的联系，所以，善于管理才能做一个真正的好医生。”

王浪抱着三本书往急诊大楼走，一边专心致志地想着问题，管理是门科学，是软科学，管理出效益，管理出质量，对于医院而言，管理具有无比重要的意义。正如导师吴铜礼院士所说，好的医生要善于管理。

右肩突然被拍了一下，王浪停下脚步，一看原来是叶欣。

叶欣笑道:“王浪，走路要专心！”

王浪还没有完全从思考医院管理的情境中走出来，似乎有些迷茫地看着叶欣。

“怎么？不认识我了？”叶欣杏眼圆睁，眼里却柔情似水。

“叶欣！”王浪清醒过来，拍拍自己脑袋，“开什么玩笑，我怎么会不认识你。”

“王浪，你的理论水平已经相当不错，现在还借医院管理的书来看，我说呀，不用多久，你就可以当上院长。到时，可不要忘记了我。”

“谢谢你给我加油鼓劲，我会努力工作。”

“真是一个好员工。”

“那老板你给我发个红包吗？”王浪开玩笑道，向叶欣伸出手。

叶欣握住王浪的手，把她皮肤细嫩和滑滑的感觉传递给了王浪。

“走吧”，王浪轻轻地拉起叶欣，“快下班了，中午我们去吃长沙的特色小吃，火宫殿的臭豆腐，还有德园的包子。”

“长沙的东西我常吃，不过我喜欢美食，你请我当然去。”叶欣愉快地接受邀请。

王浪与叶欣先来到德园吃包子，人实在多，到处都是满满的，没有座位，要等待。

叶欣不喜欢排队，见此情况，她对王浪说：“算了，我们不吃这德园包子，反正我吃过很多包子，去北京玩的时候，还专门到天津吃狗不理，感觉味道不错。”

“既然来了，不能空手走人，我们买几个包子带走如何？”王浪提议道。

“这个主意好，来了这地方就要留下点什么，不然倒是可惜了。”

两人在外卖窗口排队，队伍也很长，不过工作人员手脚麻利，态度端正、和蔼可亲，很快就买了包子。

“来，咱们先尝尝味道。”王浪给了叶欣一个包子。

“的确不错，可以与狗不理媲美，两种特色，两个风味，都是上乘感觉。老店就是老店，质量过得硬。名店就是名店，果然名不虚传。”

“得了，不用老是给他们做广告。”

“没办法，人家有实力，咱不服不行，言为心声，有话就说出来。”

“确实，口碑的力量是无穷的，口口相传的广告效应也是巨大的。”

“咦，你不是生意人，倒对广告好像还有研究的模样。”叶欣笑道，“向你学习。”

“你真谦虚，是个好学生。”王浪故意盯着叶欣看，“你是咱的大学同学，还能够放下姿态，向我学习，真是好样儿的。”

“不要这么看着我，没见过吗？”

“不敢。”王浪伸手要了一辆的士，“走，我们往火宫殿去。”

的士快速冲过来，“嘎”的一声停在面前。王浪打开后车门，伸出右手放在车门上，让叶欣先上。

叶欣心里好感更增，眼里涌出丝丝热泪，为王浪发自内心的关心与爱护而感动。

王浪随后上车，他坐下后看见了叶欣眼里的泪光：“怎么？你的眼睛有问题吗？”医生就是职业病，什么东西都往病上想。

“没有，没有。”叶欣用绢纸轻拭眼角，“刚被风吹的。”

“这叫迎风流泪，如果不是病，那就是好兆头，对应是见面有喜。”

“嘿。”叶欣忍不住笑道，“没想到你这外科医生，还挺会说话的。”

“那再怎么也比不上女孩子伶牙俐齿吧。”

叶欣喜欢这样子与王浪说话，能够找到感觉，就像排球一样，球与场地都要有适当的弹性才好，这样拍击力与反弹性维持恰当的比例，玩起来就会舒服。

这样想着的时候，叶欣轻轻地握住王浪的手。

王浪感受到了叶欣情绪的温度，他没有说话，手指微微弯曲，力度适当地与叶欣的纤纤秀指碰触在一起。但是，王浪没有给叶欣温柔的眼神，他看着窗外匆匆闪过的景物，那是一句歌词在他脑海中跳动："不要在我寂寞的时候说爱我，除非你真正给出全部的爱。"

叶欣品味着王浪给予自己如天上白云飘荡一般美好的感觉。

火宫殿同样生意兴隆，人声鼎沸，只不过这里场面很大，入口处一个巨大的电子火炬迎风飘扬，再往里走，就是火神广场，火神塑像矗立在广场的最里边。广场里不少卖纪念品的人在摆摊设点，推销商品的，讨价还价的，煞是热闹。

"这东西真正臭气熏天。"叶欣掩住鼻子，边说边皱起眉头，"这么臭，不知道如何吃得下去，闻起来就恶心。"

王浪将手抬起，挡在叶欣的嘴前："打住，赶快打住，不要让老板听见了，也不要让特别喜欢臭豆腐的长沙人民听见了，不然，他们会跟你急。"

叶欣伸手打掉王浪拦在嘴边的手："去，不说就不说，你总不能让人家不呼吸呀。"

"好，没问题。"王浪领着叶欣走进店堂，"臭豆腐的最大特点就是闻起来臭，吃起来香，口感绝对的好。"

"哦，我知道是这样。你看，王浪。"叶欣用手一指，"那边有毛主席在火宫殿的照片呢。"

"正是，我说得没错吧，伟人们都赞赏不已，自然是深得民心，惹人喜欢的食品。"

"好，我们追寻伟人足迹，品尝臭豆腐去。"

"好咧。"王浪拉着叶欣，看着前面吃完的顾客离席，赶紧一屁股坐了上去。不然的话，又要候座，那就郁闷了。

就这样坐着过了几分钟，服务员总算有空过来整理桌面。王浪与叶欣将座椅稍稍拉后，以方便服务员的工作。

"服务员，我们点吃的。"叶欣对快清扫完了的服务员道。

"稍等，马上会有人来的。"清扫的服务员头也没抬，显然是想快些打扫完，工作实在多，不抓紧时间还真不行。

两分钟后，清扫的服务员走了，衣着整齐的点吃服务员走了过来。

“两位，请问吃点什么？”彬彬有礼。

“臭豆腐两份。”叶欣当仁不让，似乎已经让店里的氛围充分地吊起了食欲。

王浪还点了些其他的东西，看看差不多了，就让服务员拿着单子去了。

“麻烦你快点。”叶欣在服务员转过身子的时候提醒道，急不可耐的样子。

“好的，没问题。你们慢坐。”服务员不失礼貌地回答。

火宫殿的管理还真不错，没过多长时间，王浪他们点的菜肴、点心就全部端上桌了，当然有大名鼎鼎的臭豆腐。

叶欣看那臭豆腐，很脆的样子，就是颜色有些黑，不那么好看，但闻起来似乎已经不臭了，油锅真厉害，把那臭味都炸死了。不过，看着臭豆腐黑乎乎的模样，叶欣有些不敢下手，好像前面待着的是坏人一样。

王浪猜测到了这一点，他夹起一块臭豆腐，送到叶欣的唇边：“来，吃吧，嘴巴张大点。”

叶欣顺从地张开了嘴，臭豆腐被王浪送进她的口腔。叶欣感觉到一股清香从嘴里发出，然后在里面旋转弥漫，而后传递回鼻腔。

“味道好极了。”叶欣猛吸了一口气，幸福地闭上了眼睛，不知道是为臭豆腐的美味，还是因为王浪的悉心照顾。这男孩真好，处处都会替别人着想，会照顾别人。叶欣在心里赞着王浪。

叶欣细细地咀嚼着臭豆腐，不久吃完了一块，她看王浪在看着自己，调皮地说道：“你怎么不吃东西，就只看着我呀，怕我跑了吗？”

“好吃吗？”王浪反问道，“我想看你试试味道如何，就像唱卡拉 OK，一个一个来。”

“你真会联想，这完全是两码事呀，独乐乐不如众乐乐，我喜欢和你一起吃东西。”叶欣督促道。

“好，来，我们一起吃。”王浪响应道。

叶欣被辣得直吹气：“好辣，好辣。真是无辣不成菜的湖南风味呀。”

“你在湖南工作这么多年，应该算是湖南人了，怎么还是没有训练出来吃辣椒呢？”

“哪有这么容易，本性难移。”

王浪有些感慨："指望一个人短期内改变缺点，就像体育训练要人家大幅度提高成绩一样，得遵守科学理论。"

叶欣还在吹气以减轻辣味的刺激，王浪叫服务员拿来一瓶雪碧，叫叶欣赶快喝了："来，喝点冰的东西，就会感觉没这么辣。"

叶欣喝了两大口，嘴里清凉的，辣味自是没这么重了。

一顿小吃在愉快的氛围中结束了。看看时间，已经是下午三点了。"时间过得真快呀，一晃就几个小时。"王浪看了一下手机上的时间，征求着叶欣的意见，"我们去湖南第一师范看看好不好？"

"是不是毛主席当年读书的地方？"

"正是，大概是前年，在第一师范拍了一部电视剧《恰同学少年》，讲的就是毛主席当时在长沙一师求学的事情。"

"我看过这部电视剧，拍得很好，毛主席真是神，什么两百多学生，一人一根烧火棍，竟逼得三千个军人放下武器乖乖地投降。"叶欣记忆力好，看过的电视、书总能记个大概情节。

"他后来在新中国成立后曾经提到过这个重大的事件，说是军事活动的开始。"王浪对毛主席很是敬仰，"他真是一代伟人，从少年时期就表现出与众不同的独到思维能力，还有就是至高的领袖风范。"

第一师范整体建筑呈浅黑色，给人稳重厚实的感觉。王浪与叶欣站在门口，想念着当年毛泽东、蔡和森等伟人在这里求知求学的慷慨激昂。几十年过去，似乎还能感受当时那忧国忧民的热情，那超乎寻常的胆识。

"走，我们进去吧。"叶欣站在王浪的身边，她想起《恰同学少年》剧中的陶斯咏，那是一个大家闺秀，当时她对毛泽东一往情深，然而毛泽东少年豪气，不谈男女私情。让勇敢追逐爱情自由的陶斯咏空留遗憾。爱情，总好像难以完美。

"好的，我买票去。"王浪走向售票窗口。

"还要买票呀？"叶欣觉得意外，"应该免费参观才是。"

"还是收门票的好，这样才有经费对建筑物等进行维护和管理，免费的东西通常难以长久。"

"有道理。那我们也做点贡献了。"

因为看过电视剧《恰同学少年》，两人对一师内的各景点显得熟悉而亲切。当然，王浪与叶欣都不是第一次来，他们是看了电视剧，再来看一看，旧地重游的感觉更好。

“王浪，一师真不简单，培养出了这么多的伟人，毛泽东、蔡和森、何叔衡等当年都在这里学习。”

“是呀，所以他们的老师杨昌济会说此生教书心意已足，有如此出色的学生，作为老师，真的是没有遗憾了。”王浪感慨道。

“看来你也想做这样的好学生了。”叶欣打趣道，“上午见到你的时候，你拿了几本医院管理的书，你说是你的导师要你看的，你的老师也对你寄予厚望呀。假以时日，你会成为让老师引以为豪的优秀学生。”

“谢谢。我很高兴听到这样的话。作为子女，我们但愿能够回报父母，；作为朋友，我们希望能对他们有所帮助；作为学生，我们当然希望老师为学生而自豪。”

“那么作为恋人或夫妻呢？”叶欣追问道。

“那就是情字，以感情让另一半在温暖中生活。”

“听起来好美。”叶欣略有所思，“但真正做起来很难。”

“不会，生活就是这样，总会有困难有麻烦的。”王浪深信爱是永恒的情感，“但是，两人一起面对困难与麻烦，感情会浓缩，会加深。”

“看来要是和你谈恋爱，会有滋有味的。”

“这我可不敢保证，恋爱嘛，是双方的事情，好与坏，爽与不爽，都是两个人的因素，一个人没办法做好两个人的事情。”

“嘻，我还想把恋爱的幸福寄托在你的身上呢。”

“好呀，我等待着这一天。”

两人相视一笑。

20

晚上，王浪与叶欣在长沙市中心芙蓉大酒店的旋转餐厅共进晚餐。这个旋转餐厅很特别，它不是通常意义上的横向旋转，而是设计成风车模样，在一个横断面上旋转，也就是说垂直高度一直在改变，当然速度极为缓慢，如果不注意的话甚至感觉不到它的旋转。这有点像地球的公转与自转，人站立在地球表面，却对地球的公转与自转没有任何感觉，但是，昼夜与春夏秋冬的变化表明，地球的公转与自转时刻进行着。

“这个设计挺新颖的。”叶欣赞道，“恐怕在全国都是首创，反正我是第一次看到。”

“我也是在长沙才看见的，我去过的城市，好像都没有看见。”王浪继续说道，“不过我想，过不了两年，全国有实力的单位都可能修建这样的特色餐厅，到时会遍地开花。”

叶欣端起酒杯，杯里半满的红酒跳着轻快的舞蹈：“来，王浪，为我们的情谊干杯。”

“干杯！”王浪举起酒杯，痛快地喝了下去，他心里清楚，叶欣这会儿是真正的高兴。女孩子只在两种情况下会真正地想喝酒，第一种情况就是高兴加轻松，也就是说有什么喜事，再加上对所处的环境及所面对的人感到放心踏实；第二种情况就是借酒解愁的时候，多半发生在刚失恋时，那是用酒精来麻痹自己，也是折磨自己的好方式。

“王浪，你怎么也不结婚呀？”叶欣问道，好像憋了很久似的。

“结婚这事，还真是一个系统工程，就好像建房子吧，材料如水泥、沙子、钢筋都要好，设计、施工同样需要高水平，装修的油漆、木工、管道工等都要上档次，这样最后出来的成品房才会让人满意。结婚当然比修建房子更复杂，人是会变的，更重要的是，人的变化很快，并且常常让人想不到其中的原因，或许一句话、一件小事就会拆散一桩婚姻，让准备结婚的男女分道扬镳。”

“你好像很有感悟，看来一定经历过诸多的恋爱与婚姻的事情？”

“没吃过猪肉，也看过猪跑。”王浪很大方地说道，“我谈过恋爱，但没有真正结过婚。只是有一次，差一点就要结婚了。”

“那是什么原因让你临阵脱逃？”

“不能说是临阵脱逃，没这么痛苦，也没这么严重。是我不喜欢她那种约束，和她一起感觉像踢翻了踏脚凳的自缢者，套在脖子上的绳子越来越紧。”

“你看，是吧，还说不严重，都有自缢的感觉了，那是相当严重。你处理得对，婚姻是一个给爱加温保暖的地方，而不是变成紧箍咒，烦死婚姻后的男女。”

“是，男女之间要有一定的隐私空间，应该像刺猬，一起依偎时还保持一定的距离。不管多么亲密的两个人，分开来就是单个的个体，两个人的想法不可能绝对一致，你看现在买房子都是写夫妻两个人的名字。你说是为什么？”

叶欣几乎不假思索地答道：“这很简单，现在离婚率高，不写好两个人的名字，到时离婚分财产就不好弄了。”

“对，婚姻其实就是个体之间的利益共同体。”王浪总结道，突然间感觉语气不对，于是补充道，“不过，这个利益共同体是最牢靠的联盟，通常情况下是坚固的，不可摧毁的。”

“与君一席话，胜读十年书。”叶欣再与王浪碰杯，又喝了一满杯酒。

“我也一样，和你聊天真是充满乐趣。”

“王浪，今生有你这样的同学知己，足矣。”

“哈，那你就是我的红颜知己了。”王浪举杯，“来，为我们的知己干杯。”

两人酒逢知己千杯少，喝得有些迷乱。叶欣明显是酒喝过量了，王浪也差不多了。

“走吧，叶欣。”王浪买单后招呼叶欣，“我们回医院去。”

叶欣却软软地趴在桌子上，含糊地说道：“我，我……不回去，我要……睡觉。”

王浪搀扶着叶欣往旋转餐厅的出口走去，没有走出几步，叶欣“哇……哇……”直叫唤，显然是有呕吐的欲望了。好在叶欣终于坚持到了走出旋转餐厅。

王浪看见了酒店旁边的洗手间，想想男女有别，准备让叶欣一个人去洗手间，可是王浪发现他根本松不了手，只要一松手，叶欣就会往下坠。

“小姐，你帮我扶一下好吗？”王浪向旁边正在做地面卫生的服务员请求道。

“对不起，先生，我没空。我想做完卫生下班。”服务小姐建议道，“前面就是客房，你们开个房间，里面东西方便齐全，你们好休息。”她说这话时，眼睛里有些暧昧，但更多的是对王浪的喜爱，太帅了这男孩，服务员小姐在心里说。

王浪走到客房部总服务台前，示意小姐们快来办理手续。小姐们自然不敢怠慢，帅哥在美女面前有强大的吸引力。

“先让她进房间，我稍后来办手续好吗？”王浪提出要求。

服务员表现出了一丝犹豫，“嗯，——好吧。对了，你有证件吗？”

“学生证可以吗？”王浪从衣袋里掏学生证。

服务员有些不相信似的，看王浪这么成熟的帅哥怎么还会是学生。

她接过王浪的证件，一看年龄也快三十了，果然不是通常意义的大学生，而是工作以后读书的研究生。服务员拿出房卡给王浪：“你先领她去房间吧，待会来办手续就是。”

王浪尽管也喝了不少酒，但是与叶欣比起来，他的酒量大多了，自然是耳聪目明，手脚麻利。两人很快到达客房开门进去了。

“哇……哇……哇……”叶欣的呕吐终于要进入实质性阶段。王浪搂抱着叶欣快速进入了卫生间。

“哇——”叶欣长啸一声，将晚上吃的美味佳肴悉数喷出，一股反胃的腥臭味。

王浪一只手抱住叶欣的胸部，一只手为她轻轻地拍背。叶欣享受着王浪的温情照顾。

几分钟后，在大呕吐接着小呕吐之后，叶欣终于长吁一口气，“好，好……了……”

叶欣转过头看王浪，身子的运动让她的少女之胸碰触到了王浪的手，坚挺又柔软，典型的少女之峰。王浪心里一阵悸动，全身像过了电一般。王浪想多些时间让这美妙的滋味停留在他身上，事实上，的确天遂人愿，不知是叶欣喝多了还是怎么，她的眼睛盯着王浪看，使她的突出之处更有力地贴在王浪的手上。

王浪好不容易平复了心情：“叶欣，我泡杯茶给你喝。”

“待会，我先洗个脸，漱一下口。”叶欣很讲究卫生，刚刚呕吐之后，如果不作相应处理，会太难受。

王浪恋恋不舍地放弃了美妙享受的姿势，一只手依旧扶着叶欣，腾出一只手伸手取了口杯，还有牙膏、牙刷和毛巾。

王浪挤好牙膏，把牙刷交给叶欣。叶欣很细致地刷牙，嘴角沾满了泡沫，样子如圣诞老人一般。

两人都忍不住笑了。

叶欣刷牙之后再洗脸，王浪一直搂抱着她，不搂不行，叶欣根本就站立不稳，酒喝多了的直接表现，头晕、眼花、脚无力。

叶欣抹了一把脸，这脸不俏丽，比较白，呕吐过后尤其白，像一张白纸，此时两颊生出些许粉红，倒也蛮动人的。

“真辛苦你了，不好意思。”叶欣妩媚地对王浪说道，“我的酒量不行，可是和你一起就想喝，你好坏，也不劝劝我。”

“我哪知道呀，以为你能喝，也喜欢与你一起喝酒，咱们老同学嘛。”

“那倒是，在大学的时候，我们没什么接触，你那时就是大帅哥，不过好像你不怎么和女孩子玩，连向玲玲对你示好，你都好像没感觉。”

“嘿，嘿，可能是我不懂事。”

“那现在懂事了？”叶欣不解，“不过，好像你还是不怎么理她。”

“是吗？看来，你酒醒了？”王浪打趣道，“你啥事都知道了。那咱们回医院去吧。”

“不，我要在这里，这里就是好，你会专心陪我。”

王浪不语，只好搂抱着站立不稳的叶欣。

“好了，我好了，把我放床上去，我想躺下来。”叶欣柔柔地对王浪说道，“你也休息一下。”

王浪扶着叶欣往房间里走，突然她往地下一沉，晕倒在地。

“叶欣，你怎么了？”王浪急了，“叶欣……”

瘫在地上的女孩缓缓地睁开眼睛，柔弱无骨的样子。随即她的眼睛又闭上了。

王浪立即抱起叶欣，她的两只手无力地伸展着，像两枝柳条。

难道真发生酒精中毒了？王浪心想，如果这样，就必须弄她回去到医院输液去，否则的话会出大问题，饮酒过量的酒精中毒在急诊科时常看见，偶尔有治疗不及时发生死亡的事情。

先检查一下再说吧。王浪将叶欣抱到床前，轻轻地把她放在床上。他正要起身给她检查时，叶欣那像两根柳条的手臂突然往上合拢，紧紧抱住王浪的脖子。

王浪一惊，这是怎么回事？叶欣双眼柔情似水，带着些许狡猾地看着他。

“你没事吗？”王浪不放心地问道，“刚才你那样子，很吓人啦。”

“不会。”叶欣吊在王浪的脖子上，“你堂堂的研究生，外科大夫，这点事情难不倒你。”

王浪的心跳快起来，不知是喝了酒还是怎么地，如此近距离地与叶欣一起，在这样暧昧的地方，他的心中有股火腾地燃烧起来。他想要做点什么。

他迟疑着没有接着说话，犹豫着他的双手应该放在哪里。叶欣双手使劲，将王浪拉向自己。

王浪站立不稳，整个身子压在叶欣的身上，压迫着叶欣青春饱满的胸部，弹性，柔软，电场融为一体，让他强悍欲爆。

两人拥抱着，狂风暴雨般亲吻，爱抚着对方。叶欣的手滑过王浪健壮的背部，停在他的腰上："浪，我爱你。"叶欣停止亲吻，借着酒劲向他表白道。

王浪没有同等地响应，他突然想起了同学姚义，激情迅速降温。自己也是被酒精冲热了头脑。姚义追了叶欣十年，自己这样做，注定不是因为爱情，是什么也说不清楚，只是这样，对不起姚义，尽管姚义是有妻之夫，但夺人所爱，终归不怎么君子。

此时的境况，有乘人之危的味道，不行，不能这样。

叶欣包里的电话响了，打断了王浪的思考，惊醒了沉醉中的叶欣。她想起身去拿电话，王浪见了，赶紧将包拿过来给了她。

"叶欣，我是姚义。"电话里传来一个熟悉的男声，那是他们的大学同学姚义，也是王浪现在的研究生同学兼室友。

王浪与叶欣都觉得非常意外，这电话来得还真有些巧。叶欣用眼神看着王浪，王浪将食指放在嘴前，示意叶欣继续通话，看情况再说。

叶欣心领神会："你好，姚义。有事呀？"

"没事就不能打电话吗？"姚义在电话里乱说，"想念你可以吗？"

"在医院里不经常看到吗？想就当面说呀。"

"看你说的，好像我没有说是的。你呀，就是不接受我。"

"好了，真有事吗？"叶欣不打算在电话里与姚义聊太多，身边放着让人动心的王浪，还有刚才那动人心弦的吻，就算坐在这里，和王浪什么事情也不做，也是美好的享受。这样想着，当然得快些结束与姚义的电话。

"就是，差点把正事忘记了。"姚义接着说道，"你知道王浪在哪里吗？"

叶欣没有立即回答，她在等姚义说完，以便知道姚义有什么事情找王浪。

"王浪的一个同学找他，说有重要事情。可是王浪的电话打不通。我去急诊科，问过你们科里的医生护士，他们有人说，看见你和王浪一起出去的。所以，我就想看看你能找到他吗？"姚义补充道，"王浪的同学还在我们宿舍等着呢。”

“男同学还是女同学？”叶欣好奇起来。

“女同学，怎么，你还关心这个做啥？”

“就随便问问。”

“你看他在哪？快帮我联系一下，实在联系不上，我就安排他的同学住下来。你如果没有联系上王浪的话，赶快打电话给我。”

姚义没想到叶欣与王浪激情相吻，他一直认为，王浪连貌美如花的向玲玲都不动心，怎么可能对相貌一般、才学普通的叶欣有感觉呢。他不知道，爱与激情没有道理可言，有的是可遇不可求。所以，姚义只是想或许王浪去了哪里会和叶欣说一声，如此而已。

“好的，没问题。”叶欣爽快地答应，因为这事对她来说举手之劳，人就在身边，“我立即帮你去办。”说话的语气不像喝醉了酒的人。

“好的，再见。”

“再见。”

叶欣刚才见是姚义找王浪，用了手机免提键，王浪当然同时知道了姚义打电话的前因后果。

王浪刚才听说他的电话打不通时看了一下手机，原来是电池没电，自动关机，怪不得平时总会有几个电话，今天却这么安静。

“我的手机没电池了。”他对叶欣解释道，“难怪姚义会打不通我的电话。”

“你要回去吗？”叶欣不免失望，“真不想回医院。”

“你在这休息吧。你没精神，就不要回去了。”

“你不在这陪我，我有啥意思。”叶欣依然醉醺醺的样子，或许酒醉人人也自醉，刚才与姚义打电话时清清楚楚，啥也不含糊。

“叶欣，姚义一直对你情有独钟。”

“不对吧，什么情有独钟，如果真是那样，就不应该结婚，如果他还像你这样保持单身，我可以考虑。但是，结了婚的人没资格说情有独钟。”

“结了婚也有离婚的，假如他离婚了就是单身汉。”

“离不离婚我不管，反正本小姐对于有老婆的人免谈。”叶欣意犹未尽，“王浪，要是你对我情有独钟，该多好呀。”

王浪很亲和地笑了，用手轻轻拍着叶欣的肩膀：“我们是老同学了，我们，怎么说——”他在选择着准确的语言与语气，“刚才，我们还那个了。”

“是呀，可惜，你现在要走。我会永远记住这个晚上。”叶欣醉意朦胧，“希望能和你在一起。”

王浪为叶欣整了一下被子，告辞道：“你好好睡一觉，我回医院去了，有事打我电话。”想起手机没电池了，补充说明，“我回去就换上电池。”

叶欣再次不舍，伸出手抓住王浪的胳膊。王浪左手抓住她的小手，然后右手放在上面，两手搓摸着，而后缓缓放松，对叶欣道：“晚安，叶欣。”

看着王浪拉门走出房间，叶欣眼里流出了泪水，是深深的留恋。

王浪下到酒店大门口，立即有的士开上前来。他拉开车门，快速上车。“湘雅医院。”王浪不等司机询问，上车就说道。

司机按下计程器，出租车飞也似的蹦了出去。果真是专业化的开车水平，出租车行业竞争激烈，如果不抢时间、抢速度，还真会少赚不少钱。王浪在心里感慨，不过也正是由于出租车的这种抢，城市交通道路多了些不安全的因素。这或许不是出租车司机的错，管理费，养路费，油价上涨，许多时候也有无奈吧。在四水市时，王浪开着车在街上走，看着出租车总是尽量躲远点，免得撞了车，车坏不说，还要赔上时间与精力。

还好，出租车顺利到达湘雅医院，一个急刹车，稳稳地停下了。王浪估计前后大概走了不到三分钟，三公里的路程在长沙这样的大城市来说，已经是相当快了。

王浪付了车费，快步往宿舍楼上跑，刚才只是在姚义打给叶欣的电话里知道是一个女同学来了。那到底会是哪个女同学呢？他有些想知道，是小学那个与他最要好的女同学？还是初中时的同桌？高中集体舞的舞伴？抑或大学时一个实习小组的？总之不管了，有女同学找，得快些回去，这也是礼貌，更是男孩儿的风度，何况自己还是未婚青年，有义务有责任让所有女同学们感受男同胞的关心与体贴。

王浪三步并作两步，登上五楼的研究生宿舍。研究生楼是筒子楼，一间房两个人，卫生间、洗漱间在每一楼层的一端。条件虽不咋样，但青春热血的学子们一起，人口密度大，倒也感觉校园风味，激情四溢。

他与姚义共享的宿舍门大敞开着。“王浪，你回来了？”姚义见到王浪立即大声喊道，“你回来了就好。”如释重负的样子。

一个清纯的女孩坐在王浪的书桌前，听见声音立即回头。依然是美丽的大眼睛，身着黄色 T 恤衫，青色牛仔裤。胸部较前饱满了许多。该死，男人呀，怎么总是注意女孩子的胸部。怪不得，现在丰胸产品如雨后春笋，隆胸技术日新月异，敢情市场大得很，是男人的需要，也是女人的需要，是男人推动了这种需要。

这正是小学时的同学，一点没错，是最开始想到的那个小学时与他最要好的女同学冯慧。

冯慧站起身，走向王浪。王浪伸出双手，准备来个热烈的拥抱，又觉得不妥，毕竟好多年没有见面。儿时的最要好，伴随着时空的距离，总会有着些许的陌生。

冯慧伸出右手，王浪两只手与一只手紧紧相握，传递着浓浓的同窗情谊。

王浪没有来得及回答姚义的问话，他与冯慧对望好一阵："许久没见面了，好像有十多年了。"王浪道，"你很少回老家，我也很少回去。"

"是呀，时间过得真快。"

姚义拍了一下王浪的肩膀："哥们，你们聊，我出去了。"他准备给王浪腾地方。

"你怎么回事，也不帮我陪陪老同学？"

"有你一个人陪就够了呀。"

"什么话？"王浪笑骂道，"我们一起去吃夜宵，招待我的老同学。"

"好吧。你的同学一直夸你呢，王浪。"

"是吗？冯慧，你帮我说好话了。"

冯慧有点不好意思，害羞地说："就是呀，从小学到现在，你都是我心目中的榜样呢，学习好，体育好，画画、唱歌样样都会。"

"那你感觉我这个同学这么样？"王浪想找机会感谢姚义对冯慧的招待。

"你说他是吗？"

"是，他叫姚义。"王浪醒悟了似的，"对了，要正式介绍一下。这位是我的大学与研究生同学姚义先生。这位呢是我的邻居兼小学同学冯慧小姐。"

"幸会，幸会。"姚义与冯慧补握手的礼节。

"姚义呀，热情大方，对人友善。"冯慧对于姚义前面的待客也很感谢，"他不卑不亢。让我刚到你们这里，不是太难受。"

"你现在在哪里？不记得是什么时候，听你家人说，你没有在原来的单位，自己成立了公司？"

"嗯，我去了成都，在那里开了一家计算机公司。这回正好回家，准备休息，也想看一下有没有市场，想在老家成立一个连锁店，由我爸妈来经营。”

“那不错，你爸妈年纪不大。倒正好。”

“他们好像和你爸妈差不多大。”

“是，没错。他们一直夸你。”

“尽我们的职责与义务。对了，我这次回来，没想到我伯伯家出大事了，他的儿媳妇在镇医院生小孩，做剖宫产手术，孩子没事，伯父的儿媳妇却死在了医院病床上。”

“怎么会这样呢？”王浪甚感意外，如今医疗卫生水平的提高，产妇的死亡率已经非常低，他决定先了解情况再说。

冯慧接着说道：“我伯伯与我堂哥觉得一定是出了医疗事故，听说你在长沙湘雅医院，就要我专门来找你，看镇医院的处理是不是存在问题。”

“好，待会我们边吃边聊。”王浪拉过姚义，“走，我们吃夜宵去。”

姚义走左边，王浪走中间，冯慧走在右侧，正是盛夏，屋里没空调热得很，外面有风吹过情况就好多了，晚上就更舒服些。长沙的天气，冬天冷得要死，夏天热得要命，一年下来，四季分明。不过，要是宿舍里能够装上空调就好了，至少晚上睡觉就会好很多。

21

王浪与冯慧的老家都在湖南东南部的一个县城里，很小的时候，两家住得不远。王浪与冯慧在县城里唯一的重点小学读书，正好是在同一个年级。王浪上学时要经过冯慧的家门口，通常都是冯慧提早一两分钟站在门口等王浪，好像心有灵犀，也是因为这个美丽的等待，王浪改掉了吃饭慢的习惯，宁可早些吃完去上学，小小年纪，竟然懂得怜香惜玉，这的确不简单。一个男孩儿从小就会照顾女孩儿，这样发展下去，他对女孩儿的关爱自然会达到炉火纯青的地步。

王浪与冯慧青梅竹马，升入初中后两人就没在一所学校了。那个时候不像现在是划片入学，当时小学升初中要考试，各学校按档次择优录取。王浪以全县第十名的成绩进入全县最好的县一中，冯慧的成绩不是那么理想，只考入第五中学。照说，两人家相距不远，友谊可以继续。刚上中学时，两人还常在一起玩，但到了初二，两人基本没有了来往。再后来，冯慧的家搬了，两家的距离远了，小学时最要好的两个同学来往日渐稀少。但是，小小的县城，两人的情况总是互相有所知晓，偶尔会在县城的街道相遇。

“王浪，时间过得真快。想起那个时候，我们一起走路去上小学的事，都二十年了。”冯慧的脑海里回想起幼年时的情景。

“日月如梭，一晃我们从小孩变成了大人。”

姚义不甘寂寞，打趣他们道：“你们是两小无猜，青梅竹马。”

冯慧歪过头看王浪，大方地说道：“是这样，王浪还是单身贵族，而我已嫁作人妇。”

“你是做生意的？”姚义胡乱往下问。

冯慧没有生气，解释道：“我说我结婚了。”并作进一步说明，“我是做生意，前面你可能没有听见，我对王浪说，我在成都开了一家计算机公司。”

“不错，不错。”姚义继续问道，“那生意状况如何？”

王浪打断了姚义的采访式回话：“算了，冯慧，不要回答他的记者问，小心把你的隐私全挖出来。”

冯慧风情万种地对王浪说道：“我在你面前没有隐私。”

“好，好。王浪，我知道了。冯慧在你面前没有隐私，那我更不能问了。”

“乱说。”冯慧白了姚义一眼，这其实是感谢姚义在王浪没有回来之前对自己的热情招待，不然，她对姚义就不会有这么友好。

三人边吃边聊，没多久就再次聊起冯慧伯父家的事情，毕竟这才是冯慧来找王浪的主要目的。

“王浪，我看镇医院要对我嫂子的死负责，因为生小孩不应该死人的。”冯慧从主观的感觉说道，“我还没有看到过生小孩在医院死亡的事情。”

“这个有，产妇死亡的事每家医院都有，你没见过，是因为你没有在医院上班。”姚义倒是快人快语，不过这话说得不是那么恰当。

王浪没有理会自己的同学，以减轻姚义这话的不良影响。他对冯慧说道：“医疗纠纷处理起来比较棘手，程序麻烦，需要鉴定、讨论等。”

“我伯父说了，要和医院搞到底，好好的一个人去生孩子，居然弄成那个样子。”

“那孩子现在由谁照看？”王浪想多了解些情况。

“我伯父家把小孩放在医院里，由医院医生护士照看。家里人想去看随时可以去，医院还要负责食宿。”

“那孩子那么小，放在医院里能放心吗？”王浪不免为刚出生不久的孩子担心。

“反正我堂哥说，孩子不好就找医院，谁叫他们把孩子妈妈弄没了。”

王浪与姚义听得冯慧这么说，心里一震，在医院工作，还真得时时提防医疗事故的发生，不然处理起来很费神思。两人一时没有接着说话，只点头表示对冯慧的理解。

过了一会，姚义说道：“从冯慧前面说的情况看，镇医院是存在问题。医院的原因导致了严重的后果。”

“这个事情的发生医院确实有责任。”王浪说道。

冯慧点头道：“对，就是这样。伯父请你帮我们看看，医院失职主要在哪里。”

“嗯，我知道。”王浪想了一下，“这样吧，我找一个妇产科专家过来，你向她请教一下。”

王浪想起了他的同学向玲玲，向玲玲在妇产科工作了五六年，现在又在湘雅医院读研究生，分析一个剖宫产看医院存在哪些问题，应该是很容易的事情。

“喂——”电话里传来向玲玲的声音，不过，有气无力、精神萎靡的样子，少了平日里的清脆，不那么悦耳动听，多了些让人心生怜爱的成分。

“没有吃饭吗？说话好小声呢。”

“我在睡觉，被你吵醒，又没有吃饭，当然没力气说话。”

“不好意思，你怎么睡这么早？”

“我不舒服，感冒了。你现在想起我来了？”

“怎么这样说呢？我经常想起你。咱们大学五年同学，现在又一起上研究生，时时都想起你呢。”

“应该这样吧，老同学嘛，下午要你帮忙的时候，打你电话却不通。你去哪了？电话联系不上。”

“我下午有点事情去了，手机没电了。”王浪解释道，“你吃药了吗？”

“原来这样，我以为你做坏事去了，怕让人知道。谢谢你的关心，我还没有吃药。下午给你打电话，就是想你帮我拿点感冒药回来。”

“对不起，这事给耽搁了。”

“没事，说清楚了就行，话说过来，这事也不能怪你，要怪只能怪手机不争气。”

“就是，你好好休息，待会给你带药回来。”王浪没有丝毫犹豫地说道。

“王浪，你打电话给我，有什么事情吗？”

“嗯，有一个关于妇产科的事情想请教你。你现在人不舒服，先好好休息，等明天再说吧。”王浪继续关心着生病的向玲玲，“对了，你想吃点什么？”

“有稀饭吗？我想吃白米稀饭。”

“好的，我等下送药的时候一起送过来。”

挂了电话，王浪有些抱歉地对冯慧说：“刚才联系的妇产科专家生病了，这事得明天问她。”

“没关系，也不急在这一个晚上。”冯慧理解地说道。

“老板，你这里有白米稀饭吗？”王浪接着询问店老板。

“不好意思，先生，晚上都不准备这东西。晚上大家都吃饭、喝酒、吃菜，没人喝稀饭，所以没有做。”

“那这样吧，老板，你帮我熬一锅白米稀饭，好吗？”

“这个，晚上我们都不弄稀饭的。”

王浪恳求道：“帮帮忙吧，老板，我的同学生病了，特别想吃稀饭。”

“那——，你要的不多，可我也得用大锅煮，挺麻烦的。”老板依旧不太情愿，自然是觉得麻烦，赚钱不多。

王浪看出老板的意思，就直说：“老板，那好办，你就按大锅的费用算钱。”

听王浪这么说，老板表情自然许多，笑着应道：“不客气，不客气，我这就去煮。”

由于冯慧旅途劳累，而向玲玲患病在身等待着药物，王浪三人很快地吃完了夜宵。

“老板，买单。”王浪招呼着老板。

老板快速地跑过来，这是生意人最喜欢听的一句话，服务得好坏，饮食的质量如何，最后都落实到收钱这事上，这是劳动成果的体现，也是财富积累的必然途径。

“好嘞，来了。”老板边跑边应声道。

“稀饭都好了吗？”王浪边从皮夹里掏钱，一边问道。

“好了，弄好了，用快餐盒装好了。你看行吗？”老板示意不远处的员工将稀饭拿过来。

王浪揭开盖子一看，一股清香扑鼻而来，稀饭颗粒饱满，色泽自然。嗯，还真弄得不错，这比学校食堂的稀饭高了几个档次。

“菜金二百六十三元，酒水一百二十一元，稀饭三十元，总共四百一十四元。”老板报出了总账目，价格也是价格，稀饭三十元倒也够贵的。不过，王浪事先就准备了花大价钱的，也就认了。

“打几折？你这店。”姚义朝老板问道，他知道王浪一般不问打折的事情。

“我们报的都是实价，没有多赚你们的钱。这样吧，收四百一十好了，尾数就不要了。”

王浪心想，老板这话真有意思，真要说尾数不要的话，应该是只收四百元，生意人呀，能多收一个铜板就多收一个铜板，积少成多嘛。王浪不再多说，爽快地付钱买单。

“冯慧，我们去附近酒店开间房，你早些休息。”王浪很体贴地说道，“你坐了这么久的车，一定很累。”

“没事，还可以，现在走高速公路，倒没花多少时间。”

“也是，就是让你在宿舍久等了。还好姚义在。”王浪这一点很感谢姚义，总能够很恰当地招待前来找王浪的亲朋好友，以前也有过类似的事情，这让王浪感觉到兄弟般的温暖。

他转向姚义说：“哥们，今天也辛苦你了，一直陪着我们冯慧。”

“应该的，陪美女，一点不累。”姚义开起了玩笑。

“你就是本性不改，三句不离本行。”王浪笑骂道，“既然这样，待会你继续去陪一个美女。你把稀饭送给向玲玲，另外在路上给她买些感冒药。”

“好的，请问你打算买什么感冒药？”

“姚大医生，这也要问我吗？”

“我不问你，问谁？”姚义觉得委屈，“向玲玲和你通的电话，我哪知道她的病情如何，有啥症状？”

“对，对，是我糊涂。”王浪抱歉地一笑，“你给她买些泰诺、感冒冲剂，我看她应该是普通的感冒，关键注意休息，多喝水。”

“行，那我知道了。”

“那就这样，我们走吧。”

王浪与冯慧走左边的路去酒店，姚义走右边回宿舍的路，他的右手提着稀饭。

“王浪，你安心忙你的事情。”姚义的语气中明显夹带着色色的味儿，“向玲玲这边，我会弄好的，保证让你满意。”自从那次向玲玲中秋之夜酒醉，与他拥抱却喊出王浪的名字后，他就不再打向玲玲的主意，倒一门心思认定向玲玲是王浪的人。说来，情色的姚义还挺够哥们的，毕竟没有在当时将错就错，占人便宜。

王浪在三十五层楼高的华夏大酒店给冯慧开了一个单间，位置在酒店的三十二层，房间很宽敞，应该有二十多个平方米，屋里的装饰很漂亮，吊灯、窗帘都富有特色，以天蓝色为主基调，灯开起来像湛蓝夜空的满天星辰。

“王浪，好美。”冯慧特满意，“我经常在外面走，忙于生意，住宿常常是匆忙之中，我第一次发现宾馆也有这样温馨的客房。”

“是的，很多时候，美的东西存在着，但我们没有发现。发现美，感受美的震撼，通常都是在无意之中。你喜欢就好，不然，让你这客人休息不好，我这地主有愧。”

“想想我们年纪小的时候，经常一起玩，那时你像我的小哥哥，现在你是大哥哥，有些喜欢你。”

“很好，要是你不喜欢我，就不好了，因为我喜欢你，那不成单向输出了？”

“你呀，口才相当不错，看来做医生有好处，和病人家属谈话多多，水平自然见长。”

“你也一样，生意人稻草可以说成金条，人人都像赵本山，可以卖拐、卖担架。”

“我要有这么厉害就好了，那全中国的计算机都会由我一个人来卖。”

“快了，会有这么一天的。”王浪想起冯慧说的在县城里开计算机店的事情，“好像老家县城的计算机店很少，规模小，不成气候。”

“我就是看到这一点，估计我的店一开张，那几家小店得倒闭。”

“你于心不忍吗？照理来说，生意人乐意看到这样的结局。”

“不，不是这样的，良性的竞争才能持续地发展，没有竞争就没有动力。”

“不错，你这观点很好，符合社会前进的潮流。不知道那些人面临你的强力介入会做什么应对。”

“我也不清楚他们内心怎么想，但不论怎样，我会在生意的过程中传递善意的信息给他们，促使他们完善与进步，而不是消亡。一枝独秀不是春，百花齐放春满园。”

王浪热烈地鼓掌，发自内心地赞道：“冯慧，以你如此宽大的胸怀和聪明的生意经，你定会成为引领商界潮流的大亨。”

“我喜欢听你说这样的话。”冯慧很满足地，“能得到你的认可，我想事情成功了一半，因为我知道你不是普通的人。”

“哇，我们这是互相吹捧呢。”王浪同样情绪很好，“共同努力，争取美好的明天。”

“对了，王浪，你在四水工作了好几年吧？”

“整整五年。”

“怎么现在还孤身一人？”冯慧关心地说道，“其实，像你们外科医生都特别忙，家里有一个人安排生活会要好些，对你的身体也有好处。外面的饭菜即便口感不错，吃多了会腻，营养也会失衡。”

王浪虚心地接受着冯慧的教育，但立即又开心起来，并且调侃着冯慧：“成家了也不尽然，你看，如果我找了你，你成天忙于生意，哪会有时间做家务。”

冯慧一时语塞，但她很快说道：“如果我真是你的那一半，我不出来做事，全力辅佐你，做成功男人背后的那个女人。”

“谢谢，谢谢。”王浪由衷地感叹道，“有你这句话，我有理由相信，我会找到这样一个女孩子，像你一样，愿意做我背后的女人。”

“行，刚才你打电话的女同学结婚了吗？”冯慧似乎突然想到了重要事情，“你和她的关系应该相当不错。”

“关系挺好的。”王浪据实说道，“是同学加朋友。”

“那就还有发展的空间。”冯慧展望着，“她生病了，你得好好待她。”

王浪心想，天下女人一条心，最愿意看到人间夫妻双双把家还。

王浪打开电视，叮嘱冯慧道：“你看会儿电视，我来看看这客房的东西是否齐备、完好。”

廊灯、床头灯、镜前灯都是好的，电视机电源、机顶盒正常工作，空调管路、调温器没有问题，卫生间状况良好，热水、冷水水量水质都不错，被子、毛毯厚薄适宜，门窗牢靠，防盗设施到位……王浪将整个室内全方位观察检测一番，全部满意。

“好，我都看过，你可以安心睡觉。”

冯慧抬起头看着王浪，“你不愧是一个优秀的外科医生，细致耐心。”

“其实没什么特别，无论做任何事情，如果有心想做好，都会做好。”

“是的，如果镇上的那些医务人员细心、责任心强些，我的堂嫂就不会遭受这么大的不幸。”冯慧想起堂嫂，眼里充满了泪水。

“完全有可能。不过，冯慧，你不要老想着这件事，对你不好。过去的无法挽回，要给那些失职者足够的提醒，让他们记住教训，使生命与健康更有保障。”

王浪真是个好医生，有情有义有德的好医生，多好的一个男孩呀！曾经的青梅竹马要是能够延续到现在该有多好。算了，不要这山望着那山高，吃着碗里想着锅里的。自己的老公也算是人才或者俊杰吧，夫妻两人的生意做得风生水起，虽还不是亿万富豪，但也足以笑傲城市中产阶层。

“好的，王浪，我会听你话。”冯慧愈发温柔，“你去忙吧，看看姚义把你的事情办得如何。”

“嗯，你也早些休息。”王浪与站起身来的冯慧拥抱告别，“那我走了。明天你多睡会儿，早餐就到自助餐厅去吃，是赠送的。”

“你好走。王浪，拜拜。”

22

在王浪为冯慧安排住宿的时候，姚义遵照他的指示，为向玲玲服务去了。

姚义去百姓大药房买感冒药，百姓大药房在长沙是第一知名企业，采用连锁经营的方式，所有加盟店宽敞明亮，服务热情周到，当然最重要的是百姓大药房的药物品种特别齐全，不论是中药、中成药还是西药，或者是通常意义说的补品，都应有尽有。最重要的一点是，这里的药品价格便宜，能让百姓真正得到实惠。

“先生，你需要帮助吗？”看着姚义进得店门，第一道服务员上前问道。

“谢谢，不用。我先看看。”他本来是想参观一下的，后来想向玲玲急着要用药，手里还提着稀饭不方便，于是对服务小姐说，“给我拿泰诺和感冒冲剂各一包。”

服务小姐听后立即向第二道服务员发出指令：“泰诺、感冒冲剂各一包。”

第二道服务员在很短的时间将姚义需要的药物拿出来，递到姚义的手上，“在那边结算。”她用手指着斜对面的收银处，同时通知收银处，“这位先生买单。”

姚义在短短的五分钟内把买药的事情全部搞定，这真是高效率。他在心中感慨道。

感慨完后，姚义拿着稀饭与药物，快步朝宿舍走去。得快些让美女同学喝上稀饭用上药物。

站在向玲玲的宿舍门前，姚义竟然颇为激动，不知是因为她是大美女，还是由于姚义曾经对她有想法，反正姚义敲门之后却忘记了喊出声来，不然就不会在接下来让向玲玲讨嫌，并且出洋相。

门很快就打开了，大大出乎姚义的预料，看来向玲玲的病没啥事嘛，身手还这么敏捷。

哇，眼前出现的一幕让姚义鼻子流血、眼睛鼓凸且冒火。向玲玲居然穿着肉色的紧身内衣来开门。五官就不用多说了，非常标致，这是公开的都可以看到的，此刻是面若桃花，吹气如兰，完全不像生病的人。让人受不了的是她那凹凸有致的惹火身材，或者说魔鬼身材。向玲玲胸前的球形物将她的衣服撑得紧绷，给姚义十足弹性的感觉，小蛮腰在肉色内衣的衬托下益发精致，小腹处光滑平坦，构成腹部最优美流畅的曲线。

姚义的唾液分泌迅即增加，口腔里塞不下，有少许就顺着口角流下来。

“你来干什么？”向玲玲虽然生病，这话说来义正词严，一下子把姚义给镇住了。向玲玲的桃花脸蛋瞬间变成了绿叶。

姚义刚才是美女惊艳不能言语，这会被吓着了更不敢言语，人整个呆住了，还好手上动作虽然变形，药物与稀饭倒抓得很紧，不至于掉下来。

“怎么，成僵尸了？”向玲玲继续生气，“你哑了？不说话？”

“我……我……”姚义好不容易发出声音来，却不能连贯，没法表达意思。

“你什么你，色男。”向玲玲一是生病，二是意外，他以为来的是王浪，却没有想到是姚义，在姚义面前这样，就有明星走光的感觉，所以气急攻心，口不择言。

“砰。”向玲玲把门给关上了，把发傻的姚义给堵在了门外。

这重重的关门声，总算把姚义给震得基本上清醒过来，加上那美女的火热状况消失了，姚义的思维、人形都恢复正常。他这下想起了他要办的事情，给向玲玲送药、送稀饭。

“向玲玲，是王浪叫我来的。”姚义隔着门喊道。

向玲玲在里面听得清楚，都怪自己没有问清楚就打开了门，刚才看样子错怪了姚义，他一个情欲正常的男人，几个月没有回去会老婆，有这个反应恐怕是正常的，自己是做医生的，多给他些理解吧。

“对不起，姚义。”向玲玲也很快调整了情绪，况且姚义和王浪一样，都是自己多年的同学，在王浪不理自己的时候，还是姚义作为后备军，随叫随到，勇于献身，“你稍等一下，我来给你开门。”

向玲玲穿戴整齐将门打开，“姚义，请进。”她以实际行动表示对姚义的歉意。

“没事，你生病了心情不好，骂我两句，不要紧，或许对你的病还有好处。”

“怎么王浪他不来？”向玲玲心里还是希望王浪来看自己，不过这句问话是想知道原因，“你刚才和他在一起吗？”

“是的，我们在一起吃夜宵，吃完后我就给你买药，然后就到你这里来了。王浪他去送他的一个女同学到宾馆开房。”

“开房？说得多难听呀。”

“本身就是嘛！”

“你可以说去订房住宿呀什么的，这‘开房’二字感觉就怪怪的。”

“好，我记住了。向玲玲，你有哪些不舒服？”

“主要就是头晕、头痛，咽喉部有些不舒服，还有就是不想吃东西，没力气。”

“你坐好吧，我来给你准备东西。你先吃饭还是先服药？”

“先来点稀饭吧，不然等下吃药下去胃会很难受。”

姚义这会儿对向玲玲的照顾也还细致，总之这一刻，向玲玲心中很感动，姚义就是有些好色，但也算知冷知热。

向玲玲在姚义的照顾下吃好了药，肚子吃了稀饭也不饿了。糟糕的是，她没有话和姚义说，感觉说啥都是多余的，没有必要的。因为这天情况特殊，她在病中渴望见到王浪。换在平时，她完全可以与姚义有说有笑地聊天。

此时的向玲玲依然沉浸在对王浪的想念中，人生病了特别想的那个人就是自己最最放在心上，最喜欢的人。放在单身男女身上，生病时最想的人应该做自己的情侣或丈夫。如果两个人能够达到同步的境界，那这桩恋爱或者婚姻注定是美好的，会给置身其中的男女无限幸福。

刚才敲门送药的是姚义，向玲玲经受住了一次失望的打击。她期待着王浪办完事情后能够回来看她，她相信王浪一定会来，她了解他，尽管王浪在面对向玲玲时没有爱的激情，但是他的爱心，他对向玲玲兄妹般的关照会促使他来看望生病中的自己。

姚义感觉到了向玲玲的失望，他试着说了几个笑话，效果不佳。向玲玲极其被动地应付着，这让姚义感觉无趣。

“你早些休息吧，我先回去了。”姚义提出告辞。

向玲玲没有挽留，因为就算挽留，那也是假情假意，同学之间还是坦诚相待点好。

“谢谢你。”

“再见。”姚义站起身，拉门出去。

向玲玲也站起来，目送姚义：“再见。”

姚义离开后，屋子里一下冷清下来。向玲玲关了大灯，拧亮床头的台灯。她脱了外衣，重新躺在床上。眼前清晰地浮现出王浪的英俊面容，多么亲切可爱，她多么想轻轻地抚摸着这张脸，多么想躺进王浪的怀抱呀。

感情这事看不见，摸不着，却可以使人痛彻心扉，也会让人喜上眉梢。让人欢喜，让人流泪。古话说得好，“明知相思苦，偏要苦相思”。更有大词人李清照留下“才下眉头，却上心头”，无限生动地把深深的思念与痛楚形象化、立体化、全面化。爱与恨不是说怎么样就可以怎么样的。上帝这辈子就是让自己来爱王浪的，不然，从小学、中学、大学到研究生，身边不乏出类拔萃的男孩子追求自己，却总没能使自己心中激起爱的涟漪。还有在深圳医院工作的五年，更是接触过许许多多成功男人或者少年之意气风发者。都忘记了有多少人在情人节给自己送玫瑰花、送巧克力了。

曾经差不多要忘记王浪了，深圳的五年就是这样过的，两人都没有了联系，时间与空间的距离似乎淡化了感情，可是却没有让另一份感情来占领腾出的情感空间。缘分让自己再与王浪再次成了同学，他和自己一样，也没有成家。他更成熟也更让人动心，更会关心人体贴人，但是，同样没有变的是王浪投放的是哥哥对妹妹的情谊。

上帝，我请求您，您既然派我来专心爱王浪，您也让王浪爱情的心思放在我身上吧，因为没有他的投入，我怎么享受到上帝您给人类爱情的美好呀。上帝，您告诉我，我要怎么做，要如何努力，才会得到丘比特爱神的垂青，能把爱神之箭射中王浪。

上帝，万能的主啊，请求您看在我虔诚的分上，给我希望，给我方向，纵有千难万阻，我也不怕，以生命与热血，以才智与体魄，追求世上最美好的爱情，我愿意！

向玲玲感觉周身舒服起来，感冒药发挥了作用，心里也痛快了，大概上帝要给人幸福，总要先给些考验，先要人付出努力的。就这样了，反正，既然天意只有王浪能动吾心，我就一心一意，有目标总比没有目标好。尽力了，就能无悔。

像是在天上飞，又像是在海上漂，就这样与蓝天白云为舞，就这样与广阔大海融为一体，天大地大任我游。在无穷大的世界里，有风有雨，有阳光，却没有声音，好安静呢。

突然，前方来了一个人，怎么越看越像王浪呢，近了，近了，那身形，那步态，那远远飘过来的身体气息——一定是王浪，就是王浪的体香。

“咚，咚……”伴随着这个声音的是“向玲玲，向玲玲”。咦，这是做梦还是怎么，怎么都弄不清真还是假呢？

向玲玲睁开了双眼，屋子里是橘黄的灯光，床头灯没有关，怪不得刚才梦里这么亮堂。

“向玲玲。”真是王浪的声音。

“来了，王浪。”向玲玲欣喜地应道，腾地一下从被窝里钻出来为王浪开门。

向玲玲将王浪迎进宿舍。

“你的头发怎么湿了？”向玲玲一眼就看见了王浪的头发有异常，并且他的额头上有水珠。

“外面下雨，刚下的。”

“雨大不大呀？”

“还好，毛毛雨。”

“大夏天的，下毛毛雨，还真奇怪。”向玲玲一边说话，一边拿了干毛巾为王浪擦水珠。

王浪看见了向玲玲的肉色睡衣，不过，他没有像姚义那样失态，可能这就是人与人的不同吧，也可能因为王浪本身长得帅，接触的美女多，具有相当的免疫力吧。

“你衣服穿得少，躺床上去吧。”王浪担心向玲玲受凉。

向玲玲不以为然：“夏天没关系的，躺在床上这么热，也不用盖被子。”

王浪认真地看着向玲玲：“不过，你今天不一样，你感冒了。刚才姚义给你送药来了吧，药和稀饭都吃了吗？”

“吃了呢，王浪，姚义也走了没有多久。”

“那你感觉怎么样？”

“下午感觉很难受，前面你打电话来时还是不舒服，吃了药后好些，这会觉得没有病了。你来了病全好了。”

“那相当的好，以后你生病了，我来看你就是。”

“乌鸦嘴，你还希望我以后生病呀？”

“不，绝对不。”王浪拼命摇头，并同时摆动着右手，“你的健康，我的希望。”

“你就贫吧。我倒是喜欢。”向玲玲真的好像人到病除，“对了，你前面打电话说是你的朋友关于妇产科的事情，是什么呢？”

王浪看了身着睡衣的向玲玲一眼：“你还是睡床上去吧，感冒了要多卧床，病才会好得快。”

“好，我听你的就是。”向玲玲重新躺回到床上，“你坐这里来，好吗？”她指了指床沿。

王浪犹豫了一下，觉得这样不是太好。

“你想什么了，就坐一下，我都不介意，你在乎什么。”

“也对。”王浪在向玲玲的床沿坐下，“身正不怕影子斜。”

“说什么呢。”向玲玲嘟起嘴巴，“你不要想太多。”只是内心里她还真希望王浪多想点，更色点。她愿意被王浪色掉，哪怕这天有些感冒。

“今天我的一个小学同学来找我，是有关生小孩的事情，所以我当然想起你这位专家。”

“承蒙你隆重推荐。”向玲玲很荣耀似的，想把这荣誉落到实处，“具体什么事情？对了，你那同学漂亮吗？”

“漂亮。”

“结婚了吗？”

“结婚了。”

“有孩子了吗？”

“好像有孩子了。”

“有孩子了还来问关于生小孩的事？”向玲玲不解。

王浪知道事情没有说清楚，于是解释道：“不是她生孩子，是她的堂嫂在医院生小孩，结果剖宫产后却死了。她堂嫂的家人正与医院闹纠纷。”

“具体情况你清楚吗？”

“我也不太清楚，因为下午我有事出去了。”王浪没有说是与叶欣一起出去吃喝游乐了，也没有这个必要，“我回来后比较晚了，一起吃了夜宵，安排好住宿就过来看你。我想干脆等她直接向你汇报。”

“好呀，没问题。对了，刚才姚义说你带女同学开房去了。我批评他用词不当，说你是去帮同学安排住宿。”

“没错，你文化程度高，用词比较准。”

向玲玲伸出粉拳，高频率小幅度地敲打王浪，“你坏，你坏！你个大坏蛋！”

打了一阵，向玲玲气喘吁吁。王浪抓住了她的两只小手，之所以小，是因为王浪的手掌巨大，手指却修长，典型的外科医生手，其实也适合弹钢琴，手术与音乐有相同之处，把握好了节奏与对象，就可以成为一个好外科专家、好音乐家。

“人家是表扬你，你还动用武力？”王浪说着表扬的批评，青年男女的游戏总是给人全身的快乐感。

“我投降。”向玲玲的手被王浪抓在手心里，那味如同贴身的拥抱，“王浪，你喜欢我吗？”

“当然喜欢，一直喜欢你。”

“永远喜欢我——好吗？”向玲玲在这样一个夜晚，似乎被一种情绪所左右，不过，她终究没有说出那个“爱”字，她不想因为这个字给王浪束缚。

“好，我答应你，永远喜欢你。我亲爱的同学。”他将向玲玲的手放进被窝，“时间不早了，你得早些休息，感冒如果症状不重的话，可以不吃药，卧床休息就会康复。”

“精神特别重要，要是你今天晚上不来的话，我可能还在难受。不过，现在，我真没什么事情了。”向玲玲心情特别好，“要不要现在和你说说你同学亲戚家的事情？”

“不用了，我那同学都睡觉了。你也得休息，明天还得上班。明天你没请假吧？”

“没有，我就请了今天下午。”

“你睡吧，我走了。”

向玲玲出人意料地坐起，刚才被抓住的双手已然自由。这两只手抱住王浪，闪电似的在他的脸上亲吻了一下，然后立即躺回到床上。

“你可以去睡觉了。”向玲玲躺在床上，微闭着双眼，她害羞地不敢看王浪的眼睛。

“行，那我走了。”王浪站起身，随手关掉了她床前的台灯。

向玲玲在黑暗中感受着王浪的离去，心中涌起无限的幸福。今生此爱，非王浪莫属，不论他走到哪里，我都将永远追随，在心灵深处。

王浪感觉那脸颊被她吻的地方火辣辣的，他忍不住地摸了一下，湿湿的。这女孩，从大学到现在，十多年过去了，还在对我痴情用心，不是我不知道，一个男孩哪会感觉不到一个女孩的爱呀，可是，我怎么就真的一直没有那种激荡心灵的冲动呢。如果有，如果同步，爱情就无比美丽了，如果有，我和向玲玲就不是单纯的同学，由同学到爱侣，由同学到夫妻，一生一世，这种门当户对，这种知根知底，这种能够一同出席许多场合的男女联盟，是婚姻家庭的最佳组合。这是不是有点俗呀，王浪想到这，笑骂自己也是凡夫俗子，一样的有七情六欲，一样的逃不得人性的本能。

只是，思考不是爱情的本质，爱情的核心应该是不用思考的情与爱。

走在上楼的台阶，隐约还可听见同学们背诵英文单词，不乏抑扬顿挫。语言不懂可以学习，谈恋爱不用学习，但是爱情一样会有结果，结果如何，爱情不能保证。

推开宿舍门，他的室友姚义正在看杂志。王浪知道准是关于美国总统克林顿风流韵事的那本。

“回来了，哥们。”姚义放下杂志，与王浪打招呼，“事情都办好了？”

“什么事？”王浪想知道他问的是哪一项内容。

姚义扑哧一笑，“你把你同学搞定了吗？”

“呸，你可别瞎想，人家可是有夫之妇，我哪能横插一竿子呀。”王浪气道。

“有夫之妇怎么了？不是说睡在一张床上的男女不一定是夫妻吗？现在呀，男女关系足够放开。我看她看你的眼神，表明她很在意你。”姚义说起这些来还一套一套的，“向玲玲那边怎么样了，我前面走的时候她好像精神状况不是很好，你刚才看她的时候还好吗？”

“我想没事情的，我刚看她回来，药和稀饭都麻烦你了。谢谢你。”王浪衷心地谢道。

“哥们，这就见外了。我和你谁跟谁呀。”姚义想起傍晚时分，他去急诊科找王浪，科里说他和叶欣一起出去了，于是问道：“下午和叶欣一起出去了？都去了些什么地方？”

王浪这才记起姚义对叶欣一直追求着，既然这样，还是含糊一点吧。

“嗯，出去看了看。”他的嘴角还留着叶欣的吐气如兰，他与叶欣吻过，他也做过叶欣的工作，让她试着接受姚义。

“记得你说过明天你好像要上手术吧？那你早些休息。”姚义真怕王浪累着。

王浪听从姚义的建议，两人有一句没一句地聊了一阵，然后洗漱睡觉，一夜无话。

23

第二天早上，王浪比平常起来得要早些，前往食堂买好牛奶、蛋糕等早点，然后送到向玲玲的房间里，女孩再次被感动，这可是第一次有这么美好的事情。莫非昨天的匆匆一吻，而且吻的还是脸颊就让王浪从此洗心革面，彻底爱上自己了吗？想想，应该不会这样，这种可能发生的概率比较小，王浪是个成熟的男孩儿，如果这么容易改变的话，十多年的时间，他早已经改变了。但是，不管怎样，先享受再说，心仪的男生买早点送到房间里，好事。这顿早饭，向玲玲是平生吃得最开心的一次。

王浪从昨晚开始，心里的想法是有一点儿不同，但根本的改变肯定没有发生，也就是说，从哲学上而言，有了量变，尚不形成质变，但是量变是质变的基础。他这是第一次接触生病的向玲玲，最真切地感受了她在自己面前柔弱的一面。女孩子的柔弱对男生而言是最强有力的杀伤性武器。王浪作为七情六欲正常的男生，同样中弹了。当然，也不排除王浪的一点点私心，他这会儿要请向玲玲帮老同学冯慧，可能表现会有所不同。

王浪顺便给姚义也买了一份早点，这样看来，是有福同享，兄弟哥们。

他把早点送上楼给姚义后，下到向玲玲的宿舍陪她吃早餐。

“王浪，你同学的那个事情，你看什么时间讨论比较好呢？”向玲玲倒一直牢记着这个安排。

“你的感冒还有问题吗？”王浪盯着向玲玲看，“好像脸色还不是很好。”

“不会吧，我早上起床时照镜子，觉得脸色不错，你不要吓我。”向玲玲说着摇晃几下脑袋，“头也不晕。没一点问题。”

“那我看你早上还是吃一次药，巩固一下。”

“你这王大医生的观点还得改变一下，凡药三分毒，能不吃药就不要吃药。”

“嘿，昨天你还打电话要我给你买药，倒是那时我想你能少吃点药就少吃点药。”

“没错呀，此一时彼一时，那时我症状厉害，不吃药控制不住，对不对？”

“完全正确，你的健康，我的幸福。”

“好像做广告，比较假。”

“是真的。”

“就算是真的，也有不少的水分。”

“碰上你这人真没办法，兵来将挡，水来土掩，无论说什么都能让你找到攻击的地方。”

“知道了就好，以后看着我，先让我三分。”

“对了，刚才你问我同学的事情，我看中午大家一起吃饭，边吃边说，你看行不行？”王浪征求向玲玲的意见。

“神州行，我看行。”向玲玲蹦出一句广告词来。

“你看电视的时间实在不多，怎么这广告也记得清楚？”

“哈，人家有钱，黄金时段、白银时段全都轮番轰炸，只要看过电视的人都会知道，这就是强者恒强的原因之一吧。”

“感觉你的理论水平和我有得一比。”王浪吃完最后一个包子，“我今天得早些去，导师要我做一个胆囊癌的手术。首先得去急诊科，把那里的留观病人查看一下，以免上手术室迟到。”

“你导师真看重你呀，你在急诊科轮转还把你拉回来上手术台。”

“是的，遇到这样的良师是我的运气。不过，你的导师也是赫赫有名。”

“对，我的导师是全国知名的妇产科专家。你得早些去上班吧，现在医院对去手术室时间太迟的科室进行登记，进行质控，扣奖金。科室扣奖金了会具体到人，我们研究生没拿全额奖金，罚也轮不到我们，但害得老师受罚同样不好意思。”

“你今天没有手术吧？”

“没有，今天不是我们妇产科的手术日，除非急诊，不过，现在急诊不太多，许多人都提前住院，并且都有经常性的产前检查，比较好了解病情。其实妇产科只要按规定进行检查与观察，一般没有什么特殊情况。”

“是的，所以，我同学亲戚家那事，医院可能还是有不当之处。”

“应该是这样的。得了，你去上班去，别误事情。中午的事情你到时给我打电话。”

“好的，那我走了。”王浪临走时说道，“你等我电话就是。”

王浪急忙从宿舍楼往外科大楼走去，边走边给住在酒店的冯慧打电话。

“冯慧，你吃早饭了吗？”电话一接通，王浪就急忙说道，争分夺秒。电话里冯慧的声音很慵懒，语气颇亲密：“没有呢，王浪，你这么早就起来了？”

“我上班去了，待会要做手术。”

“医生真是钱多人忙没时间呀。”冯慧好像清醒了些，“昨天让你费时陪我，你没睡够吧？”

“还行，我习惯了晚睡早起。”王浪这时没有太多时间聊天，就直奔主题，“冯慧，那你继续睡吧，早餐你去自助餐厅吃，中午我们在酒店吃饭，你等我就是。”

“好，我会的，你放心好了，谢谢你。”

“不用客气，拜拜。”

“拜拜。”

王浪赶到急诊科抓紧时间进行晨间查房，这天是独立查房，由他带领同一组的本科实习生去病人的床旁询问情况，体格检查。王浪对实习生们强调医疗要以人为本，要关心病人的生理与心理需要，找准目标，才能有的放矢。

不过，病人实在太多，而去手术室的时间又不能太迟。没办法，王浪这个时间段也只能采取效率优先的办法。他尽量简洁地询问病人的情况，作非常必要的体检。

即便这样，当王浪带着几个实习医生进入手术室时，时钟还是指向了九点过两分，也就是说距离规定的时间晚了两分钟，不过还好，王浪对手术室护士长说句对不起，那严厉的护士长只笑了笑，并没有去登记王浪的迟到。人帅就是好，总有办法享受些实惠。

这天要做手术的病人得的是胆管癌，王浪的导师吴铜礼院士也将亲自上台。其实吴铜礼院士对王浪独立手术已经完全放心了。只是这个病人身份特别，是一个在位的省部级干部，主管宣传工作，所以医院领导很重视，医院院长亲自给吴铜礼院士打电话，要他上台做手术。

人在江湖，身不由己，吴铜礼院士当然得接受这个任务，他还不到六十岁，也正是一个名医的黄金时代。多做几台手术，于脑于心于手，都是非常有益。

王浪和助手们洗手的时候，病人被推进了手术室，护士们在做前期的消毒准备工作，麻醉师将心电监护仪、呼吸机全部连接到位。

“吴院士好，吴院士好。”吴铜礼院士走进手术室时，麻醉师、护士长等都向他表示敬意与问候。

“你们好。”吴铜礼院士向他们回礼，“王浪在洗手是吗？”有些明知故问，不过老师钟爱自己的学生，没有看见时自然要问。

“是的，院士，王浪和其他两个医生在洗手。”护士长回答道，接着问道，“吴院士，你今天也上台吗？”

“是的，今天我要上台。事倒没什么事，我想王浪拿下这样的手术没有一点问题。”吴铜礼毫不掩饰对这个学生的超级喜爱。

“嗯。”护士长深有同感，她在手术室待的时间不算太长，但是亲眼看过王浪做了几台手术，感觉王浪穿孔针引线、开膛破肚，动作麻利，很富有节奏感，看他做手术真是一种享受，手术创伤少、出血少。

病人从病房上来时已经注射了麻醉药，此时他对手术室的谈话能够听个大概，但有些模糊，不过对于“院士”两个字眼还是听得很清楚。他感到宽慰，自己的职位还是管用的，全国肝胆外科的权威专家吴铜礼院士将亲自做手术，这就放心了。都说吴院士是三湘第一刀，他心里舒坦，只是不想说话，感觉全身心放松。病人对医生如果有足够的信任，对手术的顺利进行很有帮助。

“吴老师好。”王浪洗完手，来到手术间，看见导师后礼貌地与老师打招呼。

“都洗好手了？”吴铜礼院士毕竟见过大场面，在任何场合都能够游刃有余，让朋友、学生感到温暖。

“院士好，院士好。”其他几位医生也很主动地向吴铜礼院士问候。

“你们开始手术。”吴铜礼院士指挥道，“王浪你把关。我洗手后就来，你按你的步骤进行。”

“吴老师，您放心。我会把好关的。”

王浪给病人进行最后一次全身消毒，用特大号钳子夹着很大的消毒纱布，由里向外，由上到下，总之是由干净区往污染区消毒。王浪是一个好医生，也是一个好老师，实习医生都喜欢跟着王浪学习，因为他善于将本领深入浅出地教给学生，在学生面前没有架子。但这天王浪只嘱咐学生们认真看他是怎么做的，并不作讲解，因为难度系数偏大，不适宜简单地说教。

王浪拿起手术刀，在病人的右上腹部轻轻划过，少量的鲜血渗出来，像极了地底深处小小的一股清泉。随后他用钳子将腹膜撑开，暴露出腹腔内空虚的肠腔，空虚是因为手术的头一天晚上就开始禁食禁水，而排泄照样进行，肠腔空空也就是很自然的事情了。

“把拉钩拉好。”王浪指挥着两个低年级的医生。他们聪明能干，按照王浪的吩咐，很好地拉开了腹部，手术视野相当好。王浪做实习医生和刚毕业参加工作时，也常常在配合主任做大手术时帮助拉钩。王浪很珍惜那样的机会，就在拉钩的过程中，有条不紊地向老专家学习手术方式、操作路径。

吴铜礼洗完手，返回到手术室，护士长动作麻利地为他穿手术衣。

看着吴院士走上手术台，几位医生礼貌地请他站在自己的身旁。

吴铜礼院士登上手术台，与王浪面对面。“怎么样？一切都顺利吗？”他问道。

“不错，吴老师，进展良好。但好像问题比较严重。”病人全身麻醉，处于昏睡状态，听不到手术台上医生护士的对话，所以王浪才这么说。当着病人的面，有些话还是要慎重考虑后才说，因为有些病人很难承受突然的打击。

“是吗？我看看。”吴铜礼靠近一看，倒吸一口凉气，好大的一个胆囊，显然已经严重阻塞了，他吩咐道，“仔细检查整个腹腔，看里面情况如何，有没有转移，这是预后如何的重要因素。”

王浪用手术刀与钝性钳子分离胆管周围组织，整个胆囊有平时的两倍大，胆囊壁完全钙化，没有弹性，与周围组织粘连得非常厉害。王浪以十二分的小心操作，毕竟人命关天，人体不像机器，破坏了重新换个配件什么的，人体组织器官弄坏了，天天吃药打针也难以完全恢复原样。

王浪紧张地忙碌着，尽管是在空调房间里，他的额头上竟然渗出汗来。

“吴老师，这个胆囊不拿掉根本不行。”王浪对吴铜礼院士说着自己的看法。

“同意，这胆囊已经不能贮藏胆汁，所以病人的脂肪消化吸收功能特别差，吃饭得少量多餐，油脂食物无法进食，因为他的消化功能严重受损。”

吴铜礼院士看了一下放在病人手术床端头的麻醉监护机。血压正常、呼吸正常、体温正常……这样就好，但愿手术顺利，能够让这位省部级领导恢复健康，顺利返回工作岗位。

“王浪，慢慢来，要细心，不要赶时间。牵一发而动全身，胆囊分离最重要的是尽量少破坏肝脏。”

王浪放低声音，很亲密地对导师说道：“吴老师，有您在我什么都不怕。反正好坏都有您的支持，您是当今肝胆外科权威。无论是哪种摊子，您都会帮学生处理。”

“嘿，你这孩子。行，就照着现在的模式做，我在这台上陪着你。”

“吴老师，您真好！今天的手术是最轻松的，有您在这镇着，就好像有菩萨在保佑。”王浪也拍着导师的马屁。

不过，王浪说的倒也是实话。吴铜礼是目前国内最年轻的中国工程院院士，而在肝胆外科手术界就更是首屈一指了，王浪有这样的导师，自然是很好的机遇，也决定了他以后的路是要往名医方向走的。

吴铜礼也特别高兴有这样的学生，在学校里，学生会特别喜欢某些老师，老师也有非常钟爱的学生，尤其是在研究生阶段，每个导师带的学生通常是三五个，导师和学生接触多，容易有很深的私人感情，这种感情，放在年龄如父子般差异的师生之间，就常常会有父子般的情绪。吴铜礼在研究生考试面试王浪的时候，就对他的表现感到惊讶和欣喜。今天的这台手术，他完全有理由相信，王浪能够带着几个低年级医生给拿下来。但是，因为是省部级领导，他也亲自上台。

“王浪，不要把老师我吹上天啊。”吴铜礼也和学生开起玩笑来。

“吴院士，您真是在天上呢。”一个年轻的女医生忍不住说道。

“那不成鬼魂了？”吴院士逗着这个女医生。

“哪里，不是，不是。吴院士，是成仙呢，您是医仙。”

“不错，很不错的说法，从前有酒仙、诗仙，我现在成了医仙。”吴院士兴致很高，但还是保持他一贯行医的严谨与认真，“好，不说了，不说了。”

大家一丝不苟继续做手术。

在王浪与另外一个医生的紧密协作下，癌变的胆囊已经分离了百分之九十，突然，右肝叶出现一个裂口，鲜血喷在腹腔里。这是此类手术常见的情况，发生率高达百分之八十，像这种整个胆囊癌变、重度粘连的情况下，是百分百会出现。

刚才与吴铜礼院士说话的女医生立即开启吸引器，以保持手术视野的清晰。

“盐水纱布。”王浪下达指令给台上的其他医生护士，“将右肝叶进行压迫止血。”

“嗯，效果不错，出血量不会很大。”吴铜礼分析道，接着他对麻醉师道，“密切观察血压、脉搏、呼吸情况。”

情形正如吴院士所分析的一样，血在五分钟后被彻底止住，总出血量大概在三百毫升左右。血止住之后，王浪与另外一位医生接着分离癌变的胆囊。

十分钟后，王浪顺利切下整个病变的胆囊。胆囊呈现出秋天的橘黄色，鼓胀鼓胀的，随时会撑破的样子。助手将胆囊放在电子计重器上一称，一千五百克，是正常胆囊的好几倍。

随后，切除物送给等在贵宾室的家属和部分省领导看，送去的医生做了简单的解释，大家看后唏嘘不已，在感慨这癌症真厉害，长这么大一个东西，不但没有功能，还侵犯别的正常组织。

“吴老师，你去休息吧，这里我们来弄。”王浪在重要的一步做完后，对导师吴铜礼关心地说道。

“好，今天的手术已经可以说大功告成。”吴铜礼最后指示道，“麻醉科注意了，一定等病人完全清醒后再回病房，以免发生麻醉误吸。”

“请吴院士放心，我们麻醉科一定全力以赴。”麻醉医生对院士表忠心。

“手术成功，麻醉是重要的一环。”吴铜礼对这一天的麻醉表示满意，随后他对王浪说，“回病房后主要看引流液的情况，如果量不是很多，又没有血的话，情况就比较好。随时注意病人的生命体征，防止内出血。”

紧张忙碌的手术，王浪全神贯注，倒真把其他事情给耽误了。他本来约好向玲玲中午与冯慧一起吃饭谈事情的，可是由于病人的手术难度比预料中的要大，花费的时间比一般的同类手术要长很多。整个手术花了四个小时，算来是到中午一点多才结束。

向玲玲作为湘雅医院的研究生，又是在妇产科，也常做手术，知道医院规定做手术时不能接电话，手机只能放在更衣室里。实在有急事找手术医生，可以通过医院的固定电话打到手术室，由护士转告。向玲玲给王浪打过几个电话，怕他在那里人多声杂听不见，后来想，王浪如果下了手术台肯定会给自己打电话的，那么多未接来电，他看了就会知道是自己在问他中午在哪吃饭，具体说来是在哪里谈事情。

不过，向玲玲倒会安排自己，一点钟时，她肚子有些饿，虽然头一天刚感冒，但或许是她小时候营养好，或许是年轻抵抗力强，总之这天食欲完全恢复了正常。她在医院食堂买了一屉小笼包子，一个个香气扑鼻，煞是可爱，味道好极了，她居然没多久就给全吃光了。好舒服，她自己抚摸了一下肚皮，肚里有货，心中不慌。

王浪给向玲玲打来电话的时候，她已经吃完了最后一个小笼包子。

“向玲玲，你现在哪里？”王浪接通电话后开口就问，好像迫不及待。

“呃。”向玲玲冷不防地打了一个饱嗝，这令她有些气恼，王浪在电话的那一头也听见了，他装作不知，不然，这让美貌的女孩会觉得没面子，人就是虚荣，其实打一个饱嗝无所谓嘛。

几秒钟后，向玲玲又开心起来，王浪的电话她喜欢听，还有就是她现在已经解决了温饱问题，不用为吃饭的事操心了。

“王浪呀，你是说中午吃饭的事吗？”

“没错，要知道手术有这么长时间，早上就定在一起吃晚餐好了。”

“没关系，我也是手术医生，经常误点过餐，所以改时间就是，不然，还有一个小时就上下午班了，来不及。”向玲玲体贴地对王浪说，“你简单吃点吧，中午睡一会儿，不然下午你有一个刚做完手术的病人，会很忙很累。”

王浪心中涌出一股热流，这女孩容貌美，心灵也美。“你要我吃点，那你的意思是你已经吃过了？”

“我刚吃的，我等了你一个小时，看你没有回我电话，知道你还在忙，我就吃饭来了，你知道吗，我吃了整整一屉小笼包子呢。”

“那真是厉害。倒是你提醒了我，我也吃小笼包子。”

“你快些来，不然就没有了。要我等你吗？”向玲玲其实想坐在这里等他。

“不用了，我还得去看看我的同学冯慧。”

“哦，是的，那是你的大事，她是你远方来的客人。”

“没错，难得一见的客人。我们初步定在晚上一起吃饭谈事，我下午下班后给你打电话。”

王浪没有去食堂吃小笼包子，他想想觉得不妥，人家冯慧从成都赶回老家，又从老家来到长沙，旅途奔波，咱和她是老同学、小时候的街坊邻居，时间再紧也得去陪伴老同学。

冯慧的上午是悠闲雅致的，早上七点半和王浪通过电话后，她继续睡觉，很快又进入梦乡，九点钟时自然醒过来，可谓睡眠充足。虽然这次是为伯父家的事情到长沙来找王浪帮忙，并不是轻松来旅游的。但是，见着了多年不见的王浪，享受了王浪无微不至的照顾，心里感觉特别甜，加上住宿的酒店房间又是如此温馨浪漫，睡上一个舒服的觉也就在情理之中。

洗漱后去自助餐厅吃早餐，不愧是高级酒店，赠送的早餐也相当地够档次，牛肉、羊肉、鸡蛋、面包、鲍鱼海鲜、可乐牛奶等等，品种繁多、花样百出。冯慧平日里做生意，特别忙，吃饭都是囫囵吞枣，这会儿有时间就细细品尝美味佳肴。不觉一个多小时就过去了，吃完早餐已是上午十时。然后在酒店院子里转悠，酒店很大，处处是茂盛的草坪与高大的常绿树，还有各式盛开的鲜花，其实就是一个漂亮的公园，准确地说这个酒店是建在了公园里面。

中午十二点左右，冯慧回到了酒店房间，想起王浪，这个时候他大概要下班了，一会儿就过来吃饭，这是他早上说好的。她打开电视，一边看新闻节目一边等待着。生意人最希望社会安定，这样才能够有一个赚钱的好局面，所以，她看电视主要是关心国际国内大事，首先是希望不会有战争，再就是盼望政策稳定，还有就是但愿政府出台更多有利于生意人的政策法规。客观地说，这几年尽管竞争激烈，但生意是越来越好做，因为市场机制已经逐步完善。

咦，王浪恐怕是临时加班，都一点多了还没有过来。冯慧看完中央电视台今日说法节目时，注意到已经是中午一点钟了。好在她早饭吃得晚，倒不觉得饿，那就再等等，必要时给他打个电话就是。

就这样想着王浪的时候，他的电话打过来了："冯慧，不好意思，不好意思。"他开口就道歉。

"哪有什么不好意思，我就想你肯定有事去了。不知者不罪，有事者不怪。"

"是，是，你饿了吧？我就到你那里来，我正在路上。"

"我不饿，早饭吃得晚，不急，你慢慢过来就是，不要扭伤了脚。"

"嗯，知道了，再见。"

王浪刚到冯慧所住房间的门口时，房门就应声而开，他还没有来得及摁门铃。

"怎么知道是我啊？"王浪心情舒畅，这表明冯慧期盼着他的到来。

"当然知道，不然哪有这么巧。"

"你不怕是坏人吗？"

"我才不怕，生意场上什么人没有见过，好人坏人我听脚步声就能听出来，刚才我就是听见了你的脚步声。"

"你有这方面的特异功能？"王浪调侃着，"你这功夫比警犬还厉害。"

"哈，没有比试过，总之我能够听出来脚步声的差异就是。"冯慧把门完全拉开，"不要站在门口说话了，欢迎进来。"

王浪进得房间来，见冯慧正在看新闻节目，有些意外地问道："你喜欢看新闻？"

"是呀，哪里不对吗？"

"不会，很正确，只是觉得女的一般喜欢看电视剧、文艺节目之类的，看新闻类节目的很少。"王浪说的是实话，有调查分析说，百分之七十的电视剧观众是女性。

“那我是另类了。”冯慧反过来问王浪，“你也很少看电视剧？”

“我倒有些喜欢看电视剧，电视剧有情节，也有很多对生活、对人生的看法，倒有意思。不过实际上看得很少，因为没有时间，你知道我们医生比较忙，从医院下班就很累了，更是没有时间。”

“从时间上看，咱们是彼此彼此。看来，一分耕耘一分收获呀，不论是我做生意，还是你做医生，赚钱的行当总得花时间、费心血。”

“对，没错，市场经济下尤其如此。”王浪看了一下手表，“都一点半了，让你久等了。本来今天中午我约了那个妇产科的同学一起吃饭，谈你伯父家的事情，但我下班迟了，就改到晚上了。”

“费你的心了，没关系，你的工作要紧。”

“客气什么呀。”王浪征询冯慧的意见，“中午我们去吃牛排好不好？”

“好主意。牛排我很喜欢的。”

王浪与冯慧来到街道对面的贵族世家牛排馆，此时已经过了高峰期，但人还是不少，差不多一半以上的桌子有人在用餐。王浪平时也偶尔到这里来消费，他最喜欢里面的水果与饮料，品种齐全，调配得味道非常不错。

两人正在点餐时，突然一个人从他们身边跑了过去，随即听到一个女声在喊：“抢劫了，抓住他。快抓住他。”

王浪立即起身，对冯慧说：“你坐着不要动。我去看看。”不能让邪恶得逞，王浪毫不迟疑地冲上前去。

抢包的男人三十多岁，脚步稳健，跑起来非常快，很快跑出牛排店，进入了人流、车流很多的中心街道。很不幸，他今天遇见了王浪，要知道王浪当年可是中学大学里的一百米、两百米短跑冠军，参加校篮球队打主力，在全国大学生联赛中夺得亚军。这么出众的身体素质，一般的人怎能跑得过他呢？何况是做贼心虚的抢劫者呢？

王浪盯住抢劫者的身影，这就像扫描仪一样被王浪盯上了，他就插翅难逃。

眼看着王浪越追越近，抢劫者将刚才抢的包拉链拉开，掏出里面的东西就往外扔，企图制造混乱。一些百元大钞随风飘荡，让歹徒失望的是没有人去抢钱，他期望的混乱场面没有出现。大家报警的报警，捡到东西的人也没打算归自己。

歹徒无处可逃，也没有力气继续跑了，他选择了投降：“放过我。好吗？

我给你钱。”

他向王浪进行金钱腐蚀。但他错了，心中充满正义感的人才会出手抓抢劫的人，向正义之师行金钱之贿，注定行不通，注定是失败的。

“你知道，我不可能会因为你这句话就放过你，我不会收你的钱，你收好你的钱吧，你要记住，你一次暴行会毁坏许多人对美好生活的向往与追求。”

警车呼啸而至，车上下来两个警察，将抢劫者押上警车。

警车停靠在街边，等待着就这事做善后处理。刚才捡了包与里面东西的群众在第一时间将它们交给了办案的警察，长沙市民在这件事上体现出了非常文明的素质与风范，这点让王浪感到欣慰，做好事不再孤单，正义有同道之人前行。

被抢了包的女孩随后赶到，女孩长着娃娃脸，面部皮肤简直可用吹弹可破来形容，眼睛大而有神，说不上漂亮，但绝对非常有特点，看了一眼会让人记住她的容颜，对了，像极了瓷娃娃。王浪估计一下年龄大概就是二十二三岁，大学刚毕业的模样，也就是说比自己可能小个六七岁。

女孩显然已经看到这一切，明白是王浪将抢劫者抓住并交给了警察，她的心里充满感激之情。当看到王浪如此帅气、儒雅时，她真不敢相信他有这么强健的体魄，奔鹿般的速度、老虎般的敏捷、雄狮般的凛然不可侵犯，集热心、正义、爱心为一体。在这一瞥之中，王浪的形象烙印般地刻进了她的心底。真是塞翁失马，焉知非福呀。如果不是被抢了包，自己怎么可能见到最让人心动的男孩呀。

王浪与女孩都走向办案警察。“谢谢你！”女孩用非常柔美的声音向王浪真诚地表示谢意，“如果不是你追赶坏人的话，我包里的很多贵重物品、保密材料都会丢失。”

“不用客气。抢包这种事情，只要我看见了就一定要管。不然，谁出门都会带包，这抢来抢去的，谁都会没有安全感，我想让坏人知道，抢包是没有出路的。”

警察满意地看着王浪，欣赏着王浪的正气与铁骨精神：“好样的，同志，我们的公共安全正是需要你这样热心的人共同参与和维护。”

另一位警察询问了女孩几个问题，然后把包与群众上交的东西还给女孩，并说道：“你清点一下，看东西丢没丢？”

女孩仔细清点了一下，尤其是那几份保密资料，确信这几样东西还在，钱的大体数目也没错。“都到齐了，谢谢警察。”女孩很客气地说道。

“不用谢，这样吧，这件事细节比较清楚，你和这位先生到车上录个口供就行，不会耽误你们的时间。”

24

王浪与女孩上了警车。那个抢劫者被戴了手铐坐在那里，看着王浪，充满了怨气，其实这事不能怨别人，要怪只能怪自己，以这种暴力方式抢夺东西，给社会造成严重的不安定因素，从古至今，都是属于严厉打击的恶性犯罪。

警察请女孩先说一下情况。女孩这时已经完全平静下来，条理清晰地把她所看到的、听到的向警察叙说了一遍。说起她内心的反应却有些惊恐不定，让警察与王浪更觉得这抢劫者的可恨，这么柔弱的女孩，你也去抢，你积点阴德好不好。

女孩说完后，警察请王浪也说一遍经过。待两人都说完了，警察严肃地对抢劫者问道：“你知道你的错误吗？你这是严重的犯罪行为。”

“求警察同志放过我，我下次再也不敢了。”抢劫者发誓，“如果还有这样的事情，天打雷劈，出门被车撞死。”

“你三十多岁了，应该不会不知道抢劫的危害性，不会不知道法律的严肃性，这事等回去调查清楚了再给你下结论。你自己好好考虑清楚，我们的政策你也知道，坦白从宽，抗拒从严。”警察教育着抢劫者，随后问道，“他们两人讲的属实吗？”

“属实，属实，完全属实，和我讲的一模一样。”抢劫者意识到说错了，因为他还没有说，连忙纠正道，“我是说，我要讲的情况也就是这样。”

“行，但法律给你叙述的权利，你把经过说一遍。”

事实清楚，警察到场介入，待录完口供后，王浪与女孩走下警车。

“我叫杨柳，省政府办公厅职员。”女孩从包中拿出一张名片递给王浪，“这是我的联系方式，希望以后还有机会再见。”

王浪接过名片，认真地看了一遍，想回敬给杨柳一张名片，却想起自己来长沙上研究生后就没有用名片了，于是对杨柳说："对不起，我没有名片，我叫王浪，在湘雅医科大学读研究生，这样吧，我把我的电话留给你。"

他对着杨柳名片上的手机号码拨号，几秒钟后，杨柳的包里传出了《蝴蝶泉边》的优雅乐曲。她从包里拿出手机，明白是王浪打的，"收到了。"

王浪关了手机，杨柳调出刚才的未接号码，认真地将这个号码储存在"王浪"的名片夹中。

"好了，以后多联系。"

"再见，以后联系。"王浪与女孩杨柳告别。女孩消失在视野外。王浪回转身来，却蓦然发现，冯慧就在自己的身后。

在贵族世家牛排店里，冯慧还没有明白是怎么一回事时，王浪已经紧随着一个男子冲出店外。她听到了王浪的嘱咐，那是叫她在原地等他。冯慧根本放心不下王浪，她好为他担心，报纸电视上经常说一些抢劫、偷盗歹徒被人发现或追击时，常常会拿出凶器来，造成人员伤亡。

冯慧立即站起身，紧随着刚才喊包被偷了的女孩出了店门。冯慧远远地看到了一切，虽然不甚清楚，但是她准确地知道王浪制服了坏人，并交给了随后赶到的警察。王浪完好无损，冯慧觉得压在心头的一块大石头终于落了地。

"不是叫你在那坐着吗？"王浪心疼地对冯慧说道，"这样跟来多累。"

"不累，你都一不怕苦，二不怕流血牺牲，我还怕什么。"

"嘿，追一个人，这对我不算什么。我可是大学里的短跑冠军。"

"没想到，我的老同学如此出色。"

"夺奖了，出色也不算吧，不过，一般的小偷跑步肯定没有我出色。"

"我相信，走吧。"冯慧很自然地挽住王浪的胳膊，用关心体贴的语气对他说，"我们回去吃牛排吧，待会你还要上班，可不能饿肚子工作。"

此时的冯慧，更像是自己的姐姐或者妹妹。王浪心想，拥有女孩子对自己的好感，很美丽。

冯慧看着热血正气的王浪，心里波涛起伏，有如少女怀春。王浪这么优秀的男孩，曾经两人有青梅竹马的缘分，但是最后无缘婚姻牵手。缘有多少就珍惜多少，同窗的情谊将是终生难忘。

前面王浪与冯慧走进这家牛排店的时候，店里的前台女经理注意到了他们两人，不为别的，就因为王浪的帅气。男孩和女孩一样，出色的容貌总是会惹得很多关注的目光，尤其是异性。当女经理看见帅气的王浪第一个冲出去追击抢劫者时，她心里特别感动，好像还感到自豪，她把王浪当作了自家人，自家什么人呢，哥哥、弟弟、情人或者想什么就是什么。稍后，她又和冯慧一样为王浪担心起来。因此，她也随着冯慧跑出去，生意暂且放下。

看到王浪抓住抢劫者，警察也来了之后，女经理放心地返回牛排店，毕竟生意也很重要，作为管理人员，不可放任职守。

女经理希望王浪与冯慧能够返回店里吃牛排，她很想用自己的方式表达对英雄的敬意，表达对王浪的欣赏。

当王浪与冯慧真的走进牛排店时，女经理激动起来。她主动上前与他们打招呼。

“来，两位，请这边坐。”女经理将他们引向靠窗户、比较宽松的位置。

“谢谢。”王浪礼貌地表示接受她的服务。

“很高兴为你们服务。”女经理表达内心的想法，充满敬意，“这位先生见义勇为，令人敬佩，也帮了我们店里的大忙，没有让顾客受损失，非常谢谢你。”

“区区小事，何足挂齿。”王浪文绉绉地说道。

冯慧与女经理听了，脸上都挂出笑容来，这王浪挺有意思的。

“两位想吃点什么？”女经理问道。

“你先看看。”王浪请冯慧先点。

“好，那我来个紫云英牛排。”冯慧对女经理道。

“我就捞饭牛排好了。”王浪也报了一个自己爱吃的牛排名字。

经理记下了他们点的东西，临走时说道：“两位稍等，我们很快就会上来。”

的确很快，女经理亲自到厨房，请厨师优先帮两人做牛排。同时，女经理给送外卖正在回店路上的服务员打电话，要他买一束鲜花回来，主要由百合与玫瑰插花而成。

女经理将牛排端上王浪与冯慧的桌位，笑容甜美地说道：“你们两位慢用，有事尽管吩咐我。”

待服务员退远之后，冯慧对王浪小声说道：“王浪，这位女同志好像很喜欢你呢。”

“人家刚才不是说了，感谢我们为她店里的事情帮了忙吧。”

“那我也要谢谢你。让我今天感受了尊崇嘉宾的礼遇。”

因为王浪下午还要上班，两人加快了速度。大概半小时后，冯慧招手叫服务员过来买单。

女经理一直在看着王浪与冯慧这一桌，这会她看见冯慧招手，立即示意服务员，结账的事情由她自己来。

“稍等一两分钟，我就过来，好吗？”女经理征求着他们的意见。

不一会儿，买花的服务员从门口快步进来，立即交给女经理。看着娇艳的玫瑰与清新的百合，她忍不住深吸了几口气。

女经理拿着账单与鲜花来到王浪的桌前，很正式地说道：“我是牛排店的前台经理。今天你们见义勇为，让本店免除了抓治安无力的负面影响，本店深表感激。你们刚才的账单全部免了。”女经理意犹未尽，“这是我个人送你们的鲜花，祝你们俩爱情美满，万事如意。”

女经理弄错了，她把王浪与冯慧当成一对情侣了。王浪并不做纠正，这事情即便纠正了也没有太多价值，该怎么样就是怎么样。

“谢谢你，经理！”王浪告辞道，“我们走吧，冯慧。”

冯慧忍不住幻想起来，要是我们真是情侣多好呀。

王浪送冯慧回宾馆后赶到医院上班。他首先去肝胆外科病房一趟，查看上午手术病人的情况。身为省部级领导的病人已经完全从麻醉中苏醒过来了，因为用了镇痛泵，没有任何痛苦的感觉，也就恢复了领导的风度，当然因为刚手术，还只能躺在床上，就是不能坐，更不能站立与行走。

“王大夫，非常感谢你。”领导伸出右手，表示着他的真情实意，也表达着上级对下级的认同。

“不用客气，你感觉如何？有哪里不舒服吗？”王浪询问领导的主观症状。

“没有什么不舒服。就是有点肚子饿，想吃东西，能吃吗？”

“你的身体状况很好，食欲不错，但不要急着吃东西，要等着肛门排气——就是打屁之后才能吃东西。”

“打屁还这么重要了？”病房里一个和领导差不多年纪的人问道，看样子是他的兄弟，因为两人的外貌颇为相像。

领导笑道：“事物都是互相转换的嘛，平时不起眼的东西，某些时候会特别重要。”

“没错，在我们腹部外科有一句话叫作‘一屁值千金’，手术后有屁打出来，说明手术后恢复良好。”

“看来，我得等着这个千金的屁出来。”领导似乎对自己的恢复充满信心，“我想应该不会有问题。”

王浪同样对病人很有信心，在明确知道自己是恶性肿瘤，也就是癌症的情况下，能够这么乐观，这么积极地接受治疗，的确很不简单，因为目前百姓仍处在恐癌的时代。对于一个未知或者知之不多的东西，人们总是敬畏有加，恐惧之心常有。因此，有医学专家说，不少癌症病人不是病死的，而是吓死的，也有些道理。

“当然，从你目前的情况来看，你会比一般人提前实现这个目标的。”

“王医生，吴院士和你技术高超，咱出院了得好好感谢你。”

以领导的高位，从入院到手术，有不少的重量级人物打过招呼，这是王浪知道的，就是自己的导师吴铜礼也亲自上台，而导师也把自己拉上了手术台。所以，领导这么说，是发自内心的感激之情。俗话说“救命之恩终身难报”就是这个道理，试想想，救命就如同重生，再给一次生命。给生命的只有上帝与父母，那么，医生呢？在生与死的较量中，就部分地充当了上帝的角色。

“好，我先谢谢领导了。希望你早日康复。”王浪笑纳领导的好意。

既然领导的手术非常成功，术后情况也满意。王浪回到急诊科，他目前还在急诊科轮转，需要在科里上班。

“王浪——”，当他从急诊内科诊室经过的时候，有人叫他，听出来是叶欣，不过声音和往日里有些不同，多了些羞涩与不安。这是自然的表现，毕竟曾经是同学，现在是同事，重要的是昨晚两人在酒店房间里激情相拥亲吻，尽管是酒后，有些酒后乱情的味道，但是吻过就是吻过，这个事实是不能改变的，并且这吻在两人的心中都留下了记忆。如果当时姚义没有打电话，说不定还会发生更大的事情。那是什么事情，不就是男女之最亲密的身心融合嘛。想到这，叶欣的声音里再增加了一丝欲语还休。

“今天都去帮同学办事情去了吗？都没有看见你。”叶欣言语中饱含着想念与期盼。

“没有呢。昨天忘记告诉你了，今天上午帮一个省部级领导做手术了，一直到一点多钟才下台。”

“是很大的手术吗？什么病呀？”

“胆囊癌。腹部粘连得厉害，所以做的时间长，我和导师一起上台。”

“吴院士都上台，那医院是相当重视。”叶欣似乎激动起来，为王浪高兴，“这么重要的手术你都上台了，老同学医术精湛，名扬天下。”

“没有了，是导师让我上的。”王浪看见有病人朝内科诊室走来，小声地对叶欣说，“你这边有人来看病了，我先上去，有空聊。”

“嗯，好的，再见。”

下午下班的时候，叶欣还在给一个高血压急症的病人诊治时，无意中看见王浪从门前经过，因为正在工作就没有打招呼。王浪或许也是因为同样的原因，直接走过去了。

半小时后，叶欣收拾好东西，与接班医生交代完有关事情，走出急诊大楼大门，正准备横穿马路回到宿舍去时，却突然看见对面马路上王浪熟悉的身影，他的身边是向玲玲，她和王浪共同的同学。王浪走路身板挺直，向玲玲老是微微抬头看着王浪，有一点小鸟依人的味道，脸上是灿烂的笑容。怎么？王浪和向玲玲好上了？咱不是一直想着，为何向玲玲追他这么多年，他都毫不动心，原来是自己情报不准。

当然，不是情报不准，王浪与向玲玲的关系说啥也不如叶欣。叶欣与王浪是真刀实枪亲吻过，而王浪与向玲玲，只是向玲玲趁着王浪不备时偷偷地吻了一下他的面颊，还只是蜻蜓点水，点到即止。事情也真是巧，一个激情之吻，一个“点头之吻”，竟然发生在同一个晚上。这充分说明，情这东西很微妙，不可能发生的事情常常发生，撞车的时候也就不会很少。

叶欣不知道王浪与向玲玲的具体情况，这会看见他们两人如此这般，心里是相当难受。她不敢接着横穿马路，因为心神不宁，害怕被车撞着，先退回办公室，稍后再说。

刚才接她班的女医生说：“你下班了，怎么不回去吃饭，又返回呢？”

“还早，待会去。”

“好像你的脸色不太对，还好多汗呢。不舒服吗？”

“哦，可能有点低血糖。”叶欣瞎编道。

“这样呀，我叫护士来给你静脉注射葡萄糖。”同样是急诊科的医生，两人都知道低血糖最有效的办法就是静脉使用葡萄糖注射液。

“谢谢，不用了，休息一会就行。”叶欣没有低血糖的病，当然没有必要打静脉针了，不然就多一次传播诸如艾滋病、乙肝等经血液传播的风险了，这可不能干。

“那我这有口香糖，你吃点，看会好些吗？”女医生说着从口袋里摸出一包口香糖，拆开包装，剥开一片，递给叶欣。

“谢谢。”叶欣很感激地接过来放进嘴里，尽管没有什么病，但是同事传递的温情备感宜人。

“这些你都拿着，多吃几片效果更好。”女医生的帮助无法拒绝。

叶欣接过来放进兜里，再次说道：“谢谢。”和女医生的对话，她的心情也好些，似乎能够承受刚才的不幸了。

“我走了，吃饭去。”叶欣对女医生说道。

女医生不放心地问道：“你真没事了吗？”

“没事，都好了。”

女医生审视了一下叶欣，脸色的确好转了，精神也回转了些，没有前面的有气无力、无精打采。

“好，那你路上小心，有事打我电话。”女医生再三叮嘱。

叶欣再次被感动，同事间尽管没有什么深入交往，但是在某些时候，依然有着浓浓的情思，会使人感受着人世间的温暖。

叶欣再次走出门外，马路对面已经没有了王浪与向玲玲。

王浪与向玲玲去酒店的路上给冯慧打了个电话，时间其实还早，不过因为要谈事情，不能弄得太紧张。

也就十来分钟的路程，两人很快就到达冯慧所住的酒店。冯慧给两人开门，第一眼的印象是，这同来的女生的确漂亮，脸蛋、皮肤、身材都无可挑剔，更重要的是，她浑身洋溢着“腹有诗书气自华”的雅致。

“来，先让你们互相认识一下。”王浪说道，“这位是我的大学兼研究生同学向玲玲，姓向，方向的向，叠名玲玲，玲珑小巧的玲，妇产科专家。”

接着介绍冯慧，王浪是这样说的，“这位是我的小学同学兼儿时邻居冯慧，姓冯，两点水一个马字的冯，单名一个慧字，智慧的慧，成功的企业家。”

两个女孩对王浪的介绍感觉颇为有趣，这都是什么和什么呀，不过，倒是挺清楚，也很能给人深刻的印象。

冯慧与向玲玲相视一笑，两双手握在一起，“很高兴认识你。”“希望得到你的指导。”

“你们坐，我来泡茶。”冯慧担负起主人的职责，招呼着客人。

“不用了吧，我们在办公室都喝过了水的。”向玲玲用的是我们，潜意识里把她与王浪当作一对儿，昨晚给王浪的是脸颊吻，却也是她的初吻。她的美貌吸引着无数的男孩儿为之倾倒，但是能够让向玲玲同样倾倒的男性却一直没有出现，王浪就是上帝给向玲玲的唯一人选，可是似乎上帝还没有让她与王浪步入爱之坦途。

“是呀，冯慧，你不用忙乎。要不，我们大家去餐厅，边吃边聊。”王浪提议道。

“来了这里，也不坐一下？向玲玲是第一次来的客人呀。”

“她不算客人，她天天在长沙，几乎每天散步都要经过这里。”王浪替向玲玲回答道。

“真是这样的，你倒是难得来长沙，在这里你是客，我们要尽地主之谊。”向玲玲补充道。

“好吧，那我就听你们的。”

三人要了酒店二楼的一个包厢，里面环境不错，主要是隔音设施特别好，门一关，外面的声音基本就进不来，这样的条件适合谈事儿。

一桌子吃饭，通常要一个为主点菜的人，这三人倒不需要，因为都是点菜高手。冯慧就不用说了，生意场上的成功人士，迎来送往，推杯换盏的场合少不了，自然练就了点菜、待客、喝酒的好身手，没这几样东西，生意自然做不顺畅。在哪山唱哪歌，靠山吃山，靠水吃水。向玲玲作为妇产科医生，常常做手术误了吃饭，于是和同事同学一起去饭店解决温饱问题就是正道了，吃喝的水平水涨船高。王浪呢，与向玲玲的基础条件一样，当然作为男生，买单的机会更多些，点菜的机会同样就多。

三人毫不费力地点出了几道荤素搭配合理、营养成分齐全、口味俱佳的菜肴。服务员满意地去了，一天能够遇见多一些快速点菜、会点菜的客人，作为服务员也轻松不少。

“好的，那就先这样，三位稍候，菜很快就上来。”服务员拉上包厢门退去。

王浪为两位女士倒满了葡萄酒，红红的液体在透明的高脚杯中闪烁着诱惑的光芒。

“今天很高兴与两位美女同学相聚。”王浪举起酒杯，“来，我们干了这杯。”

三人的杯子碰在一起，发出“咣”的一声响，都一饮而尽。

“吃菜，颜色、香味不错，我们试试口感如何。”王浪请两位用菜。

“嗯，味道很好。”冯慧夹了身边的田螺肉，放进嘴里品尝着，“好，真好。”再次强调道。生意人的她说一遍是奉承，重复说应该是真实评价，再说呢，今天在王浪与向玲玲面前，她也没有必要太过虚伪。

“果真如此。”向玲玲积极响应，“冯慧，我们干一杯。很高兴认识你，一个成功的企业家。”

冯慧与向玲玲干杯，喝过酒之后，她很认真地对向玲玲说道：“这次真要麻烦你了，我很幸运有王浪这样的同学。”

“那是，那是。”向玲玲道，“只要与王浪接触过的人，都会觉得他的好，时间越长，感觉越深。”言语中已是包含着深情。

冯慧感觉到了向玲玲这种源自骨髓深处对王浪的喜欢与爱，这种喜欢与爱不会因为时间和空间的改变而改变，将伴随着一个人的终生。如果王浪对向玲玲也能如此，那是他们俩最幸福的事情。只是，从现在的情况看，王浪对于向玲玲仍处于好朋友的层面。

“夸张了，夸张了，不过听人说我好话，内心是喜滋滋的，可不要当面说好话，背后把人骂。”王浪与向玲玲开玩笑。

“人家哪个像你呀，说话没良心。”冯慧自小与王浪打闹惯了，现在说话依然笑闹的成分更多。

“不会的，王浪为了你这事，和我说过，说我是专门的医生，其实他自己就很懂，只是他想把事情做得更好。”向玲玲处处维护着王浪。

冯慧知道不能再开王浪的玩笑了，眼前的向玲玲为王浪说话已经成为本能。

“对了，向玲玲，我伯父家的事得麻烦你。我们一家都不懂。”冯慧转入正题，很无奈，也很伤心，“真没有想到，那么健康、可爱的嫂子去医院生小孩，就这样没了，就这样去了。”她的声音哽咽着。

王浪与向玲玲都没有说话，在医院里时常目睹生命的逝去，尤其是王浪，差不多每个月都会看着重症的患者不治而亡，生命有时是脆弱的。活着的人永远要珍惜生命，也要在逝去的生命上吸取教训、总结经验，这正是医学的价值所在，生命与健康，是人类的永恒追求。

“如果知道会这样，嫂子去县医院生小孩就好了，镇医院的医疗水平肯定比不上县里。”冯慧继续说道，“伯父伯母看着他们刚出生的孙儿就没有了妈妈，每日以泪洗面，我的堂哥没有了妻子，悲痛欲绝。”

“一个人的死亡留给家人无尽的痛苦与悲哀，尤其是非正常的死亡。”王浪劝慰道，“冯慧，人已逝去，无法挽回，现在就看如何为你伯父家寻找补偿，得到心灵的慰藉。”

“嗯。”冯慧应道，整理了一下思绪，接着说，“嫂子怀孕足月后，一天去她娘家走亲戚，傍晚时肚子痛，感觉要生小孩了。家里人很高兴，本想让她去县城医院住院，娘家距离县城医院比镇医院更近些。”

“那后来怎么选择了镇医院呢？”向玲玲在认真地听着冯慧对于整个经过的回顾，提出疑问。

冯慧回答道：“伯父伯母考虑镇医院距离他们家比较近，便于小孩出生后的照顾等等，就建议回镇医院生。当时认为，生小孩是很常见的，邻居他们都在镇医院生，也没有发生什么事情，都很顺利的。”

“的确是这样，生孩子一般都不认为是生病，顺产是自然而然，就是助产士要有一定的经验，而剖宫产呢，就是要求手术医生懂得术后的观察。”向玲玲说起她的专业来，头头是道。

“就是，当时大家都这么认为，可是嫂子出事以后，伯父伯母都很懊悔，很难受，说要是去县里医院就好了，远一点就远一点，总比现在这样子好得多。”

“人算不如天算，有些事情计划不如变化快。”王浪感慨道，“简单的手术出事情，总是哪个环节出了差错。”

冯慧点头，“对！我嫂子是晚上十点多钟做完剖宫产手术的，生了一个男孩，出手术室回到病房后，医生护士说母子平安。”

“只能说顺利地下了手术台，术后观察同样重要。”向玲玲在心里分析可能是后面的处理有缺陷。

“子夜一点钟左右，我嫂子感觉胸闷、周身疼痛，这时是手术后两个多小时。我哥去告诉值班人员，来了一个护士，说是生小孩都这样，麻药醒了，会有些痛。”后来，越来越痛，我哥又去找值班的，还是那个护士来了，说叫你忍一下就忍一下，生孩子哪有不痛的。于是我哥只好回到嫂子床旁，拉着她的手不停地安慰她，可是还是没有效果。嫂子叫喊的声音很大，护士听见了来到病房，说‘要不我给你打一针止痛的药’，我哥表示同意。等护士拿着注射器和药物来到病房时，嫂子已经不再叫喊，昏迷过去了。”

向玲玲听到这里，忍不住说道："这么剧烈、持续时间很长的疼痛，护士一直以为是产后疼痛，还是欠缺经验。"

"我哥大声喊着嫂子的名字，叫嫂子'醒醒，你醒醒呀。'嫂子毫无反应。护士赶紧退出病房。过了一段时间，来了另外两个医务人员，其中一个就是主刀的医生，他们抢救了几分钟，对我哥说没有希望了。我哥就这样眼睁睁地守着嫂子，看着她从人间走进了阴间。"

王浪与向玲玲在心里表示对死去的人的尊敬，那是一个可贵的生命，做医生，每时每刻都要对生命有敬畏之情。

"冯慧，听你刚才说的情况，镇医院在这件事中确有不足之处，医生没有严守值班岗位，前后只有一个护士在病房，这是不允许的。另外，护士在处理方式上过于简单，盲目自信，没有及时向上级医务人员汇报。医院方面怎么向你哥他们解释的？"向玲玲说了自己的想法，同时看一下医院方面的打算。

"出了这事后，我伯父家的亲戚朋友二十多个人去了医院，我爸也去了。医院说他们没有责任。我们当然无法接受他们说的话，大家就待在医院里不走，追着院长要说法，医院没办法正常工作，县卫生局派了人来。医院给了十万元钱，但还是说没有责任，并且要求进行尸体解剖以明确死亡原因。"

"那现在做了尸体解剖吗？"向玲玲问道，因为尸体解剖对于医疗事故的鉴定是最重要的一环。

"医院说，如果是病人自己的原因的话，这十万元钱要收回来。为了弄个清楚，我伯父他们同意做尸体解剖。"

"有结果了吗？"王浪关心地问道。

"应该快了，好像说要一个月才会出结果。"

"那行，等结果出来后会做医疗事故鉴定，等鉴定结论有了后，再去和医院协商解决这个事情。"向玲玲很清楚这个程序，和王浪一样，他们刚学习不久，新的《医疗事故处理条例》写得很清楚。

"那，依你看，医院要负全部责任吗？"

"这个要看整个事件的前因后果，生小孩死亡的事现在是很少见，但也还是有，剖宫产常见的并发症有羊水栓塞、失血休克等。但从你刚才说的来看，不管是不是死于并发症，还是死于本身原来的病，医院都有一定的责任。"

冯慧听向玲玲这么说，心里明白了个大概，也对解决纠纷有更多的信心，因为这是专家说的。

“那我回去告诉伯父，有情况我再向你们请教。”冯慧看着向玲玲与王浪，“我准备明天回家。”

“在这多玩几天呀。”王浪挽留冯慧。

“就是，叫王浪陪你到处走走。”向玲玲发觉冯慧不是她的情敌，至少目前没有任何迹象表明是情敌，所以很大方地叫王浪去陪，不过，内心里还是希望冯慧会拒绝这个提议，人嘛，都有些自私。

25

冯慧没有在长沙多待一天，在她与王浪、向玲玲一起吃过饭的第二天，一大早去汽车南站坐车回老家。她要尽快回去向伯父伯母汇报情况，方不辱使命。

“我那同学回去了。”王浪见着向玲玲的时候对她说道，“她没有留下来多玩几天。”

“感觉她是一个很珍惜时间的人，正如你告诉我的，或许因为她是生意人吧，总希望快些做完事情，赚钱是正道。”

“生意人也辛苦，不像我们在医院什么，有一个单位，很多事情单位撑着，咱们只要安心看病、做手术、提高水平就行。”王浪有感而发，“民营企业、个体户在目前的环境下生存还是压力不小的，主要是竞争的压力。”

“发财的梦他们可以做呀，弄得好，滚雪球似的，不用几年，甚至就可以上福布斯财富榜。”

“那榜有啥用，不是说一些富豪上榜后税务局盯上了，一查偷税漏税，黑道盯上了，敲诈勒索。”

“不要以偏概全吗，出事的终归是少数。财富代表着人的能力。”向玲玲问王浪，“你在急诊科待的时间好像也不短了吧，要轮转到下一个科了吗？”

“对，快半年了。我导师说急诊科非常重要，不论是内科还是外科，不管是做医院管理还是临床工作，从实用性的角度来说，急诊工作的好坏与医院的声誉密切相关。所以，导师要我在急诊科待半年。”

“每个导师的想法有不同，像我导师就认为既然是研究生，就要在一个专科深度发展，所以，她要求我全部临床工作都在妇产科，就在妇产科的妇科病房、产科病房、生殖中心、妇科门诊、产科门诊轮转。”

“各有各的特色，反正听从导师的就是，他们见多识广，对我们的学习、工作有好处。”

“对了，王浪，你和叶欣一起在急诊科待了这么长时间，是不是关系不一般呀？”向玲玲本来不想说这些，但是她听别的同学说过这样的话，心里憋不住，尽管不是想约束王浪，因为她不是他的女朋友，哪怕她想做女朋友，但实际上不是。

王浪听她这么一说，觉得很意外，向玲玲这话是从何说起的呢，只是他有些心虚吧，说与叶欣关系一般吧，自己的确与她激情相吻过；说与她关系不一般吧，自己与叶欣好像还只能归于同学与同事。

“呵呵。”王浪没有正面回答，“你听谁说的？”

“不告诉你，你说，到底有没有吗？”向玲玲不让王浪转移话题，“咱们都是同学，你说实话就是，又不损失什么，是不是？”

“实话那就是没有。”王浪还是说出内心的想法。他在心里说，那个晚上，那个激情之吻，只能说是当时特殊情况下情谊的特殊表达。

“明白。”向玲玲好像如释重负般，“你看你这样说多爽快，咱也轻松是不？”

“你轻松什么？”

“不告诉你，轻松就是轻松，很多时候，没有理由。”

半个月过去，再有两天，王浪就要结束急诊科的轮转。这天，他吃过晚饭后，被值班医生叫过来，帮忙做一个急诊手术。叶欣正在值班，王浪上楼去急诊手术室时，两人招手示意互致问候。

晚上九点多钟，十多个人，男女各半，闹哄哄地进了急诊科大楼，好几个走路都摇摇晃晃，东倒西歪，显然是喝醉了。

一男人走到护士站，很不礼貌地对护士说：“我要看病。”然后把手放在桌上，“帮我量血压。”

护士不负责看病，指着挂号窗口，对他们解释道：“去那边挂号，然后到急诊内科诊室去看病。”

“你不给我看是吧？那我给你看病啰。”男人伸出他的臭手，然后去摸护士的脸。

护士刚从学校毕业一年，十七八岁的姑娘，哪受得了这委屈，“啪”地将他的手打开，大声呵斥道：“流氓。”

“嘿，你说我是流氓？”男人三十多岁，西装领带，却露骨地现出其轻浮，“我就做回流氓给你看看。”

他伸出两条胳膊，将护士搂在怀中。护士羞愤不已，奋力挣脱，然后用足力气，抡起右掌，狠狠地朝这个酒醉的无耻男人脸上抽去。

“啪——”声音清脆而响亮，男人的脸上现出五道红色印痕。

与男人随行的人有两个听见声音过来了，赶忙询问是怎么回事。男人捂着脸说道：“这臭娘们不懂味，动手打人。”

他们一看，男人脸上的指痕印，就不问青红皂白，指责护士说：“打人不对，你要赔钱。”

“我赔钱？他非礼我，我要告他。”护士义正词严，“你们问问他，我为什么要打他？”

两人看着男人，男人没有回答，却冲上前去想抓住护士。护士敏捷地躲开了。男人再次向护士逼近，关键时刻，叶欣听见情况不对，进入了护士站。作为医生，她当然要出面帮助护士脱离危险。

叶欣拦住了男人。

“你是谁？”男人斜着眼问。

“我是这里的医生。”

“医生？医生你走开点，这会我不看病。我要收拾这个不懂事的臭娘们。”

“你讲话不文明。不可以在医院闹事。”叶欣已经判断出男人的无理取闹。

“我闹事？”男人穷凶极恶，“我闹事怎么了？”他的手指指向叶欣。

叶欣毫不畏惧，她在为正义而战。“快打110，叫警察来。”叶欣对护士说道。

护士准备拨电话，男人再次冲上前来，叶欣奋力阻止。男人火了，高高举起他的手道：“你再拦我，我一样打你！”

叶欣站着不动，尊严有时比什么都重要。

“算了，算了，我们走吧。”男人的同行者再次劝他。

男人不理他们，“你站开，不然，我真不客气了。”他继续威胁叶欣。

叶欣岿然不动。

“好，你敬酒不吃吃罚酒。我让你知道我的厉害。”男人的脸色变青，他举起的手往下用劲，看来叶欣这下在劫难逃。

王浪在关键时刻出现了，他正好从上面下楼，听见内科诊室这边声音嘈杂，赶紧过来，正遇上千钧一发之际。不好，叶欣遇险，果断出手。他以迅雷不及掩耳之势，用强有力的手牢牢地抓住醉汉罪恶的爪子。

醉汉当时已经用力不轻，这会被王浪反方向一拉，胳膊拽得老疼，龇牙咧嘴。“妈的，谁在动老子？”他满口脏话。

王浪再稍一用劲，醉汉疼得大叫：“妈咧，我的个妈。我不敢了，我不敢了。”

王浪正要松手，没想到却被另一个醉汉偷袭。一个手提半瓶啤酒的瘦高男子从后面接近王浪，然后在他身后，高高举起他手中的啤酒瓶，直接朝王浪脑袋砸下。

王浪的头部、面部全是啤酒泡沫，嘴角上流出血来，这啤酒瓶的击打相当厉害。王浪热血沸腾，他的眼睛大睁着，活像争强好胜的公牛眼。他松开了那个醉汉，转过身，逼视着向他砸酒瓶行凶的人，脸上冷峻严肃，透着杀气。

行凶者在杀气中被震醒，高大健壮的王浪像一座巍峨的大山朝他压来。

“你？是你用瓶子砸我？”王浪厉声道。

行凶者一时懵住，结巴地说：“我……我……”双手上举，做投降状，手里的半截啤酒瓶“咣”的一声掉在地上，接着直挺挺地往后倒去。

同行人中有人眼疾手快，一下子从后面抱住了那人，不然的话，肯定会摔个脑袋开花。

“医生，他昏过去了。医生，救救他。”同行的人大声喊道。

醉酒起事的那人也突然醒酒了似的，连忙绕过王浪，扶住行凶者。

王浪的眼睛慢慢闭上，叶欣感觉到了他的不正常。就在王浪身子摇晃要倒下的一瞬间，叶欣冲上前去，用力抱住王浪，可是她的力量不足以支持王浪高大的重力。

“快，快来帮我。”叶欣急忙招呼那个年轻的护士。

两人搂抱住王浪，总算没有让王浪倒在地上。叶欣和她合力将王浪抬放在诊断床上。

“医生，快请人帮他看看呀。”醉汉此时也急了，大声呼喊道。

其他医生、护士听见这边很大的动静，过来看是怎么回事。叶欣简单地说了几句经过，就帮助王浪擦血。

有医生帮着那些人看病，那个倒地的人是醉酒加惊吓，很快就醒过来。

这个时候，医院的保安已经将急诊楼围住，不允许这些人出去。不久，十多名警察全副武装过来了，将酗酒闹事的那两人给控制住了，随后，警察展开调查，将两人押上了警车。

“王浪，王浪，你醒醒呀。”叶欣看见躺在床上的同学，心急地呼唤道，眼泪顺着她的脸颊流下来。

脑外科总住院医生细致地检查王浪，还好，只是面部流血，鼻孔、耳朵都没有流水流血，目前看没有颅底骨折的表现。“先拍个头部CT片，看脑部情况如何。”

急诊科主任、肝胆外科主任接到电话后立即赶来，陪同王浪进行CT检查。

“头部CT检查，没有挫裂伤，没有出血征象，一句话，CT检查没有发现异常。”CT室主任看了同步片子后说道。

“那就好，那就好。”叶欣听主任这么说，一块石头落了地。

“王浪，王浪。”叶欣亲切地喊着王浪，她希望能够唤醒他。

但是依然没有反应。既然检查都没有发现问题，那王浪应该就是脑震荡，理论上不用多久就会醒过来的。

“先收住我们脑外科吧，密切观察一下。”脑外科总住院医师不敢掉以轻心。

急诊科主任与肝胆外科主任都表示同意，一个代表王浪现在科室的最高领导，一个代表王浪编制科室的心愿。

“叶欣——”担架车上躺着的王浪隐约中听见她的声音，终于醒过来了。

“王浪，是你叫我吗？”叶欣倍感激动，“你醒过来了？好，好，可把我们吓死了。”

王浪住进脑外科，密切观察。叶欣向急诊科主任提出请假，她要照顾王浪，她说王浪是为她受伤的，而且王浪是她的同学。她对主任说这些话的时候，饱含深情，眼里闪着泪花。主任或许正是被这感动了，连连说好好好。当晚，主任就安排了其他医生顶叶欣的班。

“叶欣，你去睡吧。”半夜里，王浪睁开眼睛，看见她还坐在床旁，怜惜地对她说道，“医生值班都可以睡觉，我没事。”

“我能行的，一个晚上不睡也没有问题。王浪，你有哪里不舒服吗？”

“你看我说话这些都正常吧，我感觉一切都好。”

“但愿老天保佑你，千万不要留下什么后遗症呀。”叶欣不无担心地说。

“不会的，老同学，我这情况充其量就是一脑震荡，十天半个月就会完全恢复，不留一丝痕迹。”

叶欣听了眉头舒展许多，在心里她把王浪的安危与健康看得特别重。那天，当她看见王浪与向玲玲亲热地走在一起时，竟然出现了类似低血糖发作的症状。今天，王浪在最紧急的关头出现在身边，给了她最强有力的支持。王浪用沸腾的鲜血表明，他就是自己的保护神。真的，生命中需要感情，而感情的对象多么希望是王浪呀。

“你说的应该是对的，刚才做 CT 头部没有问题。”

“就是，我们做医生的，对自己的病情会有准确判断。”

“王浪同学，我得向你学习，这方面我可不行，我呀，只要身体出现什么不舒服，我会首先怀疑得了重病，是不是癌症呀、慢性难治的病之类的，一定得到病情完全控制了才会放下这些想法。”

“这可不行，你这是典型的疑病性格，你要做一个人格分析检查，明确一下。”

“明确了也没有用，反正我就是担心。”

“怕死鬼。”王浪不禁感慨，“不过，刚才你怎么这么勇敢？竟然和那么凶巴巴的男人吵架。”

“那时倒真没有担心什么，只是想我有义务让护士妹妹不受到伤害与侮辱。那个男人太糟糕。”

“是的，样子很色，不过，可能是酒喝多了的原因，酒壮色胆，所以才乱来。”

“哼，这样的人要严厉惩罚他，让他坐牢去。”叶欣义愤填膺。

“对了，那两个恶人后来怎么了？”王浪问道，“警察应该有来吧，我听见当时护士有报警的。”

“医院的保安反应也很快，大家把急诊楼包围了，后来警察过来就抓人，把那两个恶人抓上警车了。”

“这样好。那他们被拘留一些日子是肯定的了。”

“对，要给他们好好教训一下。竟然还用酒瓶砸人，看把你伤成这样。你当时满脸是血。”

“样子是不是恐怖？”

“我看着心痛，不恐怖。但那个用酒瓶砸你的人可能看到了恐怖吧，他晕倒在你面前。”

“是，有印象。那人后来很快醒了？”

“对，他清醒地被警察抓走的。要不然，可能还会待在医院治病。”

“那是必然的。你看内科病房前面还有毛主席的题字‘救死扶伤，实行革命的人道主义’，伟大导师都告诉了我们，即使是坏人，有病咱人民的医院还是得给他治。”

“嘿，好像战争的时候，投炸弹也一般不往医院扔。”叶欣想起了电视电影里经常出现的一些情节，无数的群众拥向医院避难，突然意识到该让王浪多休息，“不说了，都和你讲这么多话，会影响你的康复。”

“我不是那么弱不禁风的。”

“那还是要多加注意，对医生来说，好脑子特别重要。”叶欣为王浪盖好被子，“你好好睡，我不和你说话了。”

第二天，脑外科为王浪组织了科室会诊，原因当然在于王浪是本院的研究生，而且是吴铜礼院士的得意门生，还有重要的一点就是，王浪是为了救助同事而遭遇不测的。

脑外科主任、两位副主任，三位教授、七位副教授、十位讲师及助教参加了这次讨论。应该说，这是一次感情与思想意义大于技术意义的查房。很简单，王浪的病情足够简单，在住院病人当中算是最轻的了。

会诊意见一致认为，王浪的诊断为脑震荡，为轻型创伤性颅脑损伤的一种，会有一过性遗忘、头晕、恶心、呕吐等症状，预后良好，但恢复时间长短不一，可以一周不留任何痕迹完全康复，也可能需要半年、一年甚至两年的时间消化头晕、头痛、精神不振等脑外伤综合征。也就是说，看各人的造化了。

脑外科会诊后没多久，吴铜礼院士来到了脑外科，他是上班后得知消息过来的。陪同吴院士来的是他新招收的硕士研究生郭光。郭光年方二十三，是湘雅医科大学应届本科毕业生，报考吴铜礼院士的研究生，被顺利录取，现在刚开学不久，正在上基础课，还没有正式与王浪见过面。

“吴老师！”看到老师进入病房，王浪很激动，热切地呼唤吴院士，躺在床上的他想坐起来和老师说话。

“你就躺着，脑外伤后要注意卧床休息好，不然以后麻烦多。哪怕是一个最轻的脑震荡，如果恢复不彻底，也会常常折磨人。”吴铜礼院士叮嘱道。

“师兄好。”郭光热情主动地与王浪打招呼，因为来的路上吴院士告诉了郭光是来看望受外伤的师兄，所以尽管两人没有见过面，郭光会这样与王浪打招呼。

吴院士意识到少了一道程序，补充介绍道：“王浪，这是我今年的研究生，你的师弟，郭光。”然后对着郭光说，“这是你的师兄王浪，你已经知道了。”

郭光伸出右手与躺在床上的王浪紧紧握手。

正在这时，叶欣提着一个便当盒进来，看见吴院士在，很礼貌地向吴院士问好，她与王浪一样，称呼道：“吴老师，您好！”

吴老师应道：“你好。”心里想一定是王浪的同学或者其他朋友，不打算多问，倒是王浪主动介绍，“吴老师，这是我的大学同学叶欣，现在在急诊科进修。”

吴铜礼听到急诊科，突然想起王浪就是在急诊科受伤的，就说道：“急诊科现在不好弄，来得病人病情急，变化快，很容易受到病人或家属的误解。”

叶欣点头道：“是，吴老师。”接着话锋一转，“不过，昨天这事不是这个原因，完全是那伙人酒醉了乱来。”

“你当时在场？”吴铜礼想更多地了解自己的学生当时是处于怎样的一种状况。

“我在场，王浪就是因为救我被那人打伤的。”叶欣于心不安的样子。

“那你的情况怎么样？”吴院士看叶欣说话的模样，楚楚动人又不时用眼睛望着王浪，心中明白这女孩对王浪一定有那么层意思，吴院士其实一直盼望他的学生能够早日有一个情感归宿，这样对于事业有很大的帮助。

“我没事，王浪救了我。”叶欣内心很感谢吴院士，他能用平等的、关心的语气和自己说话。

王浪见缝插针，将郭光介绍给叶欣：“这是我的师弟郭光，有时间可以多联系。”

叶欣与郭光握手，感觉他年轻而可爱，虽然同属年轻人，但是有五年的差距，足以形成代沟了。从传统角度看，郭光没有王浪的帅气。叶欣用眼神测量眼前的后生，模样还俊秀，但是身高比不上王浪，整体气质明显不如王浪。不过，人的包容性会让人慢慢地适应别人。

“师兄，你这是英雄救美呀。”郭光开着王浪与叶欣的玩笑。

吴铜礼院士微微一笑，不难看出，他是和蔼可亲的专家与长者，也可以理解成吴院士对自己的学生很民主、很自由、很创新。

叶欣向吴院士与郭光叙述了头一天晚上的情况。郭光听得心惊胆战，太可怕了，要是自己碰上这事，真不知道该怎么办。也是，养尊处优的他，学习成绩一直优秀，身体长得胖，全是脂肪，真与人打架，可不是闹着玩的。他不敢说什么英雄语言，只不停地称赞师兄王浪。

吴院士赞赏之情溢于言表，这当然是好事，自己的学生不愧为好男儿，而且伤得不是太重，如果代价太大，就要另外评价这个事情了。

“不错，王浪，你很有血性，好样的。”吴铜礼代表男人说话，“好男人在女人面前该出手时就出手。”

“老师表扬我就不担心什么了。”的确，在目前强调智取的年代，王浪还真的对导师的态度有些把握不准，这下明白了，心里也舒畅了。

“老师对于学生，也就是父母对孩子的感情，都希望你们有出息，希望你们平平安安。当然，也盼望自己的孩子不是孬种，是铁骨汉子。”

郭光再次夸奖师兄：“你一瞪眼，还坏人都吓晕了，真是非同一般。厉害，真正厉害！”

“不过，我自己也晕了，而且晕得比他还久。”王浪打趣自己。

叶欣心疼地说道：“王浪，你呀，都挨了人家一酒瓶，你流血了还站得笔直，你说人家能不晕吗。你知道，当时我看见多担心你吗。”

她说到这里，看看吴院士与郭光在，没有接着说下去了，要是她一个人在，或许这会要进一步表白。其实，男女有好感的时候，不论谁来一场病或者出个小事故之类的，都有助于感情的突飞猛进。

“好，郭光，我们走吧。”吴铜礼院士不是一般的通人性，懂人情，而是真正用心在关爱王浪，“我看小叶煲了汤来，让王浪喝下去，对恢复绝对有好处。王浪，你好好养伤。”

“谢谢老师，我会的。”王浪热泪盈眶，能有这样好的老师，哪能不流热泪。

吴铜礼院士转过身去，叶欣为他开门。郭光走在后面，小声地对王浪说：“师兄，我们走了，再见。”

“再见。谢谢你。”王浪对郭光说，“你跟上老师。”

叶欣送吴铜礼院士与郭光走出病房大楼的大门，其间吴院士多次要叶欣回病房去。她执意相送，这是在心里当着是与王浪一起相送，或者说是把自己当成王浪的人，全权代表王浪送导师。另外，从内心里，叶欣真的特别喜欢吴院士，从前叶欣只在大会上、在主席台上远远地看过吴院士，感觉高不可攀，距离远得很。这回一见，还聊过几句，对吴院士的印象很好，敬仰之情更加油然而生。

“好，你回去。好好照顾王浪。”这样好的女孩，如果做得意门生的老婆，自然可以放心了，咱的事业就更有保障了，因为每个成功男人的背后都有一个好女人，吴院士这么想。因为吴院士的夫人也就是王浪的师母就是一个典型的贤妻良母，当然，比传统的贤妻良母更优秀，基本的事实就是师母同样做着湘雅医院的科主任、教授。

“吴老师好走。”叶欣与院士告别，与郭光则用眼神瞬间示意，相互知晓就 OK 了。

吴院士挥了挥手，大踏步走了。

“王浪，咱们喝鸡汤。我今天早上买了一只乌骨鸡，炖了汤，听说很补身体。”叶欣掀开便当盖，香气充满了整个病房。

“香，真的很香。”王浪吸了几口气，“你的手艺看来相当不错。”

听王浪这样说，叶欣很甜蜜地笑了，浑身舒服，“那就好，香东西勾起人的食欲呀，来，你躺好，我来喂你。”叶欣很自然地说道。

这会倒是王浪有些不好意思，毕竟他人清楚，并无大碍，四肢活动良好，不好意思被喂着喝，于是用劲要坐起来。

“不要嘛，我来喂你就是。”叶欣用双手轻轻压着王浪的肩膀，当然不是真正地按住，只是一种态度与心情的表达。

王浪稍一用力，坐了起来，却感到一阵眩晕，脸上痛苦的表情不自主地显现了出来。

“不舒服吧，快躺下，医生查房都说了，你这情况要好好休息，尽量安心地躺几天。”叶欣安顿王浪重新躺下。她给王浪的脖子与前胸围上了餐巾。

叶欣给王浪喂鸡汤，第一口就给呛住了：“对不起，对不起，我没有喂好。”她是第一次做这事，长这么大，没有给谁喂过东西吃，当然不熟练。

“没事的，我是第一次躺在床上吃东西，而且也是第一次被人喂着吃，可能没有习惯。”王浪这样说道，他是希望叶欣能够不紧张。

叶欣再次拿起调羹，这回她比前一次少装了不少汤。她顺着王浪的口角将汤缓缓送进王浪的嘴里。

看着王浪有滋有味地全部喝完了她做的鸡汤，叶欣满意地笑了：“你的身体真棒，如果饮食都能像这样，恢复也快。”

“有你督促我，帮我把关，我想一定会如愿以偿，快速恢复健康的。”

“是，这是我和你共同的愿望。”

“我们做医生的，生过病以后，对病人这个角色有更多体会。人一旦生病了，身体就差，自己照顾自己的能力也差了，所以，更希望得到别人得体的关怀。”

“王浪，你怎么了？”屋外有人问候他，人未到，声先到，典型的能干者的做派。

屋里的两人都听出来是向玲玲的声音，多年的老同学了，能听不出来吗，尤其是王浪，更加不会陌生。

向玲玲身着得体的白色工作服，戴着一顶手术用的蓝色一次性帽子，显然是刚从手术台上下来。

“王浪，我在手术台上听他们说你昨晚被病人打了，你怎么样？”看见他躺在床上，向玲玲焦急地问道。

“嗯，还行，就是有些眩晕，我想没关系的，咱们堂堂湘雅大医院，治疗我一个脑震荡还不是小菜一碟。”王浪开着玩笑。

“是小菜就好，我就怕你变成大菜。”向玲玲放下一点心来，与叶欣打招呼，“叶欣，你没上班吗？”

“没有，王浪要有人看着才行，身边没人很不方便。”叶欣说道，似乎有些心虚，隐隐觉得是不是让向玲玲在这里照顾王浪才更有资格呢。

王浪抱着感激的心情对向玲玲说：“从昨晚出事一来，叶欣就一直在看着我，像小孩一样看着我。”

向玲玲心里有一丝酸酸的，她明知道这种心绪不对，自己一个研究生，怎么能这样小气呢，何况叶欣是他们共同的同学，可是，却没办法消除这种心情。不过，在言语、表情上向玲玲还是遮掩得非常好。

“老同学就是好，专门照顾王浪。”向玲玲看见了放在一旁的乌骨鸡残渣，“好，用专业知识来服侍病人，就是效果不错。”

“嗯，向玲玲你说得对。反正我是进修生，所以请了假，方便照顾王浪，既然请了假，反正有时间，就买了乌骨鸡炖汤。既然你也说好，我这就是有成绩了。”

“听说昨天晚上，王浪是在救你的过程中受伤的？”向玲玲想进一步了解情况，也顺便关心叶欣，“你有事情吗？”

“我没事，幸亏王浪来得及时，如果不是王浪，说不定我就是重型脑外伤了，那个男的拳头抡起老高，要是砸在我脑袋上，我可能承受不起。”叶欣的言语中充满了对王浪的敬仰之情，当然也少不了后怕就是。

看着王浪满意、轻松的表情，向玲玲不再计较叶欣的请假专陪，相反她还感激叶欣，因为她作为研究生，学习、生活与工作相当忙碌，还真难得抽时间来照顾病人王浪。

向玲玲准备再说些什么，手机响了，电话里有人请她快些回妇产科病房去，她管的病人有意外情况需要紧急处理。

“王浪，你安心疗伤排毒，辟谷几天，争取出来后武功更上一层楼。”

“你以为我是大侠呀。”王浪其实也愿意与向玲玲聊天，感觉很有趣，但妇科里有事，自然无法久留，“谢谢你百忙之中抽空来看我。”

“什么百忙，也是瞎忙乎。”向玲玲准备走人，“我回科去了，有空再聊。”

“向玲玲，你好走。”叶欣也与老同学说再见。

“再见，你照顾好王浪。”

26

陆陆续续地，湘雅医科大学学校及研究生管理部门、湘雅医院领导亲自或派人来病房探望王浪。这是前所未有的、高级别、高频率地对一个住院研究生进行慰问。好在王浪身体素质不错，不然，接待这么多的来访者都会心力交瘁。大家的探视对于王浪的心理激励作用是巨大的，也会树立起一种良好的风气，那就是维护医院形象，维护医护人员的安全与尊严，个人做出些牺牲，也是值得的。

医院通讯员在病房里待的时间最长，他是想重点报道这个事情，正好可以认真地对当事人王浪和叶欣进行细致地采访。因为总是被不断前来的人打断，所以耗时自然就长。

中午吃过饭后，姚义得知了王浪受伤住院的消息，也听说王浪这次劫难是为了叶欣。王浪与姚义同住一个宿舍，但是因为两人经常上晚夜班，所以，在宿舍里不碰面的日子还不少。他是在食堂吃饭的时候听其他同学说起这事。

姚义匆匆忙忙吃完饭，想着去看望王浪。在医院楼下商店买了一束鲜花，赶紧去了医院脑外科病房。

当他看见叶欣坐在王浪病床前的小凳子上时，还是有些意外："你在照顾王浪？"内心深处，他坚持认为叶欣是自己的女人，再怎么说，叶欣不能这样时时陪伴着王浪，尽管都是同学。

叶欣已经站了起来，有心解释道："是呀，我不来，别人也没有时间。向玲玲天天上班，忙不过来。"姚义看她的眼神，复杂而有些失落。叶欣面对着喜欢自己十余年的老同学姚义，好像觉得略微心虚。虽然爱有自由，但是一分感情坚持十年，还是没办法轻视的。

姚义的目光与王浪相对，他忽然觉得自己不够哥们，不够义气，怎么回事，明明是过来看望王浪的，却在看见叶欣之后，瞬间背离了主题，真是太没男子汉的风度了。他想弥补刚才的过失，减轻对王浪的愧疚之情。说到底，王浪客观上是叶欣的救命恩人。

他让笑容与友情绽满在脸上，是真诚的，发自内心的："王浪，我的消息太闭塞了，这时才来看你。"姚义把手中的鲜花放在王浪的床头柜上，"祝你早日康复。"

"哥们，你这不破费吗？人来了就行。"王浪倒不计较，"我就在想，你这小子怎么还不来看看我，人家学校、医院领导都来过，我导师上午也来了。"

"你有福呀，这么多人前来。"

"还福呢，差点没被人家一酒瓶砸死。"

"那就是大难不死，必有后福。"姚义也想着说几句好听的话。

"这话不错，说不定真是这样，那也值。"

"对，王浪，一定会这样的。你现在感觉还行吗？"姚义具体到了医生的问候，"有没有恶心、呕吐、眼花什么的？"这些是脑外伤最常见的症状。

"还好，都没有，就是头晕一点，好像记忆力有点影响。"

“没有脑实质的损伤就好，多好好休息几天，以你这么强壮的身体，很快可以完全恢复。”

“晚上我来陪你？”姚义打算在关键时刻出一分力。

“不用，我昨天晚上就想好好睡觉。”王浪看着叶欣对姚义说道，“本来叶欣晚上在照顾我的，后来我要她回去睡，没事，一觉睡到天亮，你应该从来没有听我说过失眠。”

“好像真没有听你说过失眠的事。既然这样，那我们就放心。”这会儿，姚义把叶欣也带上。

“姚义，有我在这里，你可以放心，我会把王浪照顾好的。”

“嗯，你真好。”

这天，是王浪出事的第三天。在省政府办公厅有个不成文的惯例，上午上班后半个小时，是阅报时间，借以了解掌握最新政策与时事，当然还有风俗民情。办公厅年轻的女职员杨柳自然也不例外，她一般首先浏览各大报纸的重要新闻，如果没有什么需要特别关注的话，她就会看一些市井或小资情趣时尚之类文章。

那次在贵族世家牛排被一个男人抢包，幸亏王浪出手追击歹徒，没有造成什么损失。王浪身手敏捷、体魄健壮，没想到还是湘雅医院的研究生，想想他穿白大褂给人看病，该是何等儒雅的青年才俊。当时，她就对王浪心有所动，只是后来，因为工作一直忙碌，省里为中央的经济工作会议做准备，这些天才弄完。理理思绪，想想帅哥——哪个少男不钟情，哪个少女不怀春。遇着怦然心动的男孩或女孩，异性相吸是千古不变的人性，谁也摆脱不了情的撩拨与诱惑。

杨柳就这么想着王浪，翻着报纸。她在心里想，如果下午事情不多的话，就去医院见见王浪，方便的话，请他吃顿饭，聊表谢意，放着私心不讲，与帅哥共进晚餐，也是一种享受。

突然，杨柳的视线停留在报纸上，上面的照片好面熟，大标题是“一身正义好男儿——湘雅医院研究生见义勇为”。省城各大报纸都有关于王浪英勇行为的报道，报道客观生动，但侧重点在于湘雅医院如何保持良好的就医秩序，医院工作人员如何在面对外界不良因素干扰时，采取合理有效的措施。

是湘雅医院研究生，难道是王浪？杨柳迫不及待地往下阅读，嘿，真是王浪。这算不算有缘呢？正想着他，就看见了他的消息。怎么？王浪被伤及脑部，意识丧失，入住湘雅医院脑外科。经湘雅医院多位脑外科专家诊治，病情好转，意识转好，目前正在继续治疗。

“主任，我有事，今天得请假。”杨柳找到主任，直奔主题，也没有顾得了礼貌和谦恭，这可不像平时的杨柳。

主任感到意外，担心地问道：“杨柳，是不是有什么急事？要我帮忙吗？”主任对杨柳的印象一直不错，当然，同样重要的原因是，杨柳的叔叔杨国华是省检察院的副检察长，照顾好杨柳也在情理之中。

杨柳觉得过意不去，这么态度生硬地请假，主任没有怪罪，反倒关心自己，于是不好意思地停下脚步，简单地说道：“我的一个朋友受伤住院了，好像病情还不轻，我得去看他。”

“原来这样。”主任一方面为杨柳重情义而感动，另一方面隐隐约约觉得杨柳是动了男女私情，这样解释似乎更合理些，单身女孩，正处于渴望遇见白马王子的年龄，很好理解，他大度地说，“没关系，你去吧，有事情随时给我打电话。对了，我给你派辆车。”后面这句话，就有点徇私情的做法了。不过，现在是汽车时代，街上到处都是车多为患，塞得厉害，给个方便，情理上也说得通，健康人看望生病的人，是和谐社会的需要。再者，如果告诉主任，是去看望见义勇为受伤的朋友，可能会得到更多的支持。不过，算了，这已经足够。

主任这样地理解自己，杨柳松了口气，虽然叔叔杨国华在检察院做副检察长，但是也得与主任搞好关系，多一个朋友多一条路，多一分尊重多一分关心。

“谢谢主任。”杨柳等着主任打完派车的电话。

一会儿，主任显然已经派好了车，对杨柳说道：“已经安排好了，你直接去车库，三十九号车。”

杨柳到达湘雅医院后，按照报纸所写的，径直找到了脑外科，自然顺利找到了王浪所住的病房。

病房门都是敞开的，反正现在都是用的中央空调，不论是房间里面，还是走廊里，温度都设置得像春天般宜人。长沙的九月天，户外还是有相当的热度。

屋里就王浪与叶欣在，两人在聊着什么，王浪的点滴已经挂上。

杨柳看见了躺在病床上的王浪，没错，正是当日血气方刚的他勇擒盗抢者，让自己的钱与物品得以保全。

“王浪！”杨柳喊出了这个在心里念叨了无数次的名字。有些人见一面，终生难忘；有些人见一面，就会深深爱上；有些人见一面，只想忘却；有些人见过一面，事后怎么也想不起。其实，都没关系，就是缘深缘浅的问题，不论是缘深还是缘浅，都要珍惜。

“你好！”王浪礼貌地回答，他本想问她是谁，但是想想不太妥当。本来，以王浪的记忆力，应该能够想起这人是谁，那天，她给了王浪名片，而且还说了话，恐怕这就是脑外伤的直接症状体现，他真没有完全想起站在床旁的人是谁。只好等着她自我介绍，或者是通过其他途径再回想当时的情况，从而知道这位女孩是谁了。

“忘了我是谁吧？”杨柳在政府部门工作，见多识广，看王浪没有称呼自己的名字，就明白他是忘记了或者是一时没想起来，干脆自我说明，“我是杨柳，在省政府办公厅工作。那天，我的包被抢了，是你帮我追回来的。”

杨柳这么一说，王浪想起了一段时间以前的事，对了，那天和冯慧一起去贵族世家牛排吃东西，那个事后感谢自己的女孩很像眼前的女孩。什么好像，就是这位女孩。王浪终于彻底记起了杨柳。

“杨柳，对，你是杨柳。瞧我这记性，还真被这一啤酒瓶给砸坏了。”王浪自嘲道，随即热情招呼道，“你请坐，这边坐。”他躺在床上用手指了指床头的凳子。这个时候的叶欣与杨柳的目光也对上了。

王浪注意到了这一点，连忙介绍：“这位是我的同学叶欣。”他手指着叶欣向杨柳介绍。

“真是你同学？”杨柳以为王浪这称呼是一泛指，想了解得更透彻，于是这样问道。

“同学还会有假吗？”王浪一时没弄清楚杨柳的含义，反问道。

“好像不是上次陪伴你的那位呀。”杨柳想起上次她和王浪道别时，站在他身后的那位女孩。

叶欣听到这里，也好奇起来，为何这女孩这么关心王浪的私生活，凭感觉，她和王浪应该不算很熟悉呀。叶欣心里想，自己与王浪单独出去过，这人没有说自己，那么显然是别人了，那么是不是向玲玲呀。想到向玲玲，叶欣心里好一阵难受。叶欣想，如果自己真心去爱王浪，那么向玲玲首先是最大的心理障碍，也是实际中最大的障碍，她的学历、相貌、家庭背景都与王浪旗鼓相当。

王浪心想，这女孩真有些特别，一进病房专门针对这事情提问。说是来看望自己吧，还没有真正问一句病情。不过，来的都是朋友，来的都是客，不必计较与拘礼。

“今天这位当然不是上次的那位。这位是我的大学同学，那天的那位是我的小学同学。”

“这样啊，我还以为是你女朋友呢，看她当时站在你身后情真意切的样子。”

叶欣听到这里，忍不住道：“王浪还是快乐的单身汉呢，没有公开的女朋友。”

“那是不是可以这样理解，地下女朋友还是有的？”杨柳看着叶欣道。

叶欣当然不清楚，于是只好说：“这个问题，由王浪同学回答吧。”

“行呀，王浪你自己回答。”杨柳道。

“女朋友不管是公开还是地下，目前都没有。”

“没有就好。”杨柳下意识地说道。

“没有就好？”叶欣追问道，“你不会是想来做媒吧。”

这一问让杨柳有些不好意思：“不会，不会，王浪哪需要我做媒呀。医院里的护士美貌无比，人数也特别多。”

“也说不定呢，杨柳，有机会，你得帮我留意。”

“没有问题。”她在心里想，最想做的事情就是把自己做媒给王浪，如果有这种可能的话，她一定毫不迟疑。

“不好意思，刚才都问你这些私人问题了，不介意吧。”杨柳检讨自己。

“没有关系，这些问题本来就可以公开说的。”

“王浪，你怎么会被人用瓶子砸伤了呢？对了，我是看到报纸才知道你受伤住院。报纸上说你这是第三天治疗了，你情况还好吗？”

“好得很，总的一句话，不错，不错。”

“想想真的很可怕。”杨柳的脸上出现了两抹淡淡的红晕，因为说话的时候，感觉与王浪站在一起，共同面对那砸人的凶器等，“王浪，你好勇敢！”

“我不怕坏人与恶人。”王浪英勇地说道。

“你要注意安全，千万不要出危险，好吗？”杨柳突然间无法掩饰内心的情感，“我不要你受伤。”

"生死由命，富贵在天。"王浪看着杨柳，显然还是想安慰她，接着说道，"你放心好了，我会注意策略，做到安全地见义勇为。"

一旁的叶欣与杨柳有着同样的所思所想，杨柳说的也是她的心声。

叶欣对杨柳充满好奇，她感觉这时候气氛融洽，说话也随意了些："杨柳，你这名字很好。"

"是吗？说说你的理由。"杨柳眉毛一挑，她是那种喜欢掌握聊天主动权的女孩儿，在省政府办公厅上班的人，自然不简单。

"感觉特好记忆，看你的身材，也像柳条儿，就更形象了。"叶欣一时还真不好怎么表达这种好的原因，但是是心里的想法。女孩子当着一个男孩子的面称赞另一个女孩，这是极少见的事情，这让杨柳心情很不错。

"不过还好现在不是唐朝，否则的话，我会变成丑女。"杨柳自我评价，这是相当自信的说法，只有不丑的女孩或者说只有真正漂亮的女孩才会如此说自己，就好比聪明人不怕人家说笨蛋一样，"唐朝的时候女孩儿要丰满。"

叶欣觉得杨柳说话还挺有趣的，配合道："是呀，杨柳一说，我倒想起来了，那个'环肥燕瘦'的说法，所以呀，要生逢其时。"

杨柳在心里接受了叶欣，朋友般地聊着："刚才王浪说你是大学同学——"杨柳的眼睛看着王浪，得到了他的再次肯定，"那么想必你也在医院工作，也是在湘雅医院吗？"

"我的工作单位是化工厂医院，现在在湘雅医院进修。"

"哦，不错，化工厂是省里的重点企业，一年利税都好几个亿。化工厂医院的条件也还可以。"

"嗯，不过，由于是职工医院，主要是针对厂里职工看病，发展受了些限制。"

"以后职工医院这种办医院的模式可能会取消，后勤保障这一块主要由社会来承担。"王浪对于改革与发展很是关注，平常看报看电视就特别留意，所以有感而发，不过今天有政府人员在座，可能会更有发言权。

果然，杨柳说道："站在政策的高度，"职工医院在过去发挥了重要的积极作用，但是进入二十一世纪以来，好像弊端不少，浪费严重，医院水平没办法提高。改革势在必行。刚才王浪说得没错，省里面已经在酝酿职工医院全部与原单位脱钩的事情。"

"这对叶欣绝对是个大利好，你事业的春天就要来了。"王浪有理由帮叶欣展望这个政策所带来的希望与未来。

“医疗行业永远都可以说是很不错的，因为任何时候，人都可能会生病，生病了就会想去看病，哪怕是头痛脑热之类小问题，也不舒服。”杨柳有过切身感受，看病是个重要事情，“生病了就想找个好医院、好医生，现在呀，看病还真不方便。我们是有湘雅医院的贵宾卡，还是能够随到随看，不过，每次来看到医院的长队伍，我都觉得要多建几家医院才行。看一个病，花上几个小时甚至几天等待，真正看病的时间才几分钟，医生的态度还不热情，够难受的。”

王浪有话要说：“你说得没错，医生们是不够热情，但是那确实太忙了，一个上午看几十号病人，基本上没有上厕所、喝水的时间，想要对病人热情，表情肌都发挥不了功能。”

“王浪，你说得真有意思，专业性非常强。”杨柳赞同，“我能够理解，质量与数量永远是一个矛盾体，对于医院和病人来说，解决的办法很多，但是最重要的是国家经济发展，只有经济水平提高了，有了足够多的医院与医生，看病的问题才能够根本解决。”

叶欣这时没有说话，听着他们两人讨论。“王浪，你喝点水。”她把王浪的水杯给他，水杯里放了一根吸管，这样喝水不容易被呛着。

“杨柳，你也喝水。”叶欣从床头柜拿了一听可乐，递给她。

“谢谢。”她真渴了，开了易拉罐喝了几口可乐，“认识你们真高兴，以后我生病了，就直接找你们帮忙。”

“你们当领导的，一个电话就可以解决。只怕领导你会忘记我们呢。”叶欣有些喜欢上了面前的领导，“希望你到时能想起我们。”她没有想到，杨柳最多会忘记她，而绝对不会忘记他们，王浪注定会走进她的生命旅程。

27

又一个月过去，先是中秋节，接着是国庆节，都集中在一个黄金周里。七天的时间里，十几亿人集中旅游，集中消费，蔚为大观，带动全年的 GDP

增长好几个百分点。由此也不难看出，国家经济的高速增长，国富民强，生活水平显著提高。当今社会，精神层面的享受已经完全提到了日程上来。

冯慧这个黄金周过得可不轻松，因为事情没有办完。她的计算机公司在老家华阳县的分公司正在紧张筹备中，方方面面需要做的很多，人、财、物都得通盘考虑。另外，公司与县里各部门的关系也必须提前协调好，这样以后公司运转起来才会比较顺畅。还有就是她伯父家与镇医院的医疗官司正在进行中，作为他们大家庭里有见识的一员，她必须尽可能多地参与其中，于情于理都是必需的。

伯父为这事请了一个律师，律师的辩护能力相当不错，在华阳县颇有知名度，为代理人打赢了好几场有影响力的官司，最有名的就是为一个公司副经理的挪用公款案作无罪辩护。那还是在二十世纪九十年代初期，当时，副经理和许多有条件经手管理钱款的人一样，将公家的款项推迟还款。他收回一百多万货款，私自存在银行，对公司说是还在催款中，三个月后把钱取出交单位，自己得利息三万元，这在那时是很大的一笔钱。原以为没事，后来不知道怎么弄的，这事给捅出来了。副经理被逮捕归案，传闻当时拟定的罪名是“挪用公款”，分析可能要判刑三年。三年对于一个人来说不算很长，但是监狱中的三年，对一个人的损失可就很大。他的家人找到这位律师，律师出道不算太久，也就两三年吧。他全力以赴做这个案子，到此类事情比较多的北方调查，看别的地方如何处理这类事情。最后，律师引经据典，他翔实的证据与例证，让他的代理取得成功。法院宣判当事人无罪。也就从那时起，这位律师成了名律师，在华阳县城，凡打官司请律师，他是当仁不让的第一人选。

律师建议冯慧他们必须请一个专业人士回来，以进行医学方面的强力声援。他说以他的分析，凭他的能力，官司可能也会赢，但是不会特别有把握，稍有意外情况，就可能要费很多周折。如果请医学专家过来的话，可能会达到“不战而屈人之兵”的最好结局。这句话，久经商场的冯慧听懂了。正因为这样，她首先同意了律师的分析与看法，自然就赞同律师的建议。

“慧慧，你看怎么样？”伯父征求冯慧的意见。

“按他说的去做吧。”冯慧抱定要做就做最好的决心，“我们要做最好的准备，把嫂子的事情办好。”

“是呀，你嫂子真是个好人。”伯父同样坚定，“冯慧，那辛苦你联系一下。”

“好，我明天去长沙。”

“那你有时间吗？可以打个电话联系吗？”伯父怕冯慧太忙太累。

“还是我去一趟比较好。当面说能够把事情说清楚，反正现在交通也方便。”

因为有了上次的长沙之行，冯慧这次熟门熟路，再次入住同一家酒店，如果不是原来那房间有人住的话，她会要酒店给她同一间房子，冯慧知道自己是恋旧的人，恋旧的人总有一种叫作“路径依赖”的习惯，不太愿意去尝试新的东西。生活中，恋旧的好处也是显而易见，它可以培养人对事、对物、对人的忠诚度，而忠诚在很多时候都确实有用，尤其在爱情、友情方面，忠诚最容易让人感动。

冯慧到达长沙的时候已经是下午四点了，她这回住的是上次隔壁房间，条件与上回的一模一样，不会感觉到太大差异。她安顿好之后，美美地洗了一个澡，洗去路上的风尘，神清气爽，给王浪和向玲玲一个好的视觉形象，效果可能会要好些。

她清楚，这回要请的是妇产科专家向玲玲，但是如果没有王浪出面帮忙的话，向玲玲可能不会答应，很简单，她和向玲玲并没有什么感情。

把自己收拾清楚后，冯慧给王浪打电话，出发前她并没有与王浪联系，免得电话里说不清楚，干脆当面说好了。

电话那头铃响很久没有人接听，冯慧坚持不懈，直到电话里传出“对不起，你所拨打的电话暂时无人接听”。如此重复了三次，冯慧心想，应该是王浪在什么嘈杂的地方，没有听到电话铃声。那就过一会儿再打，或许他换个地方，就很容易听到电话铃声。

冯慧的判断没错。王浪正在门诊大厅带一个熟人看病，老问题，在去一家特大型的医院，如果没有熟人领着去，起码要多花上五倍的时间，这是有病就医者最大的苦恼所在。也因此，大医院有个特色，不少医生带着熟人在医院里转，帮着插队。其实与恋旧情怀一样，这也是“路径依赖”，办事过程中的“路径依赖”。

王浪今天没有手术。他已经结束了在急诊科的轮转，按照导师吴铜礼院士的意见，到医学影像科轮转。吴老师认为，医学影像已经成为医学领域中最重要的组成部分，也正因为这样，对传统的检体诊断构成了挑战。从前的“望、触、叩、听”固然重要，仍然是医学的基础课程，但是如果对影像解剖学掌握得非常好，借助现代仪器，似乎比手工操作和判断更具精确性。

终于帮熟人把病看完，还好就是血脂高些，按照心血管内科专家的说法，必须从饮食入手，减少脂肪进入身体的源头，另外，就是要吃一些诸如普伐他汀等降低血脂的药物，这样大概花上半年的时间，就能够将血脂降低到正常水平，达到防治冠心病、高血压等病的作用。

熟人千恩万谢地与王浪告别："辛苦你，耽误你的时间。"

王浪自然客气道："不用谢，反正请假了的，不碍事。"

"改天有时间聚聚。"

"不用这么麻烦。没关系的，有什么问题来找我就是，或者给我打电话。"

熟人登上公共汽车，上车后倒退着往车厢内走，为的是与王浪更好地道别，一边挥手，一边说道："走了，你回去吧。下次见。"

熟人乘坐的公共汽车消失在王浪的视野之外，他收回视线，正准备往影像科去，听到了电话铃声，拿起一看，竟是冯慧的。

他接通了电话："冯慧。"

"王浪，刚才忙吧。给你打了几个电话，你都没接呢。"冯慧想知道王浪刚才在忙什么。

"哦，对不起，对不起，刚才我在医院门诊，带个熟人看病，没有听见电话响。"

"这样呀，那可能是里面太吵，你没有听见。"

"肯定是这样的。"王浪以前就遇到过这样的事情，当然见怪不怪，也明白是这么一回事，"你的电话，我只要听见了铃声，一定在第一时间接通。"

"夸张吧，不过，你刚才确实接听电话很快，铃声只响了一下，你就接了电话。"

"你在华阳吗？现在忙什么？"王浪以为冯慧在老家华阳县城给他打电话。

"我在忙着给你打电话呢。"冯慧娇媚地说道，"我不在华阳，你猜我在哪里？"

"那是在成都了？你回你先生身边去了？"

"没这么快呀，上次我不是说，我要在华阳开家计算机分公司，没有弄好，哪能回成都去哟。"

"不会是在长沙吧？"王浪大胆预测，当然也有一定的科学依据，那就是冯慧上次说过，可能为了她伯父家的事情还会到长沙来。

冯慧很调皮地用央视某名牌主持人的招牌性词语说道：“确定吗？”

王浪从前也喜欢看这档节目，喜欢节目里所体现的哲理与知识性和趣味性，他会心地一笑：“我确定。”

“恭喜你，答对了，加二十分。”

“你什么时候过来的？”王浪欣喜地说道，“你来之前也没有给我打个电话？”

“没有打，我想让你有一个惊喜呀。”

“的确是惊喜。”王浪热情地道，“晚上我为你接风。”

“不用你接风，我请你吃饭。”

“这样不好吧，我是主人，该尽地主之谊，哪有客人请主人吃饭呢。”

“行，你请客，我买单。”冯慧幽默地说道，“我有事找你，你就给我个机会吧。你说，去哪里吃比较好？”

“那就潇湘酒家，就是你住的酒店对面的一家饭店。”

“好的，你就过来吗？你把向玲玲叫上，两人一起来。”

“现在五点半，我们是六点钟下班。我们大概六点多一点可以到，遵照你的指示，我一定把向玲玲带上。”王浪明白，冯慧有妇产科的事情与向玲玲交流。

“嗯，你们直接到潇湘酒家，我会提前到达。”

王浪去影像科将工作服脱了，正好到了下班时间，随即联系向玲玲。

“这个时间点给我打电话，是有饭局请我去吧？”向玲玲正走在回宿舍的路上。

“你是半仙呀，这都能猜到。”王浪和她开玩笑，“你如果能猜出是谁请客，你就是神仙了。”

“我猜猜看哈，病人手术后请你吃饭？”

“我可是不接受吃请的，不能乱说。”

“嘿，嘿，你就吹吧。不是说，手术后病人送的有些东西，比如纪念品之类可以考虑收下，让病人及家属恰当地表达谢意。”向玲玲止住话茬，“好，不说了。你说在哪里吃饭？”

“潇湘酒家。你直接过去吧，我在酒家门口等你。”

王浪先于向玲玲到达潇湘酒家。冯慧看见他快到门口，连忙出来迎接，两人来了一个热烈的拥抱，然后两人一起进入一个小包厢，当然门是敞开的。

“向玲玲不来吗？”冯慧脸上写满了失望。

“怎么？你不是请我吃饭吗？她不来没有关系呀。”王浪有意逗冯慧。

“我是要你们俩都来，要你们双英合璧。”冯慧从实招来，“我伯父家的事情，需要你们帮忙。”

“没问题，我办事，你放心。”

“我也这么想呢，小时候，我都是唯你的马首是瞻，感觉你特别有办法。”

不一会儿，两人听到了“王浪——”的声音，一个动听的女声，很有特色，知道是向玲玲到了。

“走，我们去门口接她去。”冯慧起身，一边拉起王浪。

“向玲玲，你好！”冯慧伸出手与向玲玲亲切握手。

“你好，你好！”向玲玲继续说着动听的声音，“咱们又见面了。好像两三个月了吧。”

“是呀，你的记忆力真好，那次是七月初，一晃快三个月了。”

“过奖。时间对每个人都是公平的，时间流逝之后，回过头来看，就有白驹过隙的感觉。”

“向玲玲，你说得这么文绉绉的干什么呀？不就是时间过得快的意思吗。”

“不敢，不敢，你一个才子在这里，我哪能班门弄斧，冒犯！冒犯！多有得罪，请施主包涵。”

冯慧在酒桌上给王浪和向玲玲说伯父家的事情，说是律师的建议，最好请医学专家直接介入，争取更大权益。

“是呀，有专家解读医学问题，会把道理说得更透彻明白。”王浪赞同。

“我也觉得是这样，毕竟医学是非常专业化的职业，没有经过系统学习的人，要在短时间弄清楚，基本上没有可能。”向玲玲说得更详细。

“那，我们想请玲玲去一趟，好吗？”冯慧说出了她此行的目的。

向玲玲感到意外，她没有想到冯慧会代表她伯父邀请她去华阳县，也就没有这方面的准备。而且，在湘雅医院读研究生，功课多，竞争大，作为硕博连读生，还必须成绩优异，到时才有资格参加直接攻读博士学位的考核。能够进入湘雅医科大学读研究生的人，都是悟性高、有刻苦钻研精神的人，混日子在这里是行不通的。

“大概只要三五天时间。玲玲，请你一定帮这个忙。”冯慧看出了向玲玲的拒绝之意，只是为难间还没有说出口。不过，她还是说了：“冯慧，你看，还有别的办法吗？我不是医学专家，那都是王浪给我乱吹的，我只是一个在读的研究生。我想，恐怕帮不上你的忙。”她尽量把理由说得更让冯慧接受。

冯慧清楚，律师也说了，以向玲玲的妇产科研究生身份，应对医疗事故中的分析与陈述完全能够胜任，而且她第一次来长沙咨询，他们都认为向玲玲的建议准确有用。因此，来长沙之前，就决定了要请向玲玲去华阳。

当然，向玲玲还有另外一层担忧，自己的职业是医生，而现在代表患者一方出面与医院对垒，似乎有些背叛的感觉，有点儿像旧时敌特片中的叛徒，谁能够保证以后的行医过程万无一失呢。虽然，她对出事镇医院的责任与技术指出了不足，也对冯慧伯父家深表同情，都是间接的，向玲玲不想直接与医院面对面地交锋。

冯慧经商多年，懂得何时要紧，何时要松。她想如果一直强求向玲玲，明显不能达到目标。向玲玲外表漂亮柔弱，但打过交道就能感受到，她是一个很有个性的女孩，或许有才气有本事的人都这样吧。与王浪和向玲玲不长的交往中，冯慧觉得，如果由王浪出面的话，事情会更顺利。

对于王浪，冯慧有七分把握，为什么是七分而不是十分，原因在于王浪家人在华阳，他当然要为家乡人出力，可是同样的道理，镇医院也是家乡的医院，对抗如果太激烈、太直接，损害就是双方面的。但是，不管怎样，只有这一条路，结果如何，得说了才知道。

“来，吃菜，吃菜。”冯慧招呼着王浪与向玲玲，用语言与姿势打破少许的尴尬。

冯慧给王浪和向玲玲每人递了一支小羊腿。

“谢谢。”向玲玲在任何时候都不失礼节。

“你自己也多吃点，看你点了这么多菜。”王浪与冯慧自小就熟悉，当然更为随意与熟络。

冯慧没有再直接说这个事情。她想还是待会儿散了之后私下里先和王浪沟通一下。人在不同的位置，扮演着不同的角色，会有不同的想法，自然会做出不同的决定。冯慧明白了这一点，不急着说这事。

冯慧撇开医疗事故的事情，与王浪、向玲玲海阔天空、天南海北乱侃，她是生意人，走的地方多，接触的人也不少。说起笑话来，一串一串，让他们俩感觉到很开心。

她的心中还是压抑着些许痛苦的心情，毕竟她的嫂子因为一个医疗事故痛失年轻美丽的生命，而此次长沙之行邀约专家的事情没有敲定。

王浪注意到了这一点，他深知冯慧很重感情，也知道她一定会想办法要让事情办成功，不达目标不罢休。他在心里也想着，该如何帮冯慧解决这个问题。首先，他本人要克服与老家镇医院直接面对的心理因素，其次才能请向玲玲接受邀请。

“冯慧，今天实在丰盛，我吃撑了。”王浪赞道。

“我也是，回去得吃减肥药。”向玲玲开自己的玩笑。

“玲玲你这么苗条，还减肥就会被风吹倒。”冯慧借话称赞向玲玲，不过，倒是实话，向玲玲的腰可谓不盈一握。其实，作为一个产科医生，她要是更丰满一点，可能对专业会更有好处。只是在全民减肥的大环境下，身材还是放第一位吧。

“我们的玲玲身材的确不错。”王浪同样夸奖道，“我们今天是不是就结束吃喝，冯慧从华阳来，也累了，早些休息吧。”

“没错，冯慧你得早些睡觉。现在大家都讲究时尚与美容，熬夜对皮肤损害很大。”向玲玲说得很具体，但她没办法做到，作为医生，晚睡是一定的了，还有急诊、手术，哪里能够做到不熬夜呀。

“我们也没有办法不熬夜，来长沙对我来说是轻松的了。生意场上，时间就是金钱，随时要掌握信息，哪里还能够安心睡觉呀。”冯慧干的不是医疗行业，但是计算机销售行业同样需要不分白日黑夜地思考、努力与竞争。

“尽管这样，你们这些美女们还是尽量能够早睡就早睡吧，让皮肤保养好些，青春些。”王浪做总结发言，“既然这样，我们就散了，回去休息。”

王浪与向玲玲送冯慧回到宾馆房间，然后两人漫步回学校。中秋的街道，显然没有了夏日的热闹与喧嚣，霓虹灯闪烁着，给行进在路上的汽车穿上彩色的秋衣。空气中弥漫着薄薄的水雾，给秋日城市光芒中的夜晚增加了一丝朦胧与浪漫。

两人肩并肩地走在长沙的街道上，偶尔的相碰让向玲玲有触电的感觉，她真想在这样的夜晚，牵着王浪的手慢慢地移行回学校。灯光、月光、空气、粉尘，你们再给王浪一些激情，再给王浪一些勇气呀，让他在冲动中牵我的手，让他沉醉中拥着我。我是不是很没用呀，怎么就十多年一直喜欢身边的这个男孩？我是不是很没有原则呀，别人不动情，我却不离不弃——月亮回答向玲玲：不是，都不是，你这么优秀，连我都想爱你，世上哪有你喜欢我我喜欢你一对一这么简单呀，爱情是缘分，爱情是考验，互相爱着的两人在一起是幸福，与你爱着的人在一起同样是福，或许他现在没有爱上你，或许现在他没有明白你的爱，但是如果在你的心中没有别人的位置，为他留着，无怨无悔，至真纯爱，何尝不是非常的美丽情缘。

“怎么不说话？”王浪看向玲玲沉默着，挑起了话茬，“在想什么呢？”

“我在想月亮。”向玲玲想告诉王浪月亮和她说的话。

“真是不同一般呀，向大医牛颇有诗情画意。”

“你看，你看，月亮的脸——这首歌你有印象吗？”向玲玲的脑海里，仪态万千的自然美景，在情与爱中，处处是诗歌的天堂。

“比较老的一首歌曲了，不过，曲调优美，还真是百听不厌。怎么？你不仅看到了月亮的脸，还感受了月亮的心吗？”

“嗯，是呀，若是没有了太阳，还会有月亮吗？”

“你这问题好深奥呢，向玲玲。”王浪在探测着她的想法，她的话有些让人不着边际。

“一点也不，你想想，一个阳一个阴，一个白天一个黑夜。太阳给人热情温暖的白天，月亮给人浪漫多情的夜晚。月亮是在帮太阳值班，让人永远不寂寞。”

“好遥远的联想！”王浪感慨，“不过，你这联想非常有意思，太阳、月亮是人类真正的朋友！”

“你是太阳，我是月亮——”向玲玲吟诗般地说着或许自己都不完全明白含义的一句话，潜意识里，她想永远与王浪在一起，是永结同心，是地老天荒，是不离不弃，是不远不近，是情相守，是长相依……

王浪没有说话，向玲玲的声音在月光里、星光下、街灯中更增添了迷人的气息，宛若天籁之音。他没有听清楚那具体的一个个字，但是听起来就是流畅婉转的曲调。

“哟，帅哥、美女一起，好浪漫呀！”姚义大声喊道，他刚从科室查房完毕，往宿舍里走。这位王浪的多年同学、室友可以说是见证了王浪与向玲玲的情感之路，不，准确地说，是见证了向玲玲对王浪的一往情深。

王浪与向玲玲都停下脚步，与姚义打招呼。“你去科室了？”王浪问道。

“你这不废话吗？不去科室我上医院干吗？”姚义似乎对这个问题不屑一顾，“老实交代，两位到哪去了？”

“哈哈，姚义呀，你以为都像你。”向玲玲笑着说，“我和王浪，能有什么交代呀，都十多年了，你不会不知道吧？”言语中饱含着深情与希望，那是说给王浪听的。

“也不全是这样，对吧，哥们。”姚义转向王浪，“事物都是变化的，一分为二的嘛，何况我们现在都强调与时俱进，如今的思想观与十多年前也大不一样了。”

王浪知道姚义的烂心肠在想些什么，因为平日里聊天姚义有时就会说些没心没肺的观点，最绝的一个就是不管她爱与不爱，女孩嘛先上了再说。

“就你想法多。”王浪给了姚义一拳头，“你清醒点儿。今晚是冯慧请向玲玲吃饭，我做陪。”

“哦，冯慧又来长沙了？”姚义突然想到了什么似的说，“冯慧怎么没请我吃饭呀，上次还对你说我如何如何好，在你不在宿舍的时候热情地接待她。”

“咦，我的姚义同学，你还这么计较呀，人家当着王浪的面，表扬你夸你——是给你精神奖励，不要太贪了哟。”向玲玲故意气他。

“那我明天和她说，叫她请你吃饭，好不好？”王浪倒真有这个打算，反正人人都要吃饭，趣味相投的几人一起聚聚，挺好的。

姚义这回表现得不同平常，难得地拒绝了王浪的建议：“那还是不要的好。不然，吃着饭都不安心，好像是索贿，这不好。”

就这样开着玩笑，到了宿舍楼，向玲玲与两位同学告别。

“晚安！”“晚安！”两位男士用着标准的告别词，然后继续上楼，到宿舍房间门口，姚义动作麻利地掏钥匙开门，好像这也习惯了，王浪与姚义一起到门口的话，开门的永远是姚义，两人的关系就像大哥与小弟。

两人进屋后继续着刚才的话题，姚义问道：“你刚才说今晚冯慧请向玲玲吃饭？”

“是呀，有什么问题吗？”王浪以守为攻。

“我就在想，是不是上次冯慧说的她伯父家的事情还没有弄好？”

“你有着敏锐的判断力。”王浪给姚义戴高帽子，“她正是因为这个事情而来的。”

“那事情进展得怎么样了？”姚义问道。

“还没有说得怎么透彻。”面对老同学，王浪想征求一下他的意见，“冯慧想请向玲玲去华阳县帮忙，因为向玲玲委婉地拒绝了，后来，我们就没有再说这个话题了。”

“向玲玲平素好像很热心，这次拒绝倒有些意外。”

“也在情理之中吧，毕竟相隔这么远，她是在读的研究生，时间上也有些紧张。”王浪能够理解向玲玲的想法，包括不想与医疗同道直接对抗。

“你打算怎么办？”姚义对冯慧印象很深，也很不错，倒是希望冯慧能够把事情办好。

王浪想了一下：“我想等明天再看吧，因为晚上我们吃饭时就这个事情没有聊几句，她那边的情况我不是太了解。”

“那倒也是，知己知彼，才能百战不殆。”

“那依你的看法，向玲玲要不要去华阳呢？”王浪问道。

“我认为要去，因为是你的同学请她。”姚义很有把握地说道，“如果你请她去，她一定会去。”

王浪不语，他相信这一点，正因为这样，刚才冯慧邀请向玲玲去的时候，向玲玲拒绝，他没有表态。既然姚义都这么说，也认为该去，那他得与冯慧仔细了解情况之后再作打算。另外，明天什么时候还得与向玲玲通个气。

“我说得没错吧。”见王浪不说话，姚义知道王浪在考虑他提出的建议：“你明天和向玲玲说就是，如果她还不答应，我请你吃饭，如果她答应了，你请我吃饭。”

“好像有点不公平吧？”王浪提出质疑。

“怎么这样说呢？”姚义反问道。

“很显然，你这是挟她对我的好感而令诸侯，这个赌博我不和你来。请你吃饭的事儿简单，不出几天就可以实现。”

“行，有你最后一句话就行了。”姚义兴高采烈地说道，当然是有些夸张，他作为一个骨科医生，经常做手术误了用餐时间，在饭店里吃呀喝呀的机会自然很多。

“看你高兴的，好像很久没有上饭店吃过似的。”

“不是，我就喜欢吃你的，你在饭店请吃饭，特别香甜可口。”

“那很好，把你的钱放我这里，我经常帮你操办就是，包你满意。”

“嘿，那就变味了。”

“是呀，所以吃饭还是要看对象，看是谁请客。”

两人还聊了一阵乱七八糟的东西，然后各自开起台灯，认真地学习研究生英语课本。英语特别重要，到时的转博考试可是重头戏，包括听力、口语、笔试等等，所以，必须加倍学习英语。

冯慧回酒店后打开电视，但并没有怎么看。她在想着如何能够让向玲玲改变主意。前面在酒家吃饭时，是自己直接请向玲玲的，或许她与向玲玲的交情太浅，根本就没有太多交情，就是上回一起吃了个晚饭。现在要她到华阳去应对镇医院的同行，可能是不太妥当。

怎么办才好呢？嗯，看来得与王浪沟通一下再说。看向玲玲很喜欢王浪，如果要王浪陪同一起前去，这事应该会成。想到这，冯慧准备立即打电话给王浪，想想还是放下了电话。因为，冯慧估计，王浪与向玲玲一起走路回学校，两人说不定会在路上慢慢散步聊天，反倒会打断他们，也不好说什么。干脆明天再与王浪联系。

第二天中午，冯慧单独请王浪吃饭，还是在她住的酒店。冯慧要了一个小包厢，提前与王浪约好了。

上午上班后不久，王浪接到冯慧的电话。他正在参加轮转科室影像科的集体阅片，本打算阅片后给冯慧打电话，她先打过来了。

王浪上午下班后立即来到冯慧住的华厦大酒店，冯慧在包厢里等待着他。

“我还没有点菜，你看想吃什么？”冯慧将菜谱递给王浪，言语中倍感亲切。

“我啥都能吃，还是按你的喜好点就是。”王浪对食物并不挑剔，他告诉冯慧晚上的安排，“晚上我请你吃饭，另外向玲玲、姚义会一起来，还是在华厦大酒店。”

“哦，谢谢。既然这样，那我就点了。”冯慧唤服务员过来，点菜下单。

服务员拿单子走了，包厢里只有王浪与冯慧。十月的长沙，正是秋高气爽的季节，温度宜人，桂花飘香。酒店外面高大的梧桐树上已经点缀上了几片黄叶。王浪看着美丽背景中的冯慧，想着她一个女人，为事业为生计打拼，现在为她伯父家的事情不遗余力，是女人中的女人、女人中的男人，极尽温柔，又无比坚强。

“王浪，在看什么呢？”冯慧发现了王浪的目光注视着自己，也包容着窗外的景色。

“在看人看景。对了，冯慧，昨晚的事情，你不要介意。”王浪进入主题，他想必须要早些将事情落实。

“不会，当时是有些意外。现在想想，也很正常。向玲玲她和我不熟悉，对华阳更不熟悉，她当然不怎么想去。另外，我知道，她很好强，也很好学，不想耽误研究生的课程。”

“你理解就好。当时你的表现非常好，在那种情况你选择另起话题，从而给事情留下了解决的余地，要是穷追猛打，可能会适得其反。”

“你说得对，王浪。知我者，君也。”

“哈哈，再怎么说，我们曾经青梅竹马。”

“不是曾经青梅竹马，我们就是青梅竹马，这是改变不了的事实。”冯慧的脑海里回忆了往事，“那时候，在华阳的街道上，常常一起奔跑着少年的你和我。”

“是呀，时间真快！一晃二十年过去。”王浪感慨，“能够与儿时的朋友一起回首往事，也不失为一件幸福的事。”

“就是，我以后或许会把计算机销售的重点放在湖南，这样就会有更多的机会与你共同追忆往昔。”冯慧自从上次与王浪一起聊天、吃饭、共谋事情后，内心里对与王浪一起充满了期待与向往。

“好呀，欢迎。”王浪说的是实话，经历过四水市多姿多彩的职场生活、友情生活、情爱生活，他觉得人要珍惜缘分，要善待每一分感情，要尽自己最大的努力帮助朋友，让朋友快乐。他把“给予比索取快乐”这句名言当作自己的座右铭。

“王浪，你得帮我。”冯慧请求王浪，“我伯父家的这场官司，需要你的鼎力支持。”

“嗯，我明白你的想法。上午你打电话之前，我正想着交班后给你打电话，看看怎么办才好。那边的情况如何了？”

“上次我从长沙回去后，说了向玲玲和你的意见，我伯父请的律师细致地分析了你们讲的几个方面，认为从医院的规章制度、医生护士的实际处理来看，这是一起医疗事故。”冯慧停顿一下，整理着思路，“律师说如果能够请湘雅医院的专家去华阳县城，就能够很好地形成一个证据链。加上尸体解剖的结论，镇医院对产妇的死亡就难辞其咎。”

“你们那律师看来很有水平？”王浪听冯慧这样说，感觉到了这个律师的不一般，因为他的看法中就那么几句话，包含了要达到的目的，事件的前因后果等。

“没错，他成名于十几年前，是我们华阳县的金牌律师。凡打官司如果要请律师的话，第一个就肯定会想到他。”

“这么厉害的律师，怎么被你们请到了？镇医院没有请吗？”

“听我伯父说，镇医院也有和他谈过，但是当他了解事情的经过后，拒绝了。他说人命关天的事情，他不想睁眼说瞎话，那不是律师的职责，律师的责任与崇高在于维护当事人的合法权益。”

“这是你伯父家的幸运，冯慧，如此精明能干、才气过人、品德高尚的知名律师被你们家遇上了。”

“是，我伯父也是这么对我说的。正因为这样，律师的建议我们非常重视。”

“你是说请湘雅医院产科专家的事情？”

“对，没错。因为律师说，医学是个博大精深的专业，业外人士哪怕他绝顶聪明，要与医生过招，都是不可能的事情。”

“这个律师有着清醒的头脑，既不推托，也不大包大揽，乱打包票。”王浪在心里有了决定，尽力请向玲玲快乐出山。

这时，服务员敲门进来，“两位，上菜啰。”

“好，我们吃饭。”

晚上，由王浪做东，在华厦大酒店正式宴请冯慧，由向玲玲、姚义作陪。这次的宴请是真正的朋友之请，属于享受会餐乐趣的吃。因为冯慧的事情已经解决了，向玲玲答应去华阳帮助冯慧的伯父家。

王浪下午与向玲玲见过一面，专门谈这件事情：“王浪，昨天我没有答应你那同学，是不是不好？”

“昨天那种情况，你不答应她很正常呀，冯慧能够理解。我们的功课本就很紧张。而且，华阳你也从来没有去过，人生地不熟，当然第一想法就是不去啰。”

“谢谢。我怕她不高兴呢。”向玲玲一脸轻松，“你这样说我就放心了。其实我是真的怕你不高兴，因为她是你的青梅竹马。”

“我不会这么自私，起码不能强迫你做不愿意做的事情。你对我这么好，我也要表现得好一些呀。”

向玲玲听这话，眼里涌出了泪水。她似乎听出了王浪心中的情爱，哪怕只有一点点，她也欣喜若狂。

“王浪，你要我去华阳，我一定会去，我也愿意去。我愿意做你要我做的任何事情。”

这下轮到王浪感动了，世上有这么好的女孩子对自己好，毫无保留地奉出女孩的细心与爱，无怨无悔地爱着他，而他一直没有同样的爱回报给她。

王浪在瞬间做出了一个决定，陪同向玲玲一起去华阳。这样，既是自己对冯慧的支持，也是对向玲玲的感激与爱护，路上好照应她，让她快乐而去，顺利而归。

“那我们一起去华阳，好吗？”王浪声音有些哽咽地说出这话。

“你说什么？”向玲玲不敢相信自己的耳朵，“我没听清楚，你再说一遍。”

王浪心想或许是自己吐词不清，或者是距离有些远，他靠近向玲玲的耳朵，语速放慢，更清晰地说道：“玲玲，我们一起去华阳，好吗？”

“嗯……”向玲玲答应着，重重地点头。能够与王浪一起去几百公里之外的华阳县，这事根本不用考虑，当然去。

菜开始上桌了。这次王浪要的是红葡萄酒，是他最喜欢的酒的颜色，他还喜欢用那种高脚的酒杯，觉得喝起酒来雅致。服务员给每人的酒杯里倒上了红酒。

“我们大家干杯，为冯慧的第二次长沙之行。”四个人碰杯后全都干了。

“来，吃菜，大家吃菜。”王浪招呼着朋友们，总共也就四个人，很随意的氛围。

接着冯慧举杯，开始说话：“我敬王浪一杯。”

王浪摆手：“不能用敬，我和你，小时候的朋友，用敬太生分。”

“就是，就是，你们两小无猜，该喝交杯酒才对。”姚义起哄。

“你乱吼什么呢？姚义兄弟，我可告诉你，冯慧本人和她先生都是成功的企业家。我们可不能乱喝交杯酒。”

“王浪说的是，不理他。”向玲玲看着王浪与冯慧，“你们俩先干了这杯酒。”

接着向玲玲先后与在座的其他三位一一喝了碰杯酒，姚义自然是不甘落后。

“向玲玲，非常感谢你！借王浪的酒，我敬你一杯。”冯慧没有要服务员倒酒，自己给向玲玲斟满酒，然后也给自己倒满了，“你能去华阳，对我们是最大的帮助，最大的支持。”

冯慧喝了杯中酒，拿着空了的酒杯对向玲玲道，“你随意就是。”

向玲玲酒量一般，前面喝了几杯，已经有些头晕了，也就顺势而为，喝了一小口，放下酒杯后，她对冯慧说：“不客气，我会尽力的。去华阳的事，主要是王浪的事，要谢你得谢他。”

向玲玲用迷离的眼神看着王浪，不是因为喝酒，而是沉醉于情感中的眼神。

“不，还是得感谢向玲玲，我是去陪的，产科专家是你。”

看王浪与向玲玲互相谦虚礼让，冯慧再次举杯：“这回我敬你们俩，待到了华阳，我再尽地主之谊，好好招待你们。”

“也包括我吗？”姚义凑热闹，酒桌上需要姚义这样的人。

“那是自然的。”冯慧与姚义算是比较熟悉的了，桌上几人，除了王浪之外，他与冯慧接触最多，“要不，你后天和我们一起去华阳？”

“王浪，你的意见？”姚义将球踢给王浪。

王浪倒是果断地将球处理掉：“你一不是产科专家，二不是回老家。你就省着点，在长沙好好学习，有什么事情也好及时通知我们。”

“是，遵令。”

几个人就这样乐着、闹着，很快把一瓶葡萄酒喝光。

“怎么样？再来一瓶酒如何？”王浪征求大家的意见，这不是问客杀鸡，王浪一直主张喝酒随意，不能灌酒。在心里，他诚心诚意，如果真有要喝酒的，他会毫不犹豫地立即向服务员要。

“不用了，王浪，我们女生不能喝太多酒。你和姚义嘛，也不能喝得太多，姚义喝多了怕会闹事，你呢，或许好点，但也难说。”

“行，那就听向玲玲的，咱们不喝了，好好吃点饭、点心之类。”

这天，冯慧去长沙市区逛商场，买些衣服、化妆品之类，也给家中父母买点礼物。这是女孩平常都要做的事情，但对于冯慧，还有其他重要的事情。她的生意重点是计算机销售、维护与推广，所以她就去长沙计算机城转悠，看看他们的经销方式、代理品牌等。在一处销售点位上，冯慧得到一个很有启发性的思路：培育市场。采用的方式就是进行大批量的新知识、新业务、新技术培训，以将对计算机有刚性需求的人员增加，从而客观上促进计算机的销售。对，这里面的潜力很大，利用低成本的设备、师资，从少到多，让原本不是市场的华阳县有更多的人懂计算机、买计算机，那样一来，销路自然会旺盛起来。来一次长沙，总有些收获。明天就要和王浪、向玲玲一起返回华阳县，但愿这次有他们俩的加盟，能够比较好地解决嫂子剖宫产后死亡的医疗纠纷。

冯慧在街上办事情的同时，王浪与向玲玲在医院上班，当然，这一天还有一件事情就是请假，向老师和同学交代有关事情。

王浪正在医学影像科轮转，必须向影像科的主任请假，还有就是向所就读专业肝胆外科的主任请假，当然最重要的是必须得到自己的导师吴铜礼院士同意。

正因为这样，王浪决定首先和导师请示，请导师同意自己回老家华阳县一趟，以帮助冯慧伯父一家。

28

在阅读完该看的 X 光片后，王浪来到导师办公室。

“吴老师!”王浪一边敲门一边称呼导师。

“哎，进来。”吴铜礼院士在办公室说道。

王浪旋开门把手，推门进去。

“坐。”导师很客气地招呼他。

“最近怎么样？”吴铜礼院士问道，是习惯性地询问，也是老师对学生的关心，就是希望你做好。

“不错，我现在在医学影像科。没有要我们值班，也不用直接管病人，感觉挺轻松的。”

“那就好，医学影像学很重要，现代西医的进步几乎都与影像和介入有关，虽然轻松，但你一定要倍加重视。”吴院士提醒道。

“是，吴老师。”

“另外，有时间的话还要自学一点东西。”吴院士希望王浪时刻绷紧一根弦，不要虚度年华。

“吴老师，上次您给我的几本书，已经看了大半。”

“这样好，你的学习主动性是我最喜欢的。做老师的，喜欢看到学生积极主动。对了，今天来找我有事吗？”

“老师，您怎么知道？”因为以前自己来吴铜礼的办公室，院士从来不会这样问他，这使他觉得奇怪，所以这么问他的导师。

“很简单呀，你的眼神有些飘忽，不像你平时那么沉着稳重。”吴铜礼阅人无数，自然不会有错，何况是对自己非常了解的学生，但他还是保持了一贯的内敛，“老师也只是猜测。不过，没关系的，王浪，你就可以把我当你家里人看待，比如像你的舅舅呀之类，有话你对我说就是，我会尽力帮你的。”

“谢谢老师，我想起古话‘一日为师，终身为父’，您对我的教诲足以让我受益终生，您就是我的爸与妈。”

“好，好。现在的学生，有你这样思想的，已经不多。”吴铜礼听王浪这么说，心里充满了成就感与快乐感，谁都希望自己看重的人真正把自己当成可以依赖的长辈，“回到正题上来，说说你的事情吧。”

王浪稍稍整理了一下思绪，毕竟这是去华阳县帮冯慧伯父家的忙，不是肝胆外科的事情，而是产科的事情。

“吴老师，您说得很对。我今天来是向您请假。”

研究生入学一年多来，王浪第一次请假，院士觉得学生可能是遇到大事了，更加严肃认真，用很正式的口吻说道：“说说你的请假原因。”

“吴老师，我老家华阳县的一个朋友家出了件大事情，在医院剖宫产生小孩，结果大人死掉了。”

“什么医院给做的手术。”

“是县里的一家镇医院。”

“在打官司是吗？”吴院士显然关心这种事情，医疗事故对于医院和家属，都是不愿意看到的。

“是的，他家请了律师，律师建议请求专家进行专业支持。”

“那你可以吗？你可是肝胆外科专业呢。”吴院士为学生能否胜任此事进行着考虑。

王浪摇头，“我只是陪着去，我的同学向玲玲作为产科专家一起去。”

吴铜礼不认识向玲玲，但心想或许认识她们导师，就问道：“你的同学向玲玲，她是谁的研究生？”

“她是廖教授的研究生。”

“廖玉翠教授吗？”吴教授知道湘雅医院妇产科只有一个姓廖的教授，而这个名字，他是相当熟悉，当年青春年少、风华正茂之时，吴铜礼与廖玉翠同在湘雅医科大学读本科，五年的同窗情谊，在心头留下许多记忆，之后三十年的风风雨雨，同样有着真诚的交往与友情，比一般的同事、同学关系要好得多。

王浪捕捉到了老师眼中瞬间出现的火花，他知道老师和廖教授应该有一定深度的交往与了解。

“就是廖玉翠教授。”王浪此时已经和平常一样，不再有拘束感，“吴老师您和她很熟悉吗？”

“可以这么说吧。”吴院士并不想深入，也觉得不便在晚辈和学生面前过多说这些事情，于是绕开了关于廖教授的话题，“产妇死亡这个官司，有尸体解剖吗？”

“做了，结论出来了，好像存在失血性休克。”

“术后出现失血性休克，并且导致产妇死亡，只这一点，我看医院就有很大的责任，因为术后的失血性休克，通常都是可以预防与控制的，何况是正常生产的产妇。”吴铜礼院士分析道，“看来，你朋友家这个事情胜诉是没有问题的。”

“老师说得是，所以我们想还是去帮助他们家一下，这事对他们来说，是非常的不幸。”

“你说得很对，生命是无价的。目前我国的国情在对于死亡赔付方面标准太低，所以，车祸中经常有撞伤不如撞死的极端事件出现。”吴铜礼院士不光学问好，对社会的观察与分析、思考也是有相当层次的。

“嗯，这些不符合常规与情理的规章与制度，得改变才行。要让每一个人都尊重生命，对生命有敬畏之情。”

“这也是我们做医生的行医基石。王浪，你有这些想法，对你做一个好医生大有裨益。”院士总是在不经意间表扬王浪，实在是这样的学生太出色，太符合他的人生观与科学观。

王浪认真地听着导师的教诲，也享受着导师的表扬与喜爱。

院士接着问道："你请假大概要多长时间？"

"顺利的话可能一周就行了，如果要是节奏慢的话可能要两周。"

"那你们需要的时间还是很长的。"院士再次强调，"有这么长的时间，你可以带点影像学的图谱去看，另外加上一本英语。对了，说到英语，一般的小医院晋升也要求英语，我看完全没有必要，但是作为研究生，以后的交流与借鉴都要广泛用到英语，所以一定要学好。我们现代医学的起源地是西方，要更好地利用与引进他们先进的医学方法与技术，就必须学好英语，所以，你就带一本医学影像图谱，再加一本英语书，就可以了，带太多了也不现实，不会有很多时间看书。"院士恨不得将所有的经验与方法全部给王浪，毫无保留地。

"高效、节约、可操作。我认为是做事情要把握的原则，老师您讲的我都记住了。那老师我们明天动身，可以吗？"

"可以，没有问题。只要有医院与病人，医疗纠纷就可能出现。目前我们对医疗纠纷的处理不太理想，很多事情需要不断地探索。你去了那里，正好可以了解一下，普通百姓对于医疗卫生、医疗事故、医疗纠纷有什么想法。再看看县城里的医院管理者、政府部门如何考虑、处理这类事情，慢慢积累各方面的认识与处理问题的经验。"吴铜礼院士继续指导王浪。

"好，我一定会留意。"王浪做保证。

"路上注意安全，就你和向玲玲吗？"

"还有一个我的小学同学？"

"是男的还是女的？"

"是女的。"

"那你一个男孩儿带两个女孩儿上路，一路上注意安全。女孩子体力差一些，容易晕车什么的，你多做些准备，晕车药、风油精都准备好，尽量减少路上的意外与不舒服。休息好了，回去才有精神办事情。"

吴院士长途旅行走得多，经验丰富。王浪一一记在心上。

院士再作交代："这次你回了老家，要好好陪陪你的爸爸妈妈。尽管你长大了，不会很想爸爸妈妈，但他们一直会想念着你、牵挂着你。天下父母一样心，孩子长大，出外工作，父母对儿女的想念之情，不会变，将终其一生。"

向玲玲差不多在同样的时间，来到了妇产科主任办公室。她的导师、湘雅医院妇产科主任廖玉翠教授正好在办公室。

“廖老师。”向玲玲进入办公室，先礼貌地与老师打招呼。

“小向你来了，坐。”廖教授在看一份医院下发的关于科研方面的文件，抬起头让自己的学生坐下，继续看文件，她想再花上几分钟看完，“我先看一下文件，你稍等一会儿。”

廖玉翠的主任办公室就是妇产科里面，只要她在办公室，找她办事、看病的人络绎不绝，这回是个例外，难得没有一个病人在里面。因此，向玲玲如果没有事情，也不会到办公室去找导师。

“小向，是什么事情来找我呀。”廖教授亲切和蔼地问道，“要不要喝点水？”

廖玉翠教授五十多岁的年龄，戴一副老花眼镜，头发有些花白，额头也显出岁月的痕迹，这些都不影响她的精力旺盛，她做大型妇产手术能连续站上好几个小时。她慈祥的面容让病人都感到踏实，凡是接受过她手术治疗的病人都记忆深刻，为什么呢，因为看过廖教授一眼，知道是她主刀做手术，就根本不会担心害怕，她的形体与语言，她的高超技术让她具有无比的力量。

廖玉翠教授总共带过上百个硕士与博士研究生，这其中有许多相当出色，在国内很多大型医院妇产科成为骨干和科室领导。但是，从为人做事、学问、手术技巧等各个方面综合考量，向玲玲是最突出的。正因为如此，向玲玲最受教师的喜爱，不，已经是宠爱了。是妈妈对女儿那种特别喜欢特别关心的爱了。

“廖老师，天不热，不用喝水。有个事情要您帮忙。”

“什么事情，你告诉我就行，我绝对相信你，只要老师能做得到的都会答应你。”廖玉翠教师这样对自己的学生说话，但凡做过学生的人可能都觉得难以相信，怎么会有这样好的、宽容的教师。有，向玲玲的导师廖玉翠对她就是这样的，只是一般人没这么优秀，有这么优秀的人又没有遇到如此优秀有性格的老师罢了。

“廖老师，我要去华阳县一趟。”

“去华阳？那地方我去过，是个山区县，很偏僻的地方。你去那做什么呀？”

“是我的同学王浪叫我一起去的。”

“王浪？就是吴铜礼院士的研究生吗？”廖玉翠认识王浪，她是听手术室的护士长说过，因为她与护士长家住一起，有时聊天说起这个优秀的男孩儿，在手术室的时候，护士长告诉过他哪个是王浪。不过，也就是知道而已，廖教授与王浪并不算真正地认识。当然，廖玉翠教授与王浪的导师非常熟悉，她与吴铜礼院士是大学五年的同学。

“是的，就是这个王浪。”向玲玲确认道。

“他家是华阳的吗？”廖玉翠心想最大的可能是带向玲玲回老家一起旅游旅游，她知道华阳县是湖南的一个红色与历史旅游区，“带你一起去旅游是吗？”但在心里觉得不太可能，以医院里所传王浪的优秀，再看自己学生向玲玲的出类拔萃，两人应该都不是那种先游玩后学习的纨绔子弟。

“嗯，他家是华阳的，这次我们去不是旅游，是他的一个朋友什么人出了医疗事故，要我们去帮忙解决这事。”

“什么医疗事故？”廖玉翠问道，她想了解情况以便给学生想办法。

“是产妇术后死亡，死亡原因应该是失血性休克。”

“产妇术后失血性休克死亡，这事一般情况下不应该发生。王浪邀你去是对的，你可以轻松搞定。”

“老师这样说，那我就有信心，不害怕了。我还真担心弄不好，影响王浪朋友的事情，也对湘雅医院造成不好的影响。”

“廖教授，我老婆肚子痛得特别厉害，是不是要生了？麻烦您去看一下，好吗？”一个三十岁上下年纪的人径直走到主任办公室，来到廖教授的身边，可能是情况急吧，根本没把向玲玲当回事，直接打断她与主任的对话。实际上，这样子廖教授已经没有机会把所有的事情向自己的学生交代清楚。

“行，小向，你就放心去吧，待会你把病人与他们其他医生交接一下就是。其他应该估计没什么事。路上注意安全。有事情随时打电话给我。”

“廖老师，您忙。我去办这些事情去。”

向玲玲花了一个上午的时间，把她名下诊治的所有病人全部交给科里的医生，其他权利与义务（指对病人的首诊负责等）也一并移交。

晚上向玲玲在宿舍里做着去华阳的准备工作，收拾换洗衣物，带上牙刷、护肤品、女性用品等等，还携带几本想看的书。整理完成，正准备上床睡觉时，总住院医生打来电话，说没有办法呀向玲玲，知道你已经请假了，可这会儿你还得来科里帮忙做手术。向玲玲没办法拒绝，于情于理，在这种时候推托都说不过去，同事生病，自己又是廖玉翠主任最为钟爱的学生，此时不上，更待何时。

原来，晚上来了好几个急诊，碰巧值班医生突然出现不舒服，上吐下泻，她自己去急诊科输液留观了。已经请假的向玲玲就这样被总住院医生叫回来帮忙处理病情。这几个急诊产妇是下面县市医院转上来的，都是原来打算自然分娩，结果到产程过了，拖了一些时间还没有分娩出来，当地医生建议她们进行剖宫产，有些留在当地医院做手术，有些愿意急诊送到湘雅医院，图个放心。

等到全部做完手术，已经是凌晨了，时针指向零点三十分。向玲玲心想明天去华阳，得赶紧回宿舍睡觉去，不然，精神不好很容易晕车，她有晕车的毛病。

人就是怪，生活中的诸多时候，就有哪壶不开提哪壶的事情发生。向玲玲半夜时分回到宿舍，却久久难以入睡。一个原因当然是刚刚帮产妇做过手术，处于工作的兴奋状态，由神经活动的积极状态要进入睡眠的休息过程，的确要经历一段时间。另外，她心中特别激动，明天，时间已经到了凌晨，准确地说是今天，就要去华阳县，那是王浪的老家，是他出生的地方，是他小学、中学读书的地方，与王浪一起去，多么亲切，多么温馨呀。还有，他的爸爸妈妈会喜欢我吗？咦，咱这不是相亲，想这么多干吗，咱是去帮冯慧的伯父打一场医疗官司。

不想了，早些入睡，不然待会儿路上真会没有精神。睡眠这东西就是奇怪，任你怎么想，怎么安排都没有用，它来了就来了，没来，就只有辗转反侧，难以入眠。

向玲玲就这样想着王浪的一切，过去的、现在的、未来的，分不清是梦还是现实。直到快天亮的时候，向玲玲才迷迷糊糊地入睡了。但是睡得很浅，早晨不到七点钟，宿舍楼里同学们起床的动静就把她给彻底弄醒了。向玲玲躺在床上，无奈地笑了。再是医生，失眠了都是没有特别好的办法。她也很少失眠，尤其是工作以后，基本上没有时间用来失眠，但这次，久违的失眠降临，因为王浪。

王浪与冯慧可不像向玲玲，他们睡得很好。王浪在影像科轮转，没什么事情叫他去上晚班，心理上呢拿得起放得下，可以说不以物喜，不以己悲。冯慧这一段时间倒是太累，华阳计算机销售分公司的筹备已经进入最后阶段，伯父家的这个事情也让她操心不少。这回，王浪与向玲玲答应了去华阳，官司结局应该会好。凭着她多年的商场纵横，她能够判断出伯父处于优势，无论是民意、证据还是辩护律师、医学专家，伯父家都有必胜的地方。想到这些，冯慧安心地上床睡觉。

早上八点钟的时候，向玲玲已经洗漱完毕，正想着王浪是不是该到的时候，听到王浪在门外喊她，她打开门让他进来。

“我们去华厦大酒店，与冯慧会合。”王浪拎起向玲玲放在床上的一个旅行包，“这是你要带的包吧，我来背。”

向玲玲心情愉悦，包不重，就是一些常用物品和换洗衣服，重要的是享受王浪的悉心照顾。

“你自己有一个包了，还是我自己来吧。”向玲玲同样关心王浪，“不能让你太累了。”

“我没事，我这么一大个，身体棒棒的，不能浪费了。”王浪接着说道，有些讨好地，“这回去华阳，你是专家，我是陪伴，还有呢，我是回家，你是做客。哪能让客人自己背包呢。”

向玲玲笑了，由衷地说道：“王浪，你说起来真是一套一套的，和你在一起，真的快乐。”

“你快乐，我高兴。我的理念就是，周围的人都快乐，我才有真快乐。”

“你这观点特别有团队精神。”

“本来就是，我觉得一个人力量再强大，总得需要朋友的支持与帮助。”

向玲玲背起自己随身带的小包，看一下宿舍的灯、电源、窗户都关好了，然后放心地关了门，用钥匙反转两圈将门反锁上，宿舍里本来是住两个人的，但是另外一个女孩家在长沙市，很少在宿舍住，因此这个房子就差不多是向玲玲一个人住。

王浪与向玲玲、冯慧会合后，在华厦大酒店一起吃早餐。然后，冯慧退了酒店房子，九点钟的时候，三人从酒店正式出发，踏上去华阳县的旅途。王浪的包里放上了晕车药、饮用水、创可贴、纸巾等路上可能要用的一些必备药品，那是昨天按照吴铜礼院士的建议准备的。冯慧的包里有些吃的东西，像面包、牛奶之类，她怕大家路途想吃东西。

向玲玲的小包里有她喜欢吃的零食，如牛肉干、巧克力等，她一直喜欢吃巧克力，却不像有些女孩，想吃却担心发胖，她吃这些东西不用担心发胖问题，因为她一直保持着美丽的身材，有如香港演员张柏芝的曼妙身材。

他们前往汽车南站坐长途班车去华阳。他们三人都会开车，也都有车，但王浪的车留在四水没带过来，向玲玲的车放在深圳也没带过来，他们是在校研究生，学业为主，外出活动的情况很少，带过来还真没有这个必要，反倒有显摆的嫌疑。冯慧的车在成都，还没来得及调过来，因为要看华阳分公司开业后情况如何，再对自己的工作做出相应的安排。冯慧当时建议租车，王浪与向玲玲建议还是坐车去好些，因为在华阳要待些时间，而租车是按天数算费用的，何况坐长途班车去华阳，简单、安全，司机们都是经常跑这条线的。

上午十点钟，三人到达长沙汽车南站。恰好赶上了开往华阳的班车。人不多，大概总共就是二十来个人吧，中秋节、国庆节刚过不久，该回家的、该旅游的都利用长假实现了愿望。虽说季节正是秋高气爽，可是再好的旅游也要钱来支撑，也要时间来实现，这两点，对于大多数人来说，只能是偶尔为之。何况，现在中国的父母都是把希望寄托在孩子身上，同时也是为孩子而活着。孩子们正在小学、中学里苦读功课，也不可能出去游玩，因为探亲流与农民工的流动一般在春节前后，这就决定了目前是个出行的淡季。

三人上了班车，向玲玲因为怕晕车，就坐在靠窗的位置，冯慧要王浪挨着向玲玲坐。看见后排空着，冯慧说她去后排坐，宽松些，也要留点空间放包什么的。

冯慧于是也坐在靠窗的位置，正对着向玲玲的后面。他们三人的包都放在了冯慧的右侧座位上。

汽车启动，正式往东南开往华阳县。开始的时候，王浪、向玲玲、冯慧三人有说有笑，好不热闹，当然，他们的声音分寸掌握得很好，旁边的人看电视的看电视，也有个别的就听着他们的谈话。

终于有一个人忍不住问道："你们是去华阳吗？"

冯慧以商人的精明，并不急着回答，而是等待着问话的人自己说下去。王浪正准备说话的时候，那人接着说："我是华阳人，带我儿子在长沙治病，现在回老家去。”他指了指身边一个大约十岁的小男孩。小男孩精神不振，脸色苍白，略带些黄，瘦得很厉害，显然还没有从疾病中完全恢复过来。小男孩的模样与他爸是一个样儿，简直就是一个小号，一个大号。

“什么病呀？好像还没有完全好吧？”看着病中的小男孩，冯慧动了恻隐之心，关心地问道，“你们在哪家医院治病的呀？”

“医生说基本好了。我们住的是湘雅医院，嗨，医疗费相当的贵呀，一个月花了一万多。”孩子的爸爸有些无能为力地说道。

“孩子得的是什么病呀？”

“医生说是难治性贫血。”

王浪与向玲玲眼神交流了一下，他们很清楚，这类血液病治疗起来相当棘手，费用也很高，需要经常输血。湘雅医院这些年致力于降低低收入家庭的医疗费用，所以孩子的医疗药费是相当低的了，如果常规收费与治疗，王浪在心里估计，一个月下来，起码得接近三万块钱。但是，面对地里刨食、没有更多经济来源的普通农村百姓，一万多元钱也是相当昂贵。

三人都在为这个孩子惋惜，有意帮助他们。冯慧首先想出了办法来，她想应该给孩子的爸爸或妈妈找一份工作，有相对固定的收入，起码孩子的基本生活会有保障。

“我也是华阳人。”冯慧用华阳方言对孩子的爸爸说道，“孩子的病要坚持治疗。你有工作吗？”

“我哪有什么工作，就是在家种田。”

“没有出去工作吗？现在好多人都外出打工什么的呀。”

“没有，孩子总是生病，离不开我们。所以我和他妈都在家种地。”

冯慧琢磨着，华阳计算机分公司很快就要开业了，也需要人手，看这人的爱子之心，应该是有责任心、讲诚信的人，可以考虑招他到公司做一些简单的活，以让他们家维持大众化的生活水平。

“小朋友，你叫什么名字？”冯慧问小孩道。

“我叫梁永安。”小孩答道。

“怎么称呼你呢？”冯慧问孩子爸。

“我叫梁洛生。”孩子的爸爸答道，然后问冯慧，“你很好，好多人都不喜欢和我们说话，你还有耐心和我们聊这些。”

“都是老乡嘛。对了，你愿意到我的公司来做事吗？”冯慧直接说道。

梁洛生感到意外，天下哪会有这么好的事情呀，现在都说骗子很多，这人会不会是骗子呢，咱还得防一下才好。

“好呀，非常谢谢你。”反正现在她也骗不了钱呀东西什么的，梁洛生想，他的身上没有一分钱了，买了车票之后就没钱了，中午饭都得回家去解决了，看看这个女孩儿会怎么办，他看冯慧相当年轻，以为她还没有结婚。

“给你，这是我的名片。回家后，安排好了给我打电话。”冯慧给了梁洛生一张名片，上面有她的手机号码，不过还没有座机号码，写的单位是“华阳计算机分公司”。

梁洛生仔细看了看名片，然后收好了放进衣袋里：“冯经理，谢谢你，到时我会来麻烦你的。”人看来是挺灵活的，看了名片就用上了。

在冯慧与梁洛生、梁永安父子讲话的时候，向玲玲越来越感觉头晕，恶心，晕车早早地就发作了，看来头一天晚上的加班与睡眠不足明显加速了晕车的发作。其实，上车前王浪问过向玲玲，已经吃了晕车药。如此看来，真正晕车严重的，药物也起不了多大的作用。

过了一会儿，向玲玲开始恶心。王浪知道，这是晕车发作加重的前兆，很快就会出现呕吐。因为是空调车，窗户玻璃都是固定的，不能推开窗户。王浪赶紧准备了塑料袋，以便待会装向玲玲的呕吐物。

“向玲玲，要紧吗？”冯慧此时已经没有与邻座的父子俩聊天了，关切地问向玲玲。

“不要紧，王浪在就行。”

“那是，有劳你了，王浪。”

“不用客气了。照顾向玲玲我义不容辞。”王浪问冯慧，“你晕车吗？”

“我没问题，这两次来长沙坐班车，什么事都没有。”

“那就好，我就一心一意管向玲玲了，你自己照顾自己。”

向玲玲面色苍白，恶心加剧，眼里都被挤出泪水了。“王浪，袋子。”她要呕吐了。

王浪将袋子放在向玲玲的胸前：“放好了，你有就呕吐出来吧。”

向玲玲毫不客气，一摊秽物从胃里冲出来，幸好王浪准备的袋子大，倒是全部落入了袋中。一股腥味在近距离内弥漫开来。

十岁的孩子梁永安闻到了这股味道，禁不住眉头皱了一下，但他强忍住异味，没有做出什么不礼貌的动作来，很懂事的一个孩子，冯慧心想，值得一帮。

吐了这回后，向玲玲感觉恶心没那么明显了，但是头晕、乏力，整个人没有精神，比刚才那小男孩的状态还不如。

王浪伸出左手，轻轻地把向玲玲的头揽在自己的左肩上。向玲玲心头一热，心在颤抖。王浪，你这一揽，真要让心跳加快，血压升高，用来治疗晕车也不错呀，我真好受多了，真没有那么晕了。早知道这样，你开始就给我这一揽呀。

向玲玲的头靠在王浪的肩膀上，这肩膀好厚实呀，是那软软的枕头，睡一觉好香，做一个梦好甜。或许太累了，或许太幸福，太沉醉了。向玲玲的头和身子渐渐地全部压在了王浪的身上。

王浪与向玲玲、冯慧坐的都是三人座，所以这会王浪有空位往右边挪动，好腾出空间让向玲玲更好休息。

王浪干脆尽量往过道上坐，腾出足够多的位置让向玲玲躺下来。向玲玲整个身子全部躺在王浪的大腿上，她的头靠着他的腹部。

“王浪，给她盖点东西，免得受凉了。”冯慧见状，提醒王浪。

王浪要冯慧从自己的包中找出一件衬衣来，然后给向玲玲盖上。

冯慧真希望晕车的是自己，好最真切地感受成熟长大了的王浪的体香，最近距离地与他一起。但很快冯慧又批评自己，多少次了，还这样乱想。人家向玲玲与王浪，一个是未嫁女，一个是待娶郎，他们这样才是正道，是王道呀。

这是很般配的一对，是天造地设的一双，冯慧在心中感叹。

下午两点钟不到，汽车驶入华阳汽车运输公司，也就是说，王浪等顺利抵达目的地。高速公路真是好，以前从长沙到华阳要七个小时，而现在还不用四个小时就到了。华阳县城，阳光灿烂。汽车稳稳地停下。

“现在长沙到华阳方便多了。”冯慧有感而发。

“是呀，改革开放，处处旧貌换新颜，真可谓日新月异。”王浪深有同感。

“向玲玲，我们到站了。”王浪轻轻推醒她。

向玲玲呕吐了第一次后，由王浪抱着，再后是躺在王浪身上，就再没有发作了，还补充了头天晚上欠下的睡眠，这胜过多少的晕车药呀。

一缕阳光透过车窗照在向玲玲的脸上，她的眼睛只能眯着，“这么快就到了？”平时晕车害怕坐车、坐车头疼的她觉得太快了，躺在王浪身上睡觉的感觉实在让她不想到达目的地，她甚至希望永远在路上。她有些留恋王浪的身体，在瞬间醒过来之时，但几秒钟后，她完全回归清醒状态，脸上涌起些许羞涩，飞出两朵红云。她立即坐直了身子。

旅客们依次下车。梁洛生与他的儿子梁永安下车时与冯慧告别，他虽然担心被骗，但是依然不想失去可能的希望。他对冯慧极其礼貌地说：“冯经理，今天先谢谢你，以后会来麻烦你的。”

同时，他吩咐他的儿子：“和姐姐说再见。”

“再见，姐姐。”这么孱弱的孩子非常灵光，让人心生怜惜。

“再见，梁永安。”冯慧响应道，“回去后要注意身体。”

“我会的，姐姐。”

王浪和向玲玲与梁洛生父子俩一直没有聊天，开始是向玲玲晕车，后来就都没有聊了，所以梁洛生对他们俩不熟悉。如果再了解一下，关于就医的事情就又会多好些指导。

“我们下车吧。”王浪待向玲玲完全脱离了自己后说道。

“待会去我们家吧。”冯慧征求王浪的意见。儿童时候，冯慧与王浪是相隔不远的邻居，后来，两家买了宅基地或商品房，两家就远了。

“当然去我家，你也一起去，好像你后来都没有去过我家吧。”王浪记得好像搬家后他们就没有去过对方的家玩过。

“是呀，同在一座县城，说大不大，说小不小。几万个人中，相聚还得缘分。”

向玲玲收拾好身上王浪的衬衣，“王浪，给，你的衣服。”

冯慧因为不是刚回老家，她几天前都在家里与她爸爸妈妈在一起，所以这个时候不回家，和向玲玲他们一起去王浪家里，也在情理之中，他们俩是她请来帮伯父家处理医疗纠纷的。按说，是要安排到伯父家或者住宾馆的，但王浪家就在县城，也就没有这个必要了。如果向玲玲到时要去宾馆住，再做安排就是。

王浪爸妈都在家，前一天他打电话回家说了这事，两人都请了假，上午就在家整理卫生，买菜什么的，知道王浪要下午两点左右才能到家。爸妈都还没有吃饭，在那等着王浪回家后开炉炒菜，吃个新鲜。

王浪自从上了大学后很少回家，爸爸妈妈时常想他。不过，他有一个特点，愿意每周给他们打一个电话报平安。参加工作以后，也一直坚持，有时偶尔忘记了，爸妈就会给王浪打电话过去，看是怎么回事。男孩儿能够做到这样，已经相当不错了。常常爸爸妈妈在家中看着王浪的照片，两人会感慨地说道。是呀，的确这样，很多男孩儿呀，上了大学，工作了，谈个女朋友，或许只在要生活费的时候给大人们联系一下，平时极少主动给家中打电话，都是父母亲大人想念得不得了，打电话给孩子。这样一比，王浪的确是一个很具有孝心与爱心的男孩子。

或许是爸爸妈妈在很远就听出来了王浪的声音，总之，当他们到家门口的时候，他们已经站在了那里等待着他们，望眼欲穿的样子。

29

“爸、妈！”王浪一如儿时的亲切，隔着十来米就喊着他的爸爸与妈妈。

“孩子，你回来了！”欣喜之情溢于言表，这是王浪的妈妈。

“王浪！”相比于妈妈，王浪的爸爸称呼得就正统得多，他接过去王浪手里的几个大包小包，不是他一个人的，还有两个女孩子的。

冯慧已经很久没有见到王浪的父母亲了，自从两家没有住在一起后，差不多就没有见过他们。这回，冯慧去长沙找王浪，也是问当时的小学同学。不过，小孩子总是能够记住大人们的形象，因为大人已经定型了没什么变化，十年、二十年还是那个样子，最多是头发白些，或者皱纹深些。

“伯父，伯母好！”冯慧用华阳方言向王浪的爸爸妈妈问好。

两位长辈知道这应该是华阳本地的女孩，可是印象中好像没有见过这人，心想反正是王浪的朋友，就热情地响应道，“你好！你好！”

冯慧的特点是眼大、胸大，模样清纯，不知底细的人根本不知道她已经结婚了。

向玲玲的美丽是全方位的，眼睛不大不小明亮有神，眉毛如新月，头发秀丽如春天的柳枝，昂首挺胸，凹凸有致，牛仔裤衬托出无比健美的高挑身材。

王浪的爸爸妈妈在心里乐开了花。儿子带回来两个女孩儿，一个比一个靓呀。咱算是有福了！

“伯父，伯母！”向玲玲走上前，很有礼貌地称呼王浪的爸爸妈妈。两位长辈再次感慨，这闺女要啥有啥，连声音也这么动听，普通话说得这么好。

“你好，你好！”他们用不太标准、夹杂着华阳口音的普通话欢迎着向玲玲的到来。

“这位是我的同学向玲玲。”王浪向爸妈介绍向玲玲，王浪爸爸妈妈再三说：“好，好。屋里坐，屋里坐。”先将向玲玲迎进家去。

王浪没有特别介绍冯慧，他以为爸妈认识冯慧，哪知他妈忍不住想知道到底是谁，她奇怪王浪怎么介绍那一个女孩，而不介绍这个女孩呢。

“王浪，这位你不告诉我们是谁呀？”王浪妈小声地对他说。

冯慧敏锐的耳朵听见了，以生意场上见风使舵的能力，她已经看出来了，两位长辈没有认出自己来，正想着的时候，王浪笑着开口了：“妈，你不认识了？这是冯慧呀。小时候，她不经常来咱家找我吗？”

“冯慧，就是你小时候最好的同学冯慧吗？”妈妈想起了王浪小时候青梅竹马的同学冯慧。

“是吗？”王浪妈端详着冯慧，“怪不得我看着眼熟，原来是冯慧你呀。还是小时候见过你了。”

“是呀，伯母，都十多年了。”

“时间过得真快，老了，我们老了，你们大了！”王浪妈拉住王浪爸，“孩子爸，你看冯慧长得多漂亮呀。”

“冯慧，真的没看出来是你。女大十八变，越变越漂亮。”王浪爸爸也想起了儿时的冯慧。

“王浪才叫帅呢，像伯父和伯母，在长沙很多人追着跑呢。”冯慧称赞王浪，间接地也夸着两位长辈，他们也很高兴。

向玲玲看着这一幕，觉得挺有意思的，记起那首古诗“少小离家老大回，乡音无改鬓毛衰。儿童相见不相识，笑问客从何处来”。这冯慧呢，成了王浪爹妈眼中陌生的熟悉人。

“进去说话，进去说话。”王浪妈妈招呼着众人。

王浪爸爸把他们的大包小包放进给王浪准备的卧室里，然后出来招呼客人们。给王浪倒上一杯他自小就喜欢的热气腾腾的家乡红茶。给两位女孩倒上了可乐。

王浪妈系上围裙，对王浪爸吩咐道：“你在这陪儿子和冯慧、玲玲，我去炒菜。”她的记忆力相当好，就能够亲昵地喊着玲玲来。

“对了，冯慧，你家搬哪去了？”王浪妈临上厨房前还特意想知道一下冯慧的情况，这好比电话的接线，得把前后联系了起来，对整个人才更有印象。

“搬到南街那边去了。”

“你找对象了吗？”长辈们总是特别关心晚辈的婚姻大事，也该成家了，这几个孩子都快三十了。

“妈，冯慧她已经结婚了。”王浪担心妈再问出别的事情来，干脆直接告诉妈妈冯慧的情况。

“我去年结的婚。”

“那还没有小孩吧。”

“还没有，我想等我把这边的公司开起来后，再准备要个小孩。”

“是要抓紧时间，女人要早些生孩子好。”王浪妈兴致勃勃。

“好了，王浪妈，炒菜吧，孩子们都饿了呢。”

“就去，就去，瞧我，聊起来就忘记其他的了。”

王浪妈这样问其实还是有想法的。儿子一下子带两个女孩子回来，做妈的当然想知道，哪一个更像儿子的女朋友。既然冯慧已经结婚了，她心里就有数了，那另一个女孩向玲玲应该就是儿子的女朋友了，不然不是华阳人，哪能一块儿跟来呀。

王浪妈的想法就这么简单，昨天王浪打电话说要回来，没有说几个人一起来，也没有问是因为什么事情要回来。做爸爸妈妈的永远都这样，不问孩子为什么，家门永远是敞开的，所以呀，哪怕是长大了，有妈有爸才有家，这话永远是对的。

菜是前边都准备好的，王浪妈手脚利落，很快就把该炒的菜，该蒸、煮的东西都弄好了，她在厨房叫道：“王浪他爸，准备开饭。”

“来啰。”王浪爸朗声应道，充分显示着两人夫妻恩爱生活的和谐。

看到这里，向玲玲心里激动不已。为何？因为都说看未来与丈夫幸福与否，就看丈夫的爸妈是否恩爱和谐。王浪爸爸与妈妈的夫唱妇随，里应外合，人生的婚姻大戏演得多么精彩呀。如果，如果王浪能与自己好合百年，多美呀。

王浪也起身去帮助爸妈摆桌椅碗筷，因为是临时增加的两个女孩嘛，原来是只准备了三个人的就餐用具。

“你们两个坐，我去帮忙。”王浪招呼两位女孩。

“我也来。”向玲玲看着王浪起身，也立即起来，她想与王浪一起感受家庭生活的乐趣。

冯慧看大家都移动了，也站起来随着王浪他们进入厨房。

“伯母，辛苦你了！”向玲玲看不出来这么懂事，这一句问候让王浪妈更感动了，王浪的女朋友真不错，儿子找了个好女孩呀。她在心里美滋滋的。

冯慧心想，这样表现的机会就给向玲玲了，自己嘛，已经是明日黄花，尽管在心里想想王浪是多么理想的好丈夫，然而也只能是想想了。爱情、婚姻不只是纯粹的选择。

人多力量大，五个人一起，很快饭菜就上桌了。不知是大家饿了，还是王浪妈炒的菜特别香，总之大家吃得热火朝天。

“妈，你的厨艺总是这么棒。”王浪打心里就喜欢吃他妈做的菜，从小就吃，吃到上大学去了才吃得少了，妈妈总在不断地满足少年王浪的口味，不断地变化中，这饭菜咋会不对王浪的口味呢。

王浪愿意与两位女孩儿分享这由妈妈亲手做出来的美味佳肴。

“来，向玲玲，你多吃点，我妈做的菜可是越吃越好吃。”

“我吃了，真的很好吃。”向玲玲温柔地说话，她一说话，王浪妈又在感慨上苍有眼，让王浪找了一个如此优秀的女孩子。

“冯慧，你也多吃点。”王浪也不忘记招呼青梅竹马的朋友。

“我呀，小时候就吃伯母做的菜，伯母做菜真是威风不减当年呀。”

“就是，就是，我就对我妈说过，如果去考试厨师的话，我妈一定没问题的。”

“夸我吧，儿子，不过，妈受用，儿子喜欢就是对妈最高的评价。你爸还向我学过厨艺呢，可惜呀，他悟性不高，有两回，你说我炒的菜稍稍咸了点，我当时没说破，其实呀，那两回稍稍咸了点的菜就是你爸放的盐。”

“各有所长，各有所长。”王浪爸爸笑哈哈地，“来，吃菜，吃菜，大家不用客气。”

吃完这顿明显迟了的中餐，再坐着聊了一会儿天，等王浪爸妈的家务活做得差不多时，冯慧提出告辞，她要领着王浪和向玲玲去她爸爸妈妈家。他们是她请来帮助伯父家打官司的，因为伯父家住在乡下不方便，就委托了冯慧家全权代表伯父家招待好两位来自湘雅医院的医学专家。

“王浪，带向玲玲去外面走走。”冯慧邀请王浪与向玲玲一起走，这两人是她的贵宾，理应好好安排，热情款待。

“想出去转转吗？”王浪征求向玲玲的意见，主要原因在于向玲玲一路晕车，他担心她还有不舒服的感觉，因为晕车的恢复也需要一点点时间。其实王浪不知道，向玲玲这回除了补足了睡眠外，这次晕车可以说对她的身体没有构成影响，第一次的呕吐只是当时不舒服而已，并没有留下后遗症状。

“当然，先得欣赏欣赏你们美丽的华阳呀。”向玲玲和王浪开玩笑地说道，这缘于王浪在学校时经常和同学们说，他的家乡华阳县山清水秀，风光无限，名胜古迹也不少，改革开放更是让华阳县插上腾飞的翅膀。

“正是，正是。百闻不如一见，向玲玲同学，请！”王浪做出优美的邀请手势。

三人出门，顺着穿城而过的华阳河畔走，不知是河因县城命名，还是县城因河而命名，没有弄得清楚。就如同是先有鸡，还是先有蛋一样，无论怎么讲，似乎都说得过去，都有一定的道理。

华阳河河水清澈，现代化的城市发展，并没有污染这条美丽的河流，这条华阳县人民的母亲河。这要缘于每届政府都对这一点特别重视，那就是工业要加快步伐，但是环保也要跟上步伐，要两条腿走路，要让华阳县山绿水清。

华阳的秋天似乎来得有些早，河两边的垂柳已经有好些叶片脱落了，随风而逝，总有早知秋至的叶片落下，有的落在树下，化作春泥更护柳；有的飘到河中，随水流走，上演着落叶有意、流水无情的故事。

“小时候呀，我们常常在河里玩，捉鱼、摸螃蟹、打水仗什么的。挺好玩的，那时候呀，好像与自然更亲近。不像现在的小孩，好像远离自然，学校呢偶尔搞什么社会实践，其实就是在外面住两天，娱乐一下，啥也实践不了。”王浪触景生情，话语不少。

“王浪，你的记忆力真好。”冯慧夸道。

“不会吧，冯慧，我想这些事情你也是积极参与的呀，你当时呀就是一个假小子，天天和我们男孩子混在一起。”

“没有，我不是假小子，我当时强烈意识到我是一个女孩，所以，我当时才喜欢和你玩嘛。”冯慧此言一出，她自己都感到意外，这好像是在回忆一种儿时的罗曼蒂克，似乎对身边的向玲玲不够友好，假如她真是王浪女朋友的话。

向玲玲的确喜欢眼前的景色，流水、落叶、柳树、朋友，与汽车、卡拉OK的歌声融汇在一起。这个时候，人会有更多想法，有更多回忆。

“冯慧，你们小时候真的很好玩呢。”

冯慧放松了下来，显然向玲玲没有计较她的话：“那你小时候没有这样过吗？”

向玲玲回想了一下：“我小时候也调皮，但是我们住的地方和小学校附近都没有河流，所以我很少直接接触流动的水，这让我后来一直没有与水特别亲近，所以我怕水，后来，游泳也就一直没有学会。”

“这不用怕，你可以找这个人做师傅。”冯慧指着王浪，“这人小时候可是游泳高手，什么潜泳、蛙泳、蝶泳、跳水呀全知道，我们当时好多小朋友都是王浪的徒弟。”

“是不是呀，王浪，没想到你还有这么好的身手，真看不出来。”

“就是，人不可貌相，海水不可斗量。”王浪也丝毫不谦虚谨慎。

“得了，给你鸡毛当令箭，给你乒乓球当月亮。”冯慧故意损王浪。

“你忘记了你那回在水里大声叫我救命的事了？真的让你多喝几口水，那样你才会终生难忘。”王浪说冯慧当年游泳的事儿，也不知道是真是假，反正他说得像真的一样。

向玲玲是相信王浪所说的，她对冯慧说：“这样看来，王浪还是你的救命恩人呢。”

冯慧拉着向玲玲的手，也是真假难辨地说道：“你就听王浪吹吧，反正吹死人不偿命。”

三人就这样说说笑笑，沿着华阳河走了一公里后，再往南边的霞阳路走上一公里，冯慧说道：“到达目的地。”领着王浪和向玲玲进了她家的大门。

“妈！”冯慧大声地对着屋里喊。

冯慧妈听见喊声，立即放下正看着的电视剧，来到门口迎接她的宝贝女儿。

“冯慧，你吃过饭了？”

“是，在王浪家吃的。”冯慧说，“妈，你看谁来了？”

冯慧妈看见王浪，这真是一个高大英俊儒雅的男子汉，已经完全脱离了小孩时代的模样了。“这是王浪吗？”她简直不敢相信站在面前的是王浪。

“嘿，看来你和王浪爸妈一样了，他们也没有认出我来呢。如果昨天不是我打电话告诉你王浪会一起回来的话，你真的不会想到是王浪吗？”

“就是，如果在街上遇到都会不认识。”

“阿姨好，我会认得出阿姨来的。你还是和以前一个样！”王浪这话倒不是拍马屁，眼前的冯慧妈的确没太多变化，岁月在她的脸上留下了痕迹，但是别人是十分痕迹，她可能最多五成吧。

“老了，老了，好像都二十多年了吧。”冯慧妈感慨道。

“咦，咱爸呢？”冯慧没有看见爸爸，问妈妈道。

“你爸呀，他去买菜去了，晚上王浪你们就在这吃饭。你伯父也要过来，他说太辛苦你们了。”

向玲玲的美丽与沉静无法让人不肃然起敬。冯慧妈在心里惊叹，眼前怎么出现这么漂亮的女孩子，没有等王浪和冯慧介绍，她就急着问：“王浪，这位是你的同学吗？”因为女儿的同学和朋友她基本上认识，加上冯慧前一天打电话告诉了妈妈是请王浪和他的一位女同学一起来，所以她这么问王浪。

王浪赶紧介绍向玲玲：“阿姨，这是我的同学向玲玲。”

“向玲玲是来帮伯父家办那个事情的。”冯慧做补充说明。

听冯慧这么说，她妈眼圈红红的，显然还在怀念着她的侄媳妇。

“这是冯慧的妈。”王浪将两人介绍完毕。

“阿姨好！”聪明的向玲玲跟着王浪称呼为阿姨。

“你好，玲玲。”冯慧妈招呼三个晚辈，“都进来，进来坐。”

王浪、向玲玲、冯慧、冯慧妈四人嗑着瓜子聊天。冯慧妈想问一些关于她侄媳妇生小孩死亡的事情。以前医疗条件差，多数在家里生小孩，那么死亡的人倒是偶尔有，但是现在当产程没有正式启动时，很多人就住在医院里待产。所以，现在产妇死亡就很少发生，也是非常不应该的。

"没错，阿姨，但是我们还是等法院的人来解决介入，大家心平气和地解决问题。"王浪想，这好比有一个专门负责运送或销毁危险物品的部门一样，医疗事故的处理也要有可操作性。

这时，冯慧爸爸买菜回来了，满满地装了两个篮子。

"爸，买这么多菜呀，我来提。"冯慧迎接爸爸的回来。

"不用，不用，你陪客人。"

"爸，我介绍一下。这位是王浪，这位是向玲玲，妇产科专家。"

"好，好，好，你们坐。我和你妈做饭去，一会儿，可能你伯父就会到了。"冯慧的爸爸没有像她妈妈那样刨根刨底地询问，虽然他一时没有想起这个王浪就是小时候经常与女儿冯慧一起玩耍的小男孩，如今的大帅哥王浪。

真是说曹操曹操就到，冯慧爸进去厨房还没有两分钟，她的伯父就来了，肩扛手提好几包东西。

"来来，大家尝尝今年的新鲜橘子。"伯父进门后就冲冯慧等喊道。伯父这次作为医疗事故的相关人，委托冯慧两次去长沙办理相关医学上的事情，她对伯父家尽心尽力，让伯父很感动。

冯慧冲到伯父面前，接过他的东西放在了墙的一角，然后两只手拽着伯父的胳膊，来到王浪与向玲玲的面前。

"来，我介绍一下，这位就是我的伯父。"冯慧对两位湘雅专家说。

"伯父，这两位就是我从湘雅医院请来的医学专家。"她对伯父介绍道，"这位是肝胆外科的专家王浪。"

"你好。"

"你好。"王浪与冯慧的伯父握手示好。

"这位是妇产科专家向玲玲。"冯慧松开一只手给了向玲玲，"伯父，这次我们要仰仗她了。"

"你好！真的不好意思，太辛苦你了。"说这话的时候，他的眼神同时给了王浪。

冯慧的爸爸刚才闻讯从厨房出来与他哥哥打招呼："哥，你过来了。"

"本来早些时候就可以到的，我坐的中巴车路上坏了，司机修理了好一阵。"

"我们也是刚到家。"冯慧说，"我们中午在王浪家吃的饭。"

"王浪家就在县城不远吗？"冯慧爸问道。

"走路也就二十来分钟吧。"冯慧突然想起了什么似的问道，"爸，你以前见过王浪吗？"

"好像有些面熟，但想不起来在哪见过。"

"爸，你真想不起来了？"

"爸什么时候和你说过假话了，想起来了我就会告诉你。"

"算了，爸，还是我告诉你。妈刚才在厨房没和你说这事吗？"

"什么事？"

"就是王浪的事情呀，刚才妈也没有认出王浪来。"冯慧准备看她爸听到话后的意外表情，"王浪的家小时候和我们距离不远，那时他天天和我一起去上学呀。"

"是当年的小王浪呀，那记得记得，难怪名字这么熟悉，人也好像在哪见过，原来是以前的邻居小孩呀。"

"现在可不是小孩了，爸。"

"也是，也是，不过，王浪和你一样大，你在我们眼里还是小孩，王浪也可以说是小孩。"冯慧爸对这三个晚辈充满了怜爱之情，"你们坐，你们坐，吃点新鲜橘子吧。"

冯慧已经拿来了橘子，每人手上分了一个："来，向玲玲，我们这里的橘子全省都很有名的，你吃吃看，味道真的不错。"在这里，向玲玲是真正意义上的客人，所以冯慧要重点地招待她。

"哥，你和王浪他们聊，我去厨房帮忙去。"冯慧爸不忍心让他老婆一个人在厨房里忙乎，他是一个好丈夫。

"嗯，要我帮忙做点什么吗？"冯慧伯父问道。

"不用，我们忙得过来，你和他们说事。"指的是医疗事故的事儿。

"伯父，就你一个人来？你没有叫伯母和我哥一起过来呢。"

"他们要一起在家管小孩。"伯父的语气中含着忧伤与无奈，"真是没办法，孩子出世就没有妈，怪可怜的。这个该死的镇医院，把一个好端端生小孩的人都给弄死了。”

“伯父，你把情况和向玲玲说一下吧。”冯慧对伯父说道，这也是她非常关心的事情。

“向专家。”伯父觉得直接称呼名字不太好，就这样对向玲玲称呼表示敬意，这是对知识、对科学的无比尊重，“现在的医生护士呀，真是太没良心。”

冯慧伯父说起媳妇的事儿，气就不打一处来，不过显然他意识到这样说话对不起坐在面前的向玲玲和王浪，于是更准确地表达道：“我们镇医院呀，要水平没水平，还那样不负责任，太不应该了。”

“你把当时的情况说一下好吗？”向玲玲在长沙听冯慧说了大致情况，现在请她伯父再说，是想把条理弄得更清楚，以便深入分析和决定下一步的行动方案。

冯慧伯父开始叙说当时的情况，边说边流泪，一个大男人如此痛苦，显然悲痛难以承受，喜得孙子的喜悦没办法抵御失去媳妇的悲伤，这不是一物换一物的简单加减，而是倍增的缘故，得孙有儿媳，快乐更快乐，而失去任何一个，快乐就大打折扣了。

“伯父，你慢慢说——”王浪也不知道该如何劝他。

“我们本来高高兴兴的，看了刚出生的宝宝，还见宝宝他妈虽然刚做了手术，精神挺不错的。哪知道，唉，几个小时后，宝宝他妈就没有了。”冯慧伯父回忆着当时的情况，他的叙述比冯慧更具细节，更有现场感。

王浪与向玲玲听着，在内心里的确感觉镇医院的处理存在很大的问题，就可以这么说吧，医院只是会做剖宫产，但是根本没有出现特殊情况的处理预案，也就是说，一旦出现意外，结局就是很不幸的。

“冯慧，镇医院的医疗条件确实不好呀。”王浪对冯慧说道。

“是呀，所以我们现在很后悔，当时要是不考虑远近的问题，在县医院住院生小孩就好了。”冯慧伯父接过王浪的话题，言语中充满了悔意。

“伯父，医院的条件如何，我们一般人哪知道呀，以前镇医院好像也做过一些剖宫产手术。”冯慧安慰伯父。

向玲玲同意冯慧的看法，也说出她的想法：“冯慧说得对，做手术这事，成功了都没有什么，出事后才会发现问题。”

“向专家，这是市卫生局的法医报告。”冯慧伯父拿出一份病理检查报告递给向玲玲。

王浪与向玲玲一起阅读：“……死者腹腔积血三千毫升……系产后大出血，失血性休克。死亡原因为循环衰竭。”两人眼神交汇，信息沟通，这样的病理检查结论，毫无疑问地说明医院处理不当。

“伯父，有了这个结论，我们说话就有了依据。医院在这个事情上有重大过失。”向玲玲明确地表达自己的看法，说完后似乎想找个同盟军，又转向王浪问道，“你说是吗？王浪。”

“嗯，基本同意你的看法。”

听到这里，冯慧的表情放松了许多，这就好，希望能够为死去的嫂子讨回一个公道，希望为刚出生不久的侄儿争取合理的赔偿。

在冯慧家吃完晚饭，王浪怕向玲玲累着，与冯慧他们一家告别后回到爸妈家。爸妈在看电视，听见他俩回来，赶紧开了门。

王浪爸妈下午看过向玲玲之后，对她印象极佳，他们希望儿子能够留住她，能够让她做他们的儿媳妇。

王浪妈让他俩洗澡早些休息。“你先去洗吧。”王浪请向玲玲优先使用，一是客人，二是女士，符合优先的原则。

王浪妈进浴室调水温，向玲玲拿了换洗衣服进来：“玲玲，到家里就随意啊，不要讲什么客气。”她想着和向玲玲说话，“你看温度怎么样？”

向玲玲伸出手探了一下：“很好。”又补充道，“没事的，伯母，待会我自己也可以调。”

“嗯，那你慢慢洗。”王浪妈显然也觉得有些多余，人家又不是几岁的小孩，一个堂堂湘雅医院的研究生，调个水温自然不在话下了。

那边，向玲玲开始了沐浴，这边王浪妈与儿子聊天，准备安排两个年轻人的睡觉问题。

“王浪呀，你这同学长得挺不错的，配你呀刚刚好。”

“是吗？妈，想我结婚了？”

“是呀，想抱孙子了。你看你好多小时候的玩伴小孩都几岁了呢。”

“不急呀，妈，我不是正忙着吗，读书哪有时间生小孩呀。”

“什么没时间呀，你弄一个小孩出来，不用多长时间呀，反正我们可以帮你们带呀。”妈妈就是妈妈，和儿子说话是想说啥说啥。

“妈，你还真有一套。你和爸不是要上班吗？”

“上班也没关系呀，我们可以内退，也可以提前退休，还可以长期请假，现在呀，就业机会不多，想不上班呀随时都可以，领导还喜欢着呢。”

“那好呀，那我就抓紧时间生一个小孩。”

“好呀，就和你这个同学生吧。”

“不要这么迅速吧，妈！”

王浪妈笑道：“当然不要，凡事总得有个程序，再怎么着也得明媒正娶不是。对了，今晚要为你们开两个房间吗？”

“妈，你很开明呀。”

“那是，都什么年代了。妈也不是老封建，对不？咱还不是尊重你的人权。”

王浪妈笑了笑，大概在想，咱儿子与众不同呀。

向玲玲被安排一个人睡一间房，就在王浪房间的隔壁。

“你早些休息，这一天，累了啊。”王浪送她到房间后对向玲玲说。

“不嘛，你陪陪我，我一个人害怕。”向玲玲撒娇，“晚上刚看了尸体检验报告。”好像也是情理之中呢，刚进入医学院学解剖课时，女同学当然还有部分胆小的男同学晚上起来上厕所都害怕，只好憋着，所以过了晚上九点就干脆不喝开水了，睡觉前就尽量把小便、大便处理干净。

“你一个医生，还怕什么呢？”

“那照你说，医生都不怕鬼，都不用看恐怖片了？”

“理论上就是，实际上可能不现实，总有人胆大胆小。”

“就是，何况我还是女孩子呀。我一个人睡不着，我不习惯你家的床铺呀，房间呀。”

“那我叫冯慧来陪你好吗？”

“不要了。我只想你陪我，好吗？”

“向玲玲——”王浪欲言又止。

“怎么？有什么话你说给我听呀，王浪。我的老同学。”

“是不是觉得我不近人情？”

向玲玲没有回答这个问题，她问王浪：“这么多年来，你把我看作是你的什么人呢？”

“我想想看。对了，你是我的同学，这点肯定没错。要说我把你当成什么人，我想，妹妹吧。我一直把你当作我的妹妹，亲妹妹。”

“我不要做你的亲妹妹，我要做你的情妹妹。”向玲玲大胆表白，“王浪，你在担心什么呢？还是在害怕什么？我看这些年来，并没有哪一个女孩子常常找你，你也没有长时间休假。看样子你在四水应该没有女朋友，我说得对不对？”

“你说得完全正确，我现在在四水没有女朋友。”王浪说的是实话，他现在的确没有女朋友，当然在四水也就没有女朋友。不过，他王浪不想进一步说明，如果要说的话，他在四水曾经有过多个女朋友，并且他深深地伤害了同居两年的女孩邱倩。邱倩当时痛苦万分，她决绝的眼神让他难忘，这种难忘没有随着时间的流逝而淡化，却似乎如镂刻般更深入心房。邱倩的离去，让王浪懂得爱一个人，就要倾情相爱，双方都给予纯粹的爱。过去的，还记忆犹新。自己有福，常遇见对他情真意切的女孩。不能再伤害别的女孩，这种感情的伤害发生后难以弥补。

王浪心想，恋爱结婚是人一生中最重要的事情，必须慎之又慎，因为它牵涉到方方面面，不要轻易说爱，不要轻易选择放弃爱，爱情真的宁缺毋滥。

“那你还犹豫不决做什么？你难道不喜欢我吗？”向玲玲放下女性的矜持，期待着王浪热烈的回答。

“向玲玲，我把你看作我的亲妹妹，那是在心里的喜欢呀。”

“既然这样，那你就陪妹妹睡呀。”

“哪有哥哥陪妹妹睡的呀。”王浪想向玲玲初到华阳的确陌生，那就想别的办法吧，“这样好吗？我看着你睡，你睡着了我再走，好吗？”

“好吧。”向玲玲勉强答应了，“我知道很难改变你，那我睡了。”向玲玲闭上眼睛。

王浪把房间中的大灯关掉，拧亮了床头灯，将光线调到最弱。他坐在向玲玲的床前，注视着她。在柔和的灯光里，在静静的夜晚，向玲玲徜徉在蔚蓝的大海中，辽阔无边，让人遐想无数，梦幻腾飞。

昨天晚上差不多整宿未睡，白天又长途奔波，向玲玲真是累了。身边有王浪的守候，她进入了梦乡，嘴角露出甜甜的笑容。

30

王浪看着睡眠中的向玲玲，柔和的灯光下，她的脸巧笑倩兮，即便在这样的夜晚，依旧能感受到她对生活的向往，对爱的追求。多好的一个女孩，多好的一个女同学，多好的一个亲妹妹——现在，只能把她当作自己的亲妹妹。爱是两相情愿，爱是相互愉悦。不能再走从前的路了，真爱要考虑未来，真爱要计较后果。

可是，向玲玲近乎疯狂地爱着自己，该如何是好？这样的一个好女孩，又怎能忍心伤害她呢？

向玲玲第二天早上醒来时，天已大亮，这一觉睡得真舒服呀。屋子里静静的，好像没有一丁点儿声音。一看手机上的时间，哇，都八点半了。王浪呢，他难道也还没有起床吗？怎么不叫我一声呀。

穿好衣服，整理好妆容后，向玲玲从房间里来到客厅，咦，王浪坐在沙发上看报呢，看样子他的爸爸妈妈都没在家，难怪这么安静了。

王浪显然已经注意到了向玲玲，他放下手中的报纸，站起身来朝向玲玲走去。“恭候向专家起来！”

“别这样了，我这么晚起床，还怎么好意思接受你的请安呀。”

“哪里，哪里，就算你睡到中午起来，也一样可以接受我的请安。在这里，你是客人，至高无上。”

“还至高无上，你昨天晚上什么时候溜掉的，要你陪我都不肯。”向玲玲轻声地对王浪说，此时，她也不能肯定王浪的父母亲是否在家。

“我看着你睡着了，然后才走的。”王浪分辩道。

“那就不怪你了。你爸妈呢？”

“他们上班去了，昨天是专门请假接待我们。”王浪领着向玲玲，“走，我们洗漱去，然后我们去外面吃早餐。”

早餐后十点多钟，冯慧打来电话，说是律师过来了，请向玲玲与王浪到她家去谈谈两天后举行的医疗事故鉴定会的相关事项。

律师正值年富力强之际，人不高，大概一米六五左右吧，但显得相当精干，尤其是他的一双眼睛，真透着能够杀人的光芒，有一种高高在上的气势。这是王浪与向玲玲开始与他见面时的感觉。不错，有着华阳律师第一人的风范。

律师看见王浪与向玲玲走过来，反应相当迅速地过来与他们俩握手，冯慧一时没有跟上。

王浪与律师相互自我介绍，互表敬意。倒是冯慧及时地介绍了向玲玲。律师欣然道:“打这种医疗官司，我们就是特别需要向玲玲、王浪这样的专家。”这回的医疗官司是妇产科，当然向玲玲是首席专家，王浪呢也是专家，不过是陪衬着的就是。

“大家坐，坐下说话。”冯慧负责招待，她的爸妈出去买菜了。她的伯父回到乡下家里去了，计划两天后正式开医疗事故鉴定会时再下县城来。

“向医生，你是产科方面的专家，我想问你，产科手术出现意外的情况多不多？”律师很敬业，不想浪费太多的时间。

“这要看在什么医院，看哪种意外。在大型综合性医院，产科手术很少出意外，处理起来也比较得当，也就是说一般的意外不会带来太大的不良后果。”

“那这样说来，是不是小医院出现意外防不胜防？”

“可以这么认为，所以目前很多人愿意去大医院看病做手术，正是出于这样的一种考虑。”

“是，像你们大医院，电视上说，都是人满为患，而如我们这样的镇一级医院，病源少，一天都看不到几个病人。”

律师说到这里，与王浪和冯慧眼神交流，他是一个善于观察场面的人，在一场众人聊天的场合，会尽量给每一个人表达的机会。这样的人，天生就是一个好律师。如果做行政工作，也会是一个出色的管理人员。

“是呀，如果小医院的医疗水平能够有比较大的提高就好了。”冯慧感慨道。

王浪深有体会:“大医院人满为患，医生护士超负荷工作，其实也是一个医疗事故的隐患所在。人的精力都是有限的，医生护士过于疲劳不利于病人的诊治，也没有时间提高水平之类。”

律师接着道:“这是一个矛盾，大医院病人太多撑坏了，小医院没病人饿得慌。”

“所以，医疗资源的合理分配与利用非常重要，这样才会做到物尽其用，人尽其才呀。”可以这么认为，王浪的思想里已经时刻有着医院管理的烙印。不过眼前，他必须和向玲玲、律师一起全力以赴面对这场医疗官司。

“王医生、向医生，我看我们现在的这个案子——”案子是律师的职业化词语，不管什么样的纠纷或者事故，在律师眼中都是案子，“我是这样认为的，你们看对不对。”

王浪、向玲玲认真地倾听着，一边的冯慧更是全神贯注。

律师以逻辑推理的方式说道：“产妇在剖宫产后几小时内死亡，中间这个过程医生都没有来病房看过。护士呢，也只是在家属去请她的时候来看一看，看的时间短，还很粗糙，处理就更马虎与自以为是。在我们法律上可以这么说，医院对于产妇是不作为，在应该有所作为的时候不作为，这就是严重的失职。产妇死亡作为一个结果，医院方面严重失职是最核心的原因。这样一梳理，就很容易看出整个事件的前因后果关系，也就不难得出结论，医院要承担全部责任。”

“就是，太没有责任心了。”冯慧深以为然。她一直帮着操办伯父家的这个事情，对于其中的细节已经非常清楚。关于事故的原因，冯慧听王浪、向玲玲从医学的角度进行过分析，自然清楚律师所说的因果关系，在她心里，已经形成了这样的想法，那就是如果医生护士负责任、医疗水平足够高的话，嫂子产后死亡这样的不幸与悲剧就完全可以避免。

律师对冯慧点点头，接着说道：“当时我接手这件案子之前，医院方面咨询过我，想请我在必要的时候担任他们的律师，我拒绝了。我觉得人要有良心，因为我当时听过一些人说这件事，凭感觉我认为医院有责任。但是法律是严肃的事情，我也不能光凭感觉，所以我就借了一些医学书来看，也上网查了些资料，之后，我更加相信医院存在严重的失职或者说不当之处。但是，毕竟对于医学隔行如隔山，后来冯慧说有同学在湘雅医院，我就建议请湘雅医院的专家来，当我们的医学顾问。真是辛苦两位了。”律师说到这里，向王浪与向玲玲致意。他的眼中此时没有杀气，满是柔和与亲切，那是作为律师界的翘楚对医学专家的敬重。

“您这么富有正义感与责任心，我们提供力所能及的帮助也在情理之中。”

“两位很年轻，有德之人，前途无量啊。”律师对王浪与向玲玲寄予厚望，

“现在尸体检验报告也出来了，我看了一下，是剖宫产后大出血，失血性休克，死亡原因是循环衰竭。”

王浪暗赞律师记忆力、理解力相当不错，不要看只有这么几句话，但对于一个不是医学专业的人来说，能够这样完全记下来，很是不简单。

王浪给了向玲玲一个眼神，那意思是让她说说自己的看法。

向玲玲正有这个意思，自然地接上话题：“对，我们昨天看过尸体检验报告，从报告中的描述与结论，我们可以这么说，医院手术水平不够高，导致了术后大出血，大出血导致失血性休克，之后就是最严重的后果死亡。一环扣一环，如果中间能够在任何一个环节进行有效干预，产妇的结局不会是这样。”

“你说得很清楚，很透彻。既然是这样，我想只要卫生行政部门执法公正不偏袒的话，鉴定结果就是一级医疗事故。”

“就是，我现在也是担心，市里来的鉴定专家和负责人会不会偏向医院呢，毕竟他们同属于一个系统，相互之间可能有千丝万缕的联系。”冯慧提醒道，“王浪，你和向玲玲在市卫生局有熟人吗？要不要和他们联系一下？”

“我看不用吧。”王浪倒不担心这一点，他随后说出了他的理由，“现在医疗事故鉴定和以前不一样了，过程与程序都较以前公开、公正，所以，人为地有意偏袒的情况应该不会发生。”

“那就好。”律师分析道，“这样看来，只要医院方不能够提出足够的证据，表明他们在产妇的死亡中没有责任的话，医疗事故鉴定就会得出客观的结论。”

王浪、向玲玲、冯慧与律师一起在饭店吃午餐。本来，冯慧的爸爸妈妈请大家在家里吃，说是家里可以随意一些，其实也想着节约一些。但是冯慧一则因为经济条件好，再则是感觉吃饭讲究氛围，饭店毕竟比家里上档次些。不管怎样，不能太委屈了远方来客王浪、向玲玲，还有华阳县的金牌律师。

几个人一起吃饭时，倒没有特别再聊冯慧嫂子死亡的官司，要说的上午在家里已经说完，大家形成了一致意见，将在鉴定会上以一个声音说话，争取最大限度地维护冯慧伯父家的合法权益。

吃完饭，王浪他们走在酒店大厅，正要步出大门时，一个坐在大厅沙发上的男子迅即起身，直朝王浪奔来。这人走路摇摇晃晃，显然有些醉了。

向玲玲担心那人冲撞到王浪，眼疾手快，立即把王浪拉向自己。那人扑了个空，冲到王浪身后两米远的地方才完全止住踉跄的脚步。

“王浪，你……你……”这人回过身来，朝着王浪的后背说话，但却半天没说出一句完整的话来。

王浪听到喊声后停下脚步，既然这人知道自己的名字，看来是认识自己的人了，而且，这声音好像很熟悉呢。

王浪回头去看是谁。两人的目光正面接触。

“是你！”王浪惊讶道。

“是……是，我。”

“好久不见，好久不见。”王浪很激动地用双手握着那人的手，“好像有六年没有见面了吧。”

那人好像从醉酒中清醒过来，说话不再结巴，“嗯，你大学毕业后，很少回来，想见面都没有机会。”

向玲玲、冯慧、律师见王浪认识这个酒醉的男人，知道事情明朗化、简单化了，大家放下心来。

律师道：“王医生你遇见老同学了，那得好好聊聊。我先走了。”律师与王浪亲切地说着告别的话语，随后，他与向玲玲、冯慧握手再见。

那人拉着王浪坐到沙发上去聊，全然没有看到王浪一起的另外几个人，有点目中无人的味道，显然，他还有些处于喝酒后的迷糊，所以说喝酒误事，贪杯难免不出乱子。

“你先坐下，我去和她们说一会就过来。”王浪将老同学留在沙发上，返回向玲玲与冯慧站立的地方。

王浪得先安排好冯慧，向玲玲倒是没关系，反正与自己在一起就是。他对冯慧说：“这是我的一个高中同学，是我那时很要好的朋友，好久没见面了，我去和他聊聊，你如果不忙的话，就一起坐坐。”

“我就不坐了，我有些事情还要办，华阳计算机分公司正在筹办中，营业执照、税务登记、消防设施等等都得一件一件落实。我得抓紧时间，将这些烦琐的事情安排好。”

“现在办事尽管比以前效率高多了，但还是相当不容易。你先去忙你的事情去，有什么随时联系就是。你伯父家的医疗官司，照我现在掌握的情况分析，医院负全部责任的可能性很大，你不必太过忧虑了。”

冯慧很感谢王浪，自从他和向玲玲一起随她来到华阳，她和伯父一家人都对他们充满感激之情。她对王浪和向玲玲说道：“好，谢谢你们。你们好好玩，我先走了，再见！”

“嗯，再见，冯慧！”

冯慧走了，留下一个美丽的背影，腰身挺直，形体优雅，一个能干、贤惠、孝顺的好女孩。

向玲玲与王浪一起走到那个老同学面前，两人在沙发上坐下。

“哟，哥们，你的女朋友那不是一般的漂亮，那是相当相当的漂亮。”喝醉了的人就是不一样，口无遮拦，想到什么就说什么，正如一句话说的：男人喝醉酒，酒壮色胆，女人喝醉酒，放浪形骸。酒是好东西，能助兴，能活跃氛围，能拉近人与人之间的感情，但是，喝酒绝对要适量，多了就适得其反，醉酒的人出丑、现原形，干坏事就在所难免了。

向玲玲对这样的赞美并不感冒，她的外貌靓丽已经是公认的，也是她自己认可的。一个酒醉人说的话，可靠性值得深究，意义就不过如此罢了。向玲玲考虑到对方是王浪的老同学，没有表示出特别的不满，就只当作没听见，不做任何响应。

王浪还是准备给老同学一点面子，赶紧做相互介绍。

“我的高中同学沈元。”王浪对向玲玲说。“我们当时常在一起打篮球。”

“你好。”向玲玲礼貌地向对方问好，她不明白，帅气高大的王浪当时怎么会和这个叫沈元的同学经常打篮球，对方的身高起码比王浪要少去二十厘米，身子骨也是弱不禁风的样子，敢情王浪是经常拿沈元当作练习盖帽的对象吧。

这样想着，心里有些恶作剧的感觉，心理似乎有些阴暗，其实一点也不，向玲玲自己美貌绝顶，她只不过是就事论事而已，稍后她就想，或许这人一定在某些方面有过人之处，比如投篮特准，或者是运球过人胜过一般人。

“这位是我现在的同学向玲玲。”王浪满面笑容地介绍向玲玲，他想让她更开心一些，他知道向玲玲最不喜欢没有礼貌、喝酒不节制的人，他想帮助她排除刚才的不快。

王浪的笑容真是向玲玲快乐的源泉，是治疗她不快的灵丹妙药。向玲玲在王浪阳光的笑容中，无比优雅动人地伸出右手，沈元这回表现得相当绅士，在向玲玲的手伸出一秒钟后，也伸出右手，两人热烈地握手。

“沈哥，你怎么在这里呀？”一个女人娇滴滴地喊道，在她看清楚沈元和两个帅哥美女说话，连忙走了过来，“哟，这是你哪的朋友呀？这么帅气呀。”女人或者是妒忌同性的美貌吧，她并没有夸赞向玲玲，尽管她的美貌无法否认，那女人在心里也的确这么认为。

“我的高中同学王浪。”沈元介绍道，女人伸出手与王浪相握。

“幸会，幸会。”女人说道。令王浪诧异的是，沈元并没有向王浪介绍这个女人。王浪心里明白，要么是沈元和这女人逢场作戏，要么就是沈元不便于介绍，两人有什么见不得人的秘密，至少在沈元看来是这样。

“走吧，我们进去吧。”沈元对女人说，“他们还有事情，我们也忙我们的。”

“我们有什么忙，不就是喝茶、打麻将、聊天吗。”女人似乎还舍不得走，大概是想多看看眼前的大帅哥王浪吧，毕竟面对沈元感官性状要差多了。

“走了，哥们。把你的电话给我，明天吧，明天晚上我们同学聚聚，你不要安排别的活动，记住了，明天晚上。”沈元酒醉心定，倒还安排得有条有理。

王浪与沈元相互留下了电话号码。沈元与女人往酒店里面的茶座走，女人缠在沈元的胳膊上，还在撒娇地说道：“沈哥，明天我也要来。”

“你来什么，我们是同学聚会。”沈元显然并不想女人过多地介入他的生活与社交。

“你这同学是做什么工作的呀？”向玲玲质疑道，“好像有点黑社会的感觉。”

“这我还真不知道，我参加工作后，很少回老家，你看我和他双方的电话号码都不知道了。他高中毕业时没有考取大学，后来好像上了所职业学校，毕业后去深圳打了几年工，后来就不知道了。”王浪介绍道。

“不过，他好像还比较重感情就是，这么多年没见面，看到你还能一眼认出，而且这么热情，还说请你吃饭。对了，他明天晚上真会请你吃饭吗？”

“那肯定的呀，这我绝对相信。”

“要是他今天是喝醉了，把这事给忘记了，我想也有这种可能。”

“不会的，酒醉心定，何况是我这样的老同学。”王浪对同学情相当自信。

“对了，王浪，你当时常和他一起打篮球，他那样子，是不是根本就不是你的对手呀？”

“可不能小瞧他，他呀当时的身手特别灵活，就是个不高，但是他的远投，基本上是百发百中，还有就是，他运球的动作，你看了真可让你眼花缭乱，不知道他是怎么从一个个对手身边溜过去的。那，真叫作绝呀，像要魔术一般。”

“果然如此。”向玲玲为自己的判断准确而高兴，也为自己差点误判他人但及时清醒而庆幸，“真的是人不可貌相，海水不可斗量，每一个人都可以有自己的超凡脱俗之处，或者说有自己的特长。”

“嗯，没错，没错。”王浪也很高兴，因为在这样的场合，老同学的热情让他心情愉快，“我们回家。”

沈元哪里会忘记王浪这回事呢。中学时代一起运动、学习、生活结下来的深厚友情，那愣是岁月摧不垮的坚固友情。他这天是陪这个女人一起在茶座打麻将，这个女人是他的情人，不对，准确说只是性伴侣而已，没有太多的感情，真正的情人，应该是和妻子一样，只是一般情况下，妻子是公开的，情人多半是地下的。但性伴侣不一样，这样的男女没有牢固的感情，只是相互有需要时在一起，更多是生理上的快乐，精神层面上基本上没有。但不管怎么样，男人与女人之间，有肉体关系的总比没有肉体关系的感觉更不一样些，很简单，肉体关系是彼此身体最亲密的接触，彼此身体的深入与包容。

沈元边打麻将边喝酒，不觉有些多了，就到大厅里去准备抽烟透口气，茶座也弄成无烟茶座，华阳县这一点倒是在全国领风气之先，很多公众场合实行了禁烟，正如华阳河的环保一样，能够做到这一点，作为华阳县的有关官员，也是非常不错，具有长远之见的。

没想到，他坐在大厅的沙发上，正要掏烟时，恰巧看见了王浪与几个人从里面出来，一时高兴、激动、意外就站起身直扑王浪，以至于他们几个把他当成了醉鬼，其实他喝得不算太多，通常意义而言就是根本没有醉，只是话多一点，情绪高昂些，动作幅度大些罢了。

回到麻将桌上，女人专心地抓鸟看牌，所谓抓鸟，就是摸一个或几个牌放手上，等大家和牌后，看你摸中的是哪一方，是该收钱还是该输钱，总之是很有刺激性，也增添了玩牌者的热闹。

沈元一边打牌，倒是一边想着王浪，想着第二天晚上得在哪里宴请王浪，说是同学聚会，那就要把在华阳县的同学尽可能地邀请齐全，这样才会热闹，才显得请客者的身份，也让远道回来的王浪感觉到同学情的温暖。

王浪携向玲玲晚上六点三十分到达华阳宾馆。华阳宾馆还有一个名字是县政府招待所，宾馆的占地很大，有近百亩地，宾馆内绿树成荫，鸟语花香，此时正是南国芙蓉花盛开的时候，红的、绿的、白的、蓝的各色彩争奇斗艳，那大而柔软的花瓣像少女们青春的脸，从里往着透着朝气、水润肌肤。这晚吃饭的地方是一号楼主宴会厅，通常都是用来招待外地来考察县市级干部的上级领导。

当然，沈元只是要了一个大包厢，因为没有必要弄大宴会厅，总共就是二十来个往日的高中同学。

王浪在四水医院的时候，跟随着万如海博士全国各地做手术、参加学术会议，见过许多的场面。但是，与今日相比较起来，尚有差距。当王浪与向玲玲进来的时候，场面让他震撼，他没有想到一个县政府的招待所里有如此奢华。这倒不算什么，重要的是沈元请他和同学们在这里聚会这事，让他心潮起伏。是的，沈元在中学时代和他是好朋友好同学，但是一晃都好几年没有见面了。偶尔相见了，还保留着这分情谊，的确不简单。还有，沈元在从事哪个行业，是有官职吗？不然，要是一般的政府工作人员或是小本生意的人，是断不可能在这样的地方大宴老同学的。

沈元此时已经坐在了主人的位置上，见王浪与向玲玲进来，立即离席前来迎接。

“贵客驾到！”沈元大声喊道，在座的同学们全部起立，关系好的、活跃的就都离席，走向王浪，好近距离打招呼。

王浪快速扫射了一番，全部是同一个班的老同学，都认识，只有一个女孩儿，他怎么也没想起来是谁？这莫非不是一个班的吗？

“王浪，想起来这是谁吗？”一个同学故意问王浪，显然是发现他没有认出这人来。

他再想了想，的确没有任何印象：“不好意思，真想不起来了。”

“那你再想想，没想出来可得罚酒三杯。”那位同学说道，带点高深莫测的笑容。

沈元招呼大家：“都坐下吧，坐下聊。边吃边聊。”

大家各就各位，回到原来的位置，只沈元的右边有两个位置，那是留给王浪与向玲玲的。

“来，王浪，你坐这里。”他将王浪拉向他身边的位置，接着对王浪和向玲玲说，“你就坐这里。”这是让向玲玲坐在王浪的身旁，便于照顾，人家人生地不熟，当然得与自己最亲爱的人坐一起。

“谢谢。”向玲玲对沈元说道，发自内心的谢意。今天的沈元让向玲玲耳目一新，无论是言语还是行为都比昨天的那个醉鬼形象好上了不知多少倍，此时看沈元，算眉清目秀，照潘长江在小品里说的“浓缩的都是精华”，沈元还真配得上这句话，他双眼有神，五官棱角分明，一举手一抬足有男性的力度，似乎还有点节奏感。这真奇怪，两天间好像变了一个人。

沈元见大家都坐定了，对服务员说：“好了，上菜。”

服务员得令而去，不一会儿，更多服务员举着菜、酒之类进来。沈元置办的宴席正式开始。

“男的喝酒鬼酒，女的喝华夏干红葡萄酒。服务员倒酒吧。”沈元再次对服务员下达命令。还男女分得这么清楚，看来是个大男子主义。不然，也不问问人家喜欢喝什么酒，一概以性别而论，这有点简单化，向玲玲心里这么想着，但立即释然，吃个饭，随意点就行，客随主便，自古就是这样，不然人人一个主意，也不好办。反正自己红酒、白酒都能喝得下去，而且喝的时候还是种享受，无所谓了。

这晚参加宴席的总共二十个人，男的十五个，女的五个，三比一，不难看出，沈元的朋友中还是男性多，这不奇怪，同性朋友在中国很正常，异性朋友总有点说不清道不明。有句话是这么说的，男女之间要么是情人，要么是敌人，没有中间路线。很极端的表达，但是也不是毫无道理可言。提醒着男人女人在交往的时候都要保持清醒的头脑。

服务员将二十杯酒都倒满了。白酒清亮透明，香气宜人。红酒色泽纯正，妩媚柔情。

沈元举起酒杯，开始说祝酒词：“王浪带着漂亮的女朋友回到老家，我们喝这杯酒，祝福两位幸福美满！”

这是哪门子事呀，我什么时候告诉你沈元这是我女朋友了？如果回长沙后咱们发展成恋爱关系，倒也好了，假设以后谈了女朋友，而不是向玲玲的话，不是会对我说“上次好像不是这位呀”。王浪有心要说明一下，可是看着身旁的向玲玲脸上笑容绽放着，就如院子里盛开的粉红色芙蓉花。向玲玲深深地爱着自己，一直坚持着，也向自己表白过。那就这样吧，向玲玲高兴就好，其他的事以后再说了，车到山前必有路。

在座的各位隔着拿着酒杯在桌子上敲击几声以代表碰杯，因为桌子实在太大，两个人的手伸长来还够不着，大家满心欢喜地喝了第一杯酒。

第一杯酒下肚之后，大家就相互敬酒，好像世界贸易组织的双边或多边谈判了。那个要王浪猜女同学是谁的同学坐在王浪的斜对面，他敬了王浪一杯之后问道："现在你想起这位女同学是谁了吗？"

王浪有些不好意思，自己的同学都没有认出来，实在惭愧，也就最多十来年没有见面，怎么就想不起来了呢？

"对不起。"王浪这话是对那位女士说的，然后转向敬酒的同学，"我还真没有想起来。你告诉我是谁吧，我愿意罚酒三杯。"

"嘿嘿，"那同学笑道，"你肯定会不知道是谁了，这是他的老婆。"那同学指指旁边一位同学，"他们是夫妻俩。"

"怪不得，原来是你故意考我的。我说我们的同学我哪会不认识呢。"王浪好像一下子轻松许多，向玲玲分享着他的轻松。

沈元注意到了这一幕，他对这位同学说："那你应该自喝三杯酒才行。"

"以什么理由呢？"那同学开始说酒桌辞令，"如果理由充分，我还真想多喝三杯老同学的酒，这可是酒鬼酒，平时还真难得喝。我的沈元兄。"

"欢迎你喝酒鬼酒。行呀，我给你个理由。你把同学的老婆冒充女同学，要我们王浪来回忆，你说这是不是带有欺骗性呀？"

"这个，不算欺骗，只能算是玩笑。"

"你还以为真要抓你诈骗罪呀——来，把三杯酒喝了吧。"另一位同学同样支持沈元，已经在执行惩处措施了。

那同学一连喝下三杯酒鬼酒，"好酒，味道真不错。"喝完之后，他赞道，尽表对沈元的感谢之情。是呀，一般不请客，谁在家中会喝什么酒鬼酒呀，没必要嘛，北京二锅头、邵阳大曲都可以了。

沈元单独敬过王浪与向玲玲之后。王浪携向玲玲稍后回敬沈元："非常谢谢你，为我和向玲玲举行这么高级的宴会，祝老兄财源广进！"

"好，王浪，希望咱们都大有出息。"沈元特别高兴，不过意犹未尽，"老弟，我现在是县政协常委，我希望能够再进步一点，更进步一点。"

“失敬，失敬。”王浪还真不知道沈元怎么会弄了个政协常委，“不简单，不简单。老兄你从政了。”

“没有，应该说是参政。”

“沈元是大老板参政议政，他去年给县教育局捐了二十万元给学生买桌椅体育器材，给我们的母校县一中捐了一百三十万元建图书馆。”一个知情的同学透露。

在座的其他同学平时都在县里或乡镇工作，对沈元的情况当然比较熟悉，也就不意外，王浪是第一次听说，也是第一次得知沈元会成为这么厉害的大老板。的确是大老板，能够在一年里捐献出一百五十万元人民币来支持教育，没有千万资产是不可能做到的，也需要相当的爱心。

听到这里，向玲玲忍不住多看了沈元一眼，真看不出，那个醉鬼模样的人，那个似乎养了情人的男人，会有这么大的成绩，会有这么突出的爱心奉献。人应该说都有多面性，只是通常很难被人发现就是。

“沈元，我再敬你一杯，祝你心想事成，官越做越大。”王浪得知这些后，在心里为老同学感到高兴。

“谢谢，王浪，什么事情都有利与弊的两面。想当年，天天和你打篮球，开始总被你盖帽，你仗着你个儿高，专门欺负我们矮个。”

“不好意思，不好意思。我当时也没有打球的技巧，只晓得你们一投篮我就要拦你们，伸手一碰就盖帽了。”

“就是，你是举手之劳，我们可惨了，严重被你打击了自信心。还好我自强不息，苦练本领，最后终于能够练成比较好的远投、运球技巧，才稍稍躲避了你的折磨。”

“你是很有想法有志气的人，当时就觉得你会做大事，真没想到你会在这么大的成绩！佩服佩服！”

“我也是抓住了机遇而已，我读的是职业学校，专业是金属材料与加工，毕业后去深圳打工，入的是一家防盗门厂，专业对口，就是天天帮老板进行防盗门的电喷，就是用高压泵给防盗门喷油漆。”

“大家边吃边聊，边吃边聊。”沈元看同学们都停下了筷子，一心看他与王浪讲话，不好意思地招呼同学们边吃边聊。

“没事，我们很喜欢听沈委员的创业史，希望向你学习呢。”一个女同学说道。

“你们女孩子不用创业的，嫁个好老公就是。都说干得好不如嫁得好。”

“那是性别歧视者的错误观点，我看女孩子还是要有自己的事业。”那个女孩旗帜鲜明，“沈元，你得领着我们一起干，让我们自己做老板。你接着说你的故事吧。”

沈元看着王浪，那意思是说“王浪，你是今晚的主宾，你想听吗”？

王浪当然明白民心所向，这个时候，这种场合，沈元愿意讲英雄史，座中肯定不乏想听之人，因为这的确是学习的好机会，借鉴身边人的成功，开动脑子，往往能够找到比较理想的出路。

“沈老兄，你介绍一下成功史，老弟我很想知道，你如何从无到有，做强做大的。”

“其实很简单，就是要捕捉信息，善于抓住机会。”沈元接着说道，“打工两年后，我就想我自己是不是能干呢。我回来做了市场调查，华阳县当时没有一家成规模的防盗门窗厂家，需要量那时也很小，都是从市里直接进成品货。我了解到，全国的房地产市场进入高涨期，城市建设正方兴未艾，那么县里面也很快就会迎来房地产的春天。我结束深圳的打工生涯，回到华阳办厂子，现在已经改为公司了。你想想，一幢楼会有多少门窗，一个县里会有多少房子在建呀，总之生意是越做越大。我很快就把整个华阳县的防盗门窗市场全部占领了，随后附近的几个县我都建立了分公司。”

“如此算来你一年会有千万元的营业额吧？”一个同学小心地问道，怕被沈元拒绝回答，他可以用商业机密为由拒绝回答。

沈元在同学们中间并不想隐瞒什么：“那是肯定的，现在是十二月吧，我今年的营业额已经超过千万了。”

“沈委员，我敬你一杯。”问话的同学在心里已经估算了沈元的身价，以加工业百分之三十左右的毛利润，沈元经过几年的打拼，真的已经是千万富翁了。看他平时的穿着打扮为人，他还是比较低调的。这是一个真正的成功者。

“不客气，咱们都是同学，有空常聚聚，难得有这么开心的时候呀。以后说好了，凡是有远方同学回来，我们都聚聚，吃喝算我的。”

“那咱们不是变成了劫富济贫、打土豪分田地的人了？”一同学高兴地听到了这个消息，忍不住兴奋地和沈元开个玩笑。

“只要不要我的命就行。有命啥都会有。”沈元豪气冲天。这正是一个靠自己奋斗成功的男人才有的英雄之气。

“好，我不多说了，大家多喝酒，吃菜，王浪难得回来，同学们陪王浪高兴高兴。你们不要看着王浪身边坐着个美女就压力重重，我的女同学们，你们上呀！”

在座的总共五个女的，一个是向玲玲，一个是刚才要王浪回忆名字的同学之妻，也就是说真正的女同学有三人，有一个女同学刚才在沈元讲创业史的时候问过沈元问题，算是有所表现了，另外两个女同学倒一直在埋头吃着东西，在传统的宴席里，女士们相对来说内敛而文静。

三位女同学听见这晚请客的主人沈元发话，觉得是该行动了，让远方回来的同学王浪见识见识留在本城的女生风姿。她们倒不在乎王浪身边的美女向玲玲，人家在外边嘛，再美、再洋气也不构成咱的威胁，吃过饭，玩上几天就会回长沙去。

“王浪，我敬你和你的女朋友，祝你们俩在华阳玩得开心。”一个女同学端起酒杯站起来，表示着最诚挚的敬意。

沈元的脸上露出满意的笑容。请客请客，客人吃得舒服、聊得痛快、酒喝得好，主人的快乐才是真正的。

王浪与向玲玲一同站起来，王浪朗声说道：“谢谢！同学们的热情洋溢，我和向玲玲非常开心。好，干杯。”

向玲玲也对女同学说：“谢谢！”

三人都干了一杯。

另外两位女同学随后也一一向王浪和向玲玲敬酒，桌上其他同学之间也相互敬酒，气氛相当热烈。虽然同在县城，但平时大家都有工作，有家事，在路上遇见了点个头示意一下，真要坐在一起吃喝聊天，除了少数几个同学外，大多数人还是非常少这样的机会。借着远方同学回来之际，就着沈元的宴席，叙旧聊天，也说些将来可能的合作话题，自然其乐融融。

这时，一个和王浪喝过三杯酒的同学对王浪说：“你认识冯慧吧？”这个同学在卫生局工作，职责是医疗卫生管理，王浪也是刚刚才知道，因为这同学从前学的专业并不是医学。

王浪点头，“认识，当然认识，她是我小学时候的同学和邻居。”他在期待着，看这位同学会说冯慧的哪些事情。王浪近段和冯慧来往密切，正忙着做大事呢。

“她和她老公在成都做电脑生意，虽然没有沈元的强势，但也非同一般，近期正准备在华阳开电脑销售分公司。”

王浪没有表示什么，向玲玲对这事情也知道，因为和冯慧有关，她比较感兴趣，由于熟悉冯慧，她想听听别人怎么说她。

“冯慧最近在帮忙她伯父家和镇医院打官司，来找过我很多次。”那同学对王浪说道，“她对我说过湘雅医院的专家。我想应该就是你了。”

“她是给我们吹牛了，专家还谈不上。”

“什么谈不上，你们就是专家，以你的水平，我们县里的医生无人能胜过你。对了，你刚才介绍说你的女朋友是你的同学，那也是在湘雅医院吧？”

“是，她是妇产科的。”王浪干脆一步到位，回答了同学可能提出的下一个向玲玲在哪一科的问题。

“冯慧伯父家的这个事情，我们是很表示同情的。”既然王浪与冯慧认识，而且还是关系不错，从王浪的回答中就可以看出的，所以这个同学对王浪说到冯慧伯父家的事情，就很客气，很注意用词，“开始的时候，他们一家组织一群人在医院闹事，到镇政府、县政府上访，影响特别大。”他本想说影响恶劣，话到嘴边，还是改了，免得引起王浪的不快。

“出现产妇死亡这种事情，应该说是谁都不愿意看到的，但是发生了以后，如何处理相当重要。看来我们同学之间要加强联系呀，要是知道是老同学在处理这个事情，我就可以和冯慧他们早些沟通。

“冯慧表现得相当理性与克制，她回来后闹事、上访都没再发生，基本上就是她代表她伯父家在全权处理有关事情。我也对她说过，无论什么时候，都不要和政府对着干，政府不能只维护某个人的利益。

“对，对，所以见多识广这话是对的，冯慧的商场风雨历练，让她能够采用比较恰当的处理办法，而不是完全的感情用事。

“我很欣赏她，现在她伯父家与镇医院的官司已经完全进入了正规程序。后天就要开医疗事故鉴定会了。对了，你和你女朋友就是为这事情回来的吗？”

王浪坦然承认，“嗯，冯慧多次请我们回来，我本是不打算回来的，也比较忙。”

“就是，其实你们不回来也没事，现在卫生部门也想把医疗纠纷之类处理得比较好，不要让老百姓意见太大，这才与建设和谐社会的中央精神相吻合。”

“是这样，可能需要一个过程让公众接受这些观点吧，事实是最好的说服，假以时日，尊重生命深入人心，体现在执政思维和行政部门的具体措施中，一切都会好起来的。”王浪身在医疗界，他对未来处理医疗事故之类的棘手问题保持着乐观的看法。

沈元这时有话说，他看中的是动态的变化：“我记得一句话：流水不腐，户枢不蠹。政策是人定的，注定了要不断地变化，如果把政策僵化、凝固，肯定不能适应时代的变化。勇于面对新情况、新问题，及时地做出调整或是更新，也能够解决不少问题，比如从前的一些事故赔偿，将赔偿额固定在一个数额，那么二十年前和今天相比，同等数额的赔偿额，那就不具有现实意义，也就不可能成为解决问题的办法了。”

“嗯，体恤民情相当重要。”卫生局的同学作为官员发表着他的看法，显然他有着新时代官员的资质，可以相信，这会是一个为民做主的官员。

沈元还有话说：“医疗事故发生后，无论是一般百姓还是媒体，都会倾向于支持病人这一方，为什么呢？原因就在于病人这一方处于无可挽回的受害方，他们的身体或者生命的损害既成事实，可以说用钱是换不回来的。”

卫生局同学被沈元的话震动，这回他被沈元的言与行所感动，还有就是冯慧的所作所为，从前他一直认为商人重利轻义，也不会思考这些比较高层次的问题，这回，这两个人的表现，让他刮目相看。

他说话也非常客观了：“确实是这样，医疗事故发生后，我们卫生主管部门理解病人一方的心情，适当地宣泄表达一下，只要不是过激，我们会宽容对待。但是如果没有休止地闹下去，影响政府部门的正常工作秩序，那么同情也会转变为厌烦，负责的人难免会变成敷衍塞责。”

王浪赞成这个说法：“凡事都要有一个度，过了就不好。”

这时，在听他们说话没有发表意见的一个教师同学忍耐不住，对于现状说出自己的看法：“现在有一个不好的现象就是，出了医疗事故，医院不会主动承认并且想办法解决，病人不闹的话就没有人理睬。叫作小闹小赔，大闹大赔，不闹不赔。”

“现在已经有所好转了，你说的小闹小赔、大闹大赔、不闹不赔，这很不正常，生命是最宝贵的，全社会都要增加对于生命价值的认识，对生命给予足够的尊重。”

沈元兴高采烈：“我们讨论得很热烈，有点像沙龙了。”大家吃好，来，我们大家再干一杯。”

“干！”“干！”“干！”屋子里好热闹，清脆的玻璃碰撞声接连传来，宛如动听的风铃。

“王浪，在后天的医疗事故鉴定会上，我们还会见面，不过，我是代表组织的，你是代表病人方面的，但愿我们老同学之间不会出现分裂的局面。”

“哈哈，一定的，就冲我们刚才谈得这么热烈，我们也应该相信，我们是可以好好打交道的，不论是在酒桌上，还是在医疗事故鉴定会上。”

还有一天就是医疗事故鉴定会了，该准备的也都准备得差不多了。王浪打算在家给爸爸妈妈做一个小吃，这是他在四水的时候同事教给他的。

向玲玲听了觉得意外：“没想到你还有这么心细的一面，能够抓住时机孝顺爸妈。”

“饮水思源，常念父母恩哪。有一句古话我印象很深，尽孝要趁早，‘子欲孝，而亲不待’，是多么遗憾和伤痛的呀。”

“我看你爸妈身体都好着呢，你哪会看得这么糟糕呀。”

“这只是说明一个人有孝心，要尽早开始，不要等到没有机会了才想起这事。”

向玲玲听了心里很感动，她虽然自小来就很懂事，但一直是爸爸妈妈在全身心地照顾她，她并没有任何回报父母的行动，哪怕是在思想上，她总觉得父母还年轻，假若有一天父母老了不能动了，她一定会给予他们最好的生活照顾，可是现在想想，能够吗？到时工作繁忙，生活压力大，会有足够的时间与精力给父母亲关心、照顾吗？

“王浪，我和你一起做。”

“好，我们动手吧。”

两人去超市购买原料。沿着中心街道逛下去，商店、摊点不少，尽显市场经济的繁华、热闹与便利。

“王浪，这里有家沃尔玛超市呢。”向玲玲指着眼前不远的一家大型超市。

“哦，沃尔玛真是傲视群雄呀，连我们这么小的县城都占领了进来，厉害，厉害！”

“超市嘛，大地方开大点，小地方开小点，只要是卖老百姓实际需要的东西，都会有市场的，都会办得成功。”

“是，咱们进去，体会物流全球化、贸易商业国际化的好处。”

王浪今天打算做的小吃叫香糟凤爪。主料是鸡爪，要上等的、肉多的鸡爪，按照他们四人份做，每份通常需要五只鸡爪，这正符合少吃多有味的量，太多了会腻，太少了当然也太不过瘾，吃得不痛快。

于是先在生鲜柜挑选鸡爪，这个对向玲玲来说是发挥长处的时候，女孩子都特别细心，她帮助王浪挑选了二十二只鸡爪，这二十二只鸡爪个个均匀，按王浪的估计，每个的质量误差不会超过五克。每只鸡爪没有一点瑕疵，真正的上等鸡爪。

选好鸡爪后，两人再去佐料区采购制作香糟鸡爪的佐料。这个小吃他在四水做过很多次，是他的同事告诉他的。那时他和邱倩同居，两人常常吃着他做的香糟鸡爪，一起看电视，邱倩总是赞道，你做的香糟鸡爪真好吃，我要你一辈子做给我吃。唉，可是，邱倩，那已是过去的一个梦了。邱倩，她在金州的学习应该已经完了吧，不知现在在哪里了？

“王浪，你怎么不挑东西呀？要买什么，你告诉我，我一起来挑。”向玲玲看王浪发呆的模样，提醒道。这也是向玲玲第一次看见王浪如此的模样。

王浪陡地清醒了过来：“哦，买，买。”

“在想什么呢？”向玲玲嗔怒道，“不会是想回长沙了吧？这里是你的华阳故乡呢。”

王浪岔开了向玲玲的话，这心里想的，没法和她说：“我们要买香糟、香料、辣椒粉、植物蛋白调味粉，就这四样，其他的东西家里肯定有，因为天天做饭都有。”

“是哪些东西？我帮你看一下，家里会不会有。”

“还应该要有盐、味精、糖这些。”王浪说着还需要的配料。

“盐和味精我想家里肯定会有，但是糖倒不一定会有，现在好些营养书都说要少吃糖，以免发胖。”

“那就买一袋回去，少了糖我这小吃就不好吃了。”

回到家里，王浪按照他过去的经验，调制卤水。向玲玲在一旁做助手。

将香糟加入三分水，再加上适量的盐和味精，少量的辣椒粉，再放了三匙食糖，放在温火上煎煮，水开后再煮上半小时。这时，王浪揭开容器盖，用包布包好，将里面的汤水倒出来，已经有很浓郁的香糟味了。

接着，王浪加上植物蛋白调味粉，再用汤匙充分搅拌均匀，继续用微火熬制，使调味粉与香汁完美结合。

向玲玲按照王浪的吩咐，用新牙刷仔细地清洗鸡爪，这是很重要的一步，如果不弄干净，留下一些不该留下的怪味，它将严重影响卤制品的质量。

“怎么样？洗完了吧？”

“快了，和你做这一次，知道这吃一个东西，还颇有难度。所以呀，”向玲玲道，“钱的发明与流通是个大大的好事情，每人专攻不同，然后用来交换，物物交换当然非常不方便，咱就用钱，相当于你的劳动可以储存。”

“对极了，所以市场经济就是进一步发挥钱的作用，钱多说明你付出的劳动多，得到社会承认多。”

“这可不一定吧，如果是贪污受贿的，那就不是贡献而是破坏了。”

“因此，国家打击这些犯罪，就是为了弘扬一股正气，因为单纯从钱这方面来看，这种行为并没有构成国内社会财富的损失，但它的负面作用很大。

“和你在一起呀，政治和经济的东西都会多懂得一些。”向玲玲为自己的进步而喜悦。

“没办法。都说男人关心国事天下事，女人关心小事家务事。”王浪想了一下说道，“有人认为这是乱说的，是封建传统思想作怪，其实也不尽然，照我看，国事天下事是大事，小事家务事同样重要。生活就是由小事家务事构成的，离开了这些，关心国事天下事也成了无本之木，无源之水。”

“好了，不说这些了，你一说就一套一套，长篇大论，我跟不上你的节奏。”向玲玲投降，这很正常，“我的鸡爪子洗完了，你看行不行？”

王浪检查了一下，“很好，现在我们进行第二个步骤：煮鸡爪。”

这个程序相当简单，把鸡爪放进锅中，加水，大火煮沸，中火煮熟。十五分钟后，就一切 OK 了。

关火，香糟卤水制好了。关火，鸡爪也煮熟了。将鸡爪从锅里捞出来，再用开水冲一遍，确保没有任何怪味。

待鸡爪与卤水冷却后，王浪另找了一个干净的盘子，将鸡爪放进去，然后浇上卤水。因为天气还比较热，王浪将卤好的鸡爪放入冰箱，准备等晚上家人一起看电视的时候开吃。

晚上，全家人一起看电视的时候，王浪从冰箱里拿出他与向玲玲上午制作的香糟卤鸡爪，请爸爸妈妈品尝。

“我的儿子，你还学会了做小吃，不错，不错。来，妈尝尝。”

王浪用筷子夹了一只给妈妈。“我也尝一只。”王浪爸也不甘落后。

王浪夹一只给他爸。

“向玲玲，你也吃一只。”王浪接着夹了一只给她，随后自己拿起一只鸡爪啃了起来。

就在这里，门铃响了。王浪透过猫眼一看，嘿，是冯慧呢，来得早不如来得巧，她来干什么呢？先开门让她进来再说吧。

王浪一手拿着鸡爪，一手打开了门。开门前他对爸爸妈妈和向玲玲说：“没关系，是冯慧，你们继续吃，她不是外人。”

冯慧进得门来，先与靠门附近的王浪和向玲玲打过招呼，然后进得里面问候王浪爸爸妈妈。

“冯慧，来，你也来一只鸡爪。”王浪已经递给她一只洁净手套和一只肥肥的鸡爪，并给她安排位置坐下。

“嗯，冯慧你快吃，这是咱家王浪做的，味道相当好。”王浪妈夸自己的儿子不要本钱。

“是很好吃，不错，儿子这手艺好。”王浪爸附和着王浪妈。

王浪不想功劳让自己一个人独吞，连忙向众人宣布：“今天的鸡爪是向玲玲和我两个人一起去的，好吃的话，也有她的功劳，军功章有她的一半。”

冯慧已经进入了品尝状态，咂了咂嘴，吞下一口鸡爪肉后说：“我也投赞成票，鸡爪做得好。王浪和向玲玲手艺高超。”

于是乎，几个人就鸡爪本身过渡到其他美食，好好地聊了一通。不一会儿，就把二十二只鸡爪消灭干净，达到了少吃有味的境界。

“这几天你们休息得都好吗？”冯慧问道。

“很好。”向玲玲回答得很快，她的感觉是很不错，天天与王浪一起，这日子过起来真赛过仙女。

“你呢？还好吗？”王浪把向玲玲的回答认同自己的回答，回问冯慧。

“我也不错，反正事情都准备得差不多了。”冯慧想起那天遇见的那个人，好奇地问道，“对了，那天你碰见的那个熟人是谁呀？”

“是我的高中同学沈元。”

“他是做什么的呢？”

“他做防盗门窗生意，听同学们说他开了好几家公司，年销售额过千万元。”

“还真看不出来，我一直在成都，对这里的情况不熟悉。”

“我也是，沈元他还是县政协常委。这些事，我也是昨天才知道。”王浪想起沈元捐赠一百五十万元后当上政协常委，就对冯慧说，“你的生意做大后，多做善事，到时也当上政协委员、常委的。”

“好呀，我一定努力，赚了钱回报社会也是应该的。”

“我在卫生局的那个同学对你印象很好的。”王浪接着说道，“他说你和沈元都是有爱心有善心的好生意人。”

“你是说卫生局负责处理我嫂子医疗事故的那个人呀。他没有骂我，我就很高兴了，他能够表扬我，说明他也很有雅量，说实话，在与卫生局交涉的时候，我们这一方难免会有一些过激的言辞。”冯慧略有所思，“或许他是当着你的面说我的好话吧，不过，我是真的提醒自己不要冲动，要保持克制与冷静。”

“他倒不是那种见人说人话、见鬼说鬼话的人，他对你的评价是真诚的。”王浪以自己对同学的了解与判断肯定地说。

“这样就好。今晚我们都早些休息吧，明天九点钟开始医疗事故鉴定会。我八点半钟来接你们一起去。”

“好的，你也回去早些休息。”

冯慧与王浪、向玲玲，还有王浪爸、王浪妈告别，径直回家了。

31

这天九点钟，冯慧嫂子的医疗事故鉴定会在华阳县卫生局会议室准时召开。市医学会委派了五名专家参加鉴定会，专家是按照相关程序，实行了回避制后抽取的，都是市里各大医院的妇产科专家。主持会议的是卫生局医疗事故科的科长，另一个就是王浪的同学。

参加鉴定会的医院与病人双方各有五人出席，病人这方是冯慧的伯父、冯慧的堂兄、律师、王浪、向玲玲，冯慧没有出席，她在外面等候着结果；医院方面出席的是院长、医疗科长、护理部主任、妇产科主任、律师。应该说，双方都派出了强大的阵容对簿公堂。

开始是双方陈述事实经过。双方都请了律师，现在做事都强调专业化，处理纠纷之类当然也是一样，没有专业化做保障，对于法律条文，司法解释就很可能看不懂，或者看懂了而不会灵活运用，那样就肯定要吃亏。

首先介绍经过的是冯慧伯父的律师——华阳县金牌律师，他说孕妇入院前身体健康、无病无痛、头不麻脚不肿，是一个完全正常的孕妇，单纯从剖宫产来看，好像是没有什么问题，婴儿平安产出，孕妇也安全回到病房。但是，为什么之后会在几个小时却发生死亡这样最悲痛、最坏的结局呢？是家属没有发现产妇异常吗？家属尽了他的完全责任与努力，他多次去叫护士来看，可是不明白的是，为何一直没有医生出现？住院治疗就是要有医生护士二十四小时在的，这样才能够保证治疗抢救及时有效，尤其是这种手术之后的观察与处理。

王浪与向玲玲坐在律师的身边，看着律师侃侃而谈，心生佩服，名不虚传哪，律师虽不是学医的，但是这些话一讲出来，就会让人很直觉地感到，医院医护人员不齐备、职责不到位导致了产妇的死亡。

随后介绍情况的是镇医院请的律师。他从剖宫产手术说起，整个手术过程非常顺利，手术时间短，才四十分钟，手术切口小，操作规范，关闭腹腔时产妇的血压、脉搏、呼吸完全正常。那么后面发生的变化，是产妇本身的基础性疾病所导致。医护人员在家属报告病人不适时，多次到病房查看，尽到了监护之责。

显然，医院方的律师避而不谈医生的问题，用医护人员的字眼含糊其词。王浪能够感觉到医院方的叙述苍白无力。因为有尸体解剖作依据，他们所说根本站不住脚。照理说，院方同样应该看到了尸体检验报告，各个器官都没有见到病理征象，一个典型的失血性休克死亡的结论。医院是事到如今，死马当活马医了。其实这不是正确的处理方式，但是人在江湖，有些事情，可能也就是强撑到底，直到彻底完蛋吧。

随后是双方辩论。冯慧的堂兄亲眼看见了爱妻死亡的全过程，叙说其整个事情印象深刻，也尤为悲痛。他含泪哽咽着在发言结束的时候说道："我们对镇医院非常信任，孕期检查都是在这家医院做的。这点医院的妇产科主任也是清楚的。"

他说到这里的时候，坐在他对面的医院妇产科主任面无表情，出了这样的事情她责无旁贷。出事的那天，是另外一个医生，也可以说是她的徒弟做的手术，当时的她正在遥远的广州市参加学术会议。严格意义上她没有直接的责任，如果她在，或许这个事故不会发生，但是一切没有如果。作为主任，她仍然得为这件事情担负起领导责任。医院里的医生值班都睡在家中，病人有事时，护士先处理，实在不行了再叫医生从家里赶来。也是注定要出事，不知道那天值班的护士为何就是不叫值班医生来，当天的值班医生也是做手术的医生。如果早些通知那位医生，这个事故可能就可以避免。她在思考着，这些细节上的事情，待会该怎么说，怎样表达才能更好地维护医院的形象，安抚病人家属受伤的心。

冯慧的表兄继续说他的想法，句句似刀，控诉着医院的不负责任。妇产科主任坐在台上，如坐针毡。她是医院从县城一家医院引起来的，从前她在那家医院是颇得病人的好评，然而如今，今非昔比，看来当初自己做出这样的决定是错误的，一个妇产科医生离开了好的团队，离开了好的医院，注定了问题不少。

"我无法弄明白，为什么我老婆痛得那样厉害，护士来看看，说是正常的反应。我们家里人都看着着急，多次说好像哪里不对呀，怎么就没有医生来看看？刚做完手术的病人，也没有人来量血压什么的，直到人都不行了才看见护士拿血压计进来。我老婆就是被医院活活给拖死的。你们还我老婆，还我老婆！"冯慧的堂兄说到这里情绪激动，难以自抑，对着医院方的代表大声喊道。

医院方的代表，包括那位律师都沉默着，没有正面回应。王浪的卫生局同学示意王浪安抚一下冯慧的堂兄，王浪会意，轻触他的肩膀，轻声道："专家们会客观鉴定的。"

冯慧的堂兄止住了哽咽，心里的悲痛依然在翻江倒海，爱妻呀，爱妻，你怎么这么早就离我而去呀。

“我来说几点。”向玲玲开始发言，“第一，这起事故的详细过程，我听家属说过多次，每次都是一样的，总体上与院方所讲的也是一致的，那么我们可以认为事情的经过是没有什么疑问的。”

在座的卫生局领导与专家，还有医院方的代表都微微点着头，不难看出，这起事故的经过是比较简单的，也许原因在于从产妇诉说疼痛到死亡总共就几个小时。

“第二，医院制度存在重大的缺陷：值班管理不完善，病情变化的几个小时里，医生哪里去了？这是值得深究的问题，试想，没有医生，一家医院还能称为医院吗？护理方面，当家属多次表示患者情况不好疼痛难耐时，护士应该及时测量血压、脉搏、心率等，这样也能够及时动态地发现病情的变化。第三，抢救措施、三级查房等医疗质量保障的重要方面镇医院都没有形成，漏洞很多，稍微发生点情况就会造成重大的损失。”

镇医院院长坐不住了，他辩解道：“刚才这位女同志所说的很有道理，但我看对于基层医院来说，一般都做不到。就像我们医院吧，虽然有院办公室、医疗科等部门，但是真正专职的行政人员都没有，就是我本人也天天要上门诊，行政变成了副业，所以关于制度的制定和落实，对于我们这一级的医院不现实。”

王浪不这样认为，他与院长针锋相对：“我反对你的这种说法。我认为不管怎么样生命是第一位的，既然作为一家医院，就应该要有一个相对完善的管理制度，否则的话，人员不够，就只能办一个门诊部或者小诊所，有大问题立即转院。不能因为医院小，就这也没有，那也没有，让人的生命与健康处于巨大的风险之中。医疗风险是很大，但是有效的措施可以大大减轻风险的程度。”

话说到这个程度，医院方的任何辩解都是那么苍白无力，医院的几位代表都不想再说话了，说也是白说，自身没有底气，说了只是提供给别人攻击的靶子。那位律师也没有再说什么，他不懂专业，就算有口才，又怎能说得过王浪与向玲玲这两位湘雅医院的高才生呢。

鉴定会主持人宣布暂时休会，请医院方与病人方的代表都到休息厅去休息。鉴定会医学专家进行讨论。

冯慧看见王浪他们出来，立即迎了上去，“怎么样？有结论了吗？”

“待会就有了，里面专家正在讨论。”

里面的讨论很热烈，鉴定会专家们说，从这起医疗事故不难发现，基层医院的医疗条件的确需要大幅度提高，不然目前的这种状况，完全不能满足老百姓看病的需要，也会形成恶性循环，基层医院会越来越发展不起来，老百姓看病会越来越不方便。

事故的发生，当然不是医院领导、卫生局领导希望看到的，但是作为卫生管理部门，只能认真反思，以求得将来的进步，减少不应该发生的事故。在座的两位县卫生局官员也只能接受专家们的批评。

最后，专家组达成一致意见，认为这起事故无论从发生的时间，还是整个过程来看，事实清楚，不存在争议，医院没有提供有力证据证明产妇的死亡与其无关。根据尸体检验报告，死者腹腔积血，术后大出血，失血性休克，死亡原因为循环衰竭。执笔的专家在鉴定意见栏填上“一级医疗事故”，然后盖上鲜红的大印。

半小时后，双方代表重新回到会议室。市医院专家首席代表宣布：“经本专家委员会讨论，此事故经鉴定为：一级医疗事故。”

医院方听到这个结论，似在意料之中，倒没有什么特别的表情。

冯慧的伯父与堂兄将头转向律师。“这对我们是最好的结局了。我们可以据此向医院要求补偿。”律师这样说道。

王浪与向玲玲舒了一口气，这是客观的结论。他向卫生局领导投去了意味深长的一瞥，那意思是说“不错，你们真没有偏袒下属单位。”同学回给他同样的眼神，那是当晚喝酒时，卫生局同学说话精神的再次体现，“社会在进步，文明在发展，生命被尊重。”

卫生局的科长宣布：“医疗事故鉴定会到此结束。现在请专家们退场，稍后我们将组织进行事故处理的调解。你们稍微等待一下。”

专家们从王浪与向玲玲的身旁经过。一个专家在他们面前停了下来，对两人说道：“你们是湘雅医院的？”

“我们在湘雅医院读研究生。”因为这是妇产科的专家，王浪决定由向玲玲回答。

“哦，很不错的。十年前我也在湘雅读研究生。”专家继续问道，“你的导师是谁？”

“廖玉翠教授。”

“她十年前就很有名了，不过，当时我是老主任的研究生，她那时还没有当主任。不错，不错，名师出高徒。”专家果然是对向玲玲感兴趣，看来她的发言是得到了医学专家们的高度认可。

“谢谢您！”向玲玲诚心感谢专家的鼓励，目送着他们的离去。

接着，卫生局主持会议的科长对双方代表说：“按照市里医疗事故处理的原则，效率、公平、谅解、和谐，我们今天组织调解。你们愿意接受调解吗？”

“可以。”医院院长先表态，对医院来说，医疗事故悬而未决，会严重影响人们对医院的信任度。

病人方的律师与冯慧伯父、堂兄，还有王浪与向玲玲都交换了意见，达成了共识。律师代表大家表态“同意调解”。

“好，那你们各方先自行商量一下调解的方案吧。给你们一刻钟。”

冯慧伯父这方的律师也对向玲玲和王浪的发言印象深刻，当初请这两个人来真是没错。律师自私地想，假若以后有医疗官司的话，请这两人做参谋是相当不错的。抱着这样的想法，他想与这两人进一步搞好关系。多一个朋友多一条路嘛，以真诚换真诚，这样做完全可以。

因此，最后决定，由向玲玲作调解时的陈述发言。他们要求医院方面给予精神抚慰费、小孩抚养费、父母赡养费等共计五十万元。

向玲玲代表冯慧伯父一家发言：“我们深知，基层医院的医疗设施，医疗条件还很差，上面的拨款与补贴不多，影响了办院条件。但是，人的生命是有尊严的，是无价的。作为医疗事故的受害者，我们有责任要求医院进行补偿。我们知道，医院不想出事，出了事也没有多少经济实力来补偿。那么，上级主管部门就有必要伸出援助之手，这不是纵容，这是一种宽容，当然也是无奈之举，这比什么事情不做、无所作为要好得多。人死不能复生，她留下了新生的孩子，留下了年迈老弱的父母，留下了相亲相爱的丈夫。我们应该给他们一些补偿，包括精神上的，生活上的。我方要求医院补偿五十万元。”

“院长，说说你们的意见？”卫生局科长与院长当然彼此认识，他知道院长可以直接拍板。

“五十万，我看不现实。现在的交通事故，全额赔偿也没有这么多，上次死在派出所的那个人最后好像赔偿也没有达到这个数。因此，我看二十万，行不行？”对一个镇医院的院长来说，直接开出二十万的补偿额，也是需要很大魄力的，因为他没有足够的经费来源，这二十万也得到处想办法，主要是找上级部门帮助解决，但难度相当大，那首先医院就得勒紧裤带了。

“你们看，行不行？”卫生局科长征求冯慧伯父这方的意见。双方的差距是非常大，一个五十万，一个二十万，看来双方必须再协商。

冯慧伯父这方的律师看着王浪，希望他说点什么。王浪的确有话要说：“我们中国有一个传统说法，住院都不是好事情，但有一个例外，那就是住院生小孩。然而，这次也是住院生小孩，孩子虽然出生了，产妇却发生了死亡，喜事成悲，痛何以堪。我是一名医生，我深知，医生的风险有多大，我当然不赞成不切实际的赔偿。不过，一定时期，这类死亡的补偿都会有一个相对的参照标准，刚才院长说了，交通事故的全额赔偿，还有派出所死人的补偿都没有达到我们说的数额，那我的意思就是，了解一下这两起事故的补偿额是多少，医院就按这个数额进行补偿。”王浪说这些话的时候，用眼睛征求在座己方几位人员的意见，他们都点头表示同意。

“那行吧，我听他们说两起事故的最后赔偿都是三十万元。”医院院长真想快刀斩乱麻，无止境地拖下去，也不是处理问题的办法，况且这事的确医院的疏忽太大了点。

“嗯，我也听说是这个数字。”冯慧伯父方的律师对王浪的提议积极支持，他是常打官司的，明白有些事情退一步真叫海阔天空，因为假设坚持五十万的话，官司会要很久的时间，如果不是现在拿到钱的话，越往后钱更难拿到，所以，还是直接拿一个相对可以接受的数目，了结这事为佳。

在卫生局的直接组织下，双方签订了补偿协议：十天内，由医院一次性补偿冯慧伯父方人民币三十万元。

这起医疗事故，至此就宣告结束。

“向玲玲，你的口才真棒。”王浪感叹着，“没想到你会说得这么好。”

“嗯，我还有好多的话没有说呢。比如，我就在想，保险公司在医疗事故的防范和处理方面是不是可以做一些事情呢。其实打官司对双方都不好，医院耗不起，老百姓更承受不起。卫生管理部门要尽量减少影响，从大的层面讲，给基层医院一些不断发展的空间，从人、才、物等方面进行完善。从各方面加强保障，尽量做到不出、少出医疗事故，让更多的人能够在基层看上病，就能够减轻大医院的看病人数，让看病不再难，看病不再贵。”

“好样的，你这些话，到时我都可以写进我导师正在编写的那本关于医院管理的书中去。”

“好呀，到时一定要署上我的名字呀，版权所有。”向玲玲心情特别好，这次华阳之行，既看了华阳河的自然之美，感受了王浪父母亲的和谐之美，当然最重要的是，这么好几天的时间，都能够与王浪朝夕相处。

可惜，这样的好日子就要结束了，她与王浪得回长沙湘雅医院，继续看病、做手术、学习，这些都不累，也是快乐的。然而，没有与王浪一起的快乐，总觉得少了很多的东西，感觉很空很不实在。这样想着时，向玲玲感觉惆怅不已。王浪怎么就不会与自己产生爱的火花呢，照理说，郎才女貌、金童玉女是他们最好的写照呀。爱一个人好难，千辛万苦好像两人总差那么点距离；爱一个人好幸福，虽然历经考验，可是真爱的瞬间都可以留下永恒的回忆。

冯慧的伯父一家本来要为王浪和向玲玲饯行的，被他们俩拒绝了。冯慧代表伯父表态，要给他们两人送点土特产，两个人同样不要。

王浪与向玲玲返回长沙的这天，王浪的爸爸妈妈、冯慧、冯慧的伯父到车站送他们上车。

冯慧的伯父动情地说：“真的太感谢你们了，向专家、王专家，连我们家的家门都没进去过，没在我家喝过水，坐一坐，就帮了我家这么大的忙。今生今世都会记住你们的恩情！”

“不用客气的，我是权当回家，向玲玲是好人，专门来办这个事情。”王浪表扬向玲玲。

“向专家在卫生局开会的时候帮了我们大忙，将了他们的军，这些医院以后应该会吸取教训，也使我们以后看病条件更好，服务态度更好。”

冯慧伯父是第一次与王浪的爸爸见面，在冯慧介绍之后，她伯父拉着王浪爸爸的手：“感谢你们家的支持！”

王浪爸爸妈妈在心里有个共同的愿望，那就是王浪与向玲玲能够早日结婚，他们好早抱孙子。

“玲玲。”王浪妈妈很亲热地招呼向玲玲，潜意识里，她认为一定是向玲玲不要儿子一起与她同房的，然而不管怎样，他们常常在一起，日久生情，或许用不了多久，他们就会一起回来，正式宣布他们恋爱或者结婚的消息。

“伯母，我们走了，你们保重身体。”向玲玲重情，几天的接触，就与王浪的家人有了亲情的化学反应。

“你们路上小心，工作、学习不忙的时候，就常回家来看看。”王浪妈妈与向玲玲依依不舍。

冯慧倒没有更多的时间与王浪、向玲玲说告别的话。她也说不出什么，心里特别酸疼，说不出地沉闷。一切都与王浪有关，这个人呀，怎么在自己家庭幸福、事业有成之际，还能顽强地走进自己的心灵。

汽车启动了，送行的王浪爸爸妈妈与他们挥手道别，冯慧的伯父也在远处摇手作别。

冯慧也在轻轻地摇着手，泪水却好像突然间由全身各处汇集到眼眶，湿润她的双眼。王浪与向玲玲在她的眼中一片模糊。

她眨了眨眼睛，想更清楚地看清王浪，可就在眨眼间，汽车驶离了车站，王浪正式踏上返回长沙的路途。

冯慧的泪水霎时夺眶而出，王浪，再见！我们还会再相逢！

图书在版编目（CIP）数据

外科医生的爱情故事 / 文心，雪中银狐著. -- 北京：中国文史出版社，2020.11

（实力榜·中国当代作家长篇小说文库）

ISBN 978-7-5205-2436-0

Ⅰ. ①外… Ⅱ. ①文… ②雪… Ⅲ. ①长篇小说－中国－当代 Ⅳ. ①I247.5

中国版本图书馆 CIP 数据核字(2020)第 208249 号

责任编辑：全秋生

出版发行：中国文史出版社
地　　址：北京市海淀区西八里庄路 69 号　　邮编：100142
电　　话：010－81136602　81136603　81136606（发行部）
传　　真：010－81136655
印　　装：北京温林源印刷有限公司
经　　销：全国新华书店
开　　本：787×1092　　1/16
印　　张：19.75　　字数：310 千字
版　　次：2021 年 3 月北京第 1 版
印　　次：2021 年 3 月第 1 次印刷
定　　价：55.00 元
